Über die Dunkelheit hinaus

AF192359

Ein
BoysLove-Roman
von
Yui Spallek

TRIGGER-WARNUNGEN
siehe Seite 271

Bibliografische Information der Deutschen Nationalbibliothek: Die Deutsche Nationalbibliothek verzeichnet diese Publikation in der Deutschen Nationalbibliografie; detaillierte bibliografische Daten sind im Internet über dnb.dnb.de abrufbar.

Die automatisierte Analyse des Werkes, um daraus Informationen insbesondere über Muster, Trends und Korrelationen gemäß §44b UrhG („Text und Data Mining") zu gewinnen, ist untersagt.

© 2025 Yui Spallek

Verlag: BoD · Books on Demand GmbH, In de Tarpen 42, 22848 Norderstedt, bod@bod.de
Druck: Libri Plureos GmbH, Friedensallee 273, 22763 Hamburg
Covergestaltung & Zeichnungen: Canva
Umschlaggestaltung: Yui Spallek

ISBN Print: 978-3-7693-1392-5

1.

Er zog die aufgeplusterte Decke enger um sich und sträubte sich dagegen, in die reale Welt zurückzukehren. Es war so gemütlich in diesem Dämmerzustand. Noch halb in seiner Traumwelt versuchte er sich daran zu erinnern, was dort geschehen war, bevor ihn sein Körper geweckt hatte. Doch nach und nach erwachten auch seine Sinne wieder und ließen die verschwommenen Bilder immer weiter verblassen. Also schlug er langsam die Augen auf.

Die dicken Vorhänge vor den bodenlangen Fenstern des Schlafzimmers waren nicht gänzlich zugezogen, so dass die Sonne einen hellen Streifen über das Bettende und quer durch den Raum schickte. Unweigerlich fragte sich Taichi, wie spät es war, wenn die Sonne bereits hier hereinfiel. Doch so dringlich, dass er sich gar rührte, war der Gedanke nicht. Nicht an einem Sonntag.

Er gähnte leise und schloss die Augen erneut. Umzudrehen brauchte er sich nicht, um zu wissen, dass er alleine in dem mächtigen Doppelbett lag. Es war zu ruhig, in dem großen Schlafzimmer. Schlafen war aber auch keine Option mehr, nachdem er die Augen bereits geöffnet hatte. Also blinzelte der junge Mann ein weiteres Mal und betrachtete die tanzenden Staubpartikel im Sonnenlicht. Ein jeder würde sagen: Bei so einem Wetter muss man raus! Was für eine blöde Aussage. Man konnte genauso gut etwas unternehmen, wenn Wolken den Himmel beherrschten. Es musste nur der Richtige dabei und der Wunsch, hinauszugehen, vorhanden sein. So sah Taichi das zumindest.

Schon munterer, spannte der junge Mann mit einem angestrengten Laut seine Muskeln an, ließ wieder locker und schlug dann die Bettdecke zurück. Als er sich erhob, fröstelte er in seinen Schlafshorts und dem etwas zu großen Muskelshirt. Kein Wunder, die Klimaanlage lief auf Hochtouren. Auf dem Weg ins angrenzende Bad schaltet Taichi sie herunter, sich selbst bewusst, dass er sie später wieder hochdrehen würde. Der

Sommer in Tōkyō war eine einzige Luftfeuchtigkeitstortur, der ohne Klimaanlage kaum beizukommen war. Taichi störte das jedoch nicht. Das war etwas, was man nicht ändern konnte. Wieso sich also darüber aufregen? Auch wenn Liam ihm am Montag sicher wieder die Ohren voll heulen würde. Gut, der konnte sich auch nicht in eine angenehm gekühlte Hotelsuite flüchten, wenn es in seinem Zimmer im Hojo-Dorm zu warm wurde. Manchmal konnte es Taichi immer noch nicht glauben, dass ihm selbst dieser Luxus vergönnt war. Er war so dankbar, dass er Kei hatte kennenlernen dürfen. Auch, wenn er keine Ahnung hatte, wem gegenüber. An einen Gott glaubte Taichi nicht. Vielleicht an den Zufall? An das Leben selbst?

Der junge Mann zog sich aus und stieg in die gläserne Dusche, die weitere Lichtstrahlen reflektierte. Das Badfenster zeigte in dieselbe Richtung, wie das des Schlafzimmers und dort waren die Vorhänge nicht geschlossen worden. Warum auch? Im einunddreißigsten Stock des „King Park Tower" Hotels war es ohne Fernglas schier unmöglich, einen Blick ins Innere zu erhaschen. Wobei, wer wusste schon, was ausländische Touristen vom *Tōkyō Tower* aus alles betrachteten?

Taichi schüttelte unter der Dusche den Kopf. Langweiligere Gedanken gab es ja fast nicht. Sein Verstand war wirklich noch im Halbschlaf. Viel interessanter war doch die Frage, wo sich Kei herumtrieb. Gut, er war vermutlich beim Arbeiten, aber wo genau er im Hotel tätig war, war stets ein kleines Rätsel. Der junge Chef hielt sich selten an die aufgestellten Abläufe seiner Angestellten und verfolgte lieber seinen eigenen Plan. Er konnte es sich erlauben. Manchmal durchstreifte Taichi nur zu gerne die verschiedenen Etagen, um seinen Liebsten zu suchen. Mittlerweile kannte er die Bereiche, in denen Kei immer wieder am Werk war oder mit den Gästen plauderte. Doch ihn direkt ansprechen, konnte der junge Student nur im Notfall, selbst wenn er ihn wirklich fand. Er war weder ein reicher Gast noch Verwandtschaft. Eigentlich gab es ihn gar nicht. Zumindest in der Welt, die um Kei Tsuruga existierte. Was Taichi nicht störte.

2

Als er aus der Dusche stieg und sich abtrocknete, hatte sich der junge Mann dazu entschlossen heute nicht auf die Suche nach Kei zu gehen. Es war bereits spät geworden und sein Schläfchen hatte länger gedauert als geplant. Er würde erst einmal etwas Essen gehen.

Als Taichi eine Stunde später den *Star Garden* in der *High Lounge* im dreiunddreißigsten Stock betrat, trug er ein weißes kurzärmliges Hemd und eine schlichte schwarze Stoffhose. Er beschloss, etwas Einfaches an der Bar zu essen. Der Kellner dort kannte ihn. Wie beinah jeder, der nicht gerade in den letzten Wochen eingestellt worden war. Er wurde höflich behandelt, mit Respekt, aber auch Vorsicht. Taichi war ein komplizierter Besucher. Einerseits war er kein zahlender Gast, andererseits gehörte er zum Leiter des Hotels. Eine wirklich schwierige Situation für die Angestellten. Doch darum machte sich der junge Mann nur wenig Gedanken. Natürlich wäre es einfach gewesen, wenn auch Taichi ein Kind wohlhabender Eltern gewesen wäre. Dann wäre er ein einfacher VIP gewesen. Ob er nun bezahlte oder nicht. Aber das war er eben nicht.

Was sollte er also tun? Auf Keis Nähe verzichten? Sicher nicht. Und da Kei ihn ebenso hier haben wollte, wie er gerne blieb, mussten die Leute damit leben. Taichi zumindest kam damit weitestgehend klar. Bisher auf jeden Fall.

Nach dem Essen machte es sich der junge Mann mit einem Saft in einer der Couchecken bequem und beobachtete, wie die Lichter des *Tōkyō Tower* ihren Dienst antraten, während die Strahlen der Sonne gegen Tokyos Skyline verblassten. Taichi liebte den *Tōkyō Tower*. Es war ihm egal, dass er alt war und dass der *Tōkyō Skytree* ihm versuchte den Rang abzulaufen. Er würde ihn nie verraten. Immerhin hatte er dort Kei kennengelernt. Da war es umso wundervoller, dass er den Ausblick vom Hotel aus jederzeit genießen konnte. Ja, er war auch von ihrem Schlafzimmer und dem Bad aus zu sehen, aber hier war der Winkel und die Weite am besten. Ein wirklich toller Anblick.

In Gedanken versunken, blieb Taichi dort wohl länger sitzen, als er vorgehabt hatte, denn als er die ihm vertraute Stimme hinter sich vernahm, war die Nacht bereits hereingebrochen. Fluoreszierend klar, wie sie in Tōkyō eben war.

„Ich habe dich vermisst."

„So? Ist das nicht normal mein Spruch?"

„Ist er das?"

„Zumindest habe ich ihn jeden Tag im Kopf."

Ein leises Lachen erklang, woraufhin sich auch Taichis Mundwinkel leicht anhoben.

Er wäre nie auf die Idee gekommen, sich umzudrehen und Kei in die Arme zu fallen. Egal, wie gerne er es getan hätte. Sie waren in der Öffentlichkeit, auch wenn das hier im gedämpften Licht der *High Lounge* nicht so wirkte. Hier galten sie für alle anderen als zwei Bekannte. Ein Gast, der mit dem Manager sprach. Auch, wenn es die Angestellten besser wussten. Die wirklichen Gäste jedoch nicht.

Die Couchlehne bewegte sich leicht und Taichi beobachtet im Spiegelbild des großen Panoramafensters, wie sich Kei auf ihr niederließ. Ein Bein fest auf dem Boden, das andere in der Luft, saß er so, dass er auf ihn herabblicken konnte, während er den anderen Gästen den Rücken zuwandte. Seine Hände hatte er in den Schoß gefaltet.

„Hast du noch gut geschlafen?" Keis Stimme war gedämpft, klang aber so liebevoll, dass Taichi ihn nur zu gerne zu sich heruntergezogen hätte, um ihm einen Kuss zu geben.

„Zu lange, ja. Aber nicht so gut, wie mit dir."

„Tut mir leid. Es gab einen Notfall. Oder besser gesagt: Es hat mal wieder jemand überreagiert."

„Voll okay. Das sollte kein Vorwurf sein."

„Ich weiß. Aber es tut mir trotzdem leid. Es sollte doch unser Sonntag sein."

„Den wir dann zusammen verschlafen hätten."

Taichi beugte sich zu einem gläsernen Tischchen vor und nahm sein mittlerweile drittes Saftglas auf, um einen Schluck daraus zu trinken. Sein Blick verlor Keis Spiegelbild jedoch nicht aus den Augen.

„Das hätte ich sicher nicht zugelassen." Der laszive Unterton in der Stimme des Managers ließ Taichi erneut schmunzeln.

„Ach ja? Dabei war das doch erst der Grund, warum ich überhaupt geschlafen habe."

Auch Kei kam nicht um ein Lächeln herum, als er sich erhob.

„Dann brauchst du ja heute Nacht nicht mehr so viel Schlaf. Treffen wir uns um zwei Uhr wieder hier?"

Taichi nickte und blickte Keis Spiegelbild in die Augen, bevor dieser sich abwandte und zum Barkeeper schritt. Einen Arm auf die Couchlehne gelegt, in der anderen Hand noch sein Glas, wagte Taichi es, ihn zu beobachten, während er ein paar Worte mit seinem Angestellten wechselte und dann auf dem Weg zum Fahrstuhl verschiedene Gäste ansprach. Als das braune Haupt seines Geliebten schließlich in der Fahrstuhlkabine verschwand, wandte sich auch Taichi wieder ab, trank seinen Saft aus und machte sich auf den Weg zurück in die Suite.

Um Punkt zwei Uhr schloss der *Star Garden* auch an diesem Abend. Zumindest für die Gäste. Während Barkeeper, Kellner und das restliche Servicepersonal die Lounge wieder für den nächsten Tag vorbereiteten, betrat auch Taichi den dreiunddreißigsten Stock ein weiteres Mal in dieser Nacht. Niemand nahm ihn wahr. Er war wie ein Streuner, den keiner wollte, weil es Probleme aufwerfen würde, wenn man ihn beachtete und ihm Zuneigung entgegenbrachte, der aber auch nicht verjagt wurde. So lief er nachts herum, wenn die vielen Restaurants und Läden schlossen. Gesehen und doch nicht gesehen. Kei brauchte ihn nicht einmal mehr ankündigen. Taichi kam überall hinein, solange es nicht gerade ein Konferenzraum war. Aber die interessierten den jungen Mann sowieso nicht.

Also durchstreifte Taichi auch jetzt den Raum ohne Worte und ließ sich auf dem Platz nieder, den er auch schon vor einigen Stunden gewählt hatte: eine Sitzgruppe mit direktem Blick auf den *Tōkyō Tower*.

Unterhalten durch die Aufräumgeräusche der Bediensteten und dem weiterhin klaren Ausblick auf das Wahrzeichen brauchte Taichi nicht lange zu warten. Dieses Mal ließ sich Kei direkt neben ihm auf die Couch fallen und legte einen Arm um seinen Geliebten. Als er ihm einen Kuss auf das Haar hauchte, kuschelte sich der Kleinere sofort an ihn.

„Das war eindeutig kein guter Sonntag."

„Gut, dass jetzt schon Montag ist." Für Kei fiel es Taichi nicht schwer, seinen Blick von der wundervollen Kulisse zu nehmen. Er strich eine Falte aus dessen beiger Anzughose und lächelte. Der Größere schnaubte als Antwort.

„Ja. Eine neue arbeitsreiche Woche."

„Mit dir."

Kei hatte seine Lippen zu Taichis Schläfe geführt.

„Hm … Du weißt, wie man einen aufmuntert."

„Ja? Dafür ist hier jemand aber noch sehr schlaff." Taichis Hand war von Keis Oberschenkel zu seinem Schritt gewandert. Der Manager brach in Lachen aus und schnappte sich dann die Beine seines Geliebten, um sie über seinen Schoß zu legen. Das zwang Taichi dazu seitlich zu sitzen.

„Deswegen bist du also gekommen. Ich hatte eher an ein romantisches Beisammensein gedacht, wo du doch den Ausblick so magst."

„Den kann ich öfter als dich genießen." Keis Blick traf Taichis, der ihn anlächelte und dann eine Hand hob, um ihm über die glatte Wange zu streichen. Der Manager verzog das Gesicht zu einer Grimasse, als er seinen Kopf in die warme Fläche schmiegte.

„Ich vernachlässige dich sehr, oder?" Taichi schüttelte immer noch lächelnd den Kopf.

„Du machst es immer wieder gut. So, wie jetzt." Keis Lächeln geriet schief. Er schien nicht überzeugt zu sein.

„Noch habe ich doch gar nichts gemacht."

„Ich dachte, du wartest brav, bis wir allein sind."

„Du kennst mich zu gut."

„Zu gut, geht gar nicht." Auch Taichis zweite Hand legte sich an Keis Gesicht, als er es dichter zu seinem eigenen zog. Und als hätten die Angestellten den Wink verstanden, erlosch in diesem Augenblick auch das gedämpfte Licht in der Lounge und ließ das Paar nur mit dem Neonschein der Stadt zurück. Doch selbst diese Lichter überstrahlten für Taichi nicht Keis Lächeln, das er ihm schenkte, bevor er die wenigen Zentimeter überwand und ihm einen sanften Kuss gab. Einen Augenblick später ließ sich der Kleinere auch schon auf die Couch zurückdrücken und vertiefte selbst die zarte Lippenberührung. Der Gedanke daran, ob das hier in der Lounge in Ordnung ging, waberte durch seinen Kopf, doch als er Keis erregten Atem an seiner Halsbeuge spürte, da löste sich dieses Gespinst auch schon wieder auf. Sein Geliebter wusste schließlich immer, was er tat.

2.

Taichi überflog die Nachrichten auf seinem Handy. Es hatte schon wieder einen Toten in Minato gegeben. Dazu einen Brand und einen versuchten Überfall. Es war ziemlich viel los in ihrem Tokioter-Stadtbezirk, der normal eher für ältere Sehenswürdigkeiten und seine Bildungsstätten bekannt war, als für aufsehenerregende Dinge, wie Diebstahl und Leichen. Ob das daran lag, dass immer mehr Menschen in die Städte zogen?

„Guten Morgen, Taichi-kun[1]." Der Angesprochene blickte auf und schenkte der jungen Frau, die sich neben ihm an einem der langen Tische niederließ ein höfliches Lächeln.

„Guten Morgen." Ein kurzer Gruß, bevor Taichi weiter mit seinem Daumen durch die Nachrichten auf seinem Smartphone scrollte. Er wusste sowieso, wie es weitergehen würde. Nana würde ihr Unterlagen aus ihrer Handtasche nehmen, sie durchblättern und dann versuchen, ihn in ein Gespräch zu verwickeln. Das war beinah schon ein Ritual, wenn sie den gleichen Kurs besuchten. Nicht, dass er etwas gegen die junge Frau gehabt hätte, keineswegs. Mit ihrer zierlichen Gestalt, dem schwarzen Bob und den braunen Mandelaugen war sie sicher der Traum vieler junger Männer, aber für Taichi eben nicht. Nicht nur, weil er nicht auf Frauen stand, nein, auch weil Nana einfach nicht die Art von Frau war, mit der man spannende Gespräche führen konnte. Sie war einfach eine typische, wohlerzogene, junge Dame, die sich Männern gegenüber zurückhielt und wohl als perfekte Hausfrau und Mutter Karriere machen würde. Um so verrückter war, dass sie hier an der Kaiyōdai studierte. Ob sie in den Hallen des Shinagawa-Campus lediglich auf Männerfang war? So zu denken, war nicht sehr nett, aber eben auch nicht zu vermeiden. Allerdings kannte er Nana seit Beginn seiner Studienzeit und sie war stets freundlich zu ihm gewesen. Auch wenn Taichi selbst nicht unbedingt Gesellschaft brauchte. Er kam

---

[1] = gebräuchliche Anrede für (meist) männliche jüngere Personen oder Freunde

sehr gut alleine zurecht, ohne sich einsam zu fühlen. Es sei denn, es war jemand Bestimmtes.

„Hast du die Recherche über die Algenkulturen schon fertig?" Nana sah ihn an, das spürte er. Es wäre unhöflich gewesen, sich weiter seinem Handy zu widmen. Also schloss Taichi die App und ließ den Bildschirm schwarz werden. Wo er sich doch eigentlich nur in der Uni mit seinem Smartphone beschäftigte.

„Ja. Hab ich am Wochenende erledigt."

„Du bist immer so fleißig."

„Ich hatte sonst nichts zu tun."

„Das glaube ich dir nicht." Sie lachte mit vorgehaltener Hand und Taichi lehnte sich in seinem Stuhl zurück. „Sicher hast du auch das Wetter genossen."

Oh, bitte nicht das. Nein, er war nicht draußen gewesen. Keine einzige Minute.

Taichi zuckte mit den Schultern. Gut, dass sich der Hörsaal langsam füllte. Dann würde auch der Professor endlich eintrudeln. Die Stunden über das Ökosystem waren seine Liebsten. Taichi hatte sich schon immer für das Meer interessiert. Das lag wohl an seinem Geburtsort Ine. Die kleine Hafenstadt in Kyoto lebte seit jeher vor allem von der Fischerei. Mittlerweile war noch etwas Tourismus hinzugekommen. Auch Taichis Eltern wohnten noch in einem Funaya, einem traditionellen, hölzernen Fischerhaus, das direkt am, beziehungsweise über dem Wasser stand. Wie bei fast allen Fischern, seinem Vater eingeschlossen, fand das Fischerboot unter der Wohnung in einer Wassergarage Platz. Taichi hatte also schon immer mit dem Meer zu tun gehabt. Daher war es für seine Eltern auch nicht verwunderlich gewesen, dass er sich für ein Studium in Meeresbiologie entschieden hatte. Schon in seiner Oberschulzeit war Taichi nach Tōkyō gegangen, um sich auf genau jenes Studium vorzubereiten. Die Besuche in Ine waren schon damals immer seltener geworden. Nun gab es sie kaum noch. Nicht, dass Taichi seine Eltern nicht mochte. Ganz im Gegenteil: Er war ihnen dankbar. Immerhin bezahlten sie seine Studiengebühren, die an der Kaiyōdai nicht gerade günstig waren, aber durch Kei hatte er auch die Stadt kennen und lieben gelernt. Hier in Minato musste er außerdem nicht auf sein geliebtes Meer verzichten. So war es also kaum von Nöten nach Ine zu fahren. Hinzu kam, dass Taichi genau wusste, dass er seinen Eltern nichts würde vormachen können, wenn es um seine sexuelle Orientierung ging. Etwas wovor er sich scheute. Immerhin wurde Homosexualität nicht überall akzeptiert und gerade in einem kleinen Fischerdorf war das einen Skandal wert, den er unbedingt vermeiden wollte. Allein seinen Eltern zuliebe. Also blieb er seinem Heimatort mittlerweile lieber so fern, wie möglich.

Trotz seiner Freude an seinem Studium war Taichi an diesem Montagmittag froh, als er sich zusammen mit seinen Bekannten und Freunden zur Mittagspause in einem kleinen Lokal erholen konnte. Das typisch japanische Restaurant namens „Aida[2]" wurde seinem Namen gerecht, in dem es zwischen zwei Wolkenkratzer lag. Es bekam daher täglich nur zwei Stunden Sonne ab. Diese lagen zwischen vierzehn und sechzehn Uhr, was den Besuchern im Sommer nur allzu recht war. Denn die bescheidene hölzerne Terrasse mit seinen Bänken und Tischen war das Highlight des kleinen Lokals. Wenn nicht gerade ein Taifun angekündigt war, war diese stets mit rechteckigen Sonnenschirmen überspannt, welche vor neugierigen Blicken der Hochhausinsassen schützten. Der perfekte Rückzugsort für alle, die eine Pause im Alltag brauchten. Da das Lokal nur zehn Minuten zu Fuß vom Shinagawa-Campus entfernt lag, war es auch schnell zum Treffpunkt der Studenten geworden. Zumindest von Taichi und seiner Gruppe. Für manch einen war dieser Geheimtipp glücklicherweise zu langweilig.

---

[2] 間 = zwischen

Seine Zaru Soba[3] hatte Taichi heute schon gierig verschlungen, als sich jemand rittlings neben ihm niederließ und die Beine auf der hölzernen Bank verschränkte.

„Hättest mir ruhig ein paar kalte Nudeln übriglassen können", scherzte der junge Mann mit dem stachligen Haarschnitt und lehnte sich mit dem Rücken an die Tischkante.

„Kauf dir deine Eigenen, Kain und schnorr nicht immer bei uns." Taichi hatte gar nicht erst zu einer Antwort angesetzt. Er hatte gewusst, dass Tora ihm zuvorkommen würde. So war das immer, wenn Kain auftauchte. Das waren alle bereits gewohnt.

„Gib mir Geld dafür und ich füttere mich selber durch", konterte der junge Mann und legte seinen Kopf in den Nacken, um der Halbjapanerin die Zunge heraus zu strecken.

„Wer ist denn hier der mit dem Job?" Die junge Frau auf der gegenüberliegenden Bank zog an den blauen Haarspitzen des Anderen und grinste breit. Selbst im Schatten funkelten ihre weißen Zähne in ihrem Gesicht, als hätte sie sich frisch geputzt, was wohl an ihrem dunkleren Teint und ihren rotbraunen Haaren lag. Ihr Harajuku-Gal-Style passte perfekt zu ihr, fiel jedoch überall auf.

„Sie hat recht. Eigentlich solltest *du* uns einladen. Immerhin sind wir nur arme Studenten." Taichi schob sein leeres Brett und die Soßen-Schüssel beiseite und fuhr sich durch sein schwarzes Haar. Auch im Schatten war es heute wieder heiß.

„Ihr wisst genau, dass ich so gut wie nichts verdiene", jammerte Kain und zog eine Packung Cookies & Creme Pocky aus der großen Tasche seiner Dreiviertelshorts. Sehr zur Belustigung aller.

„Und das, was du verdienst, geht für sowas drauf." Tora verdrehte die Augen und schüttelte gleichzeitig den Kopf, was ihre großen Plastikohrringe zum Klappern brachte. Nana, die neben ihr saß, kicherte hinter ihrer Serviette. „Wie kannst du bei

---

3 = beliebtes Sommergericht; kalte Nudeln, die in eine erfrischende Brühe getunkt werden

der Hitze Schokolade mit dir rumschleppen?" Der Gefragte zuckte mit den Schultern.

„Die sind doch eh gleich weg, da kann gar nichts schmelzen." Der große Kanadier mit den rotgefärbten Haaren ließ sich ebenfalls rittlings neben Kain nieder und klaute ihm einen der überzogenen Keksstangen aus der Packung. Seine schlaksigen Beine streckte er aus. Er war von der Toilette zurückgekehrt.

„Außer uns selbst", kommentierte der junge Student seine Aussage gleich darauf noch und Taichi atmete tief durch. Wie er es sich gedacht hatte, würde Liam jetzt wieder über die Hitze jammern. Ein Thema, das seit Sommeranfang jeden Tag aufs Neue aufkam. Ja, als Kanadier hatte er es sicher schwerer mit den Temperaturen klar zu kommen, aber warum ständig über etwas diskutieren, dass nicht zu ändern war?

Taichi fragte sich, ob man als Japaner wohl ein Gen besaß, das einen mit der tropischen Hitze fertigwerden ließ und Liam es deswegen wirklich schwerer als sie alle hatte. Immerhin war die Sache mit dem Schwitzen genetisch bewiesen und als Japaner brauchte man normal kein Deo. Da hatte es Liam wohl wirklich schwerer.

Der Blick zu seinem Freund ließ ihn aus dem Augenwinkel ein Blinken wahrnehmen und er sah überrascht auf sein Handy. Er bekam normal nie Nachrichten, wenn er mit seinen Leuten zusammen war. Wer sollte ihm auch schreiben, wenn nicht die Menschen, die hier beisammensaßen?

Neugierig entsperrte Taichi sein Smartphone und blickte ungläubig auf die Nachricht in seiner Messenger-App.

Hey, ich weiß, das ist dein Satz, trotzdem: Ich vermisse dich!

Kei? Das war mehr als ungewöhnlich. Sie schrieben sich so gut wie nie. Nicht, dass es da irgendwelche Regeln für sie gab. Er konnte es durchaus tun. Und Taichi hatte auch nichts dagegen, nur hatte sein Manager meist viel zu viel zu tun, um ständig auf sein Handy zu starren und ihm zu antworten. Es war ja auch nicht wirklich notwendig. Sie sahen sich normal mindestens einmal am Tag. Wenn auch oft viel zu kurz. Dennoch reichte es ihnen. Oder hatte es zumindest bisher. Ob etwas passiert war? Unwillig diesen

Gedanken zu akzeptieren, schüttelte Taichi den Kopf und begann zurückzuschreiben.

Ich erlaube dir ausnahmsweise, ihn zu benutzen, weil du es bist. ;)

Ein Lächeln huschte bei dem Gedanken an Keis breites Grinsen über sein Gesicht. Er liebte es, wenn sein Freund lachte. Das bedeutete Taichi so viel.

„Hast du eine schöne Nachricht bekommen?" Der junge Mann horchte auf, sperrte augenblicklich sein Handy und sah Nana ohne Regung an.

„Wie?"

„Du hast gelächelt, als hättest du etwas Schönes gelesen."

„Tai hat 'ne Message bekommen?" Sofort horchte nicht nur Tora auf. Sie alle wussten, dass er normal nur die News auf seinem Handy las, mal eine Zugverbindung nachschlug oder etwas für den Unterricht suchte.

„Ui, von deiner Süßen?" Kain hielt beim Knabbern inne und grinste Taichi an, der die Augen verdrehte. Jetzt hatte er den Salat. Was hatte er auch nicht auf seinen Gesichtsausdruck geachtet?

„Du hast 'ne Freundin?" Tora rutschte auf der Bank in seine Richtung, so dass sie ihm nun gegenübersaß, und verschränkte erwartungsvoll ihre Hände unter ihrem Kinn. „Erzähl!"

„Wer sagt, dass er 'ne Freundin hat?" Die Einmischung von Liam hatte er nicht erwartet gehabt. Immerhin war der Kanadier der Einzige, der wusste, mit wem Taichi zusammen war. Dass er überhaupt mit jemandem zusammen war. „Vielleicht hat er ja auch 'nen Freund." Okay, die Worte waren schon eher zu erwarten gewesen. Also doch keine Hilfe von dieser Seite. Eher größere Probleme.

„Jetzt geht das wieder los." Tora seufzte und verdrehte ihre hell-geschminkten Augen. „Nur weil du bi bist, müssen das nicht gleich alle sein."

„Und nur weil du hetero bist, müssen es nicht alle jungen Männer sein", konterte Liam. Womit sie wieder mal bei diesem Thema wären. Nicht, dass einer von ihnen etwas gegen die

Neigungen der anderen hätte, aber diskutiert wurde das Thema trotzdem gerne. Es wurde einfach zu sehr von den Medien gepusht.

„Also ich glaub ja nicht, dass Tai bi ist", mischte sich nun auch noch Kain ein und Nana nickte eifrig. Dabei hatte er nicht einmal erwähnt, was er dachte, dass er sei. Nana hoffte sicher auf hetero.

Taichi schüttelte den Kopf, bevor er sich erhob. Trotz seiner Leichtigkeit waren sofort alle Blicke auf ihn gerichtet.

„Tai geht jetzt in die Uni zurück, wie es alle anderen auch tun sollten. Dort kann er dem Unterricht folgen, egal ob er hetero, bi oder schwul ist." Er verstaute sein Handy in seinem Rucksack, den er über die linke Schulter warf und vergrub seine Hände in den Hosentaschen seiner dünnen Leinenhose. Nur zu gerne hätte er noch einmal nachgesehen, ob Kei ihm geantwortet hatte, aber er unterdrückte das Verlangen. Dann würde die Diskussion nur weitergehen und auch wenn es ihn ärgerte, dass die anderen über ihn gesprochen hatten, als wäre er nicht anwesend, so hatte er immerhin keine Fragen beantworten müssen. In dieser Hinsicht war Liams Richtung doch eine Hilfe gewesen.

Der Nachmittag verlief ohne weitere Vorkommnisse. Taichi nutzte einen Toilettengang, um Keis zweite Nachricht zu lesen und ihm zu antworten. Danach blieb es still. Auf beiden Seiten. Kei antwortete nicht mehr und auch seine Kameraden schnitten das Thema nicht mehr an. Vermutlich, weil er sein Handy nur, wie sonst auch nutzte und dabei wie immer, keine Miene mehr verzog.

Wie üblich, wenn er aus der Uni kam oder auch hinging, benutzte Taichi den Hintereingang des Hotels. Erstens war er schließlich kein normaler Gast und zweitens war ihm selbst das auch wesentlich lieber. In der Lobby wurde man nur angestarrt. Vor allem, wenn man so locker bekleidet hereinschneite. Nicht, dass Taichi sich seines Aussehens schämte, bei weitem nicht, aber er würde deswegen nicht im Anzug oder Sakko zur Uni gehen.

Und die Markenklamotten, die Kei ihm immer wieder schenkte, konnte er nicht ständig tragen. Er musste sie unter billigere Ware mischen, damit niemand sich fragte, woher er das Geld dafür besaß. Wenn mal ein Stück auffiel, schob er es auf den Ausverkauf, was im schnelllebigen Tōkyō das Normalste auf der Welt war.

Es lag wohl an diesem täglichen Weg, durch den er jenen Hintereingang so gut kannte, dass ihm der Mann im grauen Anzug sofort ins Auge sprang. Immerhin benutzte nur das Personal und Bedienstete diesen Weg. Wobei der Mann durch eben jenen Anzug eigentlich ganz gut in das Hotel passte. Nur eben nicht hier hinten.

„Guten Abend." Taichi grüßte höflich mit einem Kopfnicken und schritt an ihm vorbei zum Aufzug. In einem normalen Haus würde er die Treppe nehmen, aber nicht, wenn es über dreißig Stockwerke waren, die er erklimmen musste.

Der Mann erwiderte seinen Gruß und blickte ihm eindeutig nach. Verlaufen schien er sich allerdings nicht zu haben, denn er bat nicht um Hilfe und Taichi hütete sich davor ihm diese von sich aus anzubieten. Kontakt zu unbekannten Leuten im Hotel machte alles nur schwieriger für Kei und ihn.

Im einunddreißigsten Stockwerk angekommen, betrat der junge Student den privaten Flur entlang der Suite mit seiner Chipkarte und schritt geradewegs zum Schlafbereich, der hinter einem Linksknick lag und die letzte Tür von dreien war. Er wollte erst einmal duschen, bevor er irgendetwas anderes tat. Gelassen schlüpfte er aus seinen Schuhen, die er brav neben der Tür aufreihte, wie es ein ordentlicher Japaner nun einmal tat, und umfasste dann den Türgriff.

Kaum hatte Taichi die Klinke nach unten gedrückt, war es mit der Ruhe vorbei. Die Tür flog auf und riss ihn mit ins Zimmer. Taichi fing sich gerade noch so weit, dass er nicht vorne überfiel, als er auch schon das Knallen der Tür vernahm und an seinem rechten Arm weitergezogen wurde. Sein Rucksack rutschte ihm von der linken Schulter, während er sich in der Hektik darauf konzentrierte nicht über seine eigenen Füße zu stolpern. Was gar nicht so leicht war, da er in der nächsten Sekunde herumgewirbelt und auf das Bett gestoßen wurde. Er landete federnd auf dem Rücken, hob aber augenblicklich den Kopf.

Das alles war so überraschend gekommen, dass Taichi erst jetzt erkannte, wer für den Übergriff verantwortlich war und mittlerweile über ihm lehnte. Daher fiel ihm im ersten Moment auch nichts wirklich Intellektuelles ein außer:

„Du bist schon zurück?" Keis Grinsen wurde breiter, während sein Liebster ihn mit großen Augen anblinzelte.

„Ich muss nochmal weg, daher zählt jede Minute." Als würde das alles erklären, begann der junge Hotelmanager sich an Taichis Hose zu schaffen zu machen. Geschickt wurden die vier Knöpfe der Leinenhose aus ihren Löchern geschoben und der Stoff samt Unterwäsche nach unten gedrückt. Natürlich mit Taichis Hilfe, der danach weiter auf das Bett zurückrutschte und seinen Geliebten dabei beobachtete, wie er sich selbst untenherum allen Stoffes entledigte. Sein Jackett und seine Weste war er allem Anschein nach schon zuvor losgeworden. Kei trug nämlich lediglich ein halb offenes Hemd.

„Wie viel Zeit haben wir genau?" Taichi hatte sich von der Überrumpelung erholt und leckte sich über die Lippen, als Kei über ihn krabbelte und ihm in die Augen blickte.

„Zehn Minuten", war die Antwort, der sofort ein begieriger Kuss folgte. Taichi schloss die Augen und legte die Arme um den Hals seines Geliebten. Schade. Das war wirklich wenig Zeit. Das würde nicht mal für einen Quickie reichen, selbst wenn sie es unvorbereitet taten. Da blieben wohl nur die Hände. Und allgemein der Körper, denn während Taichi noch den Kuss genoss, brachte Kei ihre Hüften zusammen und bewegte sich kreisend. Wie lange er wohl schon so erregt auf ihn gewartet hatte?

Aus aufkommendem Luftmangel heraus brach Tai den Kuss schließlich und keuchte sekundenspäter auf, als Kei mehr Druck auf seinen Unterleib ausübte. Der Kleinere spreizte die Beine weiter und umschlang seinen Geliebten, der sich im gleichen Atemzug mit ihm aufrichtet. Kaum hatten die beiden sich in ihrer neuen Position sortiert, als der Braunhaarige seine Hand um ihre beiden erregten Glieder schloss und zu Pumpen begann.

Taichi stöhnte ungehemmt auf und widmete sich dann Keis Halsbeuge, an der er zunächst zärtlich und dann begierig saugte. Da konnte auch der Ältere nicht mehr an sich halten und warf mit einem Keuchen den Kopf zurück. Seine Hand fuhr jedoch unbeirrt in ihrer Arbeit fort, was Tai seinem Höhepunkt schnell näherbrachte. Es war, als hätte Kei magische Finger, die genau die richtigen Punkte berührten, die Taichi noch heißer auf seine Berührungen machte. Wenn das überhaupt möglich war. Denn allein das lüsterne Grinsen Keis ließ ihn meist schon hart werden. In diesen Minuten war beides ein Vorteil, denn als sich der Braunhaarige darauf verließ, dass Taichi ihre Körper zusammenhielt, strich er mit den Fingern seiner freien Hand über die Spitze ihrer Glieder ohne den Druck darunter zu verringern. Eine Aktion, die den Jüngeren über die Schwelle trug und sich stoßweise über die Hände Keis ergießen ließ. Dieser folgte dicht hinter ihm mit einem lauten Stöhnen. Einige der verschmierten Finger in der Bettdecke vergraben, um die Zuckungen seiner Hüfte nicht ausarten zu lassen.

Länger als eine Minute gab Kei sich zur Erholung nicht. Einmal noch kräftig durchgeatmet, dann hauchte er Taichi einen Kuss auf die Lippen und rutschte unter ihm weg, um vom Bett zu klettern. Der Kleinere seufzte wohlig, während er sich auf den Rücken fallen ließ und dabei zusah, wie sein Geliebter sein weißes Hemd gänzlich aufknöpfte, um es abzustreifen. Kei zwinkerte ihm zu und verschwand dann schnurstracks im Bad, wo gleich darauf die Dusche zu rauschen begann.

Das war wirklich eine nette Überraschung gewesen. An so einen Empfang konnte Tai sich gewöhnen. Ob Kei heute sehr aufgewühlt war? Erst die Nachricht auf dem Handy und dann dieser Überfall. Das war nicht alltäglich. Nicht, dass Kei und er sich langweilten. Nein, Routine gab es in ihrem Leben kaum.

Allein, weil man nie wusste, wann der junge Manager im Hotel gebraucht wurde. Aber irgendetwas war heute anders.

Taichi richtet sich in dem Moment auf, als Kei aus dem Bad zurückkehrte - inklusive Handtuch, mit dem er seinen Oberkörper und seine Haare trocknete. Die braunen Strähnen streckten sich nun zu allen Seiten, was dem jungen Mann einen niedlichen Touch verlieh.

„Haben sie dich wieder geärgert?" Taichi rutschte an das Bettende und lehnte sich auf das geschwungene Holz des Bettgestells.

„Hm … schon etwas." Kei hatte das Handtuch mittlerweile an Ort und Stelle fallen lassen und sich dem Schiebetürenschrank gewidmet, der gegenüber vom Bett stand. Er streifte ein frisches Hemd und eine saubere Unterhose über, bevor er seine Hose aufhob und sie anzog. Zu Taichi sah er nicht. Dazu fehlte ihm die Zeit, die er nutzte, um Weste und Jackett wieder überzustreifen. Als er sich auf dem Bänkchen vor dem Bettende niederließ, um frische Socken anzuziehen, richtete Taichi von hinten seinen Kragen.

„Was wünscht du dir, wenn du zurückkommst?"

„Das du da bist."

„Dann geh ich heute nicht mehr hier weg."

„Danke." Kei wandte sich um, um sich einen schnellen Kuss zu erhaschen, und lief dann ein weiteres Mal ins Bad. Als er kurz darauf wieder herauskam, waren seine Haare gekämmt und seine Hemdsärmel mit Manschettenknöpfen verschlossen. Dann verschwand er auch schon im Flur und die Tür fiel an diesem Tag ein weiteres Mal geräuschvoller ins Schloss.

3.

„Tut mir leid, wegen gestern Nacht." Taichi trat hinter Keis Stuhl und schlang seine Arme um die Schultern seines Geliebten.

„Warum?" Der junge Manager wandte den Kopf, um seinem Geliebten einen Kuss auf die glatte Wange zu hauchen, da dieser sein Kinn auf seiner Schulter abgelegt hatte. „Ich bin mir nicht bewusst, dass du etwas angestellt hättest."

„Genau darum. Ich hab mitbekommen, wie du gestern Nacht zurückgekommen bist, konnte meinen Körper aber nicht dazu kriegen wach zu werden. Ich wollte noch mit dir reden."

„Worüber?" Kei legte sein Smartphone neben seinem Teller mit Marmaladentoast ab und strich dem Jüngeren über das Haar.

„Na, wie dein Tag war. Ich hab mir Sorgen gemacht."

„Das ist süß von dir, aber es hat mir schon geholfen, dass du da warst. Danke." Ein weiterer Kuss folgte.

„Hm ..." Taichi dachte einige Sekunden über Keis Antwort nach, bevor er seinen Geliebten kurz fester umarmte. Dann ließ er sich neben ihm auf einem der gepolsterten Stühle an dem großen weiß lackierten Eichenholztisch nieder. Sie waren sich beim Essen lieber näher, als sich direkt anzusehen. Wobei Tai es sich meist sowieso nicht gerade vornehm auf den Stühlen bequem machte. Mal im Schneidersitz, mal die Beine über Keis Oberschenkel gelegt oder gleich seitlich, um das Profil seines Geliebten studieren zu können. Natürlich ging das nur in der Suite, wo sie ungestört waren. Hier, wo niemand sie verurteilte oder sich einmischte. Hier, wo es keine Regeln für sie gab, außer ihrer eigenen.

Das gemeinsame Essen kam, bis auf das Frühstück, das sie immer versuchten zusammen einzunehmen, relativ selten vor. Kei war einfach zu beschäftigt mit dem Hotel und Taichis Stundenplan konnte in Forschungszeiten auch gerne mal von den Vorgaben abweichen. Daher genossen sie die frühen Minuten am Liebsten in nächster Nähe. Und natürlich so lange, wie möglich. Kei hatte es einfacher. Er wohnte schließlich an seinem Arbeitsplatz und musste nur pünktlich seine Runde beginnen.

Taichi dagegen hatte es ein Stück weiter. Bis zum Shinagawa-Campus war es mit der Bahn ungefähr eine halbe Stunde, wobei hiervon die längsten Wege von Tai zu Fuß zurückgelegt wurden. Und zwar die Strecke zu und von den Bahnstationen. Hier hatte er mehrere zur Auswahl, da Hotel und Universität beide im selben Stadtgebiet lagen.

An diesem Dienstagmorgen hatte sich der junge Student für die Yamanote-Linie entschieden. Die fünfzehn Minuten, die er zu Fuß zum Bahnhof Hamamatsu-chō zurücklegte, waren schon recht warm, weshalb Taichi nur ein leichtes T-Shirt und eine frische Leinenhose trug. Doch er selbst kümmerte sich nicht um die Menschen, die hechelnd die Straßen entlang hasteten und sich mit ihren Stofftaschentüchern die Stirn tupften. Seine Gedanken hingen noch am Hinterausgang, den er auch heute wieder benutzt hatte. Unweigerlich hatte er nach dem Mann im grauen Anzug Ausschau gehalten, obwohl die Uhrzeit eine vollkommen andere gewesen war. Aber dieser Typ war in seinen unauffälligen Alltag eingedrungen und hatte ihn damit mehr beschäftigt, als er zunächst gedacht hatte. Außerdem war da noch Kei. Nicht, dass Taichi ihm nicht vertraute, ganz im Gegenteil. Wenn etwas nicht in Ordnung war oder sein Geliebter Stress abbauen musste, dann kam er stets von sich aus zu ihm. Und doch sorgte sich Tai heute. Irgendetwas war anders. Vermutlich gerade, weil sie sonst immer über alles sprachen und es dieses Mal nicht getan hatten. Hatte er eine Gelegenheit verpasst?
Die Gedanken, die Taichi bis zum Campus begleiteten, hielten ihn davon ab, die neuesten Meldungen auf seinem Smartphone zu checken, was ihm erst auffiel, als er den bereits gut gefüllten Vorlesesaal betrat. Auch Liam und Nana waren schon da und wie gewohnt, ließ sich Taichi neben der kleineren Studentin nieder, als er einen guten Morgengruß in die Runde schickte. Doch Liam schien das gar nicht wahrzunehmen. Er war viel zu beschäftigt damit mit Tora zu diskutieren.

„Was ist denn passiert?" Taichi zog seinen Rucksack auf seinen Schoß und begann darin nach seinem Handy zu suchen.

„Hast du es nicht gehört?" Nanas Augen waren erschreckend geweitet, als sie sich von den beiden Diskutierenden zu Tai wandte. Sofort horchte der junge Mann auf. Normalerweise war Nana nicht so schnell für Themen zu begeistern, die Liam oder Tora anschnitten, aber das hier schien sie mitzunehmen.

„Du bist doch sonst immer auf dem neusten Stand."

„Heute Morgen keine Zeit gehabt, das Handy zu checken?" Der letzte Satz kam von Liam, der ihn angrinste und von Tai sofort einen finsteren Blick erntete. Er wusste genau, worauf der Kanadier anspielte. Aber sein Sexleben ging ihn nun wirklich nichts an.

„Jetzt sagt schon, was los ist", forderte Taichi genervt, während er von seinem Rucksack abließ. Somit war er nun das neue Augenmerk der beiden aufgeregten Studenten, von denen einer auf dem Tisch und der andere rittlings auf einem Stuhl saß.

„Es wurde wieder jemand ermordet", begann Liam und bevor Tai etwas darauf erwidern konnte, fiel Tora ein.

„Aber nicht irgendwo in Minato, sondern ganz in der Nähe. Und angeblich ..."

„... angeblich soll er Gast im *King Park Tower* sein", grätschte Liam in ihr aufgeregtes Geplapper rein.

Während sich das Harajuku-Girl noch mit dem Kanadier darum stritt, wer weitere Gerüchte und Zeitungsausschnitte zuerst wiedergeben durfte, blendete Taichis Gehirn die Geräusche um sich herum aus. So, als wolle es Platz für die immer wieder hallenden Worte in seinem Kopf schaffen: Gast. King Park Tower. War das ein schlechter Scherz? Das konnte unmöglich sein! Er war doch bis vor einer Dreiviertelstunde selbst noch dort gewesen und hatte nichts mitbekommen. Und Kei ... Tai hielt die Luft an. War es das gewesen? Hatte Kei ihm den Mord verheimlicht? Aber warum? Was brachte das? Er wusste doch ganz genau, dass er es früher oder später in den Nachrichten lesen würde. Hatte er sich Sorgen gemacht?

„Tai? Geht es dir gut?" Nanas piepsige Stimme so dicht bei seinem Ohr, ließ ihn mit einem überraschten Zucken in den Vorlesungssaal zurückkehren. Allerdings noch nicht mit vollem Bewusstsein. Orientierungslos nickte Taichi dem schwarzhaarigen Mädchen knapp zu, das gerade noch seinen Rucksack auffing, als er sich ruckartig erhob und Liam direkt ansprach.

„Ist das sicher? Wer war das Opfer? Gibt es Namen? Wann genau ist es passiert? Ist es der gleiche Täter?"

„Hey, mal langsam, Tai." Liam hob abwehrend die Hände, als die Fragen seines Freundes auf ihn niederprasselten. „Es ist kaum was bekannt. Die Presse spekuliert mehr, als das sie was weiß."

„Woher wisst ihr das dann alles?" Taichi ließ nicht locker.

„Einer der älteren Studenten aus dem Wohnheim soll die Leiche gefunden haben. Anscheinend hat ihn die Presse erwischt, bevor die Polizei sich um ihn gekümmert hat. Daher sind die Fakten auch nicht bestätigt."

„Ich sag doch, du sollst dich mit deinem Gelaber zurückhalten." Tora schnaubte hochmütig. Darum war die vorige Diskussion also gegangen.

„Musst du nicht in deinen Kurs?" Liam verdrehte die Augen. Er redete einfach zu gerne, da konnte er es nicht leiden, wenn ihm jemand den Mund verbot. Schon gar nicht, wenn es Tora war, die selbst nicht auf den Mund gefallen war. Japaner würden sagen: Ganz klar das spanische Blut. Doch das war Taichi im Moment alles egal. Er wusste noch immer nicht, was er von all den Informationen halten sollte. Sein Instinkt sagte ihm, dass er sofort zurück ins Hotel sollte, aber seine Vernunft appellierte dagegen. Kei wollte sicher kein Aufsehen oder zumindest das Unvermeidliche geringhalten und sollte das wirklich alles schon bekannt sein, gab es für ihn sicher viel zu regeln. Da konnte Taichi nicht einfach hineinplatzen. Dennoch stieg da dieses ungute Gefühl in dem jungen Studenten auf. War Kei in Gefahr? Immerhin war es der dritte Mord im Bezirk Minato und dann so nah – was auch immer nah laut Liam bedeutete. Aber allein, dass dieser Tote mit dem Hotel in Verbindung stand, war schon erschreckend. Und dann war da noch dieser verdächtige Mann im grauen Anzug. Hätte er Kei bloß davon erzählt!

„Hey, Tai." Ein weiteres Mal schwappten die Gedanken des Studenten in die Gegenwart zurück und folgten den Handzeichen seines Freundes, der ihm klar machte sich auf seinen Hintern zu setzen. Der Professor war eingetroffen. Damit hatte sich die Sache wohl so weit entschieden, dass er für die nächsten eineinhalb Stunden nicht ins Hotel zurückkehren würde, was Tai aber nicht davon abhielt, weiter nach seinem Smartphone zu suchen, anstatt dem Unterricht zu lauschen.

Zunächst hatte Taichi sein Smartphone unter dem Tisch nur in der Hand gehalten und nachgedacht. Sein Körper war über die vielen Gedanken, die ihn beschäftigt hatten, nicht begeistert gewesen. Er war unruhig geworden und Tai hatte sich zwingen müssen, dem Drang ständig auf seinem Stuhl hin und her zu rutschen, nicht nachzugeben. Was dem Ganzen nicht förderlich gewesen war. Wie sehr er sich dabei verkrampft hatte, war ihm erst aufgefallen, als seine Gedanken sich langsam beruhigten und er beschloss, Kei zu schreiben. Neutral. Denn wenn Tai ehrlich war, dann wusste er rein gar nichts. Nicht einmal, ob der Tote wirklich ermordet worden war. Wer sagte ihm, dass diese Schlagzeilen und Gerüchte der Realität entsprachen? Die Leute quatschten gerne und bauschten Geschichten auf, um mitreden zu können. Vielleicht war das Ganze ja ein Unfall gewesen und Kei hatte deswegen nichts gesagt? Denn in einem war sich Taichi sicher: Sein Geliebter hatte sich Sorgen um ihn gemacht und deswegen geschwiegen. Doch er hatte dabei nicht bedacht, dass es Tai ganz genauso ergehen würde. Daher beschloss der junge Student, in der Mittagspause nicht länger zu warten. Kei hatte nicht auf seine Chatnachricht reagiert, sie nicht einmal gelesen und Taichis Geduld war am Ende. Ohne ein Wort zu Liam oder Nana verließ er den Campus und machte sich zurück auf den Weg ins Hotel. Was genau er dort unternehmen würde, wusste er zu diesem Zeitpunkt noch nicht, aber eines war klar: Er würde Kei finden und mit ihm reden. Selbst wenn er dadurch Ärger bekommen sollte.

Bereits auf seinem Weg zurück ins Hotel hatte Taichi sich dazu entschlossen den Haupteingang zu benutzen. Das machte ihn nervös, aber nur so würde er sehen, ob etwas Ungewöhnliches im Gange war. Außerdem kam ihm sein Hintereingang gerade etwas verlassen vor. Was, wenn der Mann im grauen Anzug wieder dort war? Unwahrscheinlich falls wirklich die Polizei vor Ort sein würde, aber nicht undenkbar. Dennoch musste Taichi sich zusammenreißen, als er von der Hauptstraße nach rechts auf den Vorplatz des Hotels einbog. Normalerweise nahm er ja den Weg durch oder hintenherum am *Shibu Park* vorbei, doch so ging es schneller und Zeit war gerade etwas, das Taichi nicht vergeuden wollte. Denn auch innerhalb der halben Stunde Rückweg hatte sich Kei nicht gemeldet.

Als Tai am Haupteingang unter das große Vordach und somit in den Schatten trat, spürte er erst, wie sehr die Sonne gestochen hatte. Er fuhr sich durch sein schwarzes Haar, ohne langsamer zu werden, und stockte nur kurz, als sich die Glasschiebetüren zu schwermütig für seinen Schritt öffneten. Bereits im Zwischenraum vor der nächsten Glastür, die ihn endlich ins Hotel bringen würde, spürte er die kühle Luft der Klimaanlage, die ihm zeigte, wie verschwitzt er tatsächlich war. Doch das waren alles nur flüchtige Gedanken, während Taichi sich wachsam umblickte. Denn auch, wenn er den Haupteingang meist mied, so kannte er ihn doch gut genug. Immerhin wohnte er bereits zwei Jahre in diesem Hotel. Doch gerade war das sommerliche Blumenbouquet, das vor dem luftleeren Rechteck stand, um das die verschiedenen Etagen erbaut worden waren, genauso uninteressant, wie die verschiedensten Gänge, die in alle Richtungen abzweigten und entweder zu mehreren Lobbys, Restaurants oder kleinen Geschäften führten. Kein Wunder, dass es dem jungen Studenten oft vorkam, als würde er eine eigene Welt betreten, wenn er durch den Haupteingang trat. Es war, als wäre das Hotel eine kleine Stadt für sich. Autark, luxuriös und mit allem ausgestattet, was das menschliche Herz an Käuflichem begehrte.

Heute allerdings war sein Augenmerk auf die Menschen, die an ihm vorbeiliefen, geheftet. Während die Angestellten ihn nur kurz registrierten, um auch ja nicht zu versäumen, einem eventuell hohen Gast gegenüber aufmerksam zu sein, schienen um diese Tageszeit auch die wirklichen Gäste ihm keine Beachtung zu schenken. Vermutlich, weil er nach außen hin lockerer wirkte, als er es war. Normalerweise hätte Taichi auch nicht lange gezögert und wäre um das Rechteck herum auf einem der schwebenden Gänge mit Glasverkleidung direkt zum gläsernen Aufzug in der Mitte geeilt, um in sein Stockwerk zu fahren, aber heute, wollte er sich genauer umsehen. Um dabei nicht aufzufallen, durfte Tai sich aber auch nicht zu viel Zeit lassen. Was er, zu seinem Entsetzen, auch gar nicht musste. Denn gerade als der junge Student auf einem der Stege ins Innere des Hotels abbiegen wollte, erspähte er durch die offene Struktur des Eingangsbereiches einen bekannten Anzug in der Hauptlobby. Ein Ruck ging durch seinen Körper, der immerhin verhinderte, dass er wir angewurzelt stehen blieb. Ob es allerdings weniger auffällig war, sich abzuwenden und über die gläserne Brüstung in die unterste Etage zu starren, bezweifelte Taichi. Dennoch konnte er sich gerade nicht rühren. Sein Atem ging hastig, seine Hand an seinem Rucksackgurt war verkrampft und er hatte das Gefühl, dass sein Herzschlag in diesem gläsernen Turm widerhallte. Verfolgte ihn der Typ? Er hatte doch extra nicht den Hintereingang genommen und nun stand der Mann im grauen Anzug doch tatsächlich am Tresen in der Lobby und unterhielt sich mit einer der Empfangsdamen. Wer zum Teufel war der Kerl?! Der Mörder? Verdächtig war er auf jeden Fall. Wieso war er sonst am Hintereingang gewesen? Als normaler Gast hätte er dort nichts zu suchen gehabt. Aber es war doch noch gar nicht sicher, dass es Mord gewesen war. Zumindest für Taichi, der keine Fakten kannte. Ja, genau. Das war's! Er musste Kei finden. Ihm konnte er von allem erzählen und jetzt würde er ihm sicher

Auskunft geben. Doch wo sollte er suchen? Der junge Manager konnte überall sein.

Noch immer seinen leeren Blick auf die Springbrunnen im Untergeschoss gerichtet, atmete Taichi tief durch und straffte seinen Körper dann so plötzlich, dass die ältere Dame, die ihn in diesem Augenblick passierte, erschrocken zusammenzuckte. Er entschuldigte sich mit einer kurzen Verbeugung und folgte dann seinem Entschluss, erst einmal in ihre Suite zurückzukehren. Um dabei nicht die geringste Aufmerksamkeit des Grauen auf sich zuziehen, lief Taichi den Steg zurück und bog dann in einen der Gänge abseits von der Lobby ein. Er wusste, wo er weitere Aufzüge fand, die ihn in den einunddreissigsten Stock bringen würden. Vor allem welche, die nicht so durchsichtig und überfüllt waren.

Am hinteren Ende des Korridors, abseits jeglicher Geschäfte und Bars, war gerade tatsächlich nichts los. Das erleichterte Taichi mehr, als er sich eingestehen wollte und er entspannte sich langsam. Wenn er jetzt noch Kei fand, dann würde sicher alles wieder in Ordnung kommen. Was immer auch gerade schief lief. Vielleicht sollte er sich umziehen und die einzelnen Stockwerke systematisch absuchen? In einem Anzug fiel er sicher nicht auf. Aber das Hotel hatte leider verdammt viele Stockwerke, Ecken und Restaurants, in denen sich Kei vor und hinter den Kulissen aufhalten konnte. Ob er einfach seine Sekretärin fragen sollte? Eigentlich sprach Tai ja nicht gerne mit der ausländischen Blondine, die sich nur zu gerne für etwas Besseres hielt und eindeutig auf Kei stand, aber es würde Zeit sparen.

In Gedanken versunken, nahm Taichi nur im Hintergrund wahr, wie der ankommende Aufzug sich mit einem leisen Bing öffnete, doch als er aufsah, um einzusteigen, da erstarrte sein Körper vor Überraschung. Ein Blinzeln folgte. Dann wurde er auch schon in die Fahrstuhlkabine gezogen, die ihre Türen beinah lautlos schloss.

„Was ... Was machst du hier?"

„Das sollte ich eher dich fragen." Kei hatte sich beim Anfahren des Aufzugs zum Tastenpanell gewandt, eine

Schlüsselkarte aus seiner Jackettasche gezogen und diese in einen Schlitz eingeführt, nur um gleich darauf einen roten Knopf zu drücken. War das der Nothalt? Sie fuhren auf jeden Fall nicht mehr, denn die Anzeige der Stockwerke stand still.

„Ist etwas passiert?" Keis Blick war besorgt und das tat Tai leid, aber die Frage seines Geliebten entlockte ihm auch ein Lächeln.

„Das war eigentlich meine Frage." Die Antwort ließ den Größeren schmunzeln.

„Also ist uns beiden etwas passiert, hm?" Der junge Manager trat auf Taichi zu und strich ihm übers Haar. Ihre Blicke trennten sich dabei nicht. „Du bist ganz verschwitzt." Seine Finger strichen über die Schläfe des Kleineren bis zu dessen Wange. „Wieso hattest du es so eilig?"

„Ich hatte Angst um dich." Taichis Antwort war eigentlich nicht das, was er Kei zuerst hatte mitteilen wollen, doch diese rehbraunen Augen, die jedes Mal, wenn sie ihn ansahen, so viel Liebe widerspiegelten, ließen anstelle seines Verstandes sein Inneres sprechen.

„Das muss hart für dich gewesen sein, wenn du dafür sogar einen anderen Eingang benutzt." Kei wusste, wie ungern er sich in der Hauptlobby aufhielt und andere Fahrstühle benutzte, als den, der von ihrem Stockwerk in den hinteren Bereich fuhr. Dennoch schüttelte Taichi den Kopf.

„Du bist mir eben wichtiger." Der besorgte Ausdruck auf Keis Gesichtszügen verschwand und wich einem strahlenden Lächeln, bevor sich der junge Manager herabbeugte und Taichi einen sanften Kuss stahl.

Der Student genoss die Berührung allerdings nur einige Sekunden lang. Gleich darauf trat er eilig zurück und presste die Lippen aufeinander.

„Was ist?" Kei blinzelte überrascht und folgte Taichis Blick, der in eine der oberen Ecken der Aufzugskabine gehuscht war. Das löste das Rätsel sofort.

Ein leises Lachen erklang, als sich Kei einige Schritte auf seinen Geliebten zubewegte und diesen damit an die Rückseite der Kabine drängte. Sie war mit einem großen Spiegel versehen, an dem sich der junge Manager nun mit einer Hand abstützte. Taichis Augen huschten während seines Rückzugs zwischen ihm und der Überwachungskamera hin und her.

„K ... Kei. Sie ... sie werden uns sehen. Das ist nicht gut für dich", brachte Tai hervor und legte seine Hände abwehrend auf das beige Jackett des Braunhaarigen. Sein Rucksack hatte schon lange Bekanntschaft mit dem Boden gemacht und war kein Störfaktor mehr.

„Ich wollte es schon immer mal im Aufzug machen." Keis Grinsen war so verführerisch geworden, dass Taichi für einen Augenblick seine Umgebung vergaß und nur auf diesen verlockenden Mund vor sich starrte. Bis er den Oberschenkel seines Geliebten zwischen seinen Beinen spürte.

„Aber ..."

„Du weißt schon, dass ich die Aufzeichnung jederzeit löschen kann? Und was die Livezuschauer angeht, so ist das doch gerade das Spannende. Die wissen sowieso, was zwischen uns läuft. Ich muss nur aufpassen, dass sie nicht so viel von dir sehen, das ist nämlich mein Privileg."

Wie konnte man bei solchen Worten aus solch einem süßen Mund mit solch einer rauen Stimme nur widerstehen? Taichi schluckte. Seine Gedanken und Gefühle wirbelten wild durcheinander und sein Unterleib war bereits übergelaufen. Was für ein Verräter. Wo er doch einen kühlen Kopf bewahren musste. Immerhin hatte er Kei doch aufgesucht, um ... Was war das noch mal gewesen?

Tais Finger vergruben sich im Kragen der Anzugjacke, als sich ihre Lippen trafen und Kei auch seine zweite Hand an den Spiegel drückte, um besseren Halt zu finden. Denn dieses Mal war der Kuss weder sanft noch leicht, er war begierig, fordernd und voller Leidenschaft. Daher blieb es auch nicht lange dabei. Als sich ihre Lippen wieder trennten und beide kurz nach Luft schnappten, da begannen ihre Hände zu wandern. Gekonnt öffneten Taichis Finger die drei Jackett Knöpfe, um sich gleich darauf um die Kleineren am weißen Hemd zu kümmern, während

Keis Hände ihren Weg tiefer fanden und unter das T-Shirt schlüpften. Allerdings nur kurz. Gleich darauf glitten sie nämlich in die Hose des Kleineren, wo sie dessen Pobacken umfingen und den Unterleib Taichis dichter an den Oberschenkel des Besitzers drückten. Der Jüngere keuchte auf und seine Finger krallten sich haltsuchend in das offene Hemd seines Gegenübers. Ob die Wachleute wirklich zusahen? Der Gedanke war schon aufregend.

„Mach deine Hose auf." Keis leise Stimme war noch immer rau und spiegelte seine Erregung wieder. Seine Finger kneteten genießerisch Taichis Hintern, doch um weiter vorzudringen, fehlte ihm der Platz. Mit einer Hand noch immer im Hemd, mit der anderen seine Hose öffnend, gab der Student ihm den Raum für mehr und spürte zeitnah den Mittelfinger seines Geliebten, der sich voran tastete. Voller Erwartungen begann Taichi sich Keis Halsansatz zu widmen und küsste sich bis zu dessen Schlüsselbein hinab, über das er mit seiner Zunge fuhr. Im selben Augenblick, als der Finger begann in ihn einzudringen, atmete Taichi gekonnt aus, um sich zu entspannen, als ein rhythmisches Brummen ihre Blase voller Erregung platzen ließ und alles einfror. Einige Sekunden verstrichen, in denen nichts geschah, dann ließ Taichi seine Stirn an Keis Schulter fallen und lachte leise.

„Wie gemein."

„Hör einfach nicht dr ..."

„Jetzt ist es schon zu spät", unterbrach der Kleinere seinen Geliebten und auch Kei ließ seinen Kopf sinken und seufzte schwer. Sie wussten beide, dass die Stimmung dahin war. Trotzdem ...

„Fühlt sich aber nicht so an." Kei bewegte sein Bein leicht, um Taichis noch immer hartes Glied zu unterstreichen.

„Lass das." Lachend schlug der Student ihm auf den Arm, als sich Keis Finger zurückzogen. Allerdings nur bis zu Taichis Hüfte. Ganz wollte er ihn anscheinend nicht gehen lassen. Das wilde Brummen war inzwischen verstummt, hing aber immer noch drohend in der Luft. Es würde in Kürze sicher wieder beginnen.

„Was machen wir jetzt?" Wirklich süß. Kei klang, als würde er schmollen, während er sanft mit seinen Daumen über Taichis Haut unter seinem Shirt strich.

„Wir ziehen uns wieder an und du rufst zurück."

„Spielverderber."

„Einer muss hier ja der Erwachsene sein", neckte Taichi seinen Geliebten, der keinerlei Anstalt machte sich zu rühren. Langsam begann der Kleinere, Keis Hemd wieder zuzuknöpfen. Zumindest soweit er es in seiner Position hinbekam.

„Ich hätte es ausschalten sollen", grummelte der junge Manager, bevor er sein Bein zurückzog, sich versicherte, dass Taichi sicher stand und sich dann widerstrebend aufrichtete. Somit ließ auch der Jünger von Kei ab, um seine Leinenhose wieder zurechtzurücken. Was gar nicht so einfach war, wenn man noch erregt war.

„Du weißt genau, dass du das nicht sollst. Außerdem ..." Ach herrje! Genau! Taichi hatte doch ebenfalls versucht, Kei zu erreichen und das nicht gerade wegen einer Lappalie.

„Außerdem?" Der junge Manager war nun ebenfalls damit beschäftigt seine Kleidung zu richten.

„Kei. Ich muss mit dir reden. Es geht um diesen Mann." Der Angesprochene horchte auf und ließ von seiner Arbeit ab, als er die Ernsthaftigkeit des Jüngeren wahrnahm. „Er ist ... nein, eigentlich weiß ich nicht, was oder wer er ist, aber er ist verdächtig. Und dann ist da dieser ... Mord, Unfall ... was auch immer und ..."

„Hey, hey. Ganz langsam. Der Reihe nach. Was weißt du über den Mord?"

„Es war also wirklich einer? Warum hast du mir nichts davon gesagt? Ich hatte solche Angst um dich." Die Erregung war gänzlich vergessen, als Taichi sich in Keis Arme warf. Wenn es wirklich ein Mord gewesen war und der Mörder hier noch irgendwo herumlief, dann war er gerade mehr als dankbar, dass Kei hier bei ihm war.

„Hey, es wird alles wieder gut. Mir ist doch nichts passiert. Und der Gast wurde doch nicht im Hotel getötet. Die Polizei vermutet außerdem nur, dass es ein Mord war. Bewiesen ist noch nichts. Es tut mir leid, dass ich nichts gesagt habe. Ich wollte dich doch nur beschützen."

„Ich weiß." Taichis Antwort war mehr ein Nuscheln in Keis Jackett und wirklich böse war er auch nicht. Er hatte nur Angst gehabt. Vor allem, weil da dieser verdächtige Mann war. Aber Kei schien die Situation, wie immer, unter Kontrolle zu haben.

„Und was ist das jetzt für ein Mann? Ein neuer Geliebter?" Kei versuchte eindeutig Taichi zu beruhigen, was ihm auch ein Stück weit gelang. Ein weiterer leichter Schlag folgte, dieses Mal allerdings aufgrund der Umarmung auf den Rücken.

„Sehr witzig." Taichi sah auf. „Nein, ich finde ihn verdächtig. Er hat sich gestern beim Hinterausgang herumgetrieben und heute in der Hauptlobby."

„Verstehe." Kei sah nachdenklich aus, doch bevor er weitere Fragen stellen konnte, erklang das Brummen wieder. Taichi wollte sich von seinem Geliebten lösen, doch dieser hielt ihn mit einem Arm bei sich, während er mit seiner freien Hand sein Smartphone aus seinem Jackett zog und mit dem Daumen über das Display wischte, bevor er sich das Gerät ans Ohr hielt.

„Was gibt es?" Taichi beobachtet ihn. Wie er abwesend nickte, antwortete und mit ernster Miene beteuerte, in fünf Minuten dort zu sein. Wo auch immer dort war, es hieß, dass sie sich trennen mussten. Vorher jedoch würde Taichi keine Ruhe geben, bis die Sache mit dem mysteriösen Mann geklärt war. Er wollte Kei in Sicherheit wissen. Drängen musste er seinen Geliebten dazu allerdings nicht, denn kaum öffnete Taichi nach der Beendigung des Telefonats seinen Mund, als der junge Manager ihm zuvorkam. Er küsste ihn auf die Stirn, verstaute dabei sein Smartphone wieder in seinem Jackett und begann zu sprechen, während er von Taichi abließ.

„Hat dein mysteriöser Mann zufällig sehr kurze schwarze Haare und trägt einen grauen Synthetikanzug?" Kei ordnete noch den letzten Rest ihres kleinen Stelldicheins an seinem Anzug, warf einen Blick in den Spiegel und schenkte dem verwirrten Studenten dann ein schiefes Lächeln.

„Ich ... also ... ja, der Anzug ist grau." Mehr hatte er sich gar nicht gemerkt. Einfach nur den Gesamteindruck der Statur, die er in der Lobby wiedererkannt hatte. Und im Gegensatz zu Kei konnte er Anzugsstoffe nicht auseinanderhalten. Zumindest nicht auf den ersten Blick.

„Dann hat sich deine Sorge gerade in Luft aufgelöst. Dein Verdächtiger ist nämlich der leitende Kriminalbeamte, der mir schon gestern Abend auf die Nerven gegangen ist und den ich bereits seit über zwanzig Minuten warten lasse."

Taichi glaubte, seinen Ohren nicht zu trauen. Der Mann im grauen Anzug gehörte zur Polizei?! Oh man. Das hätte peinlich werden können. Gut, dass er erst mit Kei gesprochen hatte. Obwohl er eigentlich immer zuerst mit Kei sprach, egal was passierte. Aber hätte Taichi den Kriminalbeamten selbst angesprochen ...

„Bist du jetzt beruhigt?" Kei hatte sich wieder dem Aufzugspanel zugewandt, die Schlüsselkarte aber noch nicht gezogen. Er wollte wohl sichergehen, dass alles geklärt war, bevor er den Aufzug wieder in Gang setzte.

Taichi nickte und er spürte, wie ihm ein Stein vom Herzen fiel. Jetzt kam er sich wirklich albern vor, dass er so ein Aufheben gemacht hatte. Auch wenn die Ermittlung eines Kriminalbeamten bewies, dass es kein gewöhnlicher Unfall gewesen war. Aber so war Kei nicht in unmittelbarer Gefahr, da die Sache nicht im Hotel passiert war. Oder? Etwas Unsicherheit blieb.

„Ich bereue es trotzdem nicht, zurückgekommen zu sein." Taichi hob seinen Rucksack auf, lehnte sich damit gegen den Spiegel und grinste Kei breit an.

„Das will ich wohl meinen." Ein letztes Zwinkern des jungen Managers ließ die sorgenvollen Gedanken vollends verschwinden, als sich der Aufzug wieder in Bewegung setzte. Ein kurzer Stopp in der zweiten Etage, bevor es wieder zurück in den Ersten ging, wo Kei den Aufzug verließ und Taichi endlich in den einunddreißigsten Stock fahren konnte.

4.

„Weißt du, wir sollten das viel öfter machen. Es ist lange her, dass wir zusammen was unternommen haben. Also draußen." Taichi wandte sich seinem Geliebten mit einem freudigen Lächeln zu. Doch ihm folgte niemand.

„Kei?" Sich einmal um die eigene Achse drehend, blickte sich der junge Student um. Die Straßenlaterne flackerte, als wolle sie Taichi auf sich aufmerksam machen, doch dieser suchte noch immer mit seinen Augen nach seinem Geliebten. Dass es vor einigen Sekunden noch Tag gewesen war, registrierte er, aber mehr auch nicht. Wo war Kei hin? Langsam ging Taichi weiter die von Wohnhäusern gesäumte Straße entlang. Die typischen weißen Mauern, welche die Grundstücke voneinander und vor der Straße abgrenzten, schimmerten so hell, als wären sie der reflektierende Mond selbst.

„Kei?" Ein erneuter Versuch, auf sich aufmerksam zu machen. Doch die Stille schrie ihm entgegen, kaum, dass seine Stimme verhallte. Weitere Schritte brachte ihn zwar voran, aber nicht aus der Straße heraus. Als er mit dem Fuß an etwas hängen blieb, konnte sein Körper das Gleichgewicht nicht mehr ausbalancieren und er landete auf allen vieren. Mit einem kleinen Adrenalinschub, dank des überraschenden Sturzes, richtete sich Taichi augenblicklich wieder auf, um seine Hände von dem Rot zu befreien. Rot? Die Straße war rot? Ja und seine Hände klebrig und verschmiert.

Es war zu heiß. War die Klimaanlage ausgefallen? Taichi versuchte, seine Bettdecke loszuwerden, doch sie schlang sich wie ein Krake um ihn. Aufgeben war bei der Hitzewelle, die durch seinen Körper schoss aber keine Option. Also strampelte und kämpfte der Student sich weiter durch das Laken, bis er freikam und die Augen aufriss. Die Dunkelheit erschreckte ihn noch einmal mehr, als er sich mit klopfendem Herzen aufrichtete. Als ihn gleich darauf etwas Kühles am Arm berührte, schrak er zurück und schlug die Hand vor den Mund, um nicht laut aufzuschreien.

„Taichi?"

„Kei?" Kaum hatte der Jüngere seinen Geliebten erkannt, als er eilig begann nach ihm zu tasten. Als sich ihre Hände gefunden hatten, zog sich Taichi in die Arme des Größeren, die ihn sofort umfingen und festhielten.

„Hast du schlecht geträumt?" Keis leise Worte direkt an seinem Ohr beruhigten Taichi augenblicklich. Er war nicht allein. Kei war noch hier. Hier bei ihm.

„Ja." Taichis Stimme war rau, als er ebenso leise antwortete. Er schluckte, um seine Kehle zu befeuchten. „Du warst plötzlich weg." Der junge Student drückte seine Augenlider fest zusammen und klammerte sich an seinen Geliebten.

„Das wird nicht passieren. Nicht solange du mich nicht wegschickst." Keis Finger strichen so liebevoll über seinen Rücken, dass Taichi langsam begann sich zu entspannen.

„Niemals", flüsterte er hastig, als sein Geliebter ihn noch einmal fester umarmte und sich dann langsam mit ihm zurück auf das Bett legte. Seine Nähe tat so gut. Seinen Herzschlag zu hören, seinen Atem zu spüren.

Ohne Taichi gehen zu lassen, tastete Kei nach seiner Decke und zog sie über sie beide. Die Klimaanlage funktionierte einwandfrei und strich sanft über den verschwitzten Körper des Jüngeren, was diesen trotz Keis Nähe, erschaudern ließ. Oder war es die verborgene Erinnerung an seinen Traum gewesen, die seinen Körper durchfuhr?

Noch halb benommen wandte Taichi seinen Blick zu dem Nachttisch seines Geliebten, dessen Abwesenheit ihm freie Sicht gewährte. Er starrte einige Sekunden lang auf den Wecker, um seinem Gehirn die Möglichkeit zu geben zu erkennen, dass er dreiundzwanzig Minuten vor seiner üblichen Zeit aufgewacht war. Aber immerhin kroch schon das Tageslicht unter den Vorhängen über den Boden und hatte die Finsternis vom letzten Erwachen vertrieben. Sein Geliebter war nicht nur schon auf, er war anscheinend auch schon wieder am Arbeiten, denn durch die angelehnte Schlafzimmertür, die ins angrenzende Kaminzimmer führte, drang seine Stimme. Er telefonierte wohl.

„... wollen die denn noch? Alle Angestellten, die damit zu tun hatten oder auch nicht, waren beim Verhör, inklusive mir."

Taichi richtete sich auf und spürte, wie die Klimaanlage seinen Körper umfing. Es schüttelte ihn in seinem dünnen Trägershirt.

„... nein ... ja, ich weiß ... Es nervt mich einfach, wie Sie hier alles durcheinanderbringen, obwohl es nicht mal hier passiert ist ... egal, ... wenn es sein muss ... nein, nicht gerne ..."

Der junge Student streckte seine Glieder, erhob sich und huschte zur Tür, um sie gänzlich zu öffnen. Kei empfing ihn, wie immer, mit einem sanften Lächeln. Er saß seitlich auf der Armlehne, der kleinen Couch, die vor dem kalten Kamin stand und hatte Taichi trotz seiner leisen Bewegungen bemerkt. Seine Stirnfalten waren wie weggezaubert. Das machte Taichi glücklich. Er trat leise auf ihn zu, während sein Geliebter sein Telefonat beendete.

„Okay ... lass mich das erledigen ... ich regele das, ja ... klar ... gut ... bis später." Kei ließ sein Handy sinken, warf es auf das Sofa und zog Taichi die letzten Zentimeter zu sich heran, so dass der Kleinere ausnahmsweise auf ihn herabblicken konnte. Sofort fuhren die Finger des Jüngeren durch das braune noch zerzauste Haar, während Keis Arme sich, um dessen Oberschenkel schlangen.

„Ärgern Sie dich immer noch?" Taichi spielte mit einigen Haarsträhnen, sein Blick auf das Handy auf dem Sofa gerichtet, dessen Lämpchen schon wieder aufblitzte.

„Hmm ..." Kei vergrub sein Gesicht in Taichis Shirt und seinem Bauch, daher verstand der Jüngere nicht gleich, ob sein Laut eine Zustimmung oder Ablehnung war. Erst als sein Geliebter den Kopf zur Seite drehte und weitersprach, wurde es ihm klar.

„Ich weiß nicht, was dieser Kriminaler noch hören will. Ich glaube, der will das unbedingt irgendwem im Hotel anhängen."

„Glaubst du denn, dass es jemand von hier war?"

„Ich glaube gar nichts." Kei seufzte. „Aber leider wirst du wohl auch mit ihm sprechen müssen. Er denkt sowieso schon, dass ich etwas verheimliche. Da müssen wir mit offenen Karten spielen."

„Schon okay." Taichi wusste genau, dass Kei die Sache lieber von ihm ferngehalten hätte. Der junge Manager hasste es, wenn er ihn in seine Arbeit verwickeln musste. Daher kam das so gut wie nie vor. Auch Taichi mochte solche Dinge nicht. Doch er nahm es nicht so schwer, wie sein Liebster. Für Kei biss er, ohne nachzudenken, in den sauren Apfel und half. Was konnte er außerdem schon erzählen? Er hatte nichts mitbekommen, außer dem, was Kei, Liam und Tora erzählt, beziehungsweise Letztere, getratscht hatten.

„Geht das auch nach der Uni? Oder soll ich später gehen?"

„Auf keinen Fall!" Kei hatte sich augenblicklich von seinem Geliebten gelöst und ihn ein Stück zurückgeschoben um zu ihm aufblicken zu können. „Bis heute Nachmittag wird der sich ja wohl noch gedulden können. Dein Studium vernachlässigst du deswegen nicht."

„Okay." Taichi nickte, als seine Finger hinab zu Keis Wangen glitten. Nachdenklich folgte er seinen eigenen Händen mit seinem Blick. Irgendwie hatte er erwartet gehabt, dass sie anders aussehen würden. Wieso nur?

„Alles in Ordnung?"

„Hm? Ja. Klar." Keis Frage holte Taichi aus seiner Gedankenwelt, wo er einen skeptischen Blick von seinem Geliebten auffing. „Ehrlich. Ich hab nur über meinen Traum nachgedacht."

„Erinnerst du dich daran?" Taichi schüttele den Kopf.

„Nein, nicht wirklich. Ich hatte nur so ein seltsames Gefühl."

◊◊◊

Taichi betrat zum ersten Mal einen der vielen Konferenzräume im Hotel. Bisher hatte es keinen Anlass dafür gegeben und der Heutige war auch nicht unbedingt einer, den er als angenehm erachtete. Doch er wollte Kei keine Probleme bereiten. Natürlich hatte das Paar genau abgesprochen, wie viel von ihrer Beziehung preiszugeben ratsam war - angesichts von Keis Stellung. Das war vor allem Taichi wichtig gewesen. Der junge Manager ging viel lockerer mit seinem Ruf um, als Tai selbst und Keis Eltern lieb war. Immerhin hatte er ein Image zu wahren. Dennoch: Lügen war nicht vorgesehen. Nur eben nicht alles offenzulegen.

Der Konferenzraum wirkte trotz des modernen riesigen Whiteboards an der einen und dem Flachbildschirm an der anderen Seite, recht traditionell, was wohl an den Holzpaneelen und dem massiven dunkelbraunen Holztisch lag, der von zehn Bürostühlen aus Leder eingerahmt wurde. Die lange rechteckige Lampe, die ein ungleiches Kachelmuster aufwies und den Raum erhellte, tat ihr übriges zu dem halb japanischen, halb modernen Raum. Die weißen Schiebetüren, die den Bildschirm einrahmten, führten vermutlich in einen weiteren Raum oder waren dazu da, um den Bereich zu vergrößern. An und für sich war das ja alles egal. Dennoch kam Taichi nicht umhin den Raum in sich aufzunehmen, als er von der Tür zu einem der rechten Stühle schritt. Schon allein, weil die Vorhänge der bodenlangen Fenster, die hier so gut wie jeder Hotelraum besaß und die sich gegenüber der Tür befanden, zugezogen worden waren. Er verbeugte sich leicht, was die beiden Anwesenden mit einem Kopfnicken erwiderten.

„Kumo Taichi, richtig?" Nun war es an dem jungen Studenten zu nicken. „Setzen Sie sich doch bitte." Taichi kam der Aufforderung des älteren Mannes nach. Wenn auch mit Unbehagen. Kei hatte ihm von Uehara Saburo erzählt. Dem Mann, den Taichi fälschlicherweise als verdächtige Person angesehen hatte. Was sein Gegenüber nicht wusste. Auch heute trug er seinen grauen Anzug. Das Jackett hatte er allerdings über die Stuhllehne gehängt und auch die gelbe Krawatte fehlte. Seine sehr kurzen Haare erinnerte an einen Militärhaarschnitt und verliehen dem Mann eine etwas Furcht einflößende Aura. Nicht, dass Taichi vor ihm Angst gehabt hätte. Der junge Student mochte solche Gespräche nur einfach nicht. Seine Beziehung mit Kei und was er sonst tat, ging niemanden etwas an, es sei denn, er erzählte es von sich aus. Da war Taichi eigen oder einfach ein wenig introvertiert.

„Wenn ich mich vorstellen darf: Uehara Saburo vom Kriminaluntersuchungsamt. Ich leite diese Untersuchung." Er schob Taichi über den Tisch eine Visitenkarte zu, die der Student höflich betrachtete, obwohl sie ihn kein Stück interessierte. Als er wieder aufsah, fuhr der leitende Ermittler fort.

„Das hier ist Kriminalhauptkommissar Ōtsuka. Er unterstützt unsere Abteilung in diesem Fall." Eine weitere Visitenkarte von dem doch etwas jünger und legerer gekleideten Beamten. Er war laut der Karte wirklich aus einer anderen Abteilung. Was das wohl zu bedeuten hatte? Gab es etwas Besonderes an diesem Fall, dass die eine Abteilung sich Leute von der anderen Abteilung ausborgte?

Taichi sah erneut auf und musterte auch den zweiten Mann, der ihm gegenüber saß. Er war ein typischer Japaner mit schwarzen, glatten Haaren, die ihm bis zum Kinn reichten und die er mit einem Seitenscheitel trug. Über seiner Lehne hing eine braune Lederjacke und im Gegensatz zu seinem Vorgesetzten hatte er nur ein weißes T-Shirt an.

„Wir möchten gerne unseren Wissenstand abgleichen, bevor wir Ihnen ein paar Fragen stellen." Eine weitere Aussage, auf die Taichi als Antwort nickte. Was sollte er auch sagen? Also ratterte Uehara sogleich seine Informationen herunter.

„Sie sind Kumo Taichi, einundzwanzig Jahr alt und Student an der Kaiyō-Universität. Ihr Studiengang ist Meeresbiologie und Sie leben hier zusammen mit Tsuruga Kei in der *Sea Royal Suite* im einunddreissigsten Stock des *King Park Tower* Hotels. Ist das alles korrekt?" Wieder nickte Taichi, fügte aber noch ein „Ja" hinzu, um nicht allzu unhöflich zu wirken. Sie hatten ihre Hausaufgaben gemacht.

„Wie kommt es, dass Sie als Student in einem so luxuriösen Hotel wohnen?" Uehara lächelte, als er sich in seinem Ledersessel zurücklehnte und die Arme auf die silbernen Lehnen legte. Er ließ seine Worte klingen, als würden sie einfach nur unter Bekannten plaudern. Keine Art für Taichi, die ihm Vertrauen schenkte. Im Gegenteil. Aber mit der Frage hatten Kei und er gerechnet.

„Ich habe zu Studienbeginn nach einer Wohnung gesucht, da das Wohnheim überfüllt war. Durch Zufall habe ich Kei kennengelernt und wir sind ins Gespräch gekommen. Kurz darauf bot er mir an bei ihm einzuziehen."

„Einem beinah Fremden?", hakte der leitende Ermittler sofort nach.

„Wir verstanden uns auf Anhieb. Aber ja, wenn Sie es so ausdrücken wollen."

„Was hat er davon?" Taichi erwiderte den interessierten Blick Ueharas, ohne in Verlegenheit zu geraten.

„Nichts, außer ein wenig Gesellschaft hin und wieder."

„Tsuruga-san[4] ist wirklich großzügig." Taichis Kiefer spannte sich unweigerlich an. Der Unterton in Ueharas Worten war ihm nicht entgangen. Entweder der leitende Ermittler ahnte etwas von ihrer wirklichen Beziehung oder er wollte andeuten, dass sich Taichi gegen Geld und Unterkunft verkaufte. Provozierend. In beide Richtungen. Denn Kei war wirklich selbstlos und zuvorkommend. Schon immer gewesen. Auch, wenn sie sich nicht verliebt hätten, hätte Kei ihn nicht fallen gelassen. Da war sich Taichi sicher. Ihn deswegen anzugreifen, war ein gemeiner Zug. Wenn es um ihn selbst ging hingegen: Er war es gewohnt, dass die Leute so dachten, wenn man aus ärmeren Verhältnissen mit jemanden liiert war, der der Erbe einer der vermögenden Hotelketten in Japan war.

„Das ist er. Soweit ich weiß, unterstützt seine Familie auch die Kaiyō bei einigen Forschungsprojekten."

„Verstehe. Also ist die ganze Familie sehr großzügig?"

„Das kann ich nicht sagen. Ich kenne die anderen Mitglieder nur vom Hören-Sagen."

„Weiß Tsuruga-sans Familie denn, dass Sie hier leben?"

---

4 = höfliche Anrede; wird im Deutschen oft mit „Herr" bzw. „Frau" übersetzt.

„Ja." Uehara fixierte ihn und Taichi erwiderte den Blick weiterhin ungeniert. Er musste sich nicht fürchten. Bisher hatte er nicht gelogen. Noch nicht einmal die Wahrheit gestreckt. Er hatte lediglich die Liebe nicht erwähnt. Und dass Keis Eltern ihn nicht wirklich kannten. Was daran lag, dass sie ihn nicht kennenlernen wollten. Für sie war Taichi nur ein Spielzeug, dessen ihr Sohn irgendwann überdrüssig werden würde. Das hofften sie zumindest. Spielen durfte er, solange das Ganze nicht an die Öffentlichkeit drang. Woran auch Taichi kein Interesse hatte. Er wollte Kei keinen Ärger bereiten.

„Diese Lebensumstände erlauben Ihnen im Hotel ein- und auszugehen, wie Sie es möchten, nicht wahr?"

„Ja."

„Warum benutzen Sie dann einen der Hintereingänge?"

„Ich mag es nicht angestarrt zu werden. Als Student falle ich unter den reicheren Gästen auf." Wieder verging etwas Zeit, bis Uehara antwortete. Es war, als würde er gründlich über Taichis Worte nachdenken. Oder überlegte er sich nur seine weiteren Fragen so genau? Warum? Was war so Besonderes an diesem Fall? Langsam wurde Taichi diesbezüglich neugierig.

„Verstehe." Der leitende Beamte änderte seine Sitzposition ohne den Blick von dem Studenten zu lassen, in dem er sich wieder nach vorne beugte und seine Arme auf seinen Dokumenten ablegte.

„Sie wissen, warum wir hier ermitteln?", änderte er das Thema und ging damit in die Vollen. Immerhin weg von ihrer Beziehung. Dachte Taichi.

„Es hat angeblich einen Mord gegeben und derjenige war wohl Gast im Hotel hier." Der leitende Beamte hob eine Augenbraue und sofort überlegte Tai, was er wohl gesagt hatte, dass sein Gegenüber aufhorchte. Er bekam die Antwort prompt.

„Woher wissen Sie, dass es sich um einen Mord handelt?"

„Ich weiß es nicht." Taichi zuckte gelassen mit den Schultern. „Das haben mir nur meine Mitstudenten erzählt. Also, dass jemand ermordet worden sein soll und er eben Gast hier war." Außerdem würden die Beamten bei einem Unfall wohl kaum so eindringlich ermitteln, oder? Da würde höchstens die Versicherung antanzen, falls es eine Lebensversicherung gab.

„Kannten Sie den Toten?", verfolgte der Kriminaler seinen Weg weiter.

„Das kann ich nicht sagen. Ich weiß ja nicht mal seinen Namen. Aber wohl eher nicht. Ich kenne hier höchstens vom täglichen Sehen her ein paar Angestellte. Mit den Hotelgästen habe ich normal nichts zu tun."

Kaum, dass Taichi zu Ende gesprochen hatte, da lag schon das Foto eines Herrn mittleren Alters vor ihm. Er trug einen Anzug und lächelte in die Kamera. Taichis erster Gedanken dabei war, dass er froh war sich kein Leichenfoto ansehen zu müssen. Er musterte den Mann genauer, obwohl ihm sofort klar war, dass er ihn noch nie gesehen hatte.

„Nein. Den Herren kenne ich nicht." Er schob das Foto über den Tisch zurück und fing dabei den Blick des zweiten Beamten auf. Dem aus der anderen Abteilung. Er hatte seine Reaktion auf das Foto genau beobachtet. Was sollte das alles? Gingen die mit jedem so um? War er verdächtig, oder was? Moment ...

„Sie haben ihn also noch nie gesehen?"

„Nein, noch nie." Er war doch nicht wirklich verdächtig, oder? Warum sollte er? Was für ein seltsames Gefühl. War das Angst? Aber die brauchte er doch gar nicht zu haben. Er hatte niemanden getötet.

„Also schön. Dann benötigen wir nur noch ihre Angaben, wo Sie Dienstagnacht um halb zwei waren." Nun musste Taichi doch überrascht dreingeblickt haben, denn beide Beamten warteten gespannt auf seine Antwort. Die ganz natürlich ausfiel.

„Im Bett. Ich habe geschlafen."

„Kann das jemand bezeugen?" *Wieso sollte das jemand müssen?!*, hätte Taichi am Liebsten geschrien und ermahnte sich selbst sich zu beruhigen. Das waren vermutlich nur Routinefragen. Dennoch schlug sein Herz mittlerweile hörbar lauter. Zumindest in Taichis Ohren.

„Äh, nein."

41

„Auch nicht Tsuruga-san?" Darauf lief es also schon wieder hinaus.

„Vermutlich nicht. Ich weiß nicht, ob er da schon im Bett war. Er arbeitet oft ziemlich lange." Womit Taichi die Sache mit dem Ort des Schlafens gut umschifft hatte. Immerhin gab es in der Suite ein weiteres kleines Schlafzimmer, das für sie als Gästezimmer diente. Nicht, dass sie bisher Gäste gehabt hätten.

„Bekommen Sie sonst mit, wann er schlafen geht?"

„Nicht immer." Langsam wurde es echt verwirrend. Wie sollte Taichi sich so an Keis und seine Absprachen halten? Worauf wollten diese Beamten hinaus? Dass er der Mörder war? Wieso sollte er einem ihm unbekannten Mann umbringen? War der Typ etwa eine wichtige Persönlichkeit gewesen?

Taichis Gedanken rasten und so misstrauisch, wie Uehara dreinblickte, sah man ihm das auch an. Immer wieder kam dem jungen Studenten dabei in den Sinn, wie müde er gewesen war. So müde, dass er zwar mitbekommen hatte, wie Kei ins Bett gekommen war, aber es nicht geschafft hatte, komplett aufzuwachen.

„Aber doch häufiger?"

„Nur, wenn wir gleichzeitig schlafen gehen. Was selten der Fall ist." Das entsprach leider der Wahrheit.

„Und gestern Nacht war das also nicht der Fall?"

„Das sagte ich doch, nein." Er hatte ja nicht auf die Uhr sehen können, da er nicht mal die Augen richtig aufbekommen hatte.

„Na schön. Dann haben Sie also kein Alibi."

„Brauche ich denn eines?" Die Frage war Taichi so plötzlich herausgerutscht, dass er gar nicht weiter darüber nachgedacht hatte, ob sie gut oder schlecht für diese Unterhaltung war.

Die beiden Beamten tauschten einen Blick, bevor Uehara seine Unterlagen zusammenschob und in einer Mappe verstaute. Otsuka antwortete für ihn.

„Das ist eine Routinefrage, die wir allen Personen gestellt haben, die wir befragt haben." Das war keine Antwort auf seine Frage. Also war Taichi verdächtig?

„Sie können jetzt gehen. Danke, dass Sie sich Zeit für uns genommen haben. Wir melden uns, falls wir noch etwas benötigen."

Taichis Blick war wieder zu Uehara gezuckt, als dieser ihn so höflich aufforderte zu verschwinden. Es verstrichen nur einige Sekunden, in denen sich der junge Student nicht sicher war, ob er hier wirklich fertig war, bevor er aufstand, die zwei Visitenkarten in der Gesäßtasche seiner Leinenhose verstaute und sich verabschiedete. Als die Tür gleich darauf hinter ihm ins Schloss fiel, war Taichi froh Kei an der gegenüberliegenden Fensterreihe stehen zu sehen. Am liebsten wäre er ihm in die Arme gefallen und hätte dieses blöde Gespräch einfach vergessen. Doch hier auf dem öffentlichen Flur musste er sich wieder einmal beherrschen. Trotzdem half ihm allein das Lächeln seines Geliebten, um die Anspannung etwas zu lösen. Zumindest was seine verstörenden Gedanken anging. Wie leicht war es doch, zu verdrängen.

5.

„Traumdeutung nach Freud? Ist das dein Ernst?" Taichi zuckte heftig zusammen, als er plötzlich Keis Stimme direkt neben seinem Ohr vernahm. Nicht, dass er etwas vor seinem Geliebten verbergen wollte, aber sehen hätte es der junge Manager trotzdem nicht müssen. Er wollte ihn nicht beunruhigen. Vor allem, weil er das bereits jede Nacht aufs Neue tat. Seine Albträume schienen nach dem Gespräch mit den Ermittlern schlimmer geworden zu sein. Richtig beurteilen konnte Taichi das allerdings nicht, da er sich kaum an sie erinnert. Das einzige, was am Morgen oder nach dem Aufwachen blieb, waren sein rasendes Herz, sein verschwitzter Körper und seine zitternden Hände. Deswegen hatte er auch an seinem Laptop recherchiert anstatt sich weiter um sein Thema für die Uni zu kümmern. Er hatte nicht wirklich eine Ablenkung gebraucht, da er das Meer so unglaublich gern studierte, aber all das ging ihm einfach nicht aus dem Kopf. Er musste so vertieft gewesen sein, dass er Keis Eintreten gar nicht bemerkt hatte. Sein Geliebter musste aus dem Wohnzimmer gekommen sein, das nur mit einer kleinen Stufe vom offenen Kaminzimmer abgetrennt war. Taichis Extra-Schreibtisch stand mit dem Rücken dazu, damit er die Aussicht aus den bodenlangen Fenstern genießen konnte.

„Taichi, es ist wirklich in Ordnung. Das vergeht wieder." Kei ließ sich auf der verschnörkelten Seitenlehne des Stuhls nieder und strich ihm beruhigend über den Kopf.

„Und bis dahin halt ich uns beide wach. Du brauchst deinen Schlaf", protestierte Taichi sofort.

„So alt bin ich nun wirklich nicht, dass ich ein paar schlaflose Nächte nicht überstehen würde." Keis Hand wanderte in Taichis Nacken und strich sanft auf und ab. Das verursachte bei dem Kleineren eine wohlige Gänsehaut. „Ist doch nichts anderes, wie wenn wir nachts Sex haben. Da komme ich auch nicht zum Schlafen." Kei schmunzelte amüsiert und Taichi lehnte sich in seinem Stuhl zurück. Die Hand des Anderen verschwand.

„Dann müssen wir den Sex wohl ab sofort streichen. Beides nimmt dir echt zu viel Schlaf."

Keis Blinzeln auf diese Aussage hätte Taichi beinah laut losprusten lassen. Voll erwischt!

Der junge Manager räusperte sich eilig, erhob sich und schlenderte gekonnt gelassen zur Couch vor dem Kamin. Aber den überraschten Augenblick konnte er nicht leugnen, was Taichi mit einem Grinsen deklarierte.

„Okay, gewonnen. Lass dich behandeln."

Nun konnte der Student wirklich nicht mehr an sich halten und begann lauthals zu lachen. Das war typisch Kei. Hauptsache er musste seinen Sex nicht aufgeben. Wie gut, dass sie sich da einig waren und Taichi so eine Idee nie in die Tat umgesetzt hätte. Er verdarb sich doch nicht selbst den Spaß. Abgesehen davon, war ihm sofort klar gewesen, dass Kei ihn wieder einmal nur ablenken wollte. Bestimmt machte er sich auch seine Gedanken, wollte aber nicht, dass Taichi sich in etwas hineinsteigerte. Vermutlich war es wirklich besser, sie würden offen darüber reden. Aber nicht jetzt.

„Was ... Was machst du eigentlich hier?" Taichi musste erst ein paar Mal tief durchatmen, bevor er seine Worte herausbekam. Der Lachflash hatte ihn viel Luft gekostet. Langsam erhob er sich ebenfalls, um Kei auf der Couch Gesellschaft zu leisten. Dieser hatte es sich auf dem Möbelstück bequem gemacht und seine langen Beine ausgestreckt.

„Ich bin mit Jonas zum Lunch verabredet und dachte, ich nutze die Gelegenheit, um euch endlich einander vorzustellen."

„Jonas ist zurück?"

„Ja, schon seit gestern. Und da du auch endlich mal einen Samstag frei hast, passt das doch."

Also würde er ihn endlich kennenlernen. Jonas Suzuki, Keis bester Freund seit Kindertagen. Er war einer der Wenigen, die von ihrer Liaison wussten. Sonst war Taichi allerdings nichts über den jungen Mann bekannt. Lediglich, dass er ebenso aus reichem Hause stammte, wie Kei. Wie hätten sie sich auch sonst kennenlernen sollen? Seine Eltern besaßen mehrere Restaurants.

Unter anderem das *Brioche Verte* hier im *King Park Tower*, weswegen ihr Sohn auch der Restaurant-Manager im Hause war. Na ja, und weil Kei und er eben befreundet waren. Doch da Jonas Vater Ausländer war und noch immer gerne kulinarische Reisen rund um die Welt unternahm, war auch Jonas in diesen zwei Jahren, seit Taichi hier wohnte, nicht oft zugegen gewesen. Er begleitete seinen Vater einfach zu gerne. Nicht, dass er seinen Job dafür aufgegeben hätte. Nein, genau wie bei Kei lief hier alles über Smartphone, Videokonferenzen und Chats.

Wenn Taichi so darüber nachdachte, wusste er doch schon einiges über Keis besten Freund. Dennoch war er gespannt, wie er sein würde.

Taichi ließ sich vor der Couch auf den weichen Teppich sinken und platzierte seine verschränkten Arme, samt seinem Kopf, auf dem Unterleib seines Freundes. Sofort fand Keis rechte Hand ihren Weg in sein Haar. Wie Tai diese friedlichen Augenblicke liebte.

„Meinst du, er mag mich?" Der Jüngere hatte die Augen genüsslich geschlossen und lauschte auf Keis Antwort.

„Natürlich. Jonas ist in Ordnung. Er freut sich bestimmt für uns. Allerdings ..." Taichis Augen öffneten sich und richteten sich auf den Größeren. Kei grinste breit, also wartete der Jüngere darauf, dass er fortfuhr.

„Allerdings würde ich es bevorzugen, wenn du dir etwas mehr anziehst. Nur solange er hier ist, natürlich."

Nun war es an Taichi zu blinzeln. Er richtete sich auf und blickte an sich herab. Der Andere hatte recht. In Keis etwas zu großem Trägershirt und seiner eigenen Boxer Short sollte er Jonas nicht gegenübertreten. Er hatte nicht mit Ausgehen oder Besuch gerechnet. Und obwohl er hier, dank Klimaanlage, nicht schwitzen musste, war es einfach bequem.

Taichi streckte sich, um Kei noch einen schnellen Kuss zu stehlen, dann erhob er sich gänzlich und verschwand nebenan im Schlafzimmer. Und dass keine Sekunde zu früh. Denn als er kurz darauf in einer grauen Leinenhose und einem kurzärmlichen, braunen Poloshirt wieder ins Kaminzimmer wechselte, vernahm er zwei Stimmen, die sich fröhlich unterhielten. Also ging er weiter ins Esszimmer, wo er sogleich von einem jungen Mann im dunkelblauen Anzug aufgegriffen wurde. Er hatte kurzes schwarzes Haar, das dank Gel strammstand und blaue Augen. Das konnte Taichi sofort erkennen. Denn Jonas drängte sich so dicht in seinen persönlichen Bereich, um ihm seine Hand regelrecht aufzuzwingen, dass der junge Student unwillkürlich einen Schritt zurückmachte. Doch entkommen konnte er nicht.

„Endlich lerne ich dich kennen! Tai, richtig? Mensch, Kei! Du hast nicht zu viel versprochen. Er ist wirklich zum Anbeißen. Und seine Smaragdaugen ..." Jonas schüttelte noch immer seine Hand, bevor er Taichi an sich zog und ihn doch glatt umarmte. Der Kleinere war es gewohnt, dass man sich die Hand gab, anstatt sich zu verbeugen. Und da Jonas Vater Ausländer war, war das Ganze auch nicht ungewöhnlich, aber gleich eine Umarmung hinter her zu schicken, war schon etwas ... gewöhnungsbedürftig. Gerade für Taichi, der doch lieber Abstand zu Anderen wahrte. Da war er wohl zu sehr Japaner.

Kei war natürlich die Ausnahme. Und dieser verstand seine Reaktion auch - oder hatte zumindest erkannt, wie entsetzt Taichi war. Auf jeden Fall zog er seinen Freund an der Schulter leicht zurück.

„Langsam, Jonas. Du erschreckst den Japaner ohne Ausländererfahrung noch." Sofort zogen sich Taichis Augenbrauen zusammen. So hatte er sich die Hilfe seines Geliebten nicht vorgestellt. Schmollend verschränkte er die Arme vor der Brust, während der Jugendfreund in schallendes Gelächter ausbrach, dabei aber immerhin einen Schritt zurücktrat.

„Entschuldige, Tai. Ich muss mich erst wieder an die Steifheit der Japaner gewöhnen. Und damit meine ich nicht die zwischen den Beinen." Jonas zwinkerte ihm zu. Taichi blinzelte überrascht ob des Kommentars, bevor er ebenfalls zu lachen begann. So ein Verrückter! Was war das nur für ein Typ? Und war er auch schwul? Er musste Kei später danach fragen. Dieser unterbrach das

Gelächter gerade, indem er zwischen ihn und seinen Jugendfreund trat und eine Hand in Taichis Nacken legte.

„Lasst uns endlich etwas Essen gehen. Wir können währenddessen weiterreden." Also würden sie nicht in der Suite bleiben. Wie lange war es her, dass Taichi in Gesellschaft von Kei in einem der hauseigenen Restaurants gegessen hatte? Viel zu lange. Obwohl es den Studenten doch verunsicherte mit zwei angesehenen, jungen Männern unterwegs zu sein. Vor allem da sie jeder im Hotel kannte.

Unwillkürlich straffte sich Taichi, als das Dreiergespann aus dem Aufzug stieg. Nein. Er würde sich nicht um die Blicke und das Getuschel der Angestellten und Gäste kümmern. So, wie er es immer tat. Ändern konnte er es sowieso nicht. Ob Jonas wusste, was er sich hiermit antat?

„Tai? Sollte sich ein Angestellter des *Brioche Verte* dir gegenüber unangemessen verhalten, möchte ich, dass du mir das sofort mitteilst, ja? Das hat nichts mit Anschwärzen zu tun, sondern mit Anstand." Taichi horchte auf und erfasste Jonas ernsten, aber auch sanften Blick. Mit so einer Aussage hatte er nicht gerechnet. Er nickte dennoch angespannt. Auch, wenn Taichi nicht wusste, ob er das wirklich durchziehen konnte. Aber der Gedanke zählte und das wusste der Student zu schätzen.

Erst als er, wie durch Zufall und nur einige flüchtige Sekunden, Keis Finger an seinen spürte, brach Taichi den Blickkontakt wieder und richtete sein Augenmerk auf seinen Partner, der ihm zulächelte. Ja, Jonas war ein guter Kerl, das wusste Kei. Wieso hätte er seinem Freund sonst von ihnen erzählen sollen?

Sie bekamen einen Vierertisch an der Fensterfront. Nur logisch, wenn man den Chef dabeihatte. Das französische Restaurant war, wie stets, gut besucht. Doch für spezielle Gäste hielt man sich sicher immer ein paar Plätze frei. Oder Kei hatte angekündigt, dass sie kamen. Taichi war das herzlich egal. Er genoss die Aussicht. Bisher war der Student nur einmal hier gewesen. Er wusste selbst nicht, wieso, denn das Essen war auf jeden Fall zu empfehlen. Vielleicht sagte ihm die sterile Art nicht zu? Alles war in strahlendem Silber, glänzendem Weiß und edlem Schwarz gehalten und so ordentlich, als wäre es gerade erst eröffnet worden. Jonas hatte seine Leute gut im Griff, das musste man ihm lassen.

Kaum, dass die Kellnerin ihre Bestellungen aufgenommen hatte und mit einer leichten Verbeugung wieder verschwunden war, begann Jonas lebhaft von seiner letzten Reise zu erzählen. Der junge Restaurantchef hatte, ebenso wie Kei, sein Jackett abgelegt und saß seinem besten Freund gegenüber, während Taichi seine Füße ohne Sorgen ausstrecken konnte.

Der Student hatte nie den Drang gehabt weiter als bis in die Großstadt zu reisen und seit er Kei getroffen hatte, war es ihm egal, wo er sich befand, solange dieser in der Nähe war. Doch Jonas Geschichten faszinierten ihn. Vielleicht lag es daran, dass dieser so anschaulich erzählte oder an dem begeisterten Funkeln in seinen Augen. Was auch immer es sein mochte, Taichi konnte nicht anders, als ihm gebannt zu lauschen und selbst als das Essen serviert wurde, schaffte er es nicht sein Hauptaugenmerk von Jonas zu nehmen.

„Dein Essen wird noch kalt." Keis Kommentar ließ Taichis spannende Traumblase überrascht platzen und so blinzelte er seinen Geliebten kurz an, bevor er den Blick auf seinen Teller senkte. Dabei wurden seine Wangen rot. Er kam sich vor, wie ein kleines Kind, das an seine Manieren erinnert wurde. Wobei es doch eigentlich höflich gewesen war, Jonas zuzuhören.

„Entschuldige, Tai. Das war meine Schuld. Ich sollte nicht so viel reden." Jonas grinste breit, während Kei ihm ein Lächeln schenkte.

„In dieser Hinsicht wirst du dich nie ändern."

„Da hast du wohl recht." Der Restaurantchef brach in schallendes Gelächter aus, was auch Taichi wieder aufblicken ließ.

„Außerdem erzähle ich zu gerne von mir. Dabei sind Geschichten über euch doch viel spannender." Jonas nahm einen weiteren Bissen seines Zitronenhühnchens, bevor er seinen Blick zwischen Kei und Taichi hin und her wandern ließ.

„Das würde ich nicht sagen." Kei legte sein Besteck parallel auf den Teller und signalisierte der Kellnerin damit, dass er fertig war. „Immerhin sind wir meist nur im Hotel. Stimmt's, Taichi?" Der junge Manager lehnte sich in seinem Stuhl zurück.

Der Angesprochene nickte eifrig.

„Ja. Und wir haben auch nicht immer so viel Zeit füreinander."

„Aber es gibt doch sicher interessante Sexgeschichten oder Tratsch über euch oder nicht?" Wie ein aufgeregter Klatschreporter fixierte Jonas sie beide. Ein weiterer Grund für Taichi wieder glühende Wangen zu bekommen. So direkt hätte ein Japaner solche Sachen nie formuliert. Also, ein gesitteter Japaner. Kei jedoch schmunzelte nur.

„Du hast zu viel Fantasie."

„Ach, komm schon. Gib mir wenigstens etwas Kleines."

„Wie Sex auf der Dachterrasse oder im Fahrstuhl?" Taichis Hustenanfall nach dem Wort *Fahrstuhl* erregte nicht nur die Aufmerksamkeit seiner beiden Tischnachbarn, sondern auch ihrer Umgebung. Obwohl niemand direkt neben ihnen aß. Hastig griff der Student nach seinem Wasserglas und trank es in einem Zug leer, nur um beim Absetzen Jonas Blick gekonnt zu ignorieren. Wollte Kei seinem Freund solche Sachen wirklich erzählen?

„Also eins der beiden ist wohl schon passiert. Oder wirklich beides?" Auch Jonas beendete sein Mahl und musterte Taichi weiterhin, der versuchte so ruhig wie möglich aufzuessen.

„Was willst du für die Dateien der Überwachungskameras?" Der Restaurantchef ließ nicht locker. Stand er auf sowas? Taichis tellergroße Augen waren auf Kei gerichtet, der ihm verwegen zuzwinkerte und sich zu seinem besten Freund vorbeugte. Eine Hand landete dabei unter dem Tisch auf Taichis Oberschenkel. Wohl, um ihn zu beruhigen.

„Die sind längst gelöscht. Und selbst wenn sie es nicht wären. Niemand außer mir wird ihn je sehen, wie er in voller Ekstase aussieht." Sollte das Taichi jetzt beruhigen? Kei hatte immerhin preisgegeben, dass etwas vorgefallen war, auch wenn er nicht genau gesagt hatte, was und die Dateien nicht verkaufte.

Der Student seufzte, wandte sich aber wieder seinem Essen zu, um seine Gesellschaft nicht noch länger warten zu lassen. Jonas hingegen lachte leise auf und fixierte seinen Freund mit durchdringendem Blick, bevor er sich kopfschüttelnd, aber mit einem Lächeln auf den Lippen, in seinem Stuhl zurücklehnte.

„Dich hat's wirklich erwischt. Faszinierend."

Tai hielt bei diesen Worten kurz inne, bevor er sein Besteck auf den Teller legte und seine Serviette aufnahm, um seinen Mund abzuwischen. War das schlecht? Sah Jonas ihn, trotz seines Einverständnisses, auch nur als Spielzeug von Kei? Er zweifelte nicht daran, dass Kei ihn liebte, aber was, wenn Jonas ihn wirklich nicht mochte? Normal war es Taichi egal, ob andere auf ihn herabsahen oder ihn ignorierten, aber bei Keis gutem Freund war das etwas anderes. Er wollte seinen Liebsten nicht deswegen leiden sehen.

Möglichst unauffällig schielte Tai hinter der gestärkten, weißen Stoffserviette nach links. Kei hatte seine Ellbogen auf dem Tisch abgestützt und verschränkte seine Finger miteinander. Er lächelte dahinter genauso, wie sein Gegenüber.

„Du tust so, als wäre das etwas Schlechtes." Jonas verschränkte die Arme vor der Brust und seine Mundwinkel wanderten ein Stück weiter nach oben.

„Ganz im Gegenteil, mein Lieber." Bevor sie sich wieder senkten. „Aber ich bin mir sicher, dass deine Eltern das nicht so sehen." Auf diese Bemerkung hin atmete Kei hörbar aus.

„Das brauchst du mir nicht zu sagen." Er stützte sein Kinn auf seinen Fingern ab, anstatt nur dahinter hervorzulugen. „Aber irgendwann werden sie es einsehen müssen. Je früher, desto besser."

„Du wirst dich nie ändern." Jonas löste seine Arme und schlug leicht mit den Handflächen auf die Armlehnen seines Stuhles. „Wenn du dir einmal etwas in den Kopf gesetzt hast, dann kann dich keiner davon abbringen. Und schon gar nicht zu etwas anderem überreden." Das Grinsen nach diesen Worten ließ

Taichi endlich aufatmen. Jonas schien die Situation nur zu analysieren, nicht zu bewerten. Das war eine Erleichterung.

Noch immer stumm, legte Tai seine Serviette endlich neben seinem Teller ab. Die Verkrampfung darum hatte sich gelöst, kaum dass ihr Gegenüber sein wohlwollendes Gesicht gezeigt hatte. Das hier war besser gelaufen, als gedacht. Kurz gesagt: Es passte alles und Jonas war ihnen freundlich gesinnt. Aus welchen Gründen auch immer. Ob es an seiner Freundschaft zu Kei lag, an seiner Orientierung oder an sonst irgendeinem Gedanken. Das war nicht wichtig.

„Nun gut, ihr beiden. Ich muss leider auch wieder ran. Die Arbeit ruft und ich will unserem fleißigen Manager nicht noch mehr von seiner Zeit stehlen, die er besser verwenden könnte." Jonas zwinkerte seinem Freund zu und erhob sich. Kei und Taichi taten es ihm gleich.

„Wie lange bleibst du diesmal?" Kei nahm sein zuvor abgelegtes Jackett auf und faltete es über den Arm, während Jonas seines überstreifte. Taichi wartete mit den Händen auf der Stuhllehne auf sie.

„Steht noch nicht fest. Aber ich hoffe etwas länger. Eine kleine Pause wäre schön. Die Arbeit hier ist wesentlich angenehmer. Nicht so hektisch."

„Du tust gerade so, als würde dich dein Vater zwingen, mit ihm zu reisen." Kei schmunzelte, während das Dreiergespann Richtung Restaurantausgang schlenderte.

„Nicht wirklich, nein. Aber ich finde es sehr spannend, mit ihm zu reisen. Ich lerne unterwegs einiges. Aber jetzt möchte ich das Ganze auch mal umsetzen."

„Wow. Du klingst richtig erwachsen. Das kann einem ja Angst machen." Am Ausgang des Restaurants angekommen, blieben die Freunde stehen und reichten sich die Hand, wie es sich gehörte. Eine weitere Umarmung wäre hier undenkbar gewesen.

Jonas schlug mit seiner Linken gegen Keis Schulter und grinste.

„Einer von uns muss es ja werden." Kei schnaubte leise, widersprach jedoch nicht.

52

Auch von Tai verabschiedete sich der junge Mann gleich darauf, bevor das Paar zum nächsten Aufzug schritt und Jonas wieder im Inneren des *Brioche Verte* verschwand.

Alleine in der stählernen Kabine lehnte sich Kei an die Spiegelwand und streckte die Arme nach Taichi aus. Dieser verstand die lautlose Äußerung sofort und trat zwischen die Beine seines Geliebten, um ihm die Arme locker um den Hals zu legen.

„Sag mal, möchtest du auch verreisen?" Taichi horchte auf, verlor den aufgenommenen Blickkontakt jedoch nicht.

„Wie kommst du darauf?" Dieses Thema hatte der Student nicht erwartet.

„Ich dachte nur, weil du Jonas so aufmerksam zugehört hast, als er von seiner letzten Reise erzählt hat."

Taichi legte den Kopf leicht zur Seite und löste seine verschränkten Hände in Keis Nacken, um sie auf seine Schultern wandern zu lassen.

„Möchtest du es denn?"

„Ah! Ich hab zuerst gefragt." Kei hatte seine Finger in den Seitenschlaufen von Taichis Hose gehackt und lächelte, was nicht zu seinem tadelnden Tonfall passte. Der Jüngere seufzte, bevor er antwortete.

„Du solltest meine Antwort kennen. Es ist mir egal, wo ich bin, solange du in meiner Nähe bist. Das kann in Alaska oder hier sein. Mir egal. Wobei es sicher schön wäre, wenn wir mal wieder etwas unternehmen könnten. Es ist lange her, dass wir ..." Taichi hielt inne. Wieso kamen ihm diese letzten Worte so bekannt vor? Sie ließen ihn kurz erschaudern. Warum? Was war so falsch an ihnen?

„Taichi?" Zärtlich strichen Keis Finger über seine Wange und der Angesprochene blinzelte sich zurück in die Gegenwart. „Alles in Ordnung?" Der Blick seines Gegenübers war besorgt.

„Ja, ich war nur ..."

„Einunddreißigster Stock", unterbrach ihn dieses Mal der Aufzug und ein leises Bing kündigte das Öffnen der Türen an.

Automatisch lösten sich die beiden jungen Männer voneinander. Das war wie ein Reflex geworden. Etwas, über das man nicht mehr nachzudenken brauchte. Schon irgendwie schade, aber in der Gesellschaft, in der sie lebten, wohl nicht zu ändern.

Nötig wäre die Trennung dieses Mal allerdings nicht gewesen, denn der Flur des Stockwerks war menschenleer, was Kei sofort ausnutzte und Taichi mit sich in den privaten Flur vor ihrer Suite zog. Natürlich nachdem er mit der Schlüsselkarte die Tür dafür geöffnet hatte. Erwähntes Holzwerk war noch nicht ganz ins Schloss gefallen, als Tai sich auch schon in den Armen seines Geliebten wiederfand.

„Ich vernachlässige dich wieder, stimmt's? Es tut mir leid. Ich werde Sasaki-san sagen, dass sie meinen Wochenplan überarbeiten soll." Der Überraschung folgte Verständnis und Taichi kuschelte sich an den Größeren. Es war ein schönes Gefühl, dass Kei sich so viele Gedanken um ihn machte, auch wenn er es nicht musste.

Taichi atmete den Duft seines Geliebten genüsslich ein, bevor er sich sanft aus der Umarmung löste, um Kei ansehen zu können. Er ließ es zu.

„Das ist lieb von dir, aber das es ist es nicht. Mir hängen nur meine Träume immer noch nach. Sie verwirren mich." Forschend musterte Kei ihn, bevor Besorgnis seine Miene einnahm.

„Ich hätte dich nie mit den Polizisten sprechen lassen dürfen."

„Das war doch nicht zu ändern. Es ist ihr Job."

„Aber du hast nichts getan."

„Woher willst du das wissen?"

„Weil ich dich kenne und dein Herz viel zu rein für so etwas ist." Kei lächelte, als er Taichi durch das Haar strich. Langsam schüttelte der Kleinere den Kopf.

„Jeder Mensch hat auch eine dunkle Seite."

„Liest du immer noch Freud?" Nun musste auch Taichi lächeln.

„Erwischt", gab er zu.

„Du solltest damit aufhören. Vermutlich schürt es nur deine Träume." Der Kleinere zuckte mit den Schultern. Wer wusste schon, was sein Gehirn sich da nachts zusammen spann? Angenehm war es auf jeden Fall nicht. Aber irgendwie konnte Taichi seine Gedanken nicht von den Morden lösen. Immer wieder kehrten sie zu der Befragung, seinen Träumen und dem Hotelgast zurück. Minato war erschreckend düster geworden, obwohl die Sommersonne alles in ein grelles Licht tauchte.

6.

Es war wirklich, wie in seinem Traum. Nur besser. Dennoch war Taichi sehr aufmerksam und vermied es, dass Kei hinter ihm lief. Er konnte es immer noch nicht ganz glauben, dass sie ein Date hatten und vor allem Kei so viel Zeit, dass sie nach draußen konnten.

„Ich habe das Gefühl, ich war schon ewig nicht mehr in einem anderen Stadtteil." Kei streckte sich gen Himmel, was sein T-Shirt einen Teil seiner Bauchmuskeln freigeben ließ. Sie hatten die U-Bahn gerade verlassen und waren an ihrem Ziel, dem Tōkyō Sky Tree, an die Oberfläche getreten. Taichi lächelte und genoss nicht nur den Anblick des hellen Bauches, sondern auch Keis legeres Outfit. Es war genauso selten, wie ihre Ausflüge nach draußen, dass der Manager T-Shirt, Shorts und Turnschuhe trug, auch, wenn diese natürlich teure Markennamen zierten.

„Du arbeitest zu viel", kommentierte Taichi die Aussage des anderen, während sie zu einer der Rolltreppen gingen, die sie auf die nächste Ebene bringen würde.

„Ganz eindeutig. Aber zu meiner Entschuldigung muss ich sagen, dass ich es nicht anders gewohnt bin und es mir sehr schwerfällt anderen zu vertrauen." Kei zog seine Sonnenbrille beim Betreten der Shopping Mall *Solamachi* ab und hängte sie mit einem Bügel in seinen runden Ausschnitt.

Taichi wusste, dass Berührungen in der Öffentlichkeit gefährlich waren, aber bei diesen Worten, zog er sanft an Keis Arm, damit er ihn ansah. Er wusste sofort, was los war, als hätte er seine Gedanken gehört.

„Dir vertraue ich mehr als mein Leben", flüsterte der Größere und Taichi musste sich zurückhalten, um ihm nicht um den Hals zu fallen. Er presste seine Lippen zusammen und nickte dann. Keis Lächeln war sanft, als er eine Hand hob und Tai eilig vor ihm zurückwich. Der junge Manager hatte kein Problem mit seiner Gesinnung, während alle anderen sie für schädlich für ihn hielten. Taichi eingeschlossen. Kei sollte als Erbe einer der bekanntesten und besten Hotelketten Japans nicht in der Presse zerrissen und schon gar nicht schief angeschaut werden.

Sein Liebster kannte Tais Einstellung und ließ die Hand mit einem leisen Seufzen wieder sinken.

„Also. Wo lang?", fragte er stattdessen mit einem Lächeln und Taichi zuckte mit den Schultern.

„Einfach gerade aus würde ich sagen." Und das machten sie dann auch. Ein Schaufensterbummel mit anschließendem Essen war geplant, was im Sommer in einer klimatisierten Mall wirklich angenehm war. Vorausgesetzt man hatte keinen reichen Freund dabei, der einem ständig etwas kaufen wollte.

Als die beiden im *Championg* umherstreiften und Kei das x-te Shirt an Taichi anhielt, um ihn zu betrachten, äußerte der Jüngere schließlich seinen Unmut.

„Ich weiß, du meinst es gut, aber du weißt genau, dass ich mit so 'ner Marke unmöglich in der Uni auftauchen kann", zischte er. Kei verdrehte die Augen und hängte das Shirt zurück.

„Aber diese Marken stehen dir einfach so gut. Lass die doch reden", quengelte er und Tai verkniff sich ein Lachen. Er liebte es, wenn Kei eine Seite zeigte, die keiner aus ihm kannte.

„Lass uns erst mal was Essen gehen, dann können wir ja nochmal schauen, okay?"

„Na gut." Kei gab sich geschlagen und sie wanderten zum westlichen Teil von *Solamachi* in den *Food Marche*, wo sie sich für Fast Food entschieden. Endlich mal wieder keinen Burger auf einem Silbertablett, der mit Messer und Gabel gegessen werden musste. Kei schien davon am meisten begeistert zu sein.

Danach ging es weiter und als sie sich im RAGERED umsahen, da fühlte sich Taichi schon um einiges wohler. Eifrig folgte er Kei, dem man die Freude seinen Freund einzukleiden, ansah.

„Okay, wie viel darf ich?" Kei wirbelte um die Stände herum und Taichi lachte leise.

„Hm... Ein komplettes Outfit?"

„Nur eins?" Der junge Manager verzog das Gesicht und Tai musste sich ein weiteres Mal zurückhalten, um ihm nicht einen Kuss auf seinen Schmollmund zu hauchen.

„Sagen wir ein Komplettes und drei Shirts?", versuchte Taichi mit seinem Freund auszuhandeln.

„Mach vier draus und wir sind im Geschäft." Kei hielt ihm seine Hand hin und Tai schlug ein.

„Okay. Aber wenn sie mir gar nicht gefallen, darf ich ablehnen." Kei zwinkerte ihm zu.

„Ist das schon mal vorgekommen?"

„Nee, bisher nicht", gab Taichi zu und Kei stürmte grinsend los, um sich alles genau anzusehen, während der Jüngere ihn dabei mit einem glücklichen Lächeln auf dem Gesicht beobachtete.

„Entschuldigen Sie. Kann ich Ihnen vielleicht helfen?" Die Stimme der Verkäuferin riss Taichi aus seiner Kei-Trance. Er hatte sich etwas abseits zu einem Kleiderständer gestellt.

„Oh, ähm, nein. Ich warte nur auf meinen ... Freund." Taichi schluckte und hoffte, dass sein Lächeln nicht zu gequält aussah. Er wusste, dass Verkäuferinnen nur ihren Job taten, aber er mochte es nicht, wenn man ihn in einem Laden ansprach. Wenn er Hilfe brauchte, würde er sich schon melden.

„Verstehe. Sollten Sie etwas brauchen, sagen Sie einfach Bescheid." Mit einer kleinen Verbeugung ließ sie Taichi wieder in Ruhe, der erleichtert ausatmete und erneut nach Kei Ausschau hielt. Seinem Geliebten schien es genauso zu gehen, da auch er mit einer Verkäuferin sprach und zu Taichi deutete. Er erklärte ihr wohl, für wen er die Sachen aussuchte. Ob das so gut war? Gab es gewöhnliche Freunde, die sich gegenseitig Klamotten aussuchten? Taichi biss sich auf die Unterlippe. Vielleicht sollten sie lieber gehen. Wenn eine der Verkäuferinnen Kei aus irgendeinem Klatschmagazin wiedererkannte und diese Szene hier falsch – oder eher richtig – deutete, dann...

Eilig bahnte Taichi sich einen Weg durch die Kleiderständer, auch, wenn die Verkäuferin Kei bereits wieder verlassen hatte.

„Gut, dass du kommst. Lass mal sehen." Kei hielt ihm ein langärmliches dünnes Sweatshirt vor die Brust und zog die Stirn in Falten.

„Hm... nein. Das gefällt mir nicht so ganz." Ein zweites mit Dreiviertelärmeln und in Dunkelblau, folgte.

„Kei, hör mal..."

„Magst du es nicht? Ich glaube, das steht dir sicher sehr gut."

„Das mein ich nicht." Er nahm ihm das Shirt aus der Hand, als er nach einer Hose griff. „Ich denke, wir sollten lieber gehen." Kei sah auf und Taichi verwirrt an.

„Wieso denn auf einmal?"

„Na ja..." Taichi sah sich nervös um und entdeckte die beiden Verkäuferinnen tuschelnd an der Kasse stehend. Genau das, was er befürchtet hatte. Kei war seinem Blick gefolgt und sein Gesicht wurde ernst.

„Hat eine von denen dich schikaniert?" Kei wirkte auf einmal noch größer als die fünf Zentimeter, die sie trennten, und Taichi legte beschwichtigend eine Hand auf seinen Unterarm.

„Nein, nein. Ich glaub nur... na ja... wenn sie dich erkannt haben und du für mich Klamotten aussuchst..." Tai spürte, wie Keis Finger über seine strichen und ihre Augen fanden zueinander. Sofort wurde der Jüngere wieder ruhiger.

„Ich weiß, du willst mich schützen, aber das ist nicht nötig. Selbst, wenn sie über uns tratschen, löst das nicht gleich einen Shitstorm oder Ähnliches aus." Kei hängte die Hose zurück an den Ständer und nahm Taichi das dunkelblaue Sweatshirt aus der Hand. „Aber ich mag es nicht, wenn du dich unwohl fühlst, also gehen wir. Das hier kommt allerdings mit." Kei zog sein Portmonee aus seiner Gesäßtasche und ging mit einem Lächeln Richtung Kasse.

Taichi unterdrückte ein wohliges Seufzen. Womit hatte er diesen Mann nur verdient?

Eilig folgte er Kei, nur um entsetzt festzustellen, dass die beiden Verkäuferinnen nicht nur wirklich über sie tratschten, sondern wohl auch ihre Schlüsse gezogen hatten. Vertieft in ihre Unterhaltung, bemerkte sie ihr Näherkommen nicht, was beide ein paar Gesprächsfetzen auffangen ließ.

„Ja, echt süß."

„Ich sag dir, die sind ein Paar."

„Bist du ein Fujoshi oder was?"

„Nee, aber das ist doch..." Erschrocken verstummte die Verkäuferin, mit der Kei gesprochen hatte und lief knallrot an, als sie an die Kasse traten. Während die andere das Sweatshirt entgegennahm und wortlos zu kassieren begann, huschte die Zweite eilig davon. Tai wäre ihr am liebsten nach und hätte alles richtig – oder dieses Mal wohl eher falsch – gestellt, doch Kei sagte nichts dazu und bezahlte freundlich, bevor sie das Geschäft verließen.

Wieder unterwegs hatte Kei die Einkaufstüte über die Schulter geworfen und sah geradeaus. Seine Augenbrauen waren zusammengezogen und seine Lippen fest aufeinandergepresst. Ein Anblick, den Tai gar nicht mochte.

„Tut mir leid", entschuldigte er sich bei seinem Freund, der sofort stehen blieb und ihn an den Schultern packte.

„Nein. Du entschuldigst dich nicht für das Verhalten der beiden", widersprach er Taichi. „Du weißt, mir macht das nichts aus. Ich bin sauer, weil ich weiß, wie sehr es dich trifft. Und was kannst du bitte dafür?"

„Hätte ich mit dir ausgesucht, dann wären sie nicht..."

„Halt. Nichts da. Es ist egal, ob sie auf falsche oder richtig Gedanken kommen. Man tratscht nicht darüber. Oder zumindest nicht, wenn die Kunden noch in der Nähe sind." Jetzt kam der Manager in Kei durch. „Und daher keine Entschuldigungen. Wir vergessen das Ganze jetzt und suchen uns einen anderen Laden. Ich habe noch ein Outfit und drei Shirts frei." Taichi blinzelte durch den Redeschwall seines Liebsten, der nicht nur mit seinen Worten, sondern auch seiner Wucht, die schlechten Gedanken und Gefühle von eben mit einem Schlag wegfegte. Zurück blieb nur die Liebe in Taichis Herzen. Die Liebe für diesen Mann, den er doch unmöglich verdient haben konnte.

„Alles in Ordnung?" Keis Augen spiegelten Sorge wieder und Taichi begriff, dass er ihn wohl zu lange einfach nur angestarrt hatte.

„Ja", erwiderte er entschlossen. „Du hast Recht. Wir holen uns einen Frappuccino und suchen uns einen neuen Laden." Keis Mundwinkel glitten nach oben.

„Das mit dem Frappuccino ist eine großartige Idee." Und schon machten sich die beiden auf den Weg zu *Starbecks*. Zwar schwor sich Taichi, sich im nächsten Laden anders zu verhalten, aber das erwähnte er Kei gegenüber nicht. Noch einmal würde er ihn nicht wieder runterziehen. Das war ihr Tag und den sollten sie beide genießen.

7.

Die Sonne stach an diesem Nachmittag, als wolle sich jede Hautzelle einzeln aufspießen. Das spürte sogar Taichi. Trotz Sonnencreme, langen Klamotten und Cappie war sich der junge Student sicher, dass er am Abend irgendwo Sonnenbrand haben würde. Diesen zu finden, würde er allerdings Kei überlassen.

„Wie viele haben wir?" Nanas helle Stimme durchbrach seine Gedanken an Keis forschende Hände, und Taichi blickte auf das Klemmbrett in seiner Hand.

„Das ist die Dritte." Er setzte einen Haken. „Dann sind wir hier fertig." Taichi lehnte sich an die Reling und genoss die kleine Brise, die eher ein Hauch, als Wind war. Sie waren mit dem Kurs unterwegs, um Wasserproben in der Bucht von Tōkyō zu sammeln. Das Boot fuhr die geplante Strecke ab und hielt hin und wieder, damit die Dreiergruppen ihre Proben entnehmen konnten.

„Wenn das so weiter geht, verkochen uns die Proben noch, bevor wir zurück sind." Liam hatte sich mit der Tasche für die Röhrchen zu Taichis Füßen gesetzt.

„Aber Liam, die Tasche ist isoliert und dazu ausgepolstert." Nana wischte sich ihre Hände an einem Taschentuch ab und gesellte sich an Taichis anderer Seite zu ihnen. Etwas zu dicht für dessen Geschmack.

„Lass ihn reden, Nana. Er muss nur wieder die Hitze betonen."

„Heute ist es aber auch wirklich heiß." Sie fuhr sich mit dem Tuch auch über die Stirn.

„Darüber zu reden macht es auch nicht kühler", gab Taichi zurück, als der Motor wieder anlief und es weiter ging.

„Ahh. Endlich." Liam schien jedes Stück Fahrt zu genießen, auch, wenn der Fahrtwind warm war.

„Die nächsten Proben holst du." Taichi ging in die Hocke. „Vielleicht hilft dir das."

„Nee, das Wasser ist doch seuch-warm an der Oberfläche", meckerte Liam und Nana kicherte.

„Kannst ja tauchen gehen", schlug Taichi vor.

„Sag das lieber nicht, sonst geht er wirklich schwimmen." Nana kicherte erneut, bevor sie sich kurz entschuldigte. Als wäre er eine Last losgeworden atmete Taichi tief durch.

„Du solltest es ihr sagen." Liam stupste ihn an.

„Was sagen? Dass sie eine Nervensäge ist und ich nichts von ihr will?" Taichi seufzte. Nana hing schon den ganzen Tag an ihm. Und jedes Mal, wenn sie zu ihm kam, schien sie näher ran zu rücken. Das fühlte sich so beklemmend an.

„Also das mit der Nervensäge lieber nicht. Du weißt doch, wie sensibel sie ist." Liam grinste, was bewies, dass er nicht so fürsorglich war, wie seine Worte widerspiegelten.

„Dann will sie sicher wissen, warum. Dass ich sie einfach nicht mag, wird sie nicht akzeptieren."

„Dann sag ihr den Grund." Liam ließ nicht locker.

„Du spinnst doch." Taichi richtete sich wieder auf und lehnte jetzt mit dem Rücken an der Reling. Liam erhob sich ebenfalls.

„Wieso? Wenn sie weiß, dass du schwul bist, kapiert sie es immerhin."

„Ja, und erzählt es allen."

„Was wäre daran eigentlich so schlimm?"

„Liam ... Wir sind hier in Japan. Da finden es Fujoshi cool, wenn du schwul bist, aber sonst niemand." Der Kanadier runzelte die Stirn.

„Was sind Fujoshi?" Taichi schnaubte.

„Ist ja auch egal. Auf jeden Fall sag ich es ihr nicht."

„Musst du wissen. Aber so wirst du sie erst los, wenn wir unseren Abschluss haben." Liam zuckte mit den Schultern.

„Oder ich habe Glück und ihre Eltern verheiraten sie vorher."

„Ja, an einen reichen Schnösel."

„Damit würde sie auf jeden Fall eine bessere Partie machen." Taichi grinste, obwohl er sich selbst herabsetzte. Es war ihm immer wieder ein Rätsel, was Kei an ihm fand.

„Aber mal im Ernst, Tai. Bist du dir sicher, dass Kei der Richtige für dich ist?" Taichis Lächeln verschwand augenblicklich.

„Was meinst du damit?" Liam kannte ihn doch nicht mal. Außer vielleicht aus der Presse.

„Na ja, reiches Kind, in seinem alter schon Manager usw. eben. Der spielt doch nur mit dir. Vermutlich ist er nicht mal schwul, sondern will nur mal alles ausprobiert haben."

Taichi musste sich zusammenreißen, um Liam nicht eine zu verpassen. Von seinem Freund hatte er das nicht erwartet gehabt. Jetzt war er schon seit zwei Jahren bei Kei und Liam wusste seit einem davon und dennoch kam er jetzt mit solchen Vorurteilen und Zweifeln? Wo er von allen bisher immer am meisten Toleranz gezeigt hatte.

Als Taichi nicht antwortet, sah Liam ihn an und ihre Augen trafen sich. Der Kanadier seufzte.

„Sei nicht sauer. Ich mein es doch nur gut. Irgendwann hat jeder Zauber ein Ende und seine Familie wird dich sicher nie akzeptieren." Langsam sollte Liam wirklich die Klappe halten. Taichis freie Hand krallte sich regelrecht an der Reling fest, als das Boot langsam zum Stehen kam. Doch weder Liam noch Taichi rührten sich. Beide starrten vor sich hin.

Was hätte Tai auch antworten sollen? Dass Liam die Klappen halten sollte? Dass er keine Ahnung hatte? Dass Kei nicht so war? Was hätte das gebracht? Taichi hatte angenommen, dass Liam all diese Dinge bereits bekannt waren, doch sein Freund hatte sie nicht begriffen. Das schmerzte und das Gefühl, sie dem anderen einzuprügeln wurde von Enttäuschung überlagert. Wieso nur glaubte niemand an sie?

„Was ist? Habt ihr schon Proben genommen?" Nana war von der Toilette zurück und konnte mal wieder nicht die Stimmung lesen.

„Ah, nein, noch nicht." Liam lachte gekünstelt, während Taichi sich nicht rührte. Dann lief er zum Heck, um seiner Aufgabe nachzugehen. So, wie alle anderen. Und genauso schrieb Taichi ihn in diesem Moment ab ... wie alle anderen.

◊◊◊

Als Taichi an diesem Abend ins Hotel zurückkehrte, war es spät geworden. Die vielen Stunden auf See und danach im Labor waren es allerdings nicht, die ihn erschöpft hatten. Viel mehr seine kreisenden Gedanken und Nanas bloße Anwesenheit hatten ihn ausgelaugt. Da war er umso erfreuter, dass Kei bereits zurück in ihrer Suite war. Etwas, dass trotz der späten Stunde nicht garantiert war.

„Ich habe dich vermisst." Kei trat auf ihn zu und wischte ihm die verschwitzten Haarsträhnen aus der Stirn, um sie zu küssen. Sofort ließ Taichi seine Tasche fallen und schlang seine Arme um die Mitte seines Geliebten.

„Ich dich auch. So sehr." Sanft strichen Keis Hände über seine Haare, als würde er spüren, dass Taichi diese beruhigende Geste gerade brauchte.

„Soll ich dir ein Bad einlassen? Du wirkst erschöpft." Taichi vergrub sein Gesicht an Keis Brust, was seine Antwort dämpfte.

„Ja, bitte." Langsam löste Kei seine Arme, legte sie sich dann um den Hals und griff nach Taichis Hüfte. Sofort reagierte der Jüngere darauf und sprang in Keis Arme, um seine Beine, um seine Hüfte zu schlingen. So trug ihn der Ältere ins Bad, wo er Tai auf dem Hocker vor der Schminkkommode absetzte und sich dann um die Badewanne kümmerte, während der Kleinere sich seiner Kleidung entledigte.

Knapp eine Stunde später lagen Taichi und Kei auf dem großen Bett in ihrem Schlafzimmer. Während der junge Manager am Kopfende lehnte und sich die Füße seines Geliebten geschnappt und in seinen Schoß gelegt hatte, um sie sanft zu massieren, lag Taichi quer auf der weichen Decke, ein Kopfkissen im Nacken und betrachtete Kei gedankenverloren.

„Warum denken alle immer, dass du nur mit mir spielst?", durchbrach der Student schließlich die Stille und Kei sah von seinen Füßen auf.

„Weil sie nicht wissen, wie sehr ich dich vergöttere." Er lächelte sanft, was auch Taichi seine Mundwinkel anheben ließ.

„Ich glaube, selbst, wenn sie es wüssten, würden sie es nicht glauben." Taichi seufzte.

„Mag sein. Die Leute glauben meist, was sie glauben wollen. Egal, was sie sehen oder hören." Der Jüngere nickte. „Wer hat dich heute geärgert?" Kei legte seine Beine wieder auf dem Bett ab, fuhr mit seiner Hand langsam an ihnen hinauf und legte sich dann neben Taichi.

„Ach, es war nur ..." Der Jüngere wusste nicht, wie genau er sein Gespräch mit Liam beschreiben wollte. Er war noch immer wütend auf den Kanadier und hatte ihn komplett aus seinem Gefühlsleben streichen wollen, aber das würde wohl noch etwas dauern. Trotz allem zweifelte er Keis Gefühle nicht mal ein Stück weit an. Und diesen Eindruck sollte Kei auch nicht bekommen.

„Nana hat mich heute wieder genervt", wich er aus und drehte sich auf die Seite, um Kei anblicken zu können.

„Nana? Die, die auf dich steht?"

„Ja, Nana Suko. Sie ist mir heute nicht von der Seite gewichen. Das war anstrengend. Ich kann noch so kühl zu ihr sein, sie scheint es nicht zu kapieren."

„Und du bist zu nett, um sie direkt vor den Kopf zu stoßen."

„Kann schon sein. Sie ist immerhin in den meisten meiner Kurse und wir kennen uns seit Studienbeginn." Kei sah Taichi nur stumm an. „Was ist?" Die Finger des Studenten wanderten zu Keis nackter Brust, wo sie nach seinem Herz fühlten. Es schlug schneller, als sein Geliebter nach außen vermuten ließ.

„Du bist wirklich viel zu gut für diese Welt, Tai." Der Jüngere blinzelte überrascht. Er wollte Kei nicht widersprechen, aber so wichtig und nett fand er sich selbst nun wirklich nicht. „Du bist einfach rein." Keis Fingerspitzen strichen über Taichis Wangen, die sich augenblicklich heißer anfühlen mussten.

„Nachdem, was wir schon gemacht haben, bin ich sicher nicht rein", flüsterte Taichi immer noch durch den Wind. Was redete Kei da nur? Das war ihm irgendwie peinlich. Dennoch konnte er seinen Blick nicht von diesen sanften braunen Augen nehmen, die ihn ansahen, als würden sie sagen: Du gehörst mir. Nichts Schöneres konnte Taichi sich vorstellen.

„Dieses rein meine ich nicht." Keis Fingerspitzen glitten von seiner Wange über seinen Hals bis zu seiner Brust, wo sie zu seinem pulsierenden Herz wanderten. Als Kei mit seinem Zeigefinger auf seine Haut tippte, wurde Taichi erst bewusst, dass er den Atem angehalten hatte. Keuchend ließ er ihn entweichen.

„Auch ... hier nicht", widersprach Taichi. „Jeder hat eine dunkle Seite in sich." Keis Arme schlangen sich so hastig um ihn, dass dem Studenten erneut die Luft wegblieb. Wenn auch dieses Mal vor Überraschung. Mit seinem Gesicht in Keis Halsbeuge, an der er den hektischen Puls des anderen spüren konnte, sog er den Duft seines Geliebten tief in sich auf, als er wieder zu Atem kam.

„Du nicht, Tai. Du nicht. Das lasse ich nicht zu. Niemand wird dich verderben. Du bist mein Licht."

In Taichis Augen bildeten sich Tränen. Er wusste nicht, was er Kei darauf antworten sollte. So etwas hatte er noch nie zu ihm gesagt und es fühlte sich so gut an. Sein Herz quoll über vor Liebe zu diesem Mann, der nicht begriff, dass Taichi es genau umgekehrt sah. Kei war doch sein Licht. Seine bessere Hälfte. Sein ein und alles. Doch keines dieser Worte brachte Tai heraus, während Kei ihn an sich drückte und einfach nur festhielt.

8.

Taichi wäre lieber gleich wieder zurück in die Uni gefahren und hätte sich noch zig weitere Stunden mit Wasserproben und Bakterien herumgeschlagen, als erneut mit der Polizei sprechen zu müssen. Doch leider konnte er weder zurück noch abhauen. Das wäre sicher verdächtig gewesen. Oder besser verdächtiger, nachdem er es ja immer noch zu sein schien. Es hatte ein weiteres Mordopfer gegeben, das hatte er mitbekommen. Und somit war wohl genau dieses Opfer der Grund, warum die beiden Ermittler schon wieder im *King Park Tower* aufgetaucht waren und mit ihm sprechen wollten.

Das alles wäre ja noch irgendwie zu ertragen gewesen, wenn Kei wenigstens wieder an seiner Seite gewesen wäre. Aber der junge Manager war heute außer Haus. Das kam öfter vor und war nicht ungewöhnlich, aber Taichi fehlte dadurch seine mentale Unterstützung. Umso hilfloser kam er sich vor, als er nun vor den beiden Polizisten die Tür zu ihrer Suite öffnete und sie hereinbat. Noch eine Sache, die ihm gar nicht gefiel. Fremde in ihre kleine Welt zu lassen, kam höchstens bei der Putzkolonne und sehr engen Freunden vor. Nicht bei Ermittlern. Aber ohne Kei hatte er keine Möglichkeit an einen Besprechungsraum zu kommen. Was sollte er also tun?

„Hey, Tai!" Der Gerufene war noch nie so froh gewesen, eine ihm bekannte Stimme zu hören, wie in diesem Moment. Etwas außer Atem eilte Jonas aus Richtung des Aufzugs auf ihn zu. „Ich habe es gerade von Sasaki-san gehört. Soll ich mit reinkommen?" Taichi nickte eifrig.

„Das wäre super. Vielen Dank." Jonas zwinkerte ihm zu, rückte seine Krawatte zurecht und betrat dann nach Taichi den privaten Flur, der zu ihrer Suite gehörte.

Nachdem alle im Wohnbereich Platz genommen hatten und mit Wasser versorgt worden waren, begann Jonas das Gespräch.

„Also meine Herren, wenn ich mich noch einmal vorstellen darf. Ich bin Jonas Suzuki und für das *Brioche Verte* im Hause

68

verantwortlich. Dazu gehöre ich zu den engen Freunden der Familie Tsuruga." Der junge Gastronom schob zwei seiner Visitenkarte über den Wohnzimmertisch vor die beiden Polizisten, die sie mit einem Kopfnicken entgegennahmen.

„Saburo Uehara. Der leitende Kriminalrat in diesem Fall", erwiderte der Mann im grauen Anzug, den Taichi immer noch nicht gerne sah, die Vorstellung.

„Masao Otsuka. Kriminalhauptkommissar des KUA, Dezernat I", schloss gleich darauf der zusätzlich hinzugezogene Superintendent die Runde. Dieses Mal gab es Visitenkarten für Jonas, der sie kaum ansah und in der Innentasche seines Jacketts verstaute, nur um dann wieder voll auf Angriff zu schalten. Taichi war ihm so dankbar für seine Initiative.

„Wenn ich mich recht erinnere, ist Dezernat I für Yakuza[5]-Aktivitäten verantwortlich. Was hat das mit Taichi und diesem Fall zu tun?" Der Student blickte zwischen den Parteien hin und her.

Bitte was? Yakuza? Jetzt war Taichi gänzlich verwirrt.

„Das stimmt," Masao Otsuka lächelte freundlich. „Da wir nicht ganz ausschließen können, dass die Morde etwas mit den ... Organisationen zu tun haben, wurde ich hinzugezogen."

„Heißt das, sie verdächtigen Taichi in Yakuza-Geschäfte verwickelt zu sein?" Jonas klang wie ein Anwalt.

„Um eines klarzustellen. Das hier ist eine freiwillige Befragung", mischte sich der Mann im grauen Anzug, Uehara, ein. „Und wir verdächtigen hier niemanden. Wir gehen nur Hinweisen nach. Daher dürfen Sie dieser Besprechung auch beiwohnen. Stünde ihr ...", der Kriminalrat zögerte bei seiner Wortwahl kurz, „... Freund unter Verdacht, hätten wir ihn gefragt, ob er einen Anwalt hinzuziehen möchte." Jonas nickte zufrieden und Taichi atmete geräuschvoll aus. Wann hatte er die Luft angehalten?

Die Ermittler sahen Jonas Zustimmung wohl als Startsignal, denn sie wandten sich Taichi zu.

---

[5] = kriminelle Organisation in Japan; Gangster-Syndikat bzw. Mafia

„Wie Sie sicher schon mitbekommen haben, gibt es ein weiteres Mordopfer." Taichi nickte stumm. „Auch, wenn dieses in einem anderen Stadtteil gefunden wurde, so gehen wir stark davon aus, dass es zu der gleichen Mordserie gehört, wegen der wir das letzte Mal hier waren", erklärte Uehara.

„Also ... ist es der gleiche Mörder?", platzte es aus Taichi heraus, bevor er eilig den Kopf senkte. Der Kriminalrat räusperte sich.

„Wir gehen davon aus, ja. Alle Spuren deuten darauf hin."

„Wenn Sie Taichi in diesem Fall nicht verdächtigen, wieso sind Sie dann noch einmal hier?", mischte sich Jonas wieder ein. Sein Lächeln war verschwunden und er musterte die Ermittler streng. Taichi schluckte. Gute Frage.

„Wie bereits gesagt, gehen wir Hinweisen nach." Uehara zog ein Smartphone aus seiner Manteltasche und Taichi fragte sich für einen Augenblick, ob er draußen bei diesen Temperaturen in einem Mantel nicht schwitzte. Der Mann entsperrte sein Handy und hielt es Taichi dann hin.

„Kennen Sie diese Frau?" Tai betrachtete das Foto. Irgendwie glaubte er, sie zu kennen, und dann wiederum war sie eine typische Japanerin mit schwarzem Haar und keinen besonderen Merkmalen. Zumindest für Taichi. Er konnte sie gesehen haben oder auch nicht. Aber kennen ...

„Nein. Nicht, dass ich wüsste", antwortete er. Der Kriminalrat wischte über das Display und das Foto einer weiteren Frau erschien.

„Und diese hier?" Taichi schüttelte den Kopf. Mit ihr ging es ihm genauso, wie mit der Frau davor.

„Falls ich sie mal gesehen haben sollte, erinnere ich mich nicht", gab er ehrlich zu und das Smartphone verschwand wieder in der Manteltasche.

Waren es zwei Opfer gewesen? Oder hatten die beiden Frauen nur etwas mit der Sache zu tun? Taichi kam immer noch nicht hinterher, versuchte aber es sich nicht anmerken zu lassen.

„Können Sie uns sagen, wo Sie Mittwochmorgen waren?" Tai überlegte kurz. Das war ein ganz normaler Unitag vor zwei Tagen gewesen.

„An der Uni. Ich studiere Meeresbiologie an der Kaiyodai."

„Das können vermutlich mehrere Studenten und Professoren bezeugen?", hakte Otsuka nach. Taichi nickte.

„Ja." Der Ermittler zögerte und Uehara ergriff wieder das Wort.

„Dann können Sie uns dieses Mal wohl nicht sagen, wo sich Kei Tsuruga zu dieser Zeit aufgehalten hat, oder?" Taichi öffnete den Mund nur, um ihn gleich wieder zuzuklappen. Was war denn das jetzt für eine Frage? Hatten sie erwartet, dass er wieder mit ihm zusammen gewesen war?

„Warum fragen Sie ihn das nicht selbst? Sie können sicher ein Gespräch mit ihm vereinbaren." Wieder war es Jonas, der ihn rettete.

„Das werden wir." Taichi biss sich auf die Lippen. Davon würde Kei sicher nicht begeistert sein. Ob sie ihm dieselben seltsamen Fragen stellen würden? Nein, das war die falsche Frage. Richtiger war: Verdächtigten sie Kei etwa auch? Kannte er diese Frauen? Nein. Er durfte sich nicht auf das Spiel dieser Ermittler einlassen.

„Vielen Dank für ihre Mitarbeit. Sollten wir noch weitere Fragen haben, melden wir uns. Und sollte ihnen irgendetwas einfallen oder auffallen, dann können Sie uns jederzeit anrufen." Uehara erhob sich und Otsuka tat es ihm gleich. Sofort sprang auch Taichi auf.

„Ja, natürlich." Eine Floskel. Er wollte mit diesen Typen wirklich nichts zu tun haben, egal, was passierte.

Jonas begleitete Uehara bereits zur Tür, während Otsuka seine braune Lederjacke überstreifte. Diese Polizisten schienen wirklich nicht zu schwitzen. Wieso trugen sie im Sommer alle Mäntel und Jacken?

„Hören Sie, Kume-san", sprach er Taichi mit leiser Stimme an. „Ich weiß, dass Tsuruga-san und Sie nicht nur Freunde sind."

Augenblicklich sah Taichi zwischen dem Mann und den anderen beiden, die bereits auf den Flur hinaustraten hin und her.

„Verstehen Sie mich nicht falsch. Mich stört das absolut nicht. Ich selbst ..." Er räusperte sich und Taichi wandte hastig den Blick ab, während er sich durchs Haar strich. „Wie auch immer. Ich will damit nur sagen, dass ich es verstehen kann, falls Sie ihn decken. Aber egal, was ..."

„Stimmt etwas nicht?" Es war aufgefallen, dass sie noch immer bei der Sitzgruppe standen und zum zigsten Mal an diesem Nachmittag war Taichi froh, dass Jonas ihm zur Hilfe kam. Schon allein, weil ihm dieses Mal wirklich beinah das Herz stehengeblieben wäre.

„Nein, alles in Ordnung. Entschuldigen Sie." Otsuka lächelte und ging an Taichi vorbei, als er noch einmal seine Stimme senkte. „Ich bin jederzeit für Sie da. Passen Sie auf sich auf." Und damit verschwanden die beiden Ermittler wieder aus ihrer Suite, während Taichi sich nicht rühren konnte. Sein einziger Gedanke war, dass sie doch auch bitte aus Keis und seinem Leben verschwinden sollten. Für immer.

„Hey, alles in Ordnung?" Anscheinend hatte Jonas die beiden nicht nach unten gebracht – nicht gerade höflich – da er so schnell wieder bei ihm gewesen war. Taichi sah auf und nickte automatisch, obwohl rein gar nichts in Ordnung war. Dieser Yakuza-Dezernats-Typ dachte wirklich, dass Kei für all das verantwortlich war! Wie konnte er es wagen?

„Du siehst gar nicht gut aus. Komm, setz dich." Jonas dirigierte ihn zu einem der Lehnstühle und Taichi ließ sich in den weichen Polsterstoff sinken. Er wusste nicht wohin mit seinen Gedanken. Das war zu viel. Wenn nur Kei jetzt hier bei ihm wäre ...

„Komm schon, Tai. Bitte rede mit mir. Was ist passiert?" Der Angesprochene sah auf. Das war nicht Kei, aber sein bester Freund. Wenn er mit ihm sprach, war das sicher okay für Kei. Immerhin wusste er von ihnen.

„Sie verdächtigen ihn." Allein das auszusprechen, fiel Taichi schwer. „Wie ... Wie können Sie ihn ...?" Er brach ab und Jonas ging vor ihm in die Hocke, so dass er zu Taichi aufblicken musste.

„Hör zu, Tai. Was immer diese Ermittler auch denken, das solltest du dir nicht zu Herzen nehmen. Sie stellen ihre Fragen, können ohne Beweise aber niemanden verhaften geschweige denn anklagen. Und wir wissen, dass ihr beiden unschuldig seid."

Beide? Dieses Gefühl, dass bei diesen Worten in Taichi aufkam, kannte er bereits. Es war wie in seinem Traum gewesen. Seinen Albträumen, die ihm Tod und Verzweiflung zeigten.

„Ich ...", setzte Taichi an, nur um kein weiteres Wort herauszubringen. Jonas gab ihm jedoch die Chance etwas zu sagen, denn er blickte ihn nur schweigend an. Das ließ Taichi schlucken und er versuchte es erneut.

„Also, ich ... habe da was gelesen. Von Freud und Träumen und ..." Wie sollte er Jonas nur etwas verständlich machen, von dem er selbst es nicht wagte, es auszusprechen, weil es dann real wurde?

„Wovon redest du denn nur, Tai? Vielleicht solltest du dich hinlegen." Jonas verstand nicht. Kein Wunder.

Nein, es ging nicht. Er konnte mit Jonas nicht darüber sprechen. Er brauchte Kei. Sein Kei würde ihn verstehen.

„Komm. Ich bring dich ins Bett." Jonas hatte sich erhoben und Taichi sprang ebenfalls auf. Bloß nicht! Was, wenn er wieder träumte?

„Nein, schon gut. Ich ... ich sollte noch eine Auswertung fertig schreiben." Taichi sah sich im Zimmer um und lief dann hinüber zu seinem Schreibtisch, um sich seinen Laptop zu holen, mit dem er es sich auf der Couch im Wohnbereich bequem machte ohne Jonas noch einmal anzusehen. Der junge Restaurantchef seufzte leise. Er schien sich wirklich Sorgen zu machen.

„Also gut. Aber ich bleibe bei dir, bis Kei zurück ist." Taichi sah von seinem Laptop auf und nickte. Vielleicht war es ganz gut, wenn er nicht alleine war.

„Taichi?" Kei hatte den Eingang zum Schlafzimmer benutzt und Jonas sprang eilig auf, um ihm entgegenzugehen, als er die Stimme seines besten Freundes vernahm.

„Hey. Er schläft." Sie trafen sich im Kaminzimmer und Jonas deutete auf die Couch im Wohnbereich, auf der Taichi eingeschlafen war. Jonas hatte ihm den Laptop abgenommen und ihn zugedeckt.

Kei nickte und streifte dann eilig sein Jackett ab, bevor er zu seinem Geliebten trat und vor der Couch in die Knie ging. Sanft strich er ihm über das Haar.

„Danke, dass du da warst, als diese ..." Kei sprach leise, aber bevor er abbrach, war die Wut dennoch zu hören gewesen.

„Jederzeit. Ich verstehe auch nicht, was diese Typen wollen. Ihre Hinweise sind mehr als dürftig und wieso sie damit zu euch kommen, kapiere ich sowieso nicht. Nur weil ein Opfer mal Gast war, und das nächste Ex-Angestellte."

Kei richtete sich wieder auf und verschränkte die Arme vor der Brust, während er auf Taichi hinabsah.

„Es ist mir egal, was sie wollen und wann, solange sie sich von Tai fernhalten. Wie können sie nur denken, dass er je einen Menschen umbringen könnte?" Jonas nickte bekräftigend.

„Allerdings verdächtigen sie nicht nur Taichi. Sie haben wohl auch dich im Verdacht." Kei sah seinen besten Freund das erste Mal an diesem Tag in die Augen.

„Haben sie das gesagt?"

„Nein, aber Taichi meinte, einer von ihnen hätte es angedeutet. Er war total fertig deswegen und hat irgendwas von Träumen und Freud gestammelt." Jonas zuckte mit den Schultern. „Vermutlich wollte er deswegen auch nicht schlafen. Allerdings war er dann wohl doch erschöpft." Keis Kiefermuskeln spannten sich an, als er wieder auf Taichi hinabblickte. Jonas hatte in seiner Textnachricht nur grob erwähnt, was los gewesen war und dass er bei Taichi blieb, also hatte Kei versucht, sich nicht allzu viele Sorgen zu machen. Doch nun sah die Sache anders aus.

„Danke nochmal, dass du hier warst. Ich schulde dir was." Nicht nur ein höflicher Dank, sondern auch eine Aufforderung zu gehen, die Jonas wohl verstand, denn er nickte noch einmal und verabschiedete sich dann mit einem Klaps auf die Schulter von seinem Freund.

„Wie gesagt: Gerne. Sag Bescheid, wenn ihr noch was braucht."

Als Jonas die Suite verlassen hatte, blieb Kei noch einige Minuten stehen und betrachtete seinen Liebsten, bevor er ins Bad ging und unter die Dusche stieg.

Zehn Minuten später kehrte er im Bademantel in ihr Schlafzimmer zurück und fand dort einen Taichi vor, der in eine Decke gewickelt auf der kleinen Bank vor dem Bett saß.

„Hey, wieso bist du nicht reingekommen?" Sofort war Kei bei ihm und kniete sich vor das Bänkchen, um Taichi das zerwühlte Haar aus dem Gesicht zu streichen.

„Ich bin gerade erst aufgewacht." Lächelnd beugte sich Taichi nach vorne um seine Stirn an Keis zu legen. „Ich habe dich vermisst."

„Ich dich auch." Dieser Satz war mittlerweile ihre Begrüßung geworden, auf die es immer dieselbe Antwort gab und für diese Gewohnheit war Taichi gerade dankbar. Sie war genauso vertraut, wie Keis Geruch und seine Stimme.

„Jonas hat mir von den Ermittlern erzählt." Das Lächeln verschwand aus Tais Gesicht und Kei löste sich langsam, um seinen Geliebten mit sich zum Bett zu ziehen. Dort setzte er sich an das Kopfende gelehnt hinein, und deutete Tai an zu ihm zu kommen. Sofort krabbelte der Student zu ihm und kuschelte sich an seine Seite.

„War es sehr schlimm?" Taichi schien über die Antwort kurz nachzudenken, denn er schwieg zunächst.

„Nein. Jonas war eine große Hilfe. Ohne ihn wäre es sicher schlimmer gewesen."

„Ach ja? Gut. Auch, wenn ich es mir nicht verzeihen kann, dass ich nicht bei dir war. Du wirst nie wieder allein mit ihnen sprechen." Keis Stimme war bestimmt und Taichis Hand legte sich auf die Wange des anderen, als er zu ihm aufsah.

„Dafür kannst du doch nichts. Aber ja, ich will mit denen eigentlich gar nicht mehr sprechen. Und dich sollen sie auch in Ruhe lassen." Taichis Hand sank auf die mit Frottee bedeckte Brust von Kei herab.

„Ich werde mit denen schon fertig, keine Sorge." Verächtlich schnalzte der junge Manager mit der Zunge. „Die sollen nur wiederkommen."

Erneut trat Stille ein, während jeder der beiden seinen eigenen Gedanken nachhing, bis Kei seine Feststellung leise äußerte.

„Du denkst immer noch, dass du es sein könntest." Taichi zuckte zusammen und seine Hand krallte sich in Keis Bademantel.

„Nicht ... Nicht direkt, nur ...", gestand er ebenso leise.

„Tai, sieh mich an." Zögerlich kam er dem Wunsch des anderen nach und löste sich etwas von ihm, um zu ihm aufschauen zu können.

„Es ist mir egal, was Freud sagt und ob Träume der Schlüssel zu unserem Unterbewusstsein sind. Ja, ich habe auch recherchiert. Aber du bist weder ein Mörder noch ein schlechter Mensch. Und das sage ich nicht, weil ich dich liebe, sondern weil das eine Tatsache ist. Dich nimmt diese ganze Sache einfach viel zu sehr mit. Und genau deswegen wirst du nicht mehr mit diesen Polizisten sprechen oder dich weiter über diese Toten erkundigen. Glaub mir, ich würde es merken, wenn du nachts auf Wanderschaft gehen würdest. Und selbst, wenn ich es im Tiefschlaf nicht registrieren würde, so wüsste es mein Unterbewusstsein. Denn das bewahrt auch all unsere Erinnerungen auf. Und in diesem dunklen Zentrum bist du mein Licht, Tai. Wenn das erlöschen würde ... Nein. Ich werde niemals zulassen, dass es erlischt."

Keis Hand hatte sich auf die des Jüngeren gelegt und hielt sie fest, als würde er durch diese Verbindung seine Worte noch tiefer in Taichi fließen lassen können. Was gar nicht nötig gewesen wäre, denn Taichi spürte bereits die Wärme und Liebe, die Keis

Stimme ihm mit diesen Worten schenkte. Sie erfüllten seinen ganzen Körper und sein ganzes Ich.

„Ich liebe dich so sehr, Kei." Taichis Stimme glich einem Krächzen, so vehement kämpfte er gegen die aufsteigenden Tränen an.

„Danke." Ein einfaches Wort, dass Kei gegen seine Lippen flüsterte, bevor sie sich trafen.

9.

Das Wochenende hatte geholfen. Die Ermittler waren nicht wieder aufgetaucht und die Ruhe in der Suite ließ Taichi sich auf seine Arbeit für die Uni konzentrieren. Dazu schaute Kei regelmäßig bei ihm vorbei, wann immer er eine Pause riskieren konnte. Taichis Smartphone war nicht weiter beachtet worden und somit hatte der junge Student in einer Blase ohne Morde, Leichen oder verrückte Träume gelebt. Am nächsten Montag konnte es Taichi jedoch nicht lassen und überflog im ersten Unterrichtsraum wieder die neusten Nachrichten. Neben einigen Warnungen vor Sommerstürmen und politischen Ereignissen gab es jedoch nichts, was Taichi interessiert oder wieder aufgewühlt hätte. Beinah erleichtert, steckte er das Handy in die Tasche, als sich Tora neben ihm niederließ. Das würde Ärger geben. Normal war das immerhin Nanas Platz. Taichi schwieg allerdings, als Tora sich auch schon erklärte.

„Nana ist wohl krank."

„Krank?" Liam setzte sich auf Toras andere Seite.

„Ja. Wohl schon seit dem Wochenende."

„Was hat sie denn?"

„Ne Sommergrippe oder so. Nichts Ernstes." Tora zuckte mit den Schultern und begann ebenso, wie Taichi, ihre Schreibsachen auszupacken.

Liam und er hatten beschlossen, nicht mehr über ihr Streitthema zu sprechen. Für den Kanadier schien damit wieder alles in Ordnung zu sein, während Taichi bei seinem Entschluss blieb. Innerlich hatte er Liam abgeschrieben, auch, wenn er es sich nicht anmerken ließ.

Kurz darauf begann die Vorlesung, die damit endete, dass der Professor sie an das Sommerfest erinnerte, dessen Vorbereitungen diese Woche beginnen sollten. Wie aufs Stichwort kam das Sommerfest-Komitee herein und durfte die letzten Minuten nutzen, um sich Freiwillige für bestimmte Tätigkeiten zu organisieren. Taichi war niemand, der sich in solche Veranstaltungen groß einbrachte, aber da er sein Studium liebte, repräsentierte er es gerne. Also ließen sich Liam, Tora und Taichi für eine Probenuntersuchung mit dem Mikroskop für die Besucher im Labor einteilen. Die Vorbereitungen dafür würden ihn sicher weiterhin ablenken, was dem Studenten sehr gelegen kam. Ob Kei das Sommerfest besuchen würde? Taichi würde sich freuen.

Als Taichi an diesem Abend im einunddreißigsten Stock auf den Aufzug wartete, war er ziemlich überrascht, als dieser sich öffnete und Jonas ihn anstrahlte.

„Perfektes Timing", kommentierte der Restaurant-Manager ihr zusammentreffen, als er ihm andeutete, einzusteigen. „Du willst doch sicher Abendessen gehen, oder?" Taichi nickte, als er in den Fahrstuhl trat. Ja, das war sein Plan gewesen. Wohin hatte er sich allerdings noch nicht überlegt.

„Sehr gut. Dann komme ich ja genau richtig. Ich wollte dir vorschlagen, zusammen etwas zu essen. Hast du Lust? Muss auch nicht im *Brioche Verte* sein. Da bin ich oft genug."

„Ähm, okay." Taichi fühlte sich von dem Angebot etwas überrumpelt. Normal aß er allein, wenn er in eines der Restaurants ging und Kei noch nicht zurück war, um mit ihm in der Suite zu essen. Was für ihn nicht schlimm war. Manchmal genoss er es einfach dem leisen Trubel im Lokal zu lauschen und etwas Leckeres zu genießen.

„Auf was hast du Appetit?" Jonas war, wie immer, gut aufgelegt und wenig zurückhaltend.

„Ich weiß nicht. Vielleicht Steak?"

„Das *Katsuta*. Sehr gute Wahl. Da war ich lange nicht." Jonas drückte auf den Knopf ins erste Untergeschoß, wo das Steakrestaurant lag.

Eigentlich nutzte Taichi es nicht gerne aus, dass Keis Familie das Hotel gehörte, aber das Essen hier war in jedem einzelnen Restaurant hervorragend und auch wenn er lieber mit Kei aß, so liebte er die Auswahl hier und genoss sie an manchen Tagen.

„Wie bist du darauf gekommen, mit mir essen zu wollen? Hast du keine Angst, dass deine Eltern das mitbekommen? Oder ... sonst jemand?"

Jonas lachte und lehnte sich gegen die Spiegelwand des Fahrstuhls.

„Du tust gerade so, als wärst du ein Verbrecher oder ..." Er brach ab und räusperte sich, bevor er weitersprach. Taichi konnte sich denken, was er beinah im Scherz gesagt hätte. Das Wort Mörder war im Moment allerdings kein Spaß. „Wie auch immer. Es ist mir egal. Du bist ein Student, der bei Kei wohnt. Das ist keine Todsünde."

„Wie man es nimmt ...", murmelte Taichi und lächelte, als sie aus dem Aufzug stiegen. Für manche war Homosexualität definitiv eine. „Es könnte deinem Image schaden."

„Oh, bitte." Jonas wandte sich dem Empfangschef zu und fragte nach einem Tisch für zwei, was natürlich sofort umgesetzt wurde, da Jonas hier ebenso bekannt war, wie Kei. Während sie zu ihrem Tisch geführt wurden, griff er das Thema noch einmal auf.

„Wie schon gesagt: Du bist ein ganz gewöhnlicher Student. Wen das stört, der braucht nicht mehr bei mir auftauchen, geschweige denn im *Brioche Verte*." Taichi zwang sich erneut zu einem Lächeln, als sie sich setzten. *Gewöhnlich* traf es sehr gut. Aber es war schön, zu hören, dass Jonas weder die Gerüchte noch das Wissen über sein Leben mit Kei störten.

„Du hast Kei sehr gerne, nicht?" Vorsichtig wagte Taichi es auch, etwas offener mit Jonas zu reden.

„Ja, na ja. Wir kennen uns einfach schon ewig und er ist ein klasse Kerl. Und er hat einen guten Geschmack." Taichi spürte, wie seine Wangen heiß wurden. Jonas hatte diese Worte einfach so nebenbei fallen lassen, als hätte er über das Essen auf der Karte gesprochen, die Tai jetzt dichter vor sein Gesicht hielt. Flirtete Jonas mit ihm? Nein, das war nur Höflichkeit. Immerhin war Keis bester Freund nicht schwul. Oder doch?

Taichi schimpfte sich selbst, während seine Augen, ohne zu lesen, über die Speisekarte wanderten. Erstens, weil er wie ein

Hetero vorschnell geurteilt hatte und zweitens, weil Jonas sicher nichts von dem Mann wollte, mit dem sein bester Freund zusammen war.

„Wie war Kei als Kind so?", versuchte Taichi seine Gedanken zu vergessen und auf ein sicheres Thema umzusteigen.

„Hm ... eigentlich hat er sich nicht großartig verändert", antwortete Jonas ihm, bevor sie kurz durch den Kellner unterbrochen wurden, der ihre Bestellungen aufnahm. Taichi tippte einfach auf irgendetwas, um nicht noch länger zu brauchen. Dann fuhr der junge Restaurantmanager auch schon unbeirrt fort.

„Er war schon immer lebhaft und gutaussehend. Dazu hat er sich nie wirklich für das weibliche Geschlecht interessiert. Seine Eltern haben das nur nie akzeptieren können. Allerdings hat er anfangs nur gespielt. Du bist der Erste, mit dem er es wirklich ernst meint. Das merkt man ihm an. Schon früher, wenn Kei etwas wirklich mochte, dann bekam er es auch und ließ es nicht mehr gehen. Und er behandelte es, wie seinen Schatz. Seit er dich hat, ist er viel ausgeglichener." Taichi horchte auf. Nicht, weil er nicht gewusst hatte, wie wichtig er Kei war, das betonte dieser immer wieder und Tai glaubte ihm, sondern, weil Jonas die Ausgeglichenheit erwähnte.

„War er früher denn nicht ausgeglichen?" Jonas lehnte sich in seinem Stuhl zurück.

„Na ja, wie soll ich sagen ... Unausgeglichen ist vielleicht das falsche Wort, er ..." Die Bedienung unterbrach sie beim Servieren erneut und dieses Mal nahm keiner der beiden das Gespräch an diesem Punkt wieder auf. Jonas nicht, weil ihm wohl immer noch die Worte fehlten und Taichi, weil er ihn nicht drängen wollte. Vielleicht war es auch einfach besser, Kei selbst danach zu fragen. Also machten sich beide über das Essen her und sprachen zwar weiter über ihre gemeinsame Verbindung, aber nicht mehr so tiefgründig.

„... und dann hat er tagelang kein Wort mit mir gewechselt. Er war stumm, wie ein Fisch." Taichi lachte leise.

„Dass er das durchgehalten hat."

„Oh ja, ich war auch überrascht." Jonas lachte und legte sein Besteck so über den Teller, dass der Kellner sah, dass er fertig war. „Aber glaub mir, seine Gesichtsmimik war dennoch einsame klasse."

„Taichi?" Augenblicklich wandte sich der Angesprochene um und erkannte das Thema ihrer Unterhaltung, das leibhaftig vor beziehungsweise hinter ihm stand.

„Kei! Du bist schon zurück?" Taichi erhob sich, als Keis Blick zu seinem Tischnachbarn wanderte.

„Schon ist gut. Es ist gleich einundzwanzig Uhr." Überrascht blinzelte Taichi, als Kei unbeirrt fortfuhr. „Hallo Jonas."

„Hey, Kei. Entschuldige. Ich habe gar nicht gemerkt, dass es so spät geworden ist."

„Habt ihr zusammen gegessen?" Keis Blick fiel auf die leeren Teller, die ein plötzlich herbeieilender Kellner begann abzuräumen.

„Äh, ja. Jonas wollte nur ..." Taichi brach ab, als er erkannte, dass Jonas ihm seine Frage von vorher nie beantwortet hatte. Wieso war er mit ihm Essen gegangen?

„Ach, tut mir leid, Kei. Ich dachte, ich kümmere mich etwas um Tai, wenn du keine Zeit hast. Alleine Essen ist doch langweilig." Auch Jonas erhob sich.

Das war also der Grund gewesen? Also wollte Jonas ihn auch besser kennenlernen. Nun gut, er war immerhin der Geliebte seines besten Freundes.

„Ich verstehe. Danke." Taichi hätte Kei gerne berührt. Irgendwo. Egal, Hauptsache berührt, denn sein Lächeln wirkte kühl und gezwungen. Gefiel es Kei nicht, wenn er mit Jonas aß? Aber seinem besten Freund vertraute er doch sicher?

„Nun gut, dann mache ich mich mal auf den Weg. Ich wünsche euch beiden noch einen schönen Abend." Kei nickte und erwiderte die Höflichkeiten, bevor Taichi etwas sagen konnte. Dann war Jonas auch schon verschwunden und er stand mit Kei im Aufzug nach oben.

„Bist du böse, weil ich mit ihm gegessen habe?" Taichi trat vorsichtig näher an Kei heran. Es schien, als hätte er ihn mit seiner Frage aus seinen Gedanken gerissen.

„Was? Aber nein." Kei nahm Taichis Hand in seine und sein Lächeln war sanft und ehrlich. „Ich bin höchstens eifersüchtig, dass er Zeit mit dir verbringen durfte." Unwillkürlich atmete der junge Student auf.

„Das brauchst du nicht. Du warst quasi dabei. Wir haben fast nur über dich gesprochen."

„Über mich?" Keis Augenbrauen hoben sich und er sah skeptisch drein, was Taichi zum Lachen brachte. Der Aufzug kündigte ihr Stockwerk an und sie traten Hand in Hand in den Korridor.

„Ja. Er kennt dich eben schon viel länger und besser als ich, da wollte ich wissen, wie du so warst." Kei scannte die Türverriegelung mit seiner Smartwatch und sie traten erst in ihren eigenen Flur und dann in die Suite.

„Also ich würde nicht sagen, dass Jonas mich besser kennt, nur weil wir zusammen aufgewachsen sind", wandte Kei nach einer kurzen Pause ein, bevor er Taichis Finger küsste, seine Hand gehen ließ und begann sich aus seinem Anzug zu schälen.

„Nein? Wieso nicht?" Taichi folgte Kei ins Schlafzimmer und setzte sich auf das Bett, während Kei sein Jackett aufhängte, die Krawatte auf die kleine Bank am Fußende warf und sein Hemd aus der Hose zog, um es aufzuknöpfen.

„Na ja, ich habe ihm nie so viel anvertraut, wie dir. Abgesehen davon, verändert man sich ja auch im Laufe der Zeit und wir sehen uns seit Jahren nicht mehr so oft, wie früher."

Das Hemd offen, aber noch immer an, folgten der Gürtel und die Hose, aus der Kei heraustrat.

„Er meinte aber, dass du dich nicht großartig verändert hast."

„So? Tut er das?" Der junge Manager trat vor Taichi, was ihn mit seiner enganliegenden Short auf dessen Augenhöhe brachte. Der Kleinere leckte sich über die Lippen und Kei schob seine Finger unter dessen Kinn, um seinen Blick nach oben zu korrigieren.

„Ja."

„Was interessiert dich denn an meiner Jugend?" Taichis Augen huschten kurz nach unten, bevor sie wieder auf Keis trafen.

„Ähm ... alles?" Er war gerade zu abgelenkt, um großartig über diese Frage nachzudenken. Wobei die Antwort stimmte.

„Aha." Kei grinste und ließ Taichis Kinn gehen, um seine Hände dazu zu verwenden, seine Short langsam nach unten zu ziehen. Der Jüngere schluckte und biss sich auf die Unterlippe, während er genau verfolgte, wie der Stoff mehr und mehr Haut und schließlich ein paar dunkle Härchen freigab.

„Also mein Körper hat sich verändert", warf Kei ein, als er die Short über seinen mittlerweile leicht erregten Schwanz schob. Taichis Augen leuchteten und seine Finger vergruben sich in der Decke unter ihm.

„Er war aber sicher immer so wundervoll", flüsterte der Student und sein Blick huschte ein weiteres Mal zu seinem Geliebten hinauf. Doch kaum, dass dieser ihm zulächelte, da war Taichis Konzentration wieder bei der Erregung vor sich und während eine Hand sie am Ansatz umfasste, verschwand die Spitze in seinem Mund, wo sie mit der Zunge liebkost wurde. Beide Männer seufzten genüsslich auf.

Taichis freie Hand griff in die Liebkosung ein, indem sie über Keis Hoden strich und diese sanft massierte. Augenblicklich verbreiterte sich der Stand des Managers, der seinen Geliebten nicht aus den Augen ließ. Taichi bekam das jedoch nicht mit. Er war zu konzentriert dabei Kei noch weitere Töne zu entlocken, was ihm gelang, als er dessen Erregung tiefer in seinen Mund aufnahm. Kei stöhnte auf und schloss seine Augen, um das Gefühl zu genießen, was Taichi nicht nur belohnte, sondern ihn auch weiter anfachte. Er schluckte kurz, entspannte seinen Rachen und rutschte weiter nach vorne, bis Keis Spitze anstieß. Langsam schluckte er die Lusttropfen, die seinen Hals hinunterliefen, was seinen Geliebten erschaudern ließ. Dann zog Taichi sich wieder zurück, und begann sich im gleichbleibenden Rhythmus vor und zurückzubewegen. Gleichzeitig fuhr seine

Zungenspitze an der Unterseite von Keis Erregung entlang und jede seiner Hände kümmerte sich um eine der Hoden. Kei keuchte und stöhnte und suchte nach Halt, den er in Taichis Haaren fand. Er griff hinein und übernahm die Arbeit, indem er Tais Mund fickte. Dabei achtete er jedoch darauf nicht zu tief zuzustoßen.

Um sein Gleichgewicht nicht zu verlieren, hielt sich Taichi mittlerweile an Keis Oberschenkeln fest.

„Ich liebe deinen Mund", keuchte der Ältere zwischen seinen Stößen und erntete ein Brummen von Taichi, der zu ihm aufsaß. Als sich ihre Blicke trafen, hielt Kei nach zwei weiteren Stößen innen und zog seine feuchte Erregung heraus. Ein Schmatzen erklang und Taichi schluckte, bevor er seine Stimme wiederfand.

„Was ... Was ist?"

„Ich ... komme gleich", keuchte Kei und Taichi fuhr sich mit der Zunge über die feuchten Lippen. Der junge Manager massierte Taichis Kopf und genoss für einen Augenblick den Anblick der geröteten Wangen und Lippen.

„Warum hörst du dann auf?" Taichi nahm Keis glänzenden Schwanz in die Hand, um seine Lippen wieder über die Spitze zu stülpen, was den anderen erneut aufstöhnen ließ. Dieser wusste genau, was das bedeutete. Taichi wollte, dass er in seinem Mund kam. Etwas, das Kei nicht einfach so tat, aber liebte. Und das wusste Taichi nicht nur, er genoss es auch selbst, wenn sein Geliebter davon so angeturnt wurde. Daher dauerte es auch nicht lang, bis der junge Student spürte, wie sich Kei anspannte, innehielt und sein Schwanz pulsierend nach und nach seinen Samen in Taichis Mund spritzte. Gekonnt schluckte er alles, was er bekam und konzentrierte sich auf seine Atmung, was ihn von seiner eigenen Erregung ablenkte.

Als Keis Anspannung schließlich langsam von ihm abfiel, entließ Taichi seinen Schwanz aus seinem Mund, atmete kurz tief durch und begann dann die erschlaffte Länge abzulecken. Als er sie für sauber genug hielt, rutschte er ein Stück auf dem Bett zurück und strich sich ein paar verschwitzte Spitzen aus dem Gesicht.

Noch bevor er zu seinem Geliebten aufblicken konnte, kniete dieser schon zwischen seinen Beinen und fing Taichis Mund mit seinem ein. Ein kurzer, aber intensiver Kuss folgte, aus dem Kei ihn stöhnend entließ.

„Ich werde gleich wieder hart, wenn ich dich so sehe." Taichi grinste.

„Solange ich mit dir kommen darf, bin ich dabei." Langsam wurde es in seiner Hose nämlich eng.

„Dein Wunsch ist mir Befehl." Kei drückte ihn sanft auf das Bett zurück und begann augenblicklich seine Hose zu öffnen, was Taichi ein Seufzen entlockte. Allein die Vorfreude auf Keis Hände und Lippen ließ seinen Schwanz erwartungsvoll zucken.

10.

Die Zimmer waren wirklich gut isoliert. Kein Laut drang zu Taichi heraus, was den jungen Studenten nur noch nervöser machte. Er stand gegenüber an einer Fensterreihe im Korridor und wartete auf Kei, der erneut mit den Ermittlern sprach, die Taichi mittlerweile fürchtete. Sie brachten neben Aufregung und schlechten Träumen, auch Unsicherheit und Angst mit sich. Warum nur konnten sie sie nicht in Ruhe lassen? Sie hatten nichts getan!

Nach knapp einer Woche ohne Störungen hatte Taichi darauf gehofft gehabt, dass sich die Sache erledigt hätte. Vielleicht nicht unbedingt, was den Mörder anging, aber doch zumindest die Verdächtigungen gegen sie oder warum auch immer diese Ermittler hier waren.

Als sich die Tür des Konferenzraumes endlich öffnete, hielt Taichi den Atem an, doch keiner der Beteiligten sagte etwas. Lediglich der Kriminaler vom Yakuza-Dezernat warf Taichi wieder einen Blick zu, der mehr sagte, als er hören wollte. Nur weil der Typ vermutlich auch schwul war, brauchte er sich nicht einzubilden, dass Taichi mit ihm redete. Vor allem, wenn es nichts zu reden gab. Was auch immer der Kerl zu finden glaubte, es war nicht da!

Ohne ein weiteres Wort gingen die drei Polizisten den Flur entlang und hielten erst an, als sie vor dem Aufzug standen. Ihr jüngerer Kollege, den Taichi heute zum ersten Mal sah, wirkte nicht so ruhig wie die zwei älteren Kriminaler.

„Hey, schau nicht so. Es ist alles gut." Kei war zu ihm getreten und nahm ihm wohl absichtlich die Sicht auf die drei Polizisten, als er ihn leise ansprach.

„Ist es nicht. Was wollten sie dieses Mal?" Taichi musste sich beherrschen, um nicht laut zu werden.

„Nichts Neues. Es gibt wohl eine neue Vermisstenmeldung und sie glauben, dass die junge Frau bereits tot ist."

„Was hat das mit uns zu tun?"

„Tja, sie wissen eben nicht weiter und bleiben ihren fadenscheinigen Vermutungen treu. Sprich, sie gehen weiterhin zu ihren ersten Anhaltspunkten."

„Du kannst ruhig Verdächtigen sagen." Taichi hörte, wie sich der Aufzug ankündigte, und machte sich auf den Weg in die entgegengesetzte Richtung. Je weiter von diesen Typen weg, umso besser. Da nahm er gerne einen Umweg in Kauf.

„Ja, vermutlich denken sie das von uns." Kei folgte ihm. „Aber da ich ihnen nichts Neues erzählen konnte, geben sie jetzt hoffentlich Ruhe. Ich habe ihnen deutlich zu verstehen gegeben, dass das nächste Mal mein Anwalt ihre Fragen beantworten wird und deine natürlich auch."

Taichi musste bei diesen Worten lächeln. Natürlich hätte er sich nie einen Anwalt leisten können, geschweige denn einen von dem Kaliber, den die Tsurugas hatten, doch Kei ging automatisch davon aus, dass er ihn mit vertrat. Als wären sie ein Ehepaar. Eine schöne Vorstellung, wenn auch wohl unmöglich zu verwirklichen.

„Danke."

„Nicht dafür. Also sollten sie dich nochmal aufsuchen, sagst du nichts außer, dass sie mit deinem Anwalt sprechen sollen. Ich gebe dir nachher die Daten und sage Nakai-san Bescheid." Taichi nickte.

„Okay." Keis Hand fand seine und Taichi sah sich eilig um, bevor er stehen blieb und seinen Geliebten fragend anschaute. Dieser tat so etwas im Hotel nur, wenn er seine Aufmerksamkeit haben oder ihm Halt geben wollte.

„Hör zu. Ich muss morgen für einige Tage weg und Jonas wird mich begleiten." Taichi nickte erneut. Dieses Mal jedoch nicht so entspannt. Er mochte es nicht von Kei getrennt zu sein und vor allem nicht, in diesen unruhigen Zeiten.

„Ich fühle mich gar nicht wohl dabei, aber der Termin steht schon lange und ich kann ihn nicht verschieben. Es tut mir wirklich leid." Kei sah so zerknirscht aus, wie Taichi sich fühlte. Daher riss er sich zusammen. Er sollte sich keine Sorgen machen, während er weg war.

„Schon gut. Du brauchst dich nicht entschuldigen. Das gehört nun mal zu deiner Arbeit. Ich bin sowieso mit den Vorbereitungen für das Sommerfest beschäftigt", beruhigte Taichi den jungen Manager, der aufseufzte. Es war wirklich süß, dass auch er eindeutig nicht von ihm getrennt sein wollte. „Mach dir nicht so viele Gedanken wegen dieser Typen. Wir kriegen das hin. Pass einfach gut auf dich auf und komm so schnell wie möglich wieder zu mir zurück, ja?" Taichi versuchte, stark zu sein auch, wenn er wusste, dass das ganz anders aussehen würde, wenn Kei erst weg war.

„Womit habe ich dich nur verdient?" Taichi musste sich beherrschen, um bei Keis Lächeln nicht nach seinen Lippen zu haschen.

„Du hast viel mehr verdient, als mich", widersprach Taichi und Kei zog ihn dicht vor sich.

„Ich will aber nur dich", flüsterte er und Taichi umschloss Keis Finger fester, um sich zusammenzureißen. „Am liebsten jetzt gleich hier auf dem Flur", ergänzte der junge Manager und Taichi entwich ein leises Stöhnen. Wieso nur liebte Kei es so, mit dem Feuer zu spielen? Und wieso liebte Taichi es, wenn er es tat?

„Du solltest wirklich mehr an deine Position und deinen Ruf denken", brachte Taichi schließlich heraus und trat widerwillig von seinem Geliebten zurück. Dieser seufzte.

„Ich kann aber nur an dich denken." Nun war es an Taichi zu lächeln, als Kei ihre Hände löste und ebenfalls auf Abstand ging. Einige Sekunden später verstand Taichi auch warum. Ein älteres Ehepaar kam den Korridor entlang. Damit war ihre gemeinsame Zeit erst einmal vorbei und Taichi verabschiedete sich, um sich in ihre Suite zurückzuziehen.

◊◊◊

Es kam, wie Taichi es erwartet hatte. War er an der Uni, wurde er durch sein Studium und die Vorbereitungen für das Sommerfest abgelenkt, doch kaum kehrte er ins Hotel zurück, stieg seine Sehnsucht nach Kei jeden Tag weiter an. Natürlich meldete sich der junge Manager öfter als sonst über das Handy und sie telefonierten abends, aber das war einfach etwas anderes, als direkte Nähe und Berührungen. Dazu kamen die Albträume, die Taichi wieder heimsuchten. Mittlerweile betrafen sie nicht nur ihn, sondern auch Kei litt darin, was das Ganze für den Studenten noch schlimmer machte. Dennoch erwähnte er sie Kei gegenüber kein einziges Mal.

Vier Tage nach Keis Abwesenheit öffnete Taichi schließlich seinen Internetbrowser, um Nachforschungen anzustellen. Nicht für die Uni und nicht für das Sommerfest. Vermutlich waren es die Träume, die ihn dazu veranlassten sich wieder oder einfach genauer, mit den Morden in Minato zu befassen. Der Grund war im Endeffekt auch egal. Immerhin hatte er mit und ohne Recherche Albträume, also konnte er sich seiner Neugier und seinem Unbehagen auch stellen. Vor allem, wenn Kei so weit weg war, ihn nicht davon abhielt und ihn sowieso nicht beruhigen konnte.

Also gab Taichi in die Suchmaschine zunächst „Mordfälle in Minato/Tōkyō" ein. Eine Liste von Seiten öffnete sich und der Student überflog die Überschriften. Die Ersten wirkten auf Taichi nicht sehr seriös, eher, wie Klatsch und Aufmacher, bis er auf einen Titel stieß, der ihn neugierig machte. Eilig öffnete er die Seite in einem neuen Fenster. Der Bericht stammte von einer Zeitung, von der Taichi mal gehört hatte, die er aber selbst nicht las. Sie enthielt, neben einem wie es schien recht ausführlichen Artikel auch Fotos von Tatorten. Zumindest soweit man als Presse einen solchen Ort aufsuchen konnte. Dazu kamen Bilder von Opfern, die wohl die Familien oder Bekannte zur Verfügung gestellt hatten, da sie meist Porträts zeigten. Genau wie die, die die Kriminaler ihm gezeigt hatten.

Mit gerunzelter Stirn betrachtete Taichi die Fotos. Genau, wie damals bei seiner letzten Befragung, als Jonas ihm beigestanden hatte, kam ihm auch jetzt eine Frau bekannt vor. Sie war das letzte Opfer, von dem man zu diesem Zeitpunkt gewusst hatte. Ihr Name sagte Taichi gar nichts, doch als er über ihren Arbeitsplatz stolperte, war sein Kopf mit einem Schlag leer.

Erst Sekunden oder auch Minuten später schaffte Taichi es, sich vom Bildschirm zu lösen und die Augen zu schließen, während er sich eine Hand auf den Mund presste. Ja, er hätte am Liebsten aufgeschrien.

Der eben noch leere Kopf überschlug sich mit einem Mal vor Gedanken und Taichis Herz begann zu rasen, als er sich zwang sich wieder dem Bildschirm zu widmen. Hastig suchte er nach den anderen Bildern der Opfer und deren Angaben soweit der Artikel sie bekannt gab.

Der Gast aus dem Hotel, mit dem alles für ihn begonnen hatte, war ihm natürlich nicht neu. Die Angestellte eines fremden Hotels allerdings schon. Sie war zuvor hier im *King Park Tower* tätig gewesen und auch wenn Taichi nicht alle Angestellten kannte, so war ihm nicht bewusst gewesen, dass die auf die Vierzig zugehende Tote durchaus auf seiner Bekanntenliste gestanden hatte. Er hatte nie ein Foto von ihr gesehen, geschweige denn registriert, dass sie eine Ehemalige war.

Taichi spürte, wie ihm übel wurde. Wieso nur kannte er so viele der Toten? Hatte der Mörder es auf ihn abgesehen? Oder noch schlimmer, doch auf Kei?! Es war kein Wunder, dass die Polizei sie nicht in Ruhe ließ. Sie gehörten dazu. Zu was auch immer das hier war.

Taichis Hand zitterte, als er erneut nach der Maus griff, um weitere Opfer zu begutachten. Eigentlich wollte er nicht mehr wissen, doch sein Körper hörte nicht auf ihn und sein Verstand drängte voran. Also huschten seine Augen über ein weiteres Foto und er las die Informationen des beleibten Mannes, der an einer Vergiftung gestorben war, die zunächst wie ein Unfall klang. Für Taichi war allerdings nur wichtig, dass er sich nicht an den Toten erinnern konnte. War das doch alles nur Zufall?

Taichi wusste nicht wohin mit sich und seinen Gedanken. Das war einfach zu viel auf einmal. Am liebsten hätte er gerade gerne mit Kei darüber gesprochen. Sein Liebster wusste immer Rat und hätten ihn sicher auf der Stelle beruhigt. Auch, wenn Taichi dennoch einen Teil seiner Angst behalten würde. Immerhin konnte Kei der Nächste sein. Nein, so durfte er nicht denken! Nicht jetzt, wo er nicht bei ihm sein konnte.

Erneut stieg diese Übelkeit in Taichi auf und er versuchte, sich darauf zu konzentrieren sie nicht an die Oberfläche kommen zu lassen. Einen Punkt an der Wand fixierend versuchte er, gleichmäßig zu atmen und seinen Kopf zu leeren. Es gelang ihm so weit, dass sich sein Magen wieder beruhigte und er ohne zu zittern auf den Bildschirm sehen konnte. Langsam überflog er das Ende des Berichts, in dem auch von einer vermissten jungen Frau die Rede war. Genau, wie Kei gesagt hatte, vermuteten also alle, dass sie zum nächsten Opfer geworden war. Augenblicklich fragte sich Taichi, ob er auch sie irgendwoher kannte. Ein Foto gab es allerdings nicht. Also abwarten, was gemein und schräg klang. Zu warten, bis jemand tot war oder dessen Tod bestätigt... Taichi schluckte. Hoffentlich tauchte sie wieder auf und das war alles nur ein Missverständnis. Na ja, alles wohl kaum. Immerhin gab der Artikel auch an, dass die erwähnten Opfer nicht die Einzigen gewesen seien. Vermutlich gäbe es noch viel mehr Tote, die dem Mörder zuzuschreiben waren. Das klang wirklich schrecklich.

Erneut atmete Taichi noch einmal tief durch und schloss dann den Browser. Am liebsten hätte er die ganzen Informationen aus seinem Kopf gelöscht, aber sie waren notwendig. Wie sonst sollte er Kei beschützen? Andererseits: Konnte er ihn überhaupt schützen? Er war nicht der stärkste und vor allem nicht immer an seiner Seite. Ob es half, einen Leibwächter anzuheuern? Vielleicht sollte er Kei das vorschlagen? Aber der war von so etwas sicher nicht begeistert. Er liebte seine Unabhängigkeit.

Leider würde es aber nicht ausbleiben, dass er seinen Liebsten auf all das ansprach, selbst, wenn er dafür Ärger bekommen sollte. Er musste zusammen mit Kei überlegen, was zu tun war. Denn so konnte es nicht weitergehen. Wenn er nur den Grund für die Morde kennen würde. Aber nicht einmal die Polizei sah einen Zusammenhang außer ... ihnen. Taichi ballte seine Hände zu Fäusten, die er in seine Augenhöhlen drückte.

Nein, nein, nein. Wieso waren sie das Puzzleteil, das alle verband? Und was für ein Puzzle sollte das überhaupt sein? Sie hatten doch nichts getan! Lag es an ihrer Beziehung? An Keis Status? An ihm selbst?

So viele Fragen und nicht die kleinste Antwort. Er brauchte Kei. Scheiß auf das Sommerfest, wenn doch nur schon Semesterferien wären ...

Wie jeden Abend rief Kei ihn auch heute per Videoanruf an. Taichi atmete tief durch und versuchte ein unbeschwertes Lächeln aufzusetzen, während er am Kopfende des Bettes lehnte und den Anruf auf seinem Smartphone entgegennahm.

„Hey, ich hab dich vermisst." Taichi begrüßte seinen Geliebten so, als wäre er gerade in ihre Suite zurückgekehrt. Und Kei reagierte darauf ebenso.

„Ich habe dich auch vermisst." Dann jedoch verschwand sein sanftes Lächeln und er blickte Taichi ernst an. „Was ist los?"

Taichi hielt sein Lächeln gerade so aufrecht und zögerte kurz, bevor er es ganz fallen ließ. Wie immer konnte er Kei nichts vormachen. Warum es also versuchen? Er hoffte nur, dass er nicht so fertig aussah, wie er sich fühlte.

„Ist etwas passiert?", hakte der junge Manager nach, nachdem Taichi nicht sofort antwortete. Dieser schüttelte eilig den Kopf.

„Nein. Passiert ist nichts. Ich ..." Es war nicht leicht, Kei zu gestehen, dass er doch heimlich recherchiert hatte, obwohl er ihm versprochen hatte sich nicht mehr mit der Sache zu beschäftigen. Kei drängte ihn nicht. Er schien zu verstehen, dass Taichi einen Augenblick brauchte.

„Also ... ich hab recherchiert ..." Taichi schluckte und Kei atmete geräuschvoll aus, bevor sein Blick jedoch wieder sanft wurde.

„Verstehe. Willst du darüber reden? Auch, wenn ich nicht weiß, ob das vor dem Schlafengehen so gut für dich ist." Keis Smartphone wackelte, da er sich auf die Seite legte. Er hatte genauso wie Taichi im Bett gesessen. Der Student tat es ihm gleich und lehnte sein Smartphone gegen ein Kissen, damit er seine Decke höher ziehen konnte.

„Wir müssen nicht darüber reden. Es ist nur ... Ich hab wirklich Angst um dich."

„Um mich?" Keis Finger streckten sich Richtung Bildschirm, als wollten sie Taichi eine Strähne aus dem Gesicht streichen und fielen dann herab.

„Ja. Weil wir irgendwie ... na ja ... die Verbindung von allem sind. Was, wenn derjenige es auf uns abgesehen hat?" Kei lächelte erneut.

„Dann müsstest du auch Angst um dich haben." Da musste auch Taichi lächeln.

„Du weißt genau, dass du für mich wichtiger bist."

„Ja, deswegen habe ich Angst um dich und du um mich. Das gleicht es aus." Kei zwinkerte ihm zu und Taichi spürte, wie ihm allein diese liebevollen Worte etwas von seiner Unruhe nahmen. „Aber mach dir keine Sorgen. Mir passiert nichts. Ich passe auf. Keiner wird uns was tun." Kei klang so zuversichtlich. Wie stark er doch war.

„Du weißt, ich vertraue dir, aber ..." Taichi seufzte. „Niemand kann so etwas garantieren."

„Ich schon." Taichi lachte leise.

„Ach ja, mein strahlender Ritter ohne Pferd, aber mit Einfluss. Ich vergaß", witzelte Taichi und Keis Lachen hallte förmlich durch die Verbindung.

„So ungefähr, ja. Aber im Ernst, Tai. Ich verspreche dir, dass weder dir noch mir etwas passieren wird. Wir werden zusammen alt, ja? Glaubst du mir das?" Taichi nickte sofort und wünschte sich gerade so sehr, seinen Geliebten berühren zu können. Noch zwei Tage.

„Ja, natürlich."

„Gut. Dann lass uns über etwas Schönes sprechen, damit du nicht wieder schlecht träumst. Ich bleibe dran, bis du eingeschlafen bist." Wieder strich sein Kopf über das Kissen, als er nickte.

„Aber mir fällt nichts Schönes ein. Wie ist es bei dir?" Keis Mundwinkel schoben sich bei der Frage nach oben.

„Oh, ich kenne viele schöne Dinge. Zum Beispiel, wo ich dich gerade gerne berühren würde." Taichi blinzelte bei diesem Themenwechsel überrascht. „Wie wäre es, wenn ich dir sage, wo und du das für mich übernimmst?" Der Student spürte, wie seine Wangen warm wurden. Allerdings weniger vor Scham als vor Aufregung und Vorfreude. Er nickte ein drittes Mal.

„Stell dir einfach vor, dass ich es bin." Das brauchte Kei ihm nun wirklich nicht zu sagen.

11.

Langsam wurde Taichi wirklich wütend. Normal störten ihn Auseinandersetzungen nicht, da ihn die Leute persönlich nicht interessierten und er sich somit meist nie aufregte, aber dieser Typ wurde langsam richtig nervig.

„Wenn Sie jetzt bitte gehen würden. Es gibt noch andere, die sich hierfür interessieren", brachte Tora zwischen zusammengebissenen Zähnen hervor. Es war ein kleines Wunder, dass die sonst so aufbrausende Studentin den Typen noch nicht angegriffen hatte. Egal, ob verbal oder mit den Fäusten.

„Aber genau das ist doch der Punkt. Wie könnt ihr anderen Experimente zeigen, die auf völlig falschen Tatsachen beruhen?"

„Das ist Ihre Meinung, wir haben diese Tatsachen so studiert", mischte sich Taichi wieder ein, da er Angst hatte, dass Tora doch noch explodieren würde.

„Dem hier sollte ein Ende gesetzt werden! Das ist doch nicht zumutbar! Falsches Wissen weiterzugeben ist strafbar! Ich kann beweisen, dass ..."

„Entschuldigen Sie, aber würden Sie mir ihr Wissen vielleicht an einem etwas ruhigerem Ort erklären?" Taichi horchte auf, als er die neu hinzugekommene Stimme erkannte. Sofort beschleunigte sich sein Herzschlag. War er wirklich gekommen?

„Ähm ... aber ..."

„Natürlich nur, wenn Sie Zeit dafür haben." Tatsächlich. Da stand er und brachte nicht nur Taichi völlig aus der Fassung. In ein kurzärmliges Hemd und Jeans gekleidet, mit einer Sonnenbrille auf dem Kopf, strahlte er den nervigen Typ an, als würde ihn dessen Gerede wirklich interessieren. Was jedoch nicht wirklich so war. Sein Lächeln war beherrscht und das Strahlen erreichte seine Augen nicht. Was glücklicherweise wohl nur Taichi auffiel.

„Ja, also ... schon, aber ich wollte doch ..."

„Sehr freundlich von Ihnen." Kei zwinkerte Taichi zu und lotste den Mann aus dem Raum, während der Student ihnen nur nachschauen konnte.

„Mensch, der hatte jetzt echt Glück, dass der gutaussehende Typ aufgetaucht ist. Gleich wäre er fällig gewesen." Wie Taichi erwartet hatte, schüttelte Tora ihre Hände aus und schnaubte verächtlich.

Der gutaussehende Typ ... Irgendwie freute Taichi das Kompliment an seinen Geliebten und auch, dass dieser sie gerettet hatte. Wie er den Kerl wohl loswerden würde? Hoffentlich brauchte er nicht zu lange und kam gleich wieder zurück. Denn auch, wenn er Kei nicht als seinen Geliebten vorstellen würde, so konnten sie in der Öffentlichkeit immerhin bekannt sein.

„Ja. Kei hat uns gerettet. Oder in deinem Fall, den Kerl." Taichi lachte und Tora sah ihn überrascht an. Wohl nicht nur, weil er den gutaussehenden Typ kannte, sondern auch, weil er lachte. Ohne Kei tat er das selten.

„Du kennst den?"

„Du etwa nicht?" Liam trat hinter sie und mischte sich, sehr zu Taichis Missfallen, ein.

„Wieso sollte ich?" Tora runzelte verwirrt die Stirn.

„Na, das ist Kei Tsuruga."

„Tsuruga?" Man sah Tora an, wie sie den Namen in ihrem Gedächtnis wälzte, bis ihr im wahrsten Sinne des Wortes ein Licht aufging und ihr Gesicht sich erhellte. „Du meinst doch nicht etwa Kei Tsuruga von *den* Tsurugas, denen die Hotelkette gehört?"

„Genau den." Liam stellte die frisch gespülten Laborgläser auf dem Tisch ab und begann sie für die nächste Gruppe interessierter Forscher vorzubereiten. Taichi wischte währenddessen das Mikroskop ab und putzte die Objektträger.

„Echt jetzt? Und den kennst du, Taichi?" Der Gefragte nickte und versuchte, möglichst locker zu bleiben. Solange Liam nicht mehr Andeutungen machte, war alles gut.

„Wow. Warum hast du das nie erzählt?"

„Warum sollte ich? Ist doch nicht wichtig." Taichi zuckte mit den Schultern.

„Na, hör mal. Der is' sowas wie 'n Promi."

„Jetzt übertreibst du aber." Liam verdrehte die Augen und Taichi seufzte.

„Ist doch egal. Er hat uns geholfen und ich würde mich gerne bei ihm bedanken. Schafft ihr zwei das hier?" Tora winkte ab.

„Klar, geh ruhig. Aber wenn er nochmal herkommt, stellst du ihn mir vor, klar?"

„Okay." Taichi nickte und sah zu Liam, der sich abgewandt hatte und auf seinem Smartphone herumtippte. Damit hatte er wohl nichts mehr zu sagen. Gut. Taichi wollte mit ihm nicht noch einmal über Kei sprechen. Er bereute es immer noch, dass er Liam diesbezüglich so vertraut hatte. Aber solange er nichts preisgab, was Kei schadete, war alles in Ordnung.

Also verließ Taichi den Laborraum und verschwand in der Menge, die in und aus dem Gebäude strömte. Das Sommerfest der Ozeanischen Hochschule war gut besucht. Obwohl oder gerade, weil die Sonne heute so brannte, zog es die Menschen in die Nähe des Wassers. Perfekt für ihr Sommerfest auf dem Campus.

Jetzt galt es nur in dieser Menge Kei wiederzufinden. Ob er ihm einfach schreiben oder ihn anrufen sollte? Unschlüssig sah Taichi sich um, als er aus dem Gebäude in die Hitze trat. Wie froh war er doch über das klimatisierte Labor.

„Du suchst hoffentlich mich." Eine Stimme an seinem Ohr ließ ihn zusammenzucken, doch als Taichi sie erkannte, war er sofort wieder ruhig.

„Hey", begrüßte er seinen Geliebten und verschränkte die Arme hinter dem Rücken, um ihm nicht für einen Kuss um den Hals zu fallen. „Natürlich suche ich dich." Kei hatte seine Sonnenbrille wieder aufgesetzt, die ihn nicht nur vor der Sonne schützte, sondern auch etwas Anonymität verschaffte.

„Gut." Dieses Mal war Keis Lächeln nicht nur charmant, sondern auch ehrlich, obwohl Taichi seine Augen durch die Sonnenbrille nicht deutlich erkennen konnte. Er spürte es einfach.

„Danke für die Hilfe gerade. Wie bist du den Kerl so schnell losgeworden?" Taichi sah sich um, während Kei ihn grinsend beruhigte.

„Jederzeit. Und das ist mein Geheimnis. Aber der belästigt dich sicher nicht mehr." Taichi nickte und ging dann mit Kei Richtung Promenade, wo eine Reihe von Buden aufgestellt worden waren.

„Danke. Wie lange hast du Zeit? Wollen wir was Essen?" Kei sah kurz auf seine Armbanduhr.

„Mach dir darüber keine Gedanken. Ich gehe erst, wenn du wieder zurück ins Labor musst. Also lass uns was zu essen holen und uns dann ein schönes Plätzchen am Wasser suchen."

„Perfekt." Taichis Herz machte einen Luftsprung. Er liebte es, wenn Kei so viel Zeit für ihn hatte und da seine Schicht sowieso beinah vorbei gewesen war, würde er auch nicht so schnell zurückmüssen.

Seit Kei vor drei Tagen zurückgekommen war, hätte Taichi ihn am liebsten gar nicht mehr verlassen. Egal, ob für die Uni oder etwas anderes. Zwei Tage lang war er so dicht an Kei gegangen, wie er ihm zumuten konnte. Dann erst war er beruhigt gewesen, dass alles in Ordnung war. Natürlich hatte sein Liebster ihn ebenfalls beruhigt. Und nachdem weder die Polizei aufgetaucht, noch ein weiteres Verbrechen geschehen war, hatte Taichi sich sogar etwas auf die Eröffnung des Sommerfests am heutigen Samstag gefreut. Abgesehen davon, dass ab Montag endlich die Semesterferien anfingen und Taichi dank Kei nicht arbeiten musste. Er konnte also gemütlich weiter für sein Studium forschen oder Zeit mit Kei verbringen, wenn dieser in der Suite vorbeikam. Eine traumhafte Vorstellung.

„Sag mal, hättest du Lust auf eine kleine Reise?" Keis Worte holten Taichi aus seiner Traumwelt, als sie sich mit ihren Takoyaki[6] auf dem Weg zum Ufer befanden.

„Eine Reise?" Das klang aufregend.

„Ja. Du hast doch ab Montag Semesterferien und ich muss demnächst geschäftlich für einen Tag nach Nagoya. Da dachte ich, ich nehme dich mit und wir bleiben noch zwei Tage, quasi als Urlaub."

---

[6] = Oktopusbällchen

„Wirklich?" Taichis Augen glänzten als er wie angewurzelt stehenblieb und Kei anstrahlte. Dieser nickte lächelnd.

„Ja. Also würdest du mitkommen?"

„Natürlich!" Taichi kniff die Augen zusammen und ballte seine freie Hand zur Faust. Er wäre am Liebsten in die Luft gesprungen, wie ein Kind oder hätte Kei umarmt und geküsst, aber er musste sich zusammenreißen.

„Alles in Ordnung?" Als Taichi seine Augen wieder öffnete, sah Kei ihn besorgt an.

„Ja, entschuldige. Ich ..." Er atmete tief durch und löste seine Anspannung. „Ich muss mich nur so zusammenreißen." Kei verdrehte vermutlich die Augen hinter seiner Sonnenbrille.

„Du weißt, wegen mir musst du das nicht." Sie gingen weiter.

„Ich weiß. Aber ..."

„Ja, ich weiß auch, dass du und meine Eltern auf meinen Status und mein Ansehen achten. Dabei ist mir das so egal. Es kann gerne die ganze Welt wissen, dass ich schwul bin und einen Geliebten habe." Bei Keis Worten sah Taichi sich eilig um, doch niemand beachtete sie. Zum Glück.

„Die ganze Welt hat damit vielleicht kein Problem, aber die hochrangigen Japaner sicher", nuschelte er schließlich und stieß Kei mit dem Ellbogen in die Seite. Dieser lachte nur.

„Mag sein." Sie ließen sich auf einer freien Bank an der Promenade nieder, die trotz Schatten gerade frei wurde. „Lass uns über was anderes reden. Zum Beispiel, was wir im Urlaub machen wollen." Und damit war das Thema wieder einmal beendet.

12.

„Kei? Du bist schon zurück?" Taichi hatte die Tür gehört und hatte sich von seinem Platz auf der Couch im Wohnbereich erhoben, um ins Schlafzimmer zu laufen. Es war gerade mal Fünfzehnuhr an diesem Mittwoch. Ob etwas vorgefallen war? Vor allem, da Kei sonst für gewöhnlich nicht durch den Eingang ihres Schlafzimmers kam, solange er nicht wusste, dass Taichi sich dort aufhielt. Was allerdings noch merkwürdiger war, war die Tatsache, dass Kei ihm nicht antwortete. Taichi vernahm lediglich das Rauschen von Wasser, als er ins Schlafzimmer trat. War Kei gleich unter die Dusche verschwunden?

Taichi legte die Stirn in Falten, als er Keis Jackett auf dem Teppich fand. Er wollte gerade nach dem feinen Stoff greifen, als ihm darauf Flecken ins Auge sprangen. Hatte Kei sich schmutzig gemacht und war nur hier, um zu duschen und sich umzuziehen? Aber warum hatte er nicht geantwortet?

Der junge Student erstarrte, als sein Körper vor seinem Gehirn verstand, wieso diese Flecken so seltsam vertraut aussahen. Nur mit Mühe konnte Taichi seine Hände dazu bringen, den Stoff vor sich aufzuheben und ihn genauer zu betrachten. Kein Zweifel, das war Blut.

„Nicht!" Der Ausruf ließ Taichi dermaßen zusammenfahren, dass er das Jackett fallen ließ und auf seinem Hintern landete, um entsetzt zu Kei aufzusehen. Der junge Manager stand auf einmal in der Tür zum Badezimmer. Anders als erwartet, trug er noch seine Hose und hatte ein Handtuch in der Hand, mit dem er sich wohl den noch feuchten Oberkörper abgetrocknet hatte.

„Fass das nicht an." Keis Stimme war tief und bestimmt, als er das Jackett eilig hinter sich ins Bad warf, um sich zu Taichi zu knien.

„A... Aber Kei ... Bist du verletzt?" Der Student hatte endlich seine Stimme wiedergefunden und suchte Gesicht und Oberkörper seines Geliebten ab.

„Nein. Keine Sorge. Das ist nicht mein Blut." Taichis Augen weiteten sich, als Kei seine eigene Hand kurz beäugte und dann auf seine Wange legte. Beruhigend strich sein Daumen über Taichis Haut. „Deswegen sollst du es auch nicht anfassen."

„Ich ... versteh nicht ..." Taichi schmiegte sich in die Hand seines Liebsten, doch seine Sorgenfalten wurden eher größer, als dass sie verschwanden.

„Blut ist unrein, Tai. So etwas soll dich nicht berühren. Zumindest nicht das von Fremden." Eine Antwort, die Taichi nur noch mehr verwirrte. Was erzählte Kei da? Und wieso hatte er Blut von jemand anderem auf seinem Jackett? War er angegriffen worden? War er doch verletzt? Was war hier los?

„Was ist denn passiert? Wurdest du angegriffen? Geht es dir gut?" Taichi wusste nicht, was er zuerst wissen oder fragen wollte.

Kei lächelte ihn an und auch ohne eine sofortige Antwort beruhigte sich Taichis Herz zumindest ein wenig.

„Wie du siehst, ist mir nichts passiert. Und nein, ich wurde nicht angegriffen. Ich selbst war der Angreifer." Er selbst? Taichi blinzelte überrascht.

„Und es macht mich selbst wütend, dass er mir meinen Anzug versaut und alles komplizierter gemacht hat." Der junge Manager seufzte und ließ dann von Taichi ab. „Daher darf ich jetzt auch nicht trödeln. Wir wollen ja nicht, dass die Polizei irgendwelche Beweise findet, nicht wahr?" Kei zwinkerte ihm zu und richtete sich wieder auf, um seine Hose und Socken abzustreifen. Taichi beobachtete ihn dabei, wie er auch das Jackett und die Krawatte einsammelte, um damit im Bad zu verschwinden. Sein Kopf war leer. Langsam stand er auf und folgte Kei ins Bad. Dieser warf gerade noch sein Handtuch in den Wäschekorb, bevor er sich zum Waschbecken wandte, es inspizierte und dann sein Smartphone von der Ablage aufnahm. Er entsperrte es und schien kurz eine Nummer herauszusuchen, bevor er es sich ans Ohr hielt.

„Ja, hier ist Tsuruga. Schicken Sie bitte jemanden nach oben, der meine Sachen in die Reinigung bringt." Eine kurze Pause entstand. „Ja, genau." Die Antwort auf die Worte der Angestellten, dann legte Kei auf und öffnete das automatische

Türschloss an den Türen, die ins Schlafzimmer führten, damit derjenige, der die Sachen abholen sollte, reinkam. Danach dirigierte Kei ihn zurück ins Schlafzimmer, wo er sich neue Sachen aus dem Schrank holte. Erst da begann Taichi wieder zu sich zu kommen. Allerdings noch ohne sortierte Gedanken.

„Wieso ... sollte die Polizei ...?", brachte er zögerlich hervor. „Und warum ... hast du ... jemanden angegriffen?" Kei war gerade in eine frische Hose geschlüpft und hielt inne, als er Taichis leise Worte vernahm. Er schien nachzudenken, als sich ihre Blicke trafen, dann zog er sein T-Shirt über den Kopf und ergriff Taichis Hand.

„Komm mit. Ich erkläre dir alles in Ruhe." Sie gingen in den Wohnbereich und Kei ließ sich auf der Couch vor dem kalten Kamin nieder, wo er Taichi in seinen Schoß zog.

„Eigentlich wollte ich dich nicht damit behelligen, da du dir sowieso schon zu viele Gedanken machst, aber vielleicht ist es ganz gut so. Dann brauchst du dir immerhin keine Sorgen mehr, um dich und mich zu machen", begann Kei seine Erklärung und legte seine Arme um ihn. „Ich wollte mich heute um den Typen kümmern, der dich auf dem Sommerfest im Labor so angemacht hat. Leider war er nicht so kooperativ, was sein Essen anging und ich musste handgreiflich werden. Daher auch die Blutspritzer auf meinem Anzug. Aber jetzt ist alles wieder gut. Ich habe die Sache wie immer geregelt und er wird dich nie wieder blöd anmachen." Taichi starrte vor sich auf den leeren dunklen Kamin, dessen geschwärzten Mauern ihn einzusaugen schienen. Er wollte mehr wissen und sagen, dass er nicht verstand, aber das war nicht richtig. Er ahnte bereits, was sein Körper erneut vor ihm begriffen hatte. Die Wahrheit, die die einzige logische Erklärung für einfach alles war.

„Entschuldigen Sie die Störung." Taichi nahm die Höflichkeitsfloskel der Angestellten, die durch die Tür kam zwar wahr, aber sie interessierte ihn nicht. Das Einzige, was er spürte, waren Keis Hände, die sanft über seine strichen, während sein Atem dicht an seinem Ohr laut widerzuhallen schien.

Gedämpfte Schritte und weitere Worte der Angestellten, dann fiel die Tür ins Schloss und ließ Taichi schlucken.

„Wieso ...?" Mehr Worte brachte der junge Student nicht über die Lippen. Doch es reichte, denn Kei schien die Frage erwartet zu haben. Sanft drehte er Taichis Gesicht so, dass er ihm in die Augen sehen konnte.

„Weil ich dich liebe, Taichi. Wie dein Name bereits beinhaltet, bist du die Nummer eins. Auch für mich. Bereits seit ich dich das erste Mal gesehen habe."

Ja, Kei liebte ihn. Und er liebte Kei. Das war der Inhalt seines Lebens. Diese Liebe, die wie ein Blitz eingeschlagen hatte und auf Gegenseitigkeit beruhte. Konnte es etwas Schöneres geben? Aber, das erklärte doch nicht ... Langsam schüttelte Taichi den Kopf.

„Wieso ... musst du dafür ...?" Keis Lächeln reichte bis in seine Augen, so wie immer, wenn er über sie beide sprach. Nein, vor allem, wenn er über Taichi sprach. Das machte ihn so glücklich.

„Weil niemand dich beschmutzen soll. Ich werde nicht zulassen, dass die Leute dir Leid zufügen. Du bist so rein und unschuldig, Tai. Ich will, dass du das für immer bleibst. Daher solltest du auch vorher nicht das Blut anfassen."

Rein? Unschuldig? Keis Augen waren so wunderschön und sie zeigten seine Überzeugung und dass diese Gefühle ihm ernst waren. Was für eine Liebeserklärung. Taichi schlug das Herz bis zum Hals. Aber nein, das war falsch. Nicht die Erklärung, nicht die Gedanken, sondern die Taten.

„Also sind die ... die Opfer ..."

„Ja. Die Polizei ist clever." Kei lachte leise und Taichi spürte, wie ihm plötzlich eiskalt wurde. „Allerdings können sie mir nichts nachweisen. Keine Sorge. Sonst wäre ich wohl auch schon längst verhaftet worden."

Verhaftet. Nein! Das durfte nicht sein! Sie würden ihm Kei wegnehmen!

„Aber heute ... das Blut ... die Angestellte ...!"

„Kein Grund zur Sorge. Bis der Typ gefunden wird, sind meine Sachen längst aus der Reinigung zurück und niemand wird sich dran erinnern, wie lange die eingetrockneten Spritzer schon drauf waren. Ich kann ehrlich zugeben, dass ich mich mit dem Typ angelegt habe, als ich am Samstag mit ihm gesprochen habe. Danach habe ich ihn eben nicht mehr gesehen. Und die Sachen sind mir jetzt erst wieder in den Sinn gekommen. Also habe ich sie schnell in die Reinigung gegeben, damit die Flecken vielleicht noch raus gehen. Eine ganz natürliche Reaktion. Und damit ist auch die DNA am Opfer geklärt, wenn sie denn noch eine finden."

Taichi nickte langsam und wischte seine Hände an seiner Jogginghose ab. Wie konnte er schwitzen, wenn ihm so kalt war?

„Also ist alles gut." Keis Finger fuhren durch sein Haar und Taichi schloss die Augen, um sich zu beruhigen.

Ja, es war alles gut. Kei würde bei ihm bleiben und war sicher. Niemand würde ihm auf die Schliche kommen.

Taichi riss die Augen auf, sprang zurück und torkelte gegen den Kamin.

„Nichts ist gut", murmelte er entsetzt. Kei war ... Kei hatte ... Sein Liebster hatte ... Er war ein ... Taichi wollte das Wort nicht mal denken und doch hallte es unaufhörlich in seinem Kopf wider, als sich seine Gedanken überschlugen.

Mörder. Mörder. Mörder.

„Tai?" Keis Stimme klang besorgt. Was hatte er erwartet? Dass Taichi die Sache einfach hinnehmen würde?! Wie konnte er?! Kei hatte wegen ihm gemordet! Er hatte Menschen das Leben genommen, weil er ihn für rein hielt!

„Du liegst falsch. Ich bin nicht rein. Wie könnte ich?" Taichi lachte heiser. Was für eine absurde Vorstellung! „Ich habe genauso, wie jeder, eine schlechte Seite."

Kei erhob sich, blieb jedoch bei der Couch stehen.

„Nein, Tai, du irrst dich. Du hast keine dunkle Seite. Ich wüsste, wenn du eine hättest, glaub mir. Immerhin bist du mein Licht, dass meine dunkle Seite im Zaum hält. Und dein Licht muss erhalten bleiben. Für uns beide."

„Was redest du da nur?" Taichi klammerte sich an den Kaminsims. Er war den Tränen nahe. Stets hatte er gedacht, Kei besser zu kennen als jeder andere, doch er hatte sich geirrt. Diese dunkle Seite, wie sein Geliebter sie nannte, war ein Grauen, das Taichi nie hatte sehen wollen. Wieso hatte Kei ihm das alles erzählt? Wieso hatte er nicht einfach weiter im Dunkeln tappen können? Nein, das war nicht richtig. Es waren Menschen getötet worden. Nicht nur einer, so viele. Und vielleicht waren das nicht mal alle Opfer. Die Erkenntnis traf Taichi so unvorbereitet, dass er zu würgen begann. Hastig schlug er sich die Hand vor den Mund und strauchelte Richtung Schlafzimmer, wo er seine letzte Kraft zusammennahm und ins Bad rannte, um sich in die Toilette zu übergeben. Er würgte und keuchte, bis nichts mehr außer ätzende Magensäure ihren Weg nach oben fand.

„Genau deswegen wollte ich nicht, dass du es erfährst. Du bist einfach zu sensibel." Taichi zuckte von der Toilette zurück, als er die Spülung und Keis Worte vernahm. Dann spürte er, wie ein feuchter Lappen über sein Gesicht wischte. Er war zu kraftlos, um sich zu wehren. Wieso auch? Kei kümmerte sich um ihn. Das tat gut. Das füllte diese Leere, die nach dem Erbrechen nicht nur seinen Magen, sondern auch seinen Kopf und sein Herz ausfüllte.

Taichi spürte, wie er hochgehoben und kurz darauf wieder abgelegt wurde. Als wäre er ins Bett geschwebt. Und die Decke war so warm, wo ihm doch immer noch so kalt war.

„Ruh dich erst mal aus. Ich bleibe bei dir." Keis sanfte Stimme drang an sein Ohr, als er dessen Finger wieder in seinem Haar spürte. Das fühlte sich so gut an. So beruhigend. So vertraut.

13.

Als Taichi blinzelnd die Augen aufschlug, spürte er sofort seinen Magen. Wann hatte er das letzte Mal etwas gegessen? Er fühlte sich gar nicht gut. Und wie spät war es eigentlich? Es wurde schon dunkel.

Taichi richtet sich auf und suchte nach dem Wecker auf Keis Nachttisch, als er seinen Liebsten neben sich erblickte. Er schlief auf der Bettdecke. Sofort machte sich ein Lächeln auf Taichis Gesicht breit. Doch als er seine Hand ausstrecken wollte, um durch das seidige braune Haar seines Liebsten zu fahren, stoppte sein Körper seine Bewegung und mit einem Schlag erinnerte sich der junge Student, warum er mitten am Nachmittag geschlafen hatte.

Einige Sekunden lang geschah nichts. Taichis Hand hing in der Luft, als wäre sie eingefroren und Gedanken von Mord, Blut und Keis Lächeln schossen durch seinen Kopf, als würden sie ihm zeigen wollen, an was er sich nicht erinnern wollte.

Ja, Kei war ein Mörder. Er lag hier neben einem Mörder. Und er liebte diesen Mörder. Noch immer? Natürlich. Wie konnte er einfach aufhören Kei zu lieben? So ein Gefühl war nicht mit einem Knopfdruck abgestellt. Und Angst musste er vor ihm nicht haben. Zumindest laut seinen Beweggründen. Man konnte fast glauben, sie waren ein Kompliment dafür, wie sehr Kei ihn liebte, aber hierfür waren sie zu abscheulich.

Abscheulich ... War Kei wirklich abscheulich? Endlich löste sich Taichi aus seiner Starre und kniff die Augen zusammen. Das passte alles nicht zusammen! Wie konnte ein so liebevoller und großartiger Mann, wie Kei Tsuruga so eine dunkle Seite haben? Das ging doch gar nicht!

Aber es war eine Tatsache, egal, wie sehr Taichi sich wünschte, dass es eine Lüge war. Diese Tatsache würde nicht verschwinden. Nie mehr. Egal, was passierte und ob Kei damit aufhörte. Ob er das tun würde? Aufhören Menschen zu töten?

Taichi zog seine Knie dicht an den Körper und umschlang sie mit seinen Armen, während sein Blick weiterhin auf seinem

Geliebten ruhte. Wie gerne hätte er ihn berührt. Sich an ihn geschmiegt und alles einfach vergessen. Doch das konnte er nicht mehr. Allein um der Menschen willen, die gestorben waren.

Warum hatte er das alles nicht gesehen? Weil er es nicht hatte sehen wollen? Keis wahre Natur? Nein! Taichi vergrub sein Gesicht in seinen Knien. Das war nicht Kei. Das war nicht *sein* Kei. Das war eine dunkle Macht, die ihn Dinge tun ließ, die so grausam waren, dass man sie nicht wahrhaben wollte. Auch, wenn sie angeblich aus Liebe heraus geschahen. Aus Liebe. Kei dachte nur an ihn. Er wollte ihn beschützen. Aber deswegen durfte er doch noch lange nicht töten! War das alles Taichis Schuld? Hatte er Kei dazu getrieben? Hatte er deswegen diese Träume? Weil sein Innerstes sich um jeden Preis diese Liebe gewünscht hatte? Hatte er selbst Keis dunkle Seite heraufbeschworen?

„Tai?" So sanft die Stimme auch klang, sie ließ Taichi zusammenfahren und aufblicken. Kei hatte sich aufgesetzt und sein Blick verriet, wie besorgt er war.

„Ist dir noch schlecht?" Sein Liebster streckte seine Hand nach ihm aus und Taichis Körper reagierte reflexartig, als er hastig auf dem Bett zurückrutschte.

Sofort zog sich Keis Hand ebenfalls zurück und Taichi hasste sich selbst für seine Reaktion. Er wusste, dass er Kei mit diesem Verhalten weh tat. Aber das war einfach alles zu viel.

„Du weißt, dass ich dir nie etwas antun würde." Keis Stimme war leise, aber bestimmt und sein Lächeln von Trauer durchsetzt. Ganz anders als bei seinem Geständnis vor ein paar Stunden. Ob das Adrenalin ihn da so selbstsicher gemacht hatte? Oder glaubte er so sehr an ihre Liebe?

„Ja, ich weiß." Taichi erkannte seine Stimme kaum wieder. Sein Hals war rau und trocken und der Klang spiegelte nichts von den Gefühlen wieder, die voller Überzeugung in seinem Herzen lagen. Als würden sie dort ruhen. Ja, vielleicht war das eine vorübergehende Lösung.

„Kei?" Taichi räusperte sich und schluckte, als sein Liebster ihm stumm zunickte. „Du weißt, dass ich dich liebe, aber ..." Wie sollte er das nur erklären, ohne Keis Gefühle zu verletzen? „Aber, ich muss das ... alles ... erst mal ... verstehen." Wieder nickte Kei, während er Taichis Blick festhielt, als hinge sein Leben davon ab. Er sah so traurig aus, wie Taichi ihn noch nie gesehen hatte.

„Ich werde nicht gehen", beschloss der Student laut und vielleicht etwas zu spontan, „aber ich brauche etwas Zeit."

„Natürlich." Keis Erleichterung hallte in diesem einzelnen Wort wider, als hätte Taichi ihm alles verziehen. Aber ging es überhaupt darum seinem Geliebten etwas zu verzeihen? Noch war sich Taichi nicht sicher, wie das alles ausgehen würde und was genau er jetzt tun sollte, aber die ruhenden Gefühle in seinem Herzen hielten ihn dazu an zu bleiben.

„Nimm dir so viel Zeit, wie du brauchst. Ich werde hier sein. Ich werde dich nie verlassen."

Warum nur taten diese Worte so weh? Sie waren ein wundervolles Versprechen, das stets Taichis Herz erwärmt hatte. Doch sie waren auf Leichen gebaut.

„Ruh dich noch etwas aus. Ich lasse uns etwas zu Essen kommen, ja?" Kei erhob sich vom Bett und sofort vermisste Taichi seine Nähe und seine kleinen Berührungen, die stets erfolgt waren, bevor sie sich trennten. Egal, wie weit oder wie lang.

Er spürte, wie sich die Magensäure erneut ihren Weg nach oben kämpfte. Diese Gedanken waren nicht fair den getöteten Menschen gegenüber.

Langsam rutschte Taichi wieder unter die Bettdecke und versuchte, ruhig zu atmen, um die Übelkeit zu bekämpfen. Seine Gedanken trieben umher, wie ein lebloses Blatt das von einem Baum fiel. Es schwebte haltlos in der Luft, bis es schließlich lautlos zur Polizei glitt. Der schwule Kommissar kam ihm in den Sinn und Taichi spürte, wie sich seine Augen mit Tränen füllten. Er hatte Otsukas Visitenkarte nie weggeworfen. Warum wusste er selbst nicht so genau, aber in diesem Augenblick wünschte sich Taichi nichts mehr, als dass sie längst im Müll verbrannt wäre. Seine Pflicht gebot ihm, Kei zu melden, doch wie konnte er das tun? Er liebte ihn, er brauchte ihn, er wollte nicht, dass sie ihm Kei wegnahmen. Aber es war so egoistisch ihn behalten zu wollen, obwohl er solche Grausamkeiten verübt und anderen ihre geliebten Menschen genommen hatte. Was sollte er nur tun?

„Genau deswegen wollte ich nicht, dass du es erfährst." Taichi schrak zusammen, als er Keis Stimme direkt vor dem Bett vernahm und rieb sich eilig über die Augen, während er sich aufsetzte. „Kannst du es nicht einfach vergessen?" Kei lehnte sich an die bodentiefen Fenster und drehte seinen Kopf zur Seite, während er seine Arme locker vor der Brust verschränkte.

„Ich will nicht, dass du dich mit so etwas beschäftigst. Das tut dir nicht gut." Taichi musterte seinen Geliebten, der so verletzt aussah. Das war nicht fair. So wirkte er, wie immer. Wie der Mensch, den Taichi kennen und lieben gelernt hatte. Nicht, wie ein Mörder. Hatte er gar keine Angst, dass Tai ihn verriet? Er machte sich, wie immer, nur Sorgen um ihn, anstatt um sich selbst.

Weil er auch für Taichi mordete. Er tat alles für ihn. Wie verquer konnte das Leben bitte sein? Töten aus Liebe. War das nicht der Grund, der es rechtfertigte? Nein. Für Mord gab es keine Rechtfertigung. Zumindest was das Gesetz betraf. Aber was war mit Gefühlen?

„Tut mir leid." Taichi wollte nicht, dass es Kei so schlecht ging, egal, wie entsetzt er über seine Taten war. Aber einfach vergessen, war unmöglich.

„Nicht doch." Kei löste sich eilig von der Fensterfront und setzte an, die wenigen Zentimeter zum Bett zu überwinden, bevor er erstarrte und einen Schritt zurückwich. „Bitte entschuldige dich nicht." Er fuhr sich durchs Haar und Taichi wandte den Blick ab. „Ich will nur das Beste für dich. Und wenn das heißt, dass ..." Er brach ab, als es an der Tür klingelte. „Nein." Das Wort war so bestimmt, dass Taichi ihn sofort wieder ansah. „Natürlich ist es deine Entscheidung, ob du mich verlässt, aber ich werde dich niemals wegschicken. Ich glaube nicht daran, dass es dir ohne mich besser geht." Taichis Augen weiteten sich, als er Keis Blick sah. So entschlossen und intensiv, als ginge es um sein Leben. Was es ja irgendwie auch tat.

„Ich tue alles für dich. Auch in Zukunft. Auch ohne Gegenleistung. Das sollst du wissen. Ich bereue nichts." Mit diesen Worten wandte sich der junge Manager ab und ging zur Tür, während Taichi nur auf das Fensterglas starren konnte, wo gerade noch Keis Körper gewesen war. Seine Gedanken rasten von einer Ecke seines Gehirns in die andere. Wie konnte Kei so etwas sagen?! Diese Worte hätten Taichi fast dazu gebracht, aufzuspringen und ihm um den Hals zu fallen. Ihm alles nachzusehen und ihm zu versprechen, dass er für immer an seiner Seite bleiben würde. An der Seite eines Mörders. An der Seite eines Menschen, dessen dunkle Seite Taichi nur erahnen konnte.

Sein Herz raste. Wie konnte er so für einen Menschen empfinden, der allen anderen außer ihm so viel Leid brachte? Das tat weh. Es schmerzte sich gegen die schönen Gefühle der Liebe zu stellen und sie zu verleugnen. Er wollte das nicht! Er wollte einfach nur Kei! So, wie schon die letzten zwei Jahre.

Kei kehrte mit einem Servierwagen wieder ins Schlafzimmer zurück und Taichi spürte, wie seine erneute Anwesenheit seinen Körper erschaudern ließ. Ein Schauer, der nicht unangenehm war und der in ihm etwas anstieß, das Taichi eine Richtung wies, die er zwar noch nicht bereit war einzuschlagen, aber deren Wegweiser er folgen wollte.

14.

Zwei Tage waren vergangen, die Taichi wie Wochen vorkamen. Während Kei weiter seiner Arbeit nachgegangen war, hatte er sich im Bett verkrochen. Hin und wieder war er in der Suite herumgewandert und hatte aus den Fenstern auf die Stadt gesehen, die durch die Hitze manchmal wie ein Trugbild flimmerte. Eine Illusion. Genau so fühlte sich der junge Student. Als wären die letzten Jahre ein Fata Morgana gewesen. Eine Geschichte, die er sich selbst ausgedacht hatte und in der er alleine gelebt hatte. Nun war diese Welt zerbrochen und Taichi war auf dem harten Asphalt des wahren Lebens gelandet. Kein Wunder also, dass es so schmerzhaft war. Aber dennoch wollte er sich nicht nur bemitleiden. Er wollte verstehen. Also hatte Taichi sich am Samstagmorgen dazu entschlossen nicht mehr nur herumzuliegen und zu grübeln, sondern Entscheidungen zu treffen. Zumindest soweit er dazu in der Lage war.

Daher rappelte Taichi sich aus dem Bett auf, duschte und nahm dann das erste Mal seit Tagen wieder sein Smartphone in die Hand. Die Nachrichten in seinem Messenger-Dienst ignorierte er und schob sie wortwörtlich beiseite. Er wollte nicht über andere nachdenken, auch, wenn das sicher eine schöne Abwechslung gewesen wäre.

Für einen kurzen Augenblick musste er an Liam und dessen Abneigung gegen Kei denken, bevor er eilig den Kopf schüttelte und sich den angezeigten Schlagzeilen seiner Nachrichten-App zuwandte. Sein Herzschlag beschleunigte sich augenblicklich. Es waren zwei Tage vergangen. Zwei Tage, in denen er nicht mitbekommen hatte, was Kei getan hatte oder wo er gewesen war. War das ein Fehler gewesen? Nein. Sein Liebster hatte beteuert, dass er nur für oder wegen ihm tötete und da Taichi in der Suite geblieben war, konnte es doch gar keine Opfer geben, oder?

Mit zittrigen Fingern wischte Taichi die Pop-Up-Mitteilungen beiseite und öffnete die News-App. Er bemerkte erst, als ihm der Sauerstoff ausging, dass er den Atem angehalten hatte.

Keuchend ließ er sein Smartphone sinken und versuchte, wieder reguliert zu atmen. Wie erwartet, gab es keine Neuigkeiten über weitere Opfer. Das war doch ein Anfang. Er konnte die Vergangenheit nicht mehr ändern, aber vielleicht konnte er Kei davon abhalten weiter zu morden. Denn eine Entscheidung Taichis stand längst fest: Er konnte nicht ohne Kei leben und somit würde er Kei auch nicht verlassen. Ganz gleich, was er getan hatte und wie elend sich Taichi dabei fühlte.

„Tai?" Der Gerufene fuhr zusammen und hätte beinah sein Smartphone vor Schreck weggeworfen, als genau jener Kei in die Suite stürmte.

„Ja?" Seine Stimme klang heiser. Was war passiert, dass Kei so aufgeregt wirkte?

„Bist du allein?" Kei war durch den Schlafzimmereingang hereingekommen, während Taichi am Fenster bei seinem Schreibtisch stand.

„Ja, natürlich." Wer sollte denn bitte hier sein? Kei atmete erleichtert auf, hielt jedoch Abstand. Seit Taichi vor ihm zurückgeschreckt war, hatte Kei sich ihm nicht mehr genähert. Wie sehr Taichi dessen Nähe doch vermisste. Aber da war diese durchsichtige Wand, die ihn zurückhielt. Eine Wand, die er selbst erschaffen hatte. Die vermutlich genau wie die letzten zwei Jahre nur eine Täuschung war, die ihm aber seine Unsicherheit auferlegte.

„Es hieß, die Polizei sei im Haus. Ich hatte Angst, sie suchen dich auf. Wo es dir doch nicht so gut geht." Kei lächelte sanft und Taichi umklammerte sein Handy mit beiden Händen. „Aber es freut mich, dass du aufgestanden bist."

„Ja ... also ..." Taichi schluckte. „Hier ist niemand außer mir und ... ich ... hab dich vermisst." So sehr Taichi mit seinen Worten kämpfen musste, so einfach kamen ihm doch diese letzten drei über die Lippen. Ihre Begrüßung. Ihr Ausdruck der Zuneigung. Keis Augen begannen zu strahlen.

„Ich habe *dich* vermisst." Jetzt musste auch Taichi lächeln. Es tat gut diese Worte zu hören, selbst, wenn die Berührungen dazu fehlten. Dann jedoch kam dem Studenten Keis vorangegangene Worte in den Sinn.

„Wieso ist die Polizei im Haus?" Hatte sie herausgefunden, dass Kei ...

„Mach dir keine Sorgen. Nakai-san ist auf dem Weg. Er wird die Sache regeln. Es geht vermutlich um den Kerl von neulich."

Taichi begann zu frösteln. Wie hatte er sich Sorgen um ein neues Opfer machen können, wo das Letzte doch nicht einmal drei Tage alt war? Und vor allem noch nicht bekannt! Waren sie Kei auf die Schliche gekommen? Würden sie ihn mitnehmen?

„Tai. Hey. Sieh mich an." Kei war vor ihn getreten, hielt jedoch noch immer Abstand, als Taichi zu ihm aufblickte. Man sah ihm an, wie sehr er sich zurückhalten musste, um ihn nicht zu berühren. „Es ist alles in Ordnung. Sie werden uns nicht trennen. Hörst du?"

Das schrille Läuten der Klingel führte dazu, dass Taichi nun wirklich sein Smartphone fallen ließ. Mit geweiteten Augen sah er zu, wie Kei es aufhob und auf den Schreibtisch legte, bevor er zur Tür des Wohnbereichs ging.

Taichi blieb, wo er war. Lediglich seine Augen folgten Keis Bewegungen und seine Ohren lauschten den Stimmen, die kurz darauf erklangen. Was sollte er tun? War das wirklich die Polizei? Würde sie ihn befragen? Würde er lügen können? Aber bei welchen Fragen sollte er lügen? Gab es überhaupt richtige Antworten?

Taichis Augen sahen, wie vier Personen in Richtung Essbereich traten. Kei, der Anwalt in teurem Anzug und zwei weitere Herren. Otsuka war nicht unter ihnen und auf einmal glaubte Taichi, dass er es schaffen konnte. Er kniff die Augen zusammen, zählte bis fünf, zwickte sich kurz in den Oberschenkel, um seine Beine zu wecken, und setzte sich dann in Richtung der Gruppe in Bewegung. Alle vier Männer ließen sich gerade am Esstisch nieder, als sie Taichi bemerkten.

„Oh, Sie sind auch hier, Kume-san." Taichi nickte Kriminalrat Uehara zu, als sich alle auch schon wieder um der Höflichkeit Willen erhoben.

„Taichi, darf ich vorstellen, das ist Nobu Domoto, Kriminalhauptmeister." Kei deutete auf einen Mann, der ein weißes Hemd mit hochgekrempelten Ärmeln und die Hose einer Polizeiuniform trug. Sein Haar war schwarz und seine dunkelblauen Augen prüfend. Taichi nickte auch ihm zu, während er dessen Musterung über sich ergehen ließ. Das war der jüngere Kriminaler, den er das letzte Mal nur von weitem gesehen hatte.

„Und das hier ist Nakai-san, der Anwalt meiner Familie. Vielleicht erinnerst du dich an ihn."

„Ja, schön Sie wiederzusehen, Nakai-san."

„Freut mich ebenso, Kume-san."

Die Herren ließen sich nieder und Taichi rutschte mit seinem Stuhl näher zu Kei, der ihm ein sanftes Lächeln zuwarf. Er war die Ruhe selbst, während Taichis glaubte, seine angespannten Nerven knistern zu hören.

„Also dann, meine Herren. Was können wir für Sie tun?" Der Anwalt ergriff das Wort so locker und leicht, dass Taichi sich fragte, ob er sich bewusst war, um was es hier ging oder ob er einfach von Keis Unschuld überzeugt war?

„Es geht um diesen Herrn hier." Der Taichi unbekannte Kriminalhauptmeister schob Kei ein Porträtfoto des Mannes hin, der ihnen beiden nur allzu bekannt war. „Er wurde vorgestern tot aufgefunden. Sein Gesicht war beinah gänzlich entstellt und unsere Nachforschungen haben ergeben, dass Sie ihn kennen. Also Sie beide."

Taichi spürte, wie die Augen des Kriminalers ihn fixierte und er musste schlucken. Was wusste er? Sah er ihm an, dass er etwas wusste?

„Kennen ist wohl etwas übertrieben, Domoto-san. Aber ich gebe zu, dass er mir nicht unbekannt ist. Uns beiden nicht. Sagen wir, ich hatte einen kleinen Zusammenstoß mit ihm, als er im Labor von Taichi auf dem Sommerfest der Universität Unruhe gestiftet hat. Allerdings war er danach noch sehr lebendig, wie ihnen Zeugen sicher bestätigen können."

„Sie geben Ihr Zusammentreffen also zu?" Uehara mischte sich ein und Taichi wagte es endlich seinen Blick von dem Foto zu nehmen.

„Natürlich. Warum sollte er nicht? Der Zusammenstoß wurde von vielen weiteren Besuchern und Studenten sicher bei Ihren Nachforschungen bestätigt, oder nicht?" Domoto nickte als Antwort knapp, während Nakai-san nur weiter lächelte. Hatte Kei zuvor mit ihm gesprochen? Wusste er, dass Kei bereits gewusst hatte, dass er tot war? Nein, so unvorsichtig war Kei sicher nicht.

„Allerdings. Nur, dass dort von einem Wortwechsel die Rede war und nicht von einer Schlägerei. Am Opfer wurden jedoch Spuren Ihrer DNA gefunden, Tsuruga-san." Uehara ließ nicht locker. Aber davon hatte Kei bereits gesprochen gehabt. „Wie erklären Sie sich das?"

„Ganz einfach, Uehara-san, weil wir uns später am selben Tag noch einmal getroffen haben. Der Herr wollte meine Worte wohl nicht auf sich sitzen lassen. Und ich gebe zu, ja, nachdem er handgreiflich wurde, habe auch ich zugeschlagen. Allerdings nur einmal."

„Womit Sie dann wohl die Blutflecken auf ihrem Anzug erklären, richtig?"

„Ganz genau."

„Wenn Sie sich am selben Tag noch einmal gesehen haben, wie erklären Sie sich dann, dass ihr Anzug erst viel später in die Reinigung kam?"

„Oh, den hatte ich in den Wäschekorb geschmissen und ganz vergessen, bis ich den Korb erneut öffnete und mir einfiel, dass Blutflecken eigentlich gleichbehandelt werden sollten. Aber einen Versuch sie rauszubekommen, war es wert." Es lief genauso ab, wie Kei gesagt hatte. Taichi war überrascht. Es schien alles so leicht.

„Können Sie das bestätigen, Kume-san?"

„Was?" Taichi kam es vor, als hätten alle seine Gedanken gehört. Zwei Augenpaare musterten ihn, als würden sie sehen, was er die letzten Tage durchgemacht hatte.

116

„Bitte entschuldigen Sie Taichi. Er hat die letzten zwei Tage dank einer Sommergrippe das Bett gehütet. Er ist noch nicht wieder ganz auf dem Damm. Aber falls Sie wissen wollen, ob er meine Aussage bestätigen kann, so muss ich Sie enttäuschen. Ich habe Taichi nicht weiter damit behelligt. Ich wollte nicht, dass er sich aufregt."

„Das heißt, Sie wissen nichts von der erneuten Auseinandersetzung der beiden?", hakte Domoto an Taichi gerichtet nach.

„N... Nein. Ich meine ... ich ... wir ... wir haben an dem Mittag zusammen gegessen und sind über das Fest gelaufen. Aber ... danach musste ich ja ... wieder im Labor helfen." Taichi wusste nicht, wo er hinschauen sollte. Er hatte Angst. Einfach nur furchtbare Angst. Um Kei und dass er einen Fehler machen würde, der alles zerstörte.

„Und was ist mit den Blutflecken auf dem Anzug?" Domoto ließ nicht locker. „Sie wohnen doch hier zusammen. Haben Sie Tsuruga-san nicht danach gefragt?"

„Wie ... wieso sollte ich?" Taichis Finger vergruben sich in seiner Leinenhose. Auf diese Frage konnte er nicht ehrlich antworten! Immerhin hatte er Kei ja nach den Flecken gefragt!

„Sehen Sie nicht, dass Kume-san ganz verwirrt ist? Bitte nehmen Sie doch etwas Rücksicht auf sein körperliches Befinden", mischte sich Nagai-san ein und Taichi nutzte die Sekunden, um durchzuatmen, und zu Kei zu sehen. Dieser zeigte ihm ein Lächeln, das so viel Vertrauen ausstrahlte, dass Taichi sich sicher war, dass Kei ihm auch verzeihen würde, wenn er ehrlich war. Eine Tatsache, die Taichi einen weiteren Entschluss fassen ließ.

„Entschuldigen Sie, Nagai-san, aber es ist ja wohl eine einfache und berechtigte Frage, ob Tsuruga-san öfters mit Blutflecken auf dem Anzug nach Hause kommt und das somit für Kume-san normal ist oder ob er ihn darauf angesprochen hat?" Uehara wandte seinen Blick nicht von Taichi, während er sprach, und dieser erwiderte mittlerweile seinen Blick.

„Kei war an diesem Tag vor mir zurück und somit auch schon geduscht. Ich hatte ihn also nicht mehr gesehen", antwortete Taichi mit ruhiger Stimme und der Anwalt lehnte sich zurück. „Ich habe erst von den Flecken erfahren, als Kei ein paar Tage später die Sachen in die Reinigung geschickt hat. Da habe ich ihn gefragt und er hat mir alles erzählt."

„Sie können also nicht bestätigten, dass die Sachen schon länger im Wäschekorb lagen?" Dieser Wechsel zwischen den zwei Kriminalern ging Taichi langsam auf die Nerven, doch er sah zu Domoto, als er weiterhin ruhig antwortete.

„Nein. Ich schau nicht jeden Tag in den Wäschekorb, ob da blutbefleckte Sachen drin sind." Obwohl er das von jetzt an vermutlich tun sollte.

„Können Sie nachweisen, dass die Sachen nicht dort waren oder die Blutflecken vom Tag des Mordes stammen?" Der Anwalt hatte seinen Einstieg wiedergefunden und Taichi betete inständig, dass sie das nicht konnten, so wie Kei es gesagt hatte.

Uehara und Domoto schwiegen als Antwort. Sie konnten es also nicht. Taichi musste sich zurückhalten, um nicht erleichtert aufzuseufzen oder sich anders zu verraten. Im Stillen dankte er der Reinigung für ihre schnelle Arbeit, die Spurenbeseitigung und dass sie wohl nicht weiter auf die Flecken geachtet hatten als nötig.

„Wie erwartet. War das dann alles?" Nagai-san nahm kein Blatt vor den Mund. Bewundernswert. Aber vermutlich wusste er einfach, wie weit er gehen konnte, ohne Probleme zu bekommen.

„Nein. Wo waren Sie am Mittwoch zwischen vier und fünf Uhr nachmittags?" Uehara ließ sich nicht so leicht abwimmeln und sah Kei herausfordernd an. Jetzt ging es also um das Alibi.

„Ich war hier in meiner Suite."

„Allein?"

„Nein, mit mir", meldete sich Taichi sofort zu Wort. Immerhin stimmte das zu dieser Uhrzeit, auch, wenn diese beiden Polizisten das Alibi vermutlich nicht gelten lassen würden.

„Dann ist das Opfer zu diesem Zeitpunkt gestorben? Gut, dann hat mein Mandant also ein Alibi."

„Der Todeszeitpunkt konnte nicht exakt bestimmt werden, da das Opfer vermutlich Gift zu sich genommen hat", gab Domoto zu bedenken und Nagai-san nahm das Eingeständnis sofort auf.

„Wenn er Gift zu sich genommen hat, wieso verdächtigen Sie dann Tsuruga-san? Ging es gerade nicht noch um eine Schlägerei?"

„Ja, weil seine DNA am Opfer gefunden wurde und sein Gesicht mehr als nur zwei Schläge abbekommen hat. Außerdem hatte er ein Motiv." Domoto wurde lauter und sein Chef legte ihm beruhigend die Hand auf die Schulter.

„Entschuldigen Sie meinen Kollegen, aber wir müssen allen Spuren nachgehen. Nachdem wir jetzt eine Erklärung für die DNA haben und ein bestätigtes Alibi sind wir hier fertig."

„Aber ..." Domoto war anscheinend noch nicht zufrieden, doch er wurde einfach übergangen.

„Gut. Sollte es noch weitere Fragen geben, dann können Sie mich jederzeit kontaktieren. Wir helfen gerne." Nagai erhob sich und knöpfte sein Jackett zu. Der Rest folgte seinem Beispiel. Eilig suchte Domoto seine Unterlagen zusammen und steckte sie in eine Mappe zurück, während Kei mit seinem Anwalt und Uehara bereits zur Tür gingen. Unsicher blieb Taichi an seinem Stuhl stehend zurück. War es das gewesen? War damit alles geklärt? Würden sie Kei nicht mehr verdächtigen? Oder war das nur der Vorgeschmack gewesen, der so widerlich auf der Zunge brannte?

„Kume-san, möchten Sie Ihrer Aussage noch etwas hinzufügen? Wir können Sie beschützen, wenn Sie Angst haben." Taichi wurde durch Domotos Worte aus seinen Gedanken gerissen und er blinzelte überrascht. Was redete der Kerl da? Kei würde ihm nie etwas tun. Dachte er, Kei bedrohte oder erpresste ihn für seine Aussage?

„Ich verstehe nicht", erwiderte Taichi langsam, „Meinen Sie der Mörder hat es auch auf uns abgesehen?"

„Nein, ich meine ..."

119

„Entschuldigen Sie, aber wenn Sie noch Fragen an Taichi haben, dann stellen Sie diese bitte nur in der Gegenwart meines Anwalts oder mir, Domoto-san." Kei war zurückgekehrt. Er hatte wohl Domoto oder Taichi vermisst.

„Ja, natürlich. Entschuldigen Sie." Domoto verbeugte sich leicht, als Kei neben Taichi trat und ihm trotz seiner kühlen Worte ein Lächeln schenkte.

Als sich der Kriminaler vom Tisch löste und in Richtung Tür huschte, fiel Taichis Blick auf Keis Gesicht, was den Studenten erneut erstarren ließ.

Er hatte gewusst, dass Kei nur ihm sein liebevolles Lächeln schenkte, aber dieser Ausdruck in seinen Augen und dieser Zug um die gehobenen Mundwinkel waren so berechnend und kalt, dass Taichis Muskeln sich bis aufs Äußerste anspannten. Wäre der Blick an ihn gerichtet gewesen, wäre er wohl sofort geflohen. Vorausgesetzt sein Körper hätte es zugelassen. Wieso war ihm dieser Ausdruck nicht schon früher aufgefallen? Er bewies nicht nur, dass Kei eine andere Seite besaß, sondern auch, dass er diese herausließ. Hatte er genau jetzt sein nächstes Opfer ausgewählt? Taichi war sich fast sicher, auch, wenn er es erneut nicht wahrhaben wollte. Aber Domoto hatte ihn bedrängt und wer wusste schon, was Kei von ihrem kurzen Gespräch mitbekommen hatte? Würde sein Liebster es wirklich wagen, einen Polizisten umzubringen? Das war doch Wahnsinn!

„Alles in Ordnung?" Keis sanfte Stimme schien surreal und Taichi musste mehrmals blinzeln, um das Gesicht des jungen Managers vor sich wieder klar zu erkennen. Die furchterregenden Züge waren verschwunden.

„J ... Ja."

„Vielleicht solltest du dich lieber noch etwas ausruhen. Nagai-san hat die Herrn Kriminaler nach unten begleitet. Ich werde später noch mit ihm sprechen, um zu sehen, wie er vorgehen will, falls die beiden noch nicht zufrieden sind. Bis dahin werde ich an meine Arbeit zurückgehen. Brauchst du noch ...?"

„Nein!" Der die Tage eingehaltene Abstand war plötzlich egal. Die Unsicherheit war egal. Einfach alles war egal, solange

Kei nur nicht alleine loszog und vermutlich erneut etwas tat, das nicht wieder gut zu machen war.

Taichi hatte Keis Hand umklammert und sie an seine eigene Brust gedrückt.

„Geh nicht! Bitte!" Kei erwiderte seinen Blick und in seinen Augen spiegelte sich Überraschung, bevor seine Züge sanft wurden und er sofort zusagte.

„In Ordnung. Ich werde Nagai-san anrufen und allen sagen, dass ich heute nicht mehr zur Verfügung stehe."

Taichi nickte eilig und presste ein leises „Danke" hervor. Vielleicht vergaß Kei sein Vorhaben, wenn er mit ihm zusammen war und spürte, dass Taichi sich nicht über Domoto ärgerte oder ihn nicht mochte. Dann würde ihm niemand Kei wegnehmen. Nein, das war der falsche Ansatz. Dann würde niemand Unschuldiges sterben. Aber richtig war dieser Gedanke auch nicht. Zumindest für ihn. Immerhin hatte Taichi sich bereits zuvor dazu entschlossen für Kei zu lügen. Hatte er damit nicht längst eine weitere Entscheidung getroffen? Die Entscheidung weder Keis Taten preiszugeben, noch ihn zu bestrafen?

15.

In dieser Nacht träumte Taichi nicht. Zumindest nicht so, dass er sich am Morgen erinnert hätte. Als er aufwachte, starrte er einige Zeit auf den leeren Fleck neben sich, stand schließlich auf und absolvierte seine Morgenroutine ohne einen Gedanken zuzulassen. Er wusste, dass er nicht ewig vor weiteren Entscheidungen und Informationen davonlaufen konnte, aber wenigstens ein paar Minuten wollte er sich nicht mit der Zukunft auseinandersetzen. Er wollte einfach im Hier und Jetzt sein.

Kei hatte Taichi am Vortag nicht verlassen. Die Berührung ihrer Hände war allerdings die Einzige geblieben. Kei respektierte seinen Wunsch und berührte ihn nicht von sich aus. Und mehr als seine Hand hatte Taichi nicht ergreifen können. So sehr er es sich auch gewünscht hatte. Dennoch waren sie beisammen gewesen. Ohne viele Worte, ohne Fragen, ohne Erklärungen. Taichi wusste selbst nicht, ob er sie überhaupt stellen oder hören wollte und ob er Kei bei sich behielt, weil er sich nach ihm sehnte oder er ihn einfach im Auge behalten wollte. Daher hatte er Kei wohl auch darum gebeten am Sonntag im Hotel zu bleiben. Er musste nicht wirklich oft geschäftlich nach draußen, aber sicher war sicher. Und sein Liebster hatte es im versprochen. Da hatte Taichi erkannt, dass er Kei noch immer vertraute. Vermutlich, weil ihm bewusst war, dass er selbst nicht in Gefahr schwebte.

Beim einsamen Frühstück hatte Taichi beschlossen, dass er Jonas treffen wollte, und ihm eine Nachricht geschickt. Die Zusage kam wie erwartet beinah sofort und Taichi beschloss sich die Wartezeit, bis zu ihrem Treffen mit weiterer Recherche zu vertreiben. Er hasste, diese Ungewissheit und die körperliche Trennung von Kei und da er bereits beschlossen hatte, ihn nicht zu verlassen oder zu verraten, musste er einen anderen Weg finden, um ... Ja. Um was? Mit Kei zu leben? Das alles zu akzeptieren?

Das Erste, was Taichi dazu einfiel, waren Keis Opfer. Wenn sein Geliebter wirklich nur für ihn tötete, dann musste Taichi die ihm zunächst unbekannten Gesichter doch kennen. Also setzte sich der junge Student erneut an seinen Laptop und durchsuchte das Internet. Zögerlich klickte er sich durch die Seiten und musste zunächst einmal erleichtert feststellen, dass es, außer dem Toten, der im Labor gestänkert hatte, nichts Neues gab. Wobei Kei auch nicht wirklich die Gelegenheit dazu gehabt hatte, beziehungsweise Taichi niemanden mehr getroffen hatte. Was die älteren Opfer anging, blieb Kei bei der ehemaligen Mitarbeiterin des Hotels hängen. Er erkannte sie noch immer nicht auch, wenn er mit ihr Kontakt gehabt haben musste. Oder hatte sie vielleicht nur über Taichi gesprochen und Kei war das zu Ohren gekommen? Eine passable Möglichkeit, wenn Kei sie ... Taichi konnte den Gedanken nicht zu Ende denken. Allein die Vorstellung schüttelte ihn. Also klickte er sich durch weitere Bilder und Artikel. Doch so sehr sich Taichi auch bemühte, das erste angegebene Opfer kam ihm in keiner Weise bekannt vor.

Einen Augenblick dachte er daran Kei nach dem Mann zu fragen, doch das war ein Gedankenblitz, den er so schnell verwarf, wie er aufgeleuchtet war. So feige es klang, aber Taichi wollte keine detaillierten Infos über die Morde und Personen haben. Solange er sie nicht besser kannte, war das Ganze einfacher. Was nicht fair war. Weder den Opfern noch den Angehörigen gegenüber, aber Taichi konnte nicht noch mehr ertragen.

Was ihn darauf brachte, ob die hier erwähnten Morde überhaupt alle waren, die begangen wurden? Was, wenn man Opfer noch nicht entdeckt hatte oder man nicht erkannt hatte, dass sie zu denen gehörte, die Kei ... Eilig schüttelte Taichi den Kopf. Was dachte er denn da?! Wollte er Kei noch mehr Morde unterjubeln?! Nur, weil Leute verschwanden und starben, war es doch nicht gleich Kei gewesen! Vor allem, wenn er es wirklich nur tat, wenn es um Taichi ging.

Der Student hielt in seinem Gedankengang inne. Verschwunden? Hatte er mit Kei nicht über eine vermisste junge Frau gesprochen? Woran erinnerte ihn das nur? An jemanden, der gefehlt hatte ... Mit dem er zu tun hatte ...

Taichi sprang so hastig von seinem Stuhl auf, dass dieser nach hinten kippte und mit einem leisen Plumps auf dem Teppich aufkam. Doch dem Studenten war das egal. Er stürmte ins Badezimmer und würgte kurz über dem Waschbecken, bevor er eilig das Wasser aufdrehte und es sich ins Gesicht klatschte. Er wollte sich nicht schon wieder übergeben. Also musste er sich beruhigen. Das waren alles nur Vermutungen. Gedanken, die er sich zusammensetzte und die kein wahrheitsmäßiges Bild ergeben mussten.

Keuchend hing Taichi über dem Waschbecken, während das Wasser aus dem Hahn rauschte und ihn betäubte. Er musste sich auf seine Atmung konzentrieren und runterkommen. Doch jedes Mal, wenn er es versuchte, erschien die zuvor gesetzte Gleichung, wie in einem Bilderrätsel wieder vor seinem inneren Auge. Verschwundene junge Frau plus kranke Mitstudentin plus Taichis Nörgeleien gleich getötete Nana. Das passte so furchtbar perfekt.

Tränen stiegen Taichi in die Augen. Ob vor Verzweiflung oder Trauer wusste er nicht, doch es gelang ihm, das Wasser abzuschalten, bevor er vor dem Waschtisch auf die Knie sank. Er wusste nur zu gut, dass er die Sache ganz leicht überprüfen konnte, indem er Nana kontaktierte, doch die Angst seine Gleichung bestätigt zu bekommen, war zu groß. Er musste diese Gedanken vergessen. Nichts war bewiesen. Nichts sicher. Kei würde doch nicht ...

Das Läuten der Türklingel ließ Taichi so heftig zusammenfahren, dass er beinah aufgeschrien hätte. Allerdings weckte es ihn auch wieder aus seinem Gedankenkarussell. Mit klopfendem Herzen richtete er sich eilig auf, wischte sich mit einem Handtuch über das Gesicht und eilte dann zur Tür im Schlafzimmer, um den privaten Flur zu durchqueren und seinen Gast hereinzulassen.

Jonas Blick war besorgt, trotzdem Taichi ihm sein freundlichstes Lächeln schenkte, als sie sich am Esstisch niederließen. Der Restaurantmanager hatte ein paar süße Leckereien mitgebracht.

„Versteh mich nicht falsch, Tai, aber du siehst nicht gut aus. Ich habe gehört, du warst krank, also hoffe ich, du hast dich nur noch nicht wieder erholt. Denn deine Bitte um ein Treffen hat mir schon Sorgen bereitet. Haben Kei und du euch gestritten?" Wie üblich fiel Jonas mit der Tür ins Haus oder in diesem Fall, in die Suite, aber Taichi war das heute ganz recht. So konnte auch er direkt zur Sache kommen und andere Gedanken vergraben.

„Nein, keine Sorge. Und ja, die Grippe hängt mir wohl noch etwas nach." Taichi vergrub seine Finger ungesehen unter dem Tisch in seiner Jogginghose.

„Gut. Also ich hoffe natürlich, dass du bald wieder auf dem Damm bist, aber Kei wirkte die Tage irgendwie auch nicht so frisch, wie sonst, da habe ich mir so meine Gedanken gemacht."

„Ach ja? Ich hoffe, er hat sich nicht angesteckt. Ich habe extra versucht, Abstand zu halten." Was ja irgendwie stimmte. Also teilweise.

„Vermutlich war es genau das: Tai-Entzug." Jonas lachte und Taichi zwang sich zu einem Lächeln. Wie praktisch, wenn man alles so einfach erklären konnte, ohne Verdacht zu erregen. Wie oft hatte Kei das wohl schon ausgenutzt?

„Worüber wolltest du dann mit mir sprechen?" Jonas nahm sich eines der kleinen Gläschen und begann sein *Kosmik Mousse au chocolat hysteryk* zu genießen. Taichi erhob sich noch etwas zittrig und trat zur Kommode, um den Wasserkocher anzustellen. Nicht nur, weil er selbst gerade keinen Bissen herunterbekam, sondern auch, weil er Jonas Tee anbieten wollte. So viel Höflichkeit musste sein, egal, wie übel es ihm war.

„Na ja, schon auch über Kei." Er gab Tee in einen Filter, den er in eine Kanne hängte und drehte zwei Keramiktassen um. „Du kennst ihn schon viel länger als ich und ich wollte fragen, ob du findest, dass er sich verändert hat?"

„Verändert? Inwiefern?" Jonas klang skeptisch und während der Wasserkocher lauter sprudelte, wandte sich Taichi mit einem Lächeln zu ihm um.

„Ich meine ... seit er mich kennt. Also wir zusammen sind."
Der junge Restaurantmanager musterte Taichi, bevor er hörbar
ausatmete und dann wieder lächelte.

„Ich versteh schon. Du denkst, du hast einen schlechten
Einfluss auf ihn, stimmt's?" Taichi war froh, dass Jonas sich wieder
seinem Dessert widmete, denn so sah er nicht, wie der Student
ein weiteres Mal zusammenzuckte. Das hatte gesessen. Wenn
auch anders als Jonas ahnte. „Aber hey, ich kann dich beruhigen.
Lass die Leute reden. Seit Kei dich hat, war er jeden Tag gut
gelaunt und er blüht immer weiter auf. Er hat jetzt auch viel mehr
Geduld als früher und geht vieles ruhiger an. Deswegen meinte
ich ja auch, dass er gerade wohl einfach nur Tai-Entzug hat."
Jonas zwinkerte ihm zu und Taichi nickte, bevor er sich dem
piepsenden Wasserkocher zuwandte. Einerseits war er froh, dass
Jonas wohl nichts bemerkt hatte, aber andererseits bestätigten
seine Worte nur, was Taichi geahnt hatte: Kei hatte sich verändert
und das durch ihn. Was dabei herausgekommen war, glich einem
Monster. Eines, das Taichi erschaffen hatte. Unbewusst, aber
doch erschaffen. Konnte Liebe wirklich so grausam sein?

„Ist das alles, was du auf dem Herzen hast?" Taichi hielt noch
immer den Wasserkocher in der Hand, als Jonas seine
Erkenntnisse unterbrach. Hastig goss er das heiße Wasser in die
Kanne, bevor er antwortete.

„Ähm, ja. Danke. Also, für deine Zeit und so." Taichi setzte
den Deckel auf die Kanne und brachte die beiden Teetassen zum
Tisch.

„Hat dich wieder jemand blöd angequatscht?" Jonas hatte
seine Mousse verschlungen und sich auf seinem Stuhl
zurückgelehnt.

„Was? Oh, ähm, nein, nein", wehrte er eilig ab.

„Gut. Ich habe von Kei gehört, dass die Polizei schon wieder
bei euch war. Langsam grenzt das echt an Belästigung. Toll, wie
gelassen Kei das wegsteckt. Aber ich kann mir denken, dass es
dich belastet." Taichi lehnte sich an die Kommode zurück,
während er auf den Tee wartete.

„Ja, na ja, ist schon echt beängstigend. Aber Nakai-san bekommt das sicher hin." Hoffte er zumindest.

„Wie gesagt, lass dich von denen nicht einschüchtern. Und ich bin ja auch noch da, wenn du was brauchst."

„Danke, das weiß ich zu schätzen." Und das war die Wahrheit. Auch, wenn Jonas wohl nichts von Keis Taten wusste, so beruhigte er Taichi doch allein mit seiner lockeren Art und dem Vertrauen, das er in sie beide setzte. Der Tee tat schließlich sein Übriges dazu und Taichi vergaß völlig die Zeit, während er mit Jonas quatschte. Daher schrak er auch zusammen, als die Tür aufgerissen wurde und Kei ohne Vorwarnung in die Suite stürmte. Beinah hätte er die Tasse vor sich umgestoßen.

„Tai?" Überrascht schloss der junge Manager die Tür leise hinter sich und begrüßte auch seinen besten Freund. „Hey, Jonas. Wusste gar nicht, dass du vorbeischauen wolltest." Kei schien nicht sehr angetan von seinem Besuch und ließ seinen Blick über das benutzte Geschirr gleiten. Eilig sprang Taichi auf.

„Ähm, ja, er war so nett, mich etwas zu unterhalten, nachdem ich wegen meiner Grippe noch nicht raus wollte."

Auf Keis Gesicht erschien ein Lächeln, als er an den Tisch trat. Ein Lächeln vor dem Taichi am Liebsten zurückgewichen wäre, aber das wäre erst recht fatal gewesen. Denn genau jenes Lächeln, das Keis Augen nicht berührte, war das Schlimmste, was geschehen konnte. Immerhin war sich Taichi jetzt dessen Auswirkungen bewusst, also blieb ihm Zeit zu handeln. Und Kei würde doch nicht seinen besten Freund ...

„Ach was." Jonas erhob sich und klopfte Kei auf die Schulter. „Ich schaue doch gerne nach euch beiden."

„Lieb von dir." Klangen Keis Worte nur in Taichis Ohren so bedrohlich? Vermutlich, denn Jonas ging nicht weiter darauf ein und verabschiedete sich schließlich von ihnen.

„Was wollte er hier?" Kaum war die Tür ins Schloss gefallen, da verlor Kei sein Lächeln und sah Taichi an. Ob er wütend war? Sein Gesicht schien so ausdruckslos.

„Er hat mir nur etwas Süßes vorbeigebracht, weil er sich Sorgen gemacht hat. Er meinte, du hättest ihm erzählt, dass die

Polizei uns schon wieder auf die Nerven geht." Taichi versuchte so locker, wie möglich zu klingen, obwohl sein Herz so hart gegen seinen Brustkorb schlug, dass er glaubte, Kei müsse es durch sein dünnes Shirt sehen.

Das Lächeln kehrte jedoch zurück und dieses Mal war es sanft und voller Liebe. Verrückt. Wie funktionierte das?

„Okay. Aber ich bin trotzdem ein wenig eifersüchtig, dass er so viel Zeit mit dir verbringen durfte." Keis Finger verkrampften sich um eine der Stuhllehnen. Er hielt sich schon wieder zurück. Taichi nicht zu berühren, musste schwer für ihn sein.

Ob sich der junge Student deswegen vorwagte oder weil er Angst um Jonas hatte, wusste er nicht, aber ihm war klar, dass er die Macht hatte etwas zu ändern oder sogar aufzuhalten. Also nahm er sich Keis Arm und schmiegte sich an ihn.

„Das brauchst du nicht. Er war nicht lange hier und wir haben wieder über dich gesprochen. Du warst also quasi immer dabei."

Kei sah auf ihn herab, rührte sich jedoch nicht weiter, während Taichi seinen Blick erwiderte.

„Und was gab es über mich zu reden?"

„Ich höre immer gerne, wie du so warst, als wir uns noch nicht kannten oder was Jonas noch aus eurer Kindheit weiß." Was nicht gelogen war.

„Warum fragst du dafür nicht mich?" Taichi verschränkte seine Finger mit Keis und hoffte inständig, dass dieser nicht spürte, wie schwer es ihm fiel, ruhig zu bleiben.

„Weil man sich selbst nie so sieht, wie andere. Und außerdem bist du, was das angeht, immer so abweisend." Taichi versuchte, so zu tun, als würde er schmollen und senkte seinen Blick wieder. Es schien zu wirken.

„Wenn das so ist, dann werde ich mich ab sofort darum bemühen, dir all deine Fragen ausführlicher zu beantworten, und mich nicht davor zu drücken." Kei lachte leise und der sanfte Klang erleichterte Taichis Herz um einige kleine Brocken seiner Angst. „Dann braucht Jonas auch nicht mehr deswegen vorbeizukommen. Süßes kann ich dir nämlich auch jederzeit bringen." Taichi sah wieder zu Kei auf und nickte lächelnd. Er hätte es sowieso nicht mehr gewagt, Jonas noch einmal einzuladen. Das war zu gefährlich. Was, wenn Kei nicht mal seinen besten Freund wegen ihm verschonte? Dabei hatte er Taichi noch nicht mal was getan. Aber Eifersucht war bei einer Seite, wie Kei sie aufwies, wohl ein weiterer Trigger. Wie hatte Taichi nur so blind sein können?

„Warum bist du eigentlich schon zurück?" Zaghaft versuchte Taichi das Thema zu wechseln und Kei gleichzeitig zur Couch zu führen, was dieser ohne Widerstand geschehen ließ.

„Oh, stimmt ja. Ich wollte dir sagen, dass alles geregelt ist. Unserem Trip nach Ōsaka zum *Tenjin Matsuri* steht also nichts mehr im Wege."

Taichi war dankbar, dass seine Beine nicht seinem Gehirn folgten, das gerade einen Blackout heraufbeschworen hatte. Wie mechanisch gingen sie weiter zur Couch und ließen sich mit seinem Liebsten darauf nieder.

„Freust du dich gar nicht?" Keis Blick war besorgt, als Taichi, der den Arm seines Liebsten noch immer umklammert hielt, wieder zu ihm aufsah.

„Doch. Natürlich", antwortete der Student monoton. Es kam Taichi vor, als würde er wie eine Puppe gelenkt, anstatt selbst für seine Bewegungen und Worte verantwortlich zu sein.

„Alles in Ordnung?" Kei runzelte die Stirn und Taichi spürte, wie das Leben in seinen Körper zurückkehrte. Er durfte nicht zulassen, dass Keis dunkle Seite wieder hervorkam. Doch all die Gedanken an die vielen unschuldigen Menschen in Ōsaka, die dem Fest beiwohnen würden, verhinderten, dass er ein vernünftiges Wort herausbekam. Also starrte er Kei nur weiterhin mit großen Augen an. Dieser seufzte schließlich und ließ sich bequemer in die Couch zurücksinken, um seinen Kopf auf der Rückenlehne abzulegen.

„Es ist wohl noch zu früh. Entschuldige. Ich hätte dich erst nochmal fragen sollen, ob es dabei bleibt. Dieser dämliche Typ vom Unifest. Ohne den wäre es gar nicht so weit gekommen. Tut mir leid, dass du dir immer noch so einen Kopf machst. Ich storniere alles wieder."·

„Nein!" Oder doch lieber ja? Taichi wusste es nicht. Er war nur seinem Instinkt bei der lauten Antwort gefolgt, die Kei hatte aufschrecken lassen. Taichi wollte nicht, dass Kei absagte, enttäuscht war und dann erst recht... Aber andererseits war es doch sicherer hier in der gewohnten Umgebung. Was sollte er nur tun? Ob es anders gekommen wäre, wenn sie damals die Reise nach Nagoya hätten gemeinsam machen können?

„Ach, Tai." Keis Worte klangen so traurig, dass Taichi den Schmerz beinah spüren konnte. „Deine Reinheit ist so kostbar. Wie könnte ich sie nicht beschützen wollen? Aber dass du nun darunter leidest, tut mir so unendlich leid." Taichi sah, wie sich Keis freie Hand in seine Anzughose krallte und das Leid, das von seinem Liebsten ausging, wischte alles andere mit einer Bewegung fort. Die Puppe hatte ihre Fäden gelöst und das leidende Herz übernahm seinen Körper.

„Kei ... bitte berühr mich." Geflüsterte Worte, die jedoch so klar und deutlich gesprochen worden waren, dass die Bitte sofort erhört wurde. Keis Finger strichen zärtlich über Taichis Wange.

„Du bestimmst, wie viel, wie weit und wie lange", war Keis Antwort, auf die Taichi nickt und dann sein Gesicht in der Halsbeuge seines Geliebten vergrub. Es zerriss ihn beinah, als er Keis Duft einatmete und dessen Nähe in sich aufsog, als könnte er ohne ihn nicht überleben. Gleichzeitig jedoch rissen da diese Schuldgefühle an einer Naht in ihm, die verzweifelt versuchte, die Gedanken an all die Opfer zu überdecken.

16.

Sie hatten es wirklich getan. Sie waren nach Ōsaka gefahren, um sich auf dem *Tenjin-Fest* zu entspannen. Nur leider war Taichi nicht wirklich danach loszulassen und die ungewohnte Umgebung zu genießen. Es wäre zu schön gewesen, wenn er einfach all seine Sorgen in Tōkyō hätte lassen können, so, wie es Kei anscheinend tat. Denn der junge Manager war so gut gelaunt, wie schon lange nicht mehr. Und dass, obwohl ihn Taichi nicht wieder rangelassen hatte. Ja, sie hatten gekuschelt und sich geküsst, aber weiter hatte Taichi einfach nicht gehen können.

„Es ist noch etwas früh, aber sollen wir schon los?" Kei sah auf seine Armbanduhr und Taichi trat ans Fenster. „Wenn du allerdings müde bist, können wir uns auch gerne noch etwas ausruhen?"

„Ja, eine kleine Pause wäre gut."

Sie waren im *Imperiol Hotel* abgestiegen. Natürlich hatten sie ein Zimmer mit Blick auf den Fluss bekommen. Wie das so kurzfristig noch möglich gewesen war, würde Taichi wohl nie erfahren. Aber er war sich sicher, dass Kei seine Beziehungen hatte spielen lassen. Nicht, dass ihn das störte. Er genoss es sich in dieser Hinsicht um nichts kümmern zu müssen, auch, wenn er ohne den Luxus hätte leben können. Ohne Kei allerdings ...

Taichi wandte sich um und sah stumm zu, wie Kei seine Wertsachen beiseitelegte und dann begann sich auszuziehen. Eine Dusche war nach der Bahnfahrt eine gute Idee. Ob er Kei begleiten sollte?

„Willst du mit?" Taichi begegnete den braunen Augen, die ihn so liebevoll anblickten, als wäre er kostbarer als alles andere.

„Liest du schon wieder meine Gedanken?", flüsterte er seinem Liebsten zu, bevor er seine Arme um dessen Oberkörper schlang und sich an ihn drückte.

„Ich bemühe mich. Wie sonst könnte ich dir jeden Wunsch erfüllen?" Sanft erwiderte Kei seine Umarmung.

Jeden Wunsch ... Vielleicht konnte sich Taichi einfach wünschen, dass Kei seiner dunklen Seite nicht mehr nachgab?

Würde das funktionieren? Es musste. Denn egal, wie groß die Angst vor dieser Seite war, egal, wie schmerzhaft all diese Gedanken in ihm tobten, Taichis Liebe für Kei war so groß, wie eh und je. Er konnte nicht ohne ihn leben. Nicht mehr. Niemals mehr.

„Alles in Ordnung?" Kei sah die Tränen nicht, die Taichi in die Augen traten, doch er spürte wohl seine Verzweiflung.

„Können wir einfach duschen gehen? Nur duschen. Ich möchte einfach nur deine Nähe genießen." Taichi hatte bei seinen Worten aufgeblickt und als sich ihre Blicke trafen, nickte Kei nur, bevor er begann ihm seine Kleidung abzustreifen. Wortlos ließ Taichi es geschehen und wortlos ging es ins Bad und in die Dusche. Taichi wollte gerade nichts hören. Keine Stimmen, keine Gedanken. Nur das Rauschen des Wassers, das alles übertönte und ihn einlullte, während Kei ihn sanft von Kopf bis Fuß wusch.

Als sie schließlich nur mit ihren Handtüchern ins Schlafzimmer der Suite traten, hatten sie kein Wort mehr verloren. Es war nicht nötig gewesen. Daher ließ sich Kei auch von Taichi stumm zum Bett ziehen, wo sie ihre Handtücher fallen ließen und unter die große Bettdecke krochen. So warm es draußen war, so kühl war es dank Klimaanlage hier drin.

Sofort schmiegte sich Taichi an seinen Geliebten. Die fremde Waschlotion roch ungewohnt, doch sie schaffte es nicht, Keis eigenen Duft gänzlich auszulöschen. Nicht an seiner Halsbeuge, in der Taichi seine Nase vergrub. Wie sehr hatte er es vermisst Kei so nahe zu sein. Und wie sehr hatte er sich anfangs doch auf diese Reise für sie beide ganz allein, gefreut. Nein, er fing schon wieder an zu denken. Das wollte er nicht.

Einen kurzen Augenblick schloss Taichi seine Augen, bevor er begann Keis Haut zu küssen. Von der Halsbeuge bewegte er sich mit sanften Lippenberührungen langsam hinab zu seiner Brust, während Kei zärtlich durch sein feuchtes Haar strich. Das fühlte sich so richtig an. Daher nahm Taichi seine Hände hinzu und ließ sie über Keis weiche Haut gleiten. Seine Lippen schlossen sich um einen der rosa Nippel, während seine Finger über Keis Hüfte in dessen Schritt versanken. Ein wohliges Seufzen war von seinem Geliebten zu hören, als Taichi Keis Schwanz in eine Hand nahm. Er spürte, wie dieser augenblicklich begann härter zu werden. Das ließ auch Taichis Lust anschwellen und er drängte seine Hüfte dichter an Kei. Doch noch bevor Taichi ihre Erregungen zusammenbringen konnte, war Kei ein Stück nach unten gerutscht und fing seine Lippen ein. Der Kuss, der folgte, war so leidenschaftlich, dass Taichi nicht wusste, wie ihm geschah, als sein Geliebter die Führung übernahm. Der Student wusste nur allzu gut, dass Kei sofort aufhören würde, wenn er Einspruch erhob. Doch Taichi war viel zu gefangen in seiner immer stärker werdenden Lust, dass er nur aufstöhnte, als Kei einen Arm um seine Hüfte legte und ihn so dicht an sich zog, dass der Jüngere seine Hand gerade noch herausziehen konnte, bevor sich ihre Erregungen berührten. Er begann sich an Kei zu reiben, während dessen Bein sich um seine schlang, um sie nicht auseinanderdriften zu lassen. Kurz darauf berührten zwei Finger Taichis Lippen und er öffnete seine Augen, als seine Zunge sich um die beiden langen schlanken Glieder schlang. Ihre Blicke trafen sich. Er liebte es, wenn Kei ihn so voller Begierde ansah, daher nahm er sich Zeit, um seine Finger zu befeuchten. Erst als ihm der Speichel aus dem Mundwinkel rann, zog Kei sie heraus und Taichi befreite eines seiner Beine, dass er anhob und über den Oberschenkel seines Geliebten legte. Nur einige Sekunden später spürte er, wie Keis Zeigefinger um sein Loch kreisten und das erste Fingerglied sich schließlich in die Höhle schlich.

Taichi keuchte auf. Es nervte ihn gerade, dass ihr letzter Sex so lange her war. Wie viel einfacher und schöner war es doch, wenn Kei ihn nicht so lange vorbereiten musste. Aber das war seine eigene Schuld, also versuchte Taichi sich zu entspannen und verwickelte Kei in einen weiteren Kuss. Ihre aneinander liegenden Schwänze pulsierten erwartungsvoll, während der junge Manager Taichi ausführlich weitete.

Als der Student schließlich versuchte Keis Fingerbewegungen zu intensivieren, indem er seinen Hintern gegensätzlich zu dessen Hand bewegte, reichte es dem Älteren anscheinend, denn er zog seine Finger heraus und drückte Taichi sanft auf den Rücken, um sich selbst aufzurichten. Die Bettdecke fiel unbeachtet herab und Kei hob Taichis Beine an, um sie in Richtung seiner Brust zu drücken. Dann hielt er ihn an den Oberschenkeln fest und beugte sich mit seinem Mund hinab. Der Jüngere keucht auf als Keis feuchte Zunge über sein gedehntes Loch strich. Er war so hart, dass er beinah auf der Stelle gekommen wäre. Vor allem, als er Keis Zungenspitze plötzlich in sich spürte.

Ja, ohne Gleitgel war Speichel wohl besser als nichts, aber so etwas hatte Taichi einfach nicht erwartet gehabt.

„Kei…", seufzte er und sein Liebhaber spürte wohl, wie seine Beine zu zittern begannen, denn er ließ locker und richtete sich auf.

„Halte noch ein bisschen durch." Kei spreizte seine Beine langsam und wollte sich dazwischen positionieren, als Taichi sich auf seine Ellbogen aufrichtete und das leise verhinderte.

„Ich will dich reiten."

Kei zögerte keine Sekunde. Er nickte lächelnd und ließ von seinem Geliebten ab, um sich selbst wieder auf den Rücken zu legen. Taichi hingegen setzte sich auf und kletterte über Kei, so dass er ihn ansehen konnte. Dann rutschte er bis zu dessen Knien herab und beugte sich über die Erregung seines Liebhabers. Mit einer schnellen Bewegung nahm er das Glied in den Mund, bis es an seinem Rachen anstieß, um es dann wieder langsam nach und nach freizugeben. Dabei überzog er die angespannte Haut mit so viel Speichel, wie er abgeben konnte.

Er spürte, wie Kei ihn beobachtete, und seine eigene Erregung stieg weiter an. Als Taichi seinen Mund schließlich wieder löste und sich mit der Zunge über die Lippen fuhr, stöhnte Kei leise. Ihre Blicke trafen sich für einen Augenblick, bevor Taichi über den Schritt seines Geliebten rutschten und mit einer Hand dessen feuchte Erregung zu seinem Loch dirigierte. Langsam und vorsichtig ließ er sich darauf nieder.

Als die Spitze den ersten Muskelring durchdrang, keuchte Taichi auf und hielt einen Augenblick inne, bevor er sich gekonnt weiter entspannte und Keis Schwanz tiefer in sich eindringen ließ.

Kaum, dass Taichi die Erregung komplett in sich aufgenommen hatte, da fanden Keis Hände ihren Weg zu seinen Oberschenkeln und strichen sanft darüber.

„Das habe ich vermisst. Deine Hitze und Enge." Keis Wangen waren gerötet und er hatte Schweißperlen auf der Stirn. Ein paar braune Haarsträhnen klebten daran und Taichi genoss den Anblick der Erregung in dem Gesicht seines Geliebten. Anscheinend war es für ihn auch nicht leicht sich zurückzuhalten, wenn man dem Pulsieren in seinem Inneren glauben durfte.

„Ich auch." Es fühlte sich einfach so gut an, wenn Kei in ihm war. Als hätte er schon immer dorthin gehört. Allein solch ein Gedanke machte Taichi heiß.

„Kann ich?" Die Hände des Studenten legten sich auf Keis, als er sichergehen wollte, dass dieser sich soweit im Griff hatte, dass er nicht bei der ersten Bewegung kam.

Kei nickte und verschränkte ihre Finger miteinander. Taichi nutzte diese Geste, um sich leicht an seinem Liebsten abzustützen, als er seinen Hintern langsam wieder anhob. Die Reibung von Keis Erregung in seinem Inneren ließ ihm einen wohligen Schauer über den Rücken laufen. Doch als er seine Hüfte wieder sinken ließ und Kei ihn erneut ausfüllte, da war das, als wäre er nach Hause gekommen. Nur viel heißer und aufwühlender als alles andere.

„Ich habe dich vermisst." Ein Keuchen, das Taichi während seiner Auf- und Abwärtsbewegungen hervorstieß und das Kei mit einem lauten Stöhnen beantwortete.

Während dieses Liebesspiels war alles andere unwichtig und es gab nur sie beide. Vereint in Lust, Zuneigung und Begierde. Eine Begierde nacheinander.

◊◊◊

Das Nickerchen nach ihrer Vereinigung hatte gutgetan. Allgemein waren die letzten Stunden für Taichis Seele eine kleine Erholung gewesen. Er hatte die Gedanken beiseitegeschoben und seine Zeit mit Kei genossen, wie er es sich gewünscht hatte.

Nun hatte Kei begonnen ihn in einen leichten Sommerkimono zu kleiden und Taichi ließ das nur allzu gerne mit sich geschehen. Schon allein, weil er den Herren-Gürtel nicht zu binden wusste. Außerdem konnte der Student so den dünnen Stoff vor sich im Spiegel bewundern. Kei hatte ihm einen dunkelblauen Yukata mit einem Karpfenmuster ausgesucht, bei dem sich die Fische mit weißen Wellen verbanden und über den Stoff flossen. Das gefiel Taichi. Es erinnerte ihn an sein Heimatdorf.

Als der schlichte schwarze Obi schließlich saß, schlüpfte auch Kei in seinen Sommerkimono, der mit seinen vertikalen breiten Streifen in Dunkelgrau und Schwarz gehalten war. Doch obwohl das Muster so unauffällig und einfach war, stand es Kei hervorragend. Der Yukata schmeichelte seiner Figur und ließ ihn noch größer wirken.

„Bereit?" Kei verstaute eine kleine Geldbörse und sein Smartphone in einem seiner Ärmel.

„Ja." Sie traten zur Tür und schlüpften in ihre Zori[7], um gleich darauf das Hotel zu verlassen.

Mittlerweile war es dunkel geworden und da es nur Fünfzehnminuten zum *Tenmangu-Schrein* waren, hatten sie beschlossen zu laufen. Bereits auf halbem Wege dorthin begegneten ihnen weitere Menschen in Sommerkimonos und man hörte die lauten Trommeln des Schreins.

Taichi fühlte sich wie ein kleiner Junge, während er an Keis Seite die Straße entlanglief und der Trubel immer dichter wurde. Verkleideten Menschen und Schirmtänzer boten einen tollen Anblick und auch, wenn sie einige der feierlichen Zeremonien verpasst hatten, so gab es noch genug zu sehen.

Schreine wurden unter Anfeuerungsrufen durch die Straßen getragen und Taichi und Kei ließen sich nach einem kurzen Schrein Besuch mit der Menge in Richtung des Flusses und des *Nakanoshima Parks* treiben. Am Ufer des *Okawa* waren bunte Buden aufgestellt und sie beschlossen sich erst einmal etwas zu Essen zu suchen.

---

[7] = traditionell japanische Zehenstegsandalen

Dabei kamen sie auch an einem Stand mit Masken vorbei, die Taichi begeistert begutachtete, bis er bemerkte, dass Kei ihn ansah. Verlegen wandte er sich ab. Er war kein Kind mehr und so etwas fand der Ältere sicher albern.

„Entschuldige. Ich wollte nur... ähm... Lass uns einfach weitergehen."

„Was? Willst du keine?" Kei hatte seinen Kopf leicht schief gelegt und sah nun beinah enttäuscht aus. Taichi blinzelte verwirrt. „Also ich glaube, ich nehme den Fuchs." Er deutete auf eine weiß-rote Maske, die ein Fuchsgesicht darstellte. Sofort begann Taichi wieder zu strahlen. Wie hatte er Kei nur so falsch einschätzen können?

„Die steht dir sicher", ermutigte er den jungen Manager, der ihm zuzwinkerte. „Dann nehme ich die Dämonenfratze." Taichi griff nach einer weiß-schwarzen Maske mit grimmigem Gesicht, was Kei zum Lachen brachte.

„Damit kannst du dein reines Wesen nicht verstecken."

Taichi musste sich zusammenreißen, um nicht zusammenzuzucken. Keis Worte hatten ihn für einen Augenblick aus seiner glücklichen Welt in die Realität zurückgerissen. Gedanken an tote Menschen blitzten in seinem Kopf auf und er bekam kaum mit, wie Kei die Masken bezahlte. Erst als er spürte, wie dieser ihm das Gummiband um den Kopf legte, um die Maske anzubringen, kehrte er in seine bunte Gegenwart der Zweisamkeit zurück. Sofort konnte er wieder lächeln. Er schob die Maske so, dass sie seitlich an seinem Kopf saß und streckte sich dann, um Kei einen Kuss auf die Wange zu hauchen.

„Danke."

„Gerne." Auch Kei setzte seine Maske noch nicht aufs Gesicht, als sie weiterliefen, um sich etwas zu Essen auszusuchen. Ihre Wahl fiel schließlich auf Takoyaki und Okonomiyaki[8]. Während sie sich mit ihrem Essen einen Platz am Flussufer suchten, verschwanden die Tintenfischbällchen bereits nach und

---

[8] = Wird gerne als japanische Pizza oder Pfannkuchen bezeichnet, ist aber eher Teig mit Gemüse etc., der gebraten wird.

nach. Also blieb ihnen auf der kleinen Bank, die gerade frei geworden war, nur noch ihr angebratenes Teig-Kohl-Gemisch übrig, dass sie abwechselnd genossen. Es war wirklich schön, mal nicht auf Etikette achten zu müssen. Hier im Trubel und in der fremden Stadt wurde Kei nicht erkannt und Taichi fühlte sich so leicht, wie lange nicht mehr.

Als die beiden schließlich den letzten Bissen verspeist und die Schälchen entsorgt hatten, begannen sie am Flussufer entlang zu gehen. Die Bootsprozession lief bereits und es gab kaum einen freien Platz, wo man auf den Fluss sehen konnte. So dauerte es etwas, bis sie eine kleine Erhöhung fanden, die ein paar Meter hinter der Menge lag und von der sich immerhin etwas sehen konnten. Kei hatte sich hinter den Kleineren gestellt und seine Arme um ihn gelegt, die Taichi mit seinen Händen festhielt, während er hin und wieder auf etwas deutete. So genossen sie die schwimmenden Schreine, die im Licht der Laternen glommen und von Jubelrufen begleitet wurden.

Als schließlich auch das letzte Schiff vorbeigezogen war, machten sie sich wieder auf dem Weg zurück zu den Buden.

„Lass uns auch gleich was zu trinken oder ein Eis kaufen." Kei strich sich sein leicht verschwitztes Haar zurück und sah sich nach den gewünschten Sachen um.

„Dann will ich ein Kakigōri[9] mit Melonensirup", warf Taichi sofort ein, als er auch schon die Fahne mit rotem Schriftzeichen auf blau-weißem Hintergrund an einem Stand flattern sah. Er zog Kei am Ärmel mit sich und sie stellten sich an. Glücklicherweise dauerte es nicht lange, bis sie an der Reihe waren und Kei die Gelegenheit nutzte, um sich auch gleich eine gekühlte Flasche Mugicha[10] zu kaufen.

Als Taichi mit seinem Eisbecher in der Hand die Bude verließ, hielt Kei ihn am Rand der Menge zurück.

„Warte kurz. Ich hole uns noch was." Grinsend verschwand er zwischen den Leuten und Taichi konnte nicht einmal etwas

---

[9] = geraspeltes Eis
[10] = Gerstentee

138

erwidern, so schnell hatte er seinen Liebsten aus den Augen verloren. Er zuckte mit den Schultern und begann langsam sein Eis zu löffeln. So schön kalt es war, so gefährlich war auch der Schmerz, der sich hinter zu schnellem Essen verbarg.

„Da bin ich wieder." Taichi kam es vor, als wäre Kei gerade erst verschwunden gewesen, als er schon wieder vor ihm stand. In der Hand hielt er zwei aufgespießte Schokobananen. Eine in dunkler Schokolade mit bunten Streuseln und die andere in weißer Schokolade mit braunen Sprenkeln.

Taichi hätte beinah sein Eis ausgespuckt, als er in Keis strahlendes Gesicht sah. Sein Liebster grinste über beide Ohren und fuhr schließlich mit seiner Zunge über die Hellere der Bananen ohne den Blick von Taichi abzuwenden. War ja klar, dass Kei diese obszöne Süßigkeit mit Hintergedanken gekauft hatte.

„Perversling", nuschelte Taichi, konnte sein Grinsen jedoch ebenfalls nicht verbergen.

Kei hatte sich die Spitze der Banane in den Mund geschoben und blies seine Backen auf. Taichi brach in Gelächter aus und zog den jungen Manager mit sich zwischen zwei Ständen hindurch weg aus der Menge. Nicht, dass nicht überall Leute herumgestanden hätten, aber in der Gasse der Stände konnten sie mit solchen Spielchen nicht bleiben. Und zum Essen war ein etwas ruhigerer Ort auch besser. Also suchten sie sich erneut einen Sitzplatz am Flussufer.

„Du bist unmöglich", prustete Taichi und ließ sich auf seinen Hintern plumpsen, bevor er sich daran machte sein langsam schmelzendes Eis aufzuessen.

„Was denn? Habe doch gar nichts gemacht", antwortete Kei übertrieben unschuldig und biss nun endlich von der Banane ab, anstatt sie weiter zu malträtieren. Er wirkte heute so unbeschwert, wie Taichi sich fühlte. Das war wirklich schön.

„Erzähl das der Banane."

„Zu spät." Kei zog mit seinen Zähnen den letzten Bissen von dem Holzspieß und kaute genüsslich. Taichi verdrehte die Augen und stellte seinen Eisbecher neben sich ab, bevor er dem Älteren die zweite Schokobanane aus der Hand nahm und sofort hineinbiss.

„Autsch. Das kannst du aber besser", kommentierte Kei, bevor er seine Flasche Tee aus dem Ärmel zog und einen Schluck nahm.

„Ach ja?" Taichi hob die Augenbrauen.

„Definitiv."

„Kommt wohl auf die Banane an."

„Scheint so."

„Hast du jetzt Angst um deine?" Der Student grinste, bevor er demonstrativ ein weiteres Stück abbiss. Kei schnaubte.

„Muss ich das denn?"

Taichi kaute und tat so, als würde er überlegen.

„Nein. Solange sie nicht mit Schokolade und Streusel überzogen ist, nicht."

„Hmm... das wäre einen Test wert."

Beinah hätte sich Taichi bei dieser Vorstellung verschluckt, aber er schaffte es gerade noch, seinen Bissen nicht in den falschen Hals abdriften zu lassen. Danach holte er jedoch hörbar Luft, bevor er sprach.

„Ist das dein Ernst?"

Kei grinste wieder, als er sich zu Taichis Ohr beugte.

„Würde dir das Freude bereiten? Ich liebe deinen Mund, egal, wo an meinem Körper." Taichi spürte, wie ihm heiß wurde. Allein die Vorstellung... „Wir können für später Schokoladensauce kaufen."

„Das ... Das gäbe 'ne ziemliche Sauerei...", versuchte Taichi zu argumentieren, obwohl ihm längst klar war, dass Kei ihn durchschaut hatte und die Idee somit auch umsetzen würde.

„Nicht bei deiner talentierten Zunge", widersprach Kei in seinem Ohr und Taichi schob ihn eilig von sich.

„Lass ... Lass das. Nicht in der Öffentlichkeit." Er wurde ja beinah schon hart, wenn er jetzt seine Banane nur ansah. Er hielt sie seinem perversen Geliebten hin, der sofort verstand und sie wortlos grinsend nahm, um sie aufzuessen. Taichi nutzte die Zeit, um wieder etwas runterzukommen, obwohl die Temperaturen dafür viel zu heiß waren. Selbst in der Nacht.

Als kurz darauf das Feuerwerk den Himmel erstrahlen ließ, vergaß Taichi die Gedanken an schmutzigen Sex erst einmal wieder. Er lehnte sich an Kei und verschränkte ihre Hände miteinander, während sie gemeinsam hoch in den Himmel sahen. Das war wirklich schön, auch, wenn der Student eigentlich kein Romantiker war und Kei diese Seite übernahm, so genoss er es seinen liebsten Menschen bei diesem Schauspiel an seiner Seite zu haben. Daher war es auch nicht verwunderlich, dass sich ihre Gesichter irgendwann näherkamen und die Aufmerksamkeit vom Himmel zu den Lippen wanderte, die sich erst kurz und dann immer länger berührten, bis auch die Zungen Nähe forderten.

„Hey! Hier laufen Kinder herum!" Taichi schreckte zurück, als er die barsche Stimme vernahm und blickte auf. Vor ihnen stand ein Pärchen, beide in Jeans und T-Shirt gekleidet.

„Lass sie doch, Tenma. Das geht uns nichts an."

„Und ob uns das, was angeht!" Der Typ schüttelte die beruhigende Hand seiner Freundin von seinem Oberarm und Taichi schluckte. Er hatte nicht gedacht, dass ein Kuss im Halbdunkeln jemanden stören würde. Vor allem, nachdem alle mit dem Feuerwerk beschäftigt waren.

„Meinst du, ich will, dass unsere Kinder mal sowas sehen?"

„Das war doch nur ein Kuss", warf die junge Frau ein.

„Ja, ein Kuss von zwei Perversen! Willst du, dass unsere Kinder denken, sowas sei normal?"

Taichi bemerkte erst, dass er sich mit einer Hand an Keis Yukata klammerte, als dieser seine Finger vorsichtig löste und sich erhob. Mit großen Augen sah der Student zu, wie der Ältere seinen Yukata richtete, abklopfte und seine Hände in den weiten Ärmel verschränkte.

„Entschuldigen Sie, falls wir sie gestört haben sollten. Das war nicht unsere Absicht." Keis Stimme klang höflich, aber hatte so einen kalten Unterton, dass Taichi selbst in der heißen Nacht erschauderte.

„Die Störung ist ja wohl nicht das Problem!", begehrte der Mann weiter auf. „So Leute, wie ihr sollten hier gar nicht herumlaufen! Mir egal, was ihr in euren perversen Kämmerchen treibt, aber verschont andere damit!"

„Tenma, jetzt lass sie doch." Seiner weiblichen Begleitung wurde das Ganze sichtlich unangenehm, als die umliegenden Besucher langsam auf sie aufmerksam wurden. Doch der Mann ging gar nicht auf sie ein und setzte erneut an, eine weitere Schimpftirade loszulassen, als Kei seine Hand aus seinem Yukata zog und sie hochhielt. Augenblicklich verstummte der Kerl irritiert.

„Ihre reizende Begleitung hat recht. Wir sollten die umliegenden Besucher nicht weiter bei den Festlichkeiten stören. Daher schlage ich vor, dass Sie sich beruhigen und weitergehen." Doch der Typ war zu sehr in Rage und plusterte sich vor Kei auf, der ihn jedoch nicht noch einmal zu Wort kommen ließ. Er tat einen Schritt auf ihn zu und seine Lippen bewegten sich, doch Taichi konnte die leisen Worte ebenso wenig verstehen, wie dessen Begleiterin. Er sah lediglich, wie sich die Augen des Fremden weiteten und er einen Schritt zurückwich. Beinah ebenso erschrocken, drehte sich Taichi von seiner Sitzposition auf die Knie und streckte sich nach vorne, um Keis Saum zu erreichen und seine Finger darin zu versenken. Wie hatte er nur vergessen können, dass mit seinem Liebsten bei so etwas nicht zu spaßen war? Taichi wusste nicht, wie und was genau Kei in diesem Augenblick tun konnte oder wollte, aber er durfte es nicht zulassen.

„Schon gut. Sie sind weg." Keis sanfte Stimme riss Taichi aus seiner Starre und er erkannte, dass der junge Manager vor ihm in die Knie gegangen war und sanft über seine Finger strich, die noch immer verkrampft das dünne Stück Stoff umklammerten. „Es ist alles in Ordnung und das Feuerwerk ist sowieso gleich vorbei. Also lass uns auch gehen, ja?"

Taichi konnte nicht mehr tun, als zu nicken. Allein seine Gedanken hatten ihn dermaßen erschreckt, dass er sich nur auf eins konzentrieren konnte: Er würde Kei hier in Ōsaka keine Sekunde mehr aus den Augen lassen.

17.

Taichis Arm streckte sich, bevor seine Hand sich über das Bettlaken bis hoch zu einem weiteren Kissen tastete. Als er nur die Stoffe spürte, war er mit einem Schlag hellwach und warf sich herum, um sich aufzusetzen. Seine Augen suchten mit klopfendem Herzen das Zimmer ab, während er versuchte zu lauschen. Doch sein Puls dröhnte zu laut in seinen Ohren.

„Kei?" Der erste Ausruf glich eher einem Krächzen, bevor Taichi schluckte und seine Lippen befeuchtete. „Kei!"

Qualvolle Sekunden verstrichen, bevor der Gerufene seinen Kopf ins Schlafzimmer steckte und ihn ansah.

„Alles in Ordnung?" Taichi war so erleichtert, ihn zu sehen, dass er sich erst einmal sammeln musste, bevor er antwortet.

„Ja ... ich ..." Er schüttelte den Kopf und streckte seine Hände nach seinem Liebsten aus, der noch immer im Pyjama auf ihn zukam und sich zu ihm aufs Bett setzte.

„Ich dachte, du wärst weg", gab Taichi zu, als er Keis Hände in seine nahm. Sein Geliebter legte den Kopf schief.

„Weg? Wieso sollte ich weg sein? Hast du wieder schlecht geträumt?" Kei löste eine Hand und begann liebevoll Taichis zerzaustes Haar zu ordnen.

„Nein. Ich dachte nur ..." Der Jüngere brach ab und senkte den Blick. Wie sollte er Kei seine Gedanken erklären? Anlügen wollte er ihn nicht, aber das Thema war so heikel.

„Was ist los? Du weißt, dass du mit mir über alles reden kannst." Kei hatte Taichis Kinn sanft nach oben dirigiert, so dass sie sich wieder in die Augen sahen. Können ja, aber die Sache herauszubekommen, war nicht so einfach.

Taichi presste die Lippen fest aufeinander, bevor er seinen Mut zusammennahm.

„Wir ... wir müssen reden, Kei. Ich weiß, du willst mich von all dem fernhalten, aber das ist nicht so einfach. Mein Kopf ist voller Fragen und ich habe Angst." Kei nickte.

„Also gut. Dann stell deine Fragen." Wie immer ging sein Liebster auf ihn ein. Wie konnte man Kei da nicht lieben?

144

Abgesehen davon, dass Taichi sich sicher war, dass Kei ihm stets ehrlich antworten würde. Dafür schätzte er ihn zu sehr. Viel zu sehr, wie es schien.

Taichi überlegte kurz, wo er anfangen sollte, und entschied sich dann für die aktuelle Situation.

„Warst du, als ich geschlafen haben weg?"

„Nein. Ich habe unsere Suite nicht verlassen, falls du das meinst." Taichi nickte zustimmend.

„Hast du telefoniert?"

„Nein. Ich habe nur nachgesehen, ob ein Notfall vorliegt, dann habe ich mein Handy wieder beiseitegelegt."

„Wirst du den Kerl von gestern weiterverfolgen?" Keis Mundwinkel zuckte bei dieser Frage und er riss sich wohl zusammen, um nicht bei seiner Antwort zu lächeln. Es zeigte Taichi jedoch, dass er nun verstand, worum es seinem Geliebten ging.

„Nein. Das hatte ich nie vor, falls dich das beruhigt." Ja, es beruhigte Taichi und doch verstand er es nicht.

„Warum nicht? Ich meine, du hast solche Leute bisher ..." Der Jüngere schluckte. „Du weißt schon ...", flüsterte er.

„Nun, weil es doch sehr auffällig wäre, wenn gerade in der Zeit, in der wir beide hier in Ōsaka sind, jemand stirbt. Du weißt, dass die Polizei auf mich aufmerksam geworden ist. Nicht, dass ich da nicht einiges drehen könnte, um sie hinters Licht zu führen, aber das wäre ein ziemlicher Planungsaufwand und ich möchte meine Zeit hier nur mit dir verbringen. Abgesehen davon, werden wir den Typen hoffentlich nie wiedersehen."

Kei sprach so locker über die Sache, als ginge es hier um ein verbotenes Spielzeug anstelle eines Mordes. Dennoch versuchte Taichi sich nicht aus der Ruhe bringen zu lassen.

„Dann ... treibt dich nichts dazu an?", hakte er nach.

„Hmm ...", Kei begann mit Taichis Fingern zu spielen, die noch immer in denen des Älteren lagen. „Ich würde es schon gerne tun. Immerhin war er ein richtig arrogantes Arschloch, dessen Kinder sicher mal zu Rassisten und Homophoben werden, aber da ich das für dich und deine Reinheit tue und du das gerade nicht willst, darf er am Leben bleiben." Nun lächelte Kei doch.

„Heißt das, wenn ich sage, du sollst damit ganz aufhören, dann würdest du das tun?" Keis Finger hielten inne und er legte den Kopf in den Nacken, als er einen tiefen Seufzer ausstieß.

„Nein, so einfach ist das nicht. Diese dunkle Seite gehört zu mir. Ich muss ihr manchmal freien Lauf lassen, sonst würde ich verrückt werden." Er sah Taichi wieder in die Augen. „Dieses dunkle Zentrum hat nur ein Licht und das bist du, Tai. Du bist vom ersten Augenblick an dort eingedrungen und hast es erhellt. Mir war, als wir uns das erste Mal trafen, sofort klar, dass ich mit dir nie wieder leiden muss und mich meinem Inneren stellen kann. Ohne dich wäre diese Facette in meinem Unterbewusstsein womöglich nie ans Tageslicht getreten und hätte mich irgendwann zerstört."

Taichi war nicht ganz sicher, ob er all das verstand, was Kei ihm hier offenbarte, aber eins erkannte er. Wäre er Kei nie begegnet, dann wären all diese Menschen noch am Leben. Was auch immer aus seinem dunklem Ich geworden wäre, die Opfer würden noch leben. Doch das Schlimmste an diesem Gedanken war, dass Taichi es dennoch nicht bereute und schon gar nicht missen wollte. Er liebte Kei so sehr, dass er mittlerweile alles in Kauf nahm. Selbst diese Schmerzen, die ihm das Wissen unter die Haut brannte, als wäre sein eigenes Blut so vergiftet, wie Keis. Nie hätte er es zugelassen, dass Kei sich selbst zerstörte. Das wurde Taichi in diesem Moment bewusst.

„Es tut mir wirklich leid, dass du es herausgefunden hast. Ich wollte dich nie belügen und dich auch nicht damit belasten. Wenn du damit nicht leben kannst, dann kann ich versuchen ..."

„Nein." Taichi war selbst überrascht, über seinen Einwurf. Sein Mund bewegte sich ohne sein Zutun, als hätte sein Herz seine Stimmbänder übernommen. „Du würdest wieder leiden, nicht wahr? Ich will dich nicht verlieren, Kei. Und wenn du sagst, dass es dich zerstören würde, dann glaube ich dir das."

Nur langsam drang in Taichis Verstand ein, was das bedeutete und eine kleine Stimme in seinem Innersten beruhigte ihn mit

Worten, wie *du kennst diese Leute doch sowieso nicht* oder *sie haben es verdient* oder gar *denk lieber an dich*. Egal, ob es stimmte oder nicht, Taichi wollte auf diese Stimmen hören. Sie machten alles so viel einfacher. Und dennoch wusste der Student, dass es mit seiner Zusage nicht getan war. Lediglich eins war sicher: Sie würden zusammenbleiben, egal, was die Zukunft brachte.

„Ich liebe dich so sehr, Tai." Keis Blick war sicher verschwommen, denn Taichi sah die dort festhängenden Tränen, die seine Augen leuchten ließen.

„Ich liebe dich", erwiderte der Jüngere und die Worte erleichterten sein Herz. Eine weitere Tatsache, die ihn in seiner Entscheidung bekräftigte. Selbst, wenn er dadurch immer weiter in der Dunkelheit versank.

Kei hatte Unrecht. Er war nicht unschuldig und schon gar nicht rein. Selbst, wenn er es zuvor gewesen war, dann jetzt nicht mehr. Nicht nach diesem Eingeständnis. Er wollte ja nicht einmal versuchen, Kei zu ändern. Nein, weil er davor viel zu viel Angst hatte. Was, wenn er sich dann gänzlich verändern würde? Das wollte Taichi nicht. Er wollte nicht, dass sich irgendetwas änderte. Selbst, wenn ihm die Toten leidtaten. Sie schienen so weit weg. Manchmal so leicht auszublenden.

„Ich verdanke dir so viel, Tai. Du glaubst gar nicht, wie froh ich bin, dass du mich noch immer liebst." Keis Worte holten den Studenten aus seinen Gedanken. Er versuchte zu lächeln. Etwas schief, aber es ging einfacher als gedacht.

„Ist es okay, wenn ... ich noch mehr ... frage?" Taichi wollte ihre Nähe nicht wieder zerstören, doch wenn er sich auf all das einließ, mussten seine nagenden Fragen beantwortet werden.

Kei nickte beinah aufmunternd.

„Sicher. Ich will nur nicht darüber reden, wenn du es nicht willst. Es soll nicht wieder zwischen uns stehen. Wenn du nichts mehr wissen willst, dann sag es einfach." Jetzt war es an Taichi zu nicken.

„Also die Opfer ..." War es okay, sie in Keis Gegenwart *Opfer* zu nennen? Sein Liebster zeigte keine Regung dazu, also fuhr

Taichi fort. „Also alle, die die Polizei erwähnt hat ... Sind das wirklich alle? Also ... die du ...?"

„Jein." Kei löste ihre Finger und ließ sich zurück auf das Bett fallen, als wolle er es sich bequemer machen, bevor er weitersprach. „Ehrlich gesagt, zähle ich da nicht mit. Ich vergesse die Leute lieber schnell wieder. Immerhin sind sie dann weg und können dir nichts mehr Böses. Also warum noch einen Gedanken an sie verschwenden? Aber eine Person werde ich wohl nie vergessen. Das liegt wohl daran, dass er am Tag unseres Kennenlernens aufgetaucht ist."

Taichi runzelte augenblicklich die Stirn. Da war jemand gewesen, der ihn oder sie beide belästigt hatte? Daran konnte sich Taichi gar nicht erinnern.

„Du hast ihn vermutlich gar nicht wahrgenommen. Er war ungefähr doppelt so alt wie du und ein echtes Ekel. Er hat gesehen, wie wir uns unterhalten haben, und hat einen ziemlich ätzenden Kommentar abgelassen. Das war nicht nur unhöflich, sondern auch abscheulich."

„Ich war vermutlich zu fasziniert von dir, um ihn zu bemerken." Taichi lächelte nun ohne Sorge. Er selbst erinnerte sich an ihre erste Begegnung nur zu gerne.

„Gut zu wissen." Kei rollte sich auf die Seite und stützte seinen Kopf in seine Hand. Er grinste belustigt und Taichi musste lachen.

„Als wüsstest du nicht, wie du auf mich wirkst."

„Damals konnte ich nur darauf hoffen."

Taichi wurde ernst, als die Neugier ihn ergriff.

„Was genau hat er denn gesagt?"

„Sowas will ich eigentlich nicht wiederholen." Kei verzog das Gesicht und legte seinen Kopf seitlich auf seinem Arm ab.

„Ich weiß doch, dass es nicht wahr ist und es nicht von dir stammt", argumentierte Taichi und Kei gab nach einer kurzen Pause nach.

„Er meinte, ich würde mir als reicher Jungspund doch nur einen unschuldigen armen Jungen für Sex suchen und so weiter." Taichi spürte, wie ihm augenblicklich die Röte in die Wangen

148

stieg. Nicht unbedingt vor Wut, denn der Gedanke daran war irgendwie peinlich. Die Worte machten eher Kei schlecht als ihn selbst. Außerdem, auch wenn das der Wahrheit entsprochen hätte, wäre Taichi trotzdem mit ihm mitgegangen. Dämlich, aber wahr.

Es schien, als hätte Kei ihm noch nicht alles über den Kerl gesagt, aber weiter nachbohren wollte Taichi dann doch nicht mehr. Vor allem, wenn es Kei wirklich so unangenehm war. Und wie er gestorben war, war sowieso kein Thema. Würde es, wenn es möglich war, auch nie werden. Wenn er Kei schon nicht verriet und bei ihm blieb und quasi zuließ, dass er das alles wieder tat, dann wollte Taichi so wenig wie möglich davon mitbekommen. Solange Kei damit klarkam. Auch, wenn das extrem feige war.

Aber eine Sache gab es da noch, die Taichi einfach fragen musste.

„Kei?" Auch sein Liebster schien in seine eigenen Gedanken versunken gewesen zu sein.

„Ja?"

„Könntest du Jonas auch etwas antun?"

Kei antwortete nicht gleich. Er schien ernsthaft darüber nachzudenken.

„Ich weiß nicht. Vermutlich nicht. Andererseits, wenn er dich mir wegnehmen würde, wohl schon."

Taichis Herz blieb für einen Augenblick stehen, bevor er sich in zwei Richtungen verzehrte. So fühlte es sich zumindest für den Studenten an. Einerseits war das ein furchtbarer Gedanken und doch war da auch dieser Gedanke, dass Kei es nicht einfach so hinnehmen würde, wenn Jonas ihn sich schnappen würde. Wie verkorkst konnte man sein?

„Das wird er nicht tun. Weil ich es nicht zulasse. Ich lasse mich von niemandem wegnehmen." Taichis Stimme klang ruhiger, als er sich fühlte, aber er war froh, dass er nicht so zwiegespalten rüberkam.

„Danke." Kei hielt ihm seine Hand hin und Taichi ergriff sie, um sich ebenfalls seitlich aufs Bett fallen zu lassen und seinen Liebsten anzusehen.

„Und du brauchst wirklich nicht eifersüchtig auf Jonas zu sein. Er könnte mir nie so viel bedeuten, wie du", versuchte der Student den jungen Manager weiter zu beruhigen.

„Okay." Eine leise Bestätigung, die Taichi nicht so sicher zurückließ, wie er gehofft hatte. Er würde also einfach aufpassen müssen, wo und wann er sich mit Jonas traf, falls überhaupt je wieder allein. Was auch für alle anderen seiner Bekannten galt.

„Hast du sonst noch Fragen?" Kei strich wieder zärtlich über seine Finger, was Taichi beruhigte und ihn eine letzte Frage stellen ließ.

„Weißt du etwas über Nana?" Stille trat ein und Taichi konnte nur auf ihre verschränkten Finger starren, die sich ebenfalls nicht mehr regten.

„Willst du das wirklich wissen?" Ein Flüstern und ohne zu zögern, schüttelte Taichi sofort den Kopf. Er hatte es sich bereits anders überlegt gehabt, als die Frage aus seinem Mund gekommen war. Er hatte nur nicht gewagt sie zurückzuziehen.

„Dann lass uns Frühstücken gehen, ja?" Kei klang so zärtlich, dass Taichi ihn wieder ansah.

„Können wir hier essen?"

„Auf dem Zimmer? Klar. Ich lass uns etwas kommen. Wünsche?" Taichi schüttelte den Kopf und Kei erhob sich, um ihm über den Kopf zu streichen und sich dann zu erheben.

In Gedanken versunken, beobachtete Taichi, wie Kei zum Telefon neben dem Bett trat und Frühstück bestellte. Eigentlich war ihm gerade nicht mehr nach Essen. Aber er konnte doch nicht jedes Mal, wenn es um dieses Thema ging, nichts essen. Er musste sich einen gewissen Schutzwall zulegen, wenn er Kei und sich nicht immer runterziehen wollte. Also würde er jetzt etwas Essen, egal, wie viel Überwindung es ihn kosten sollte.

Taichi erhob sich und trat hinter Kei, um ihn zu umarmen und sich an ihn zu schmiegen. Die Zeit des Verkriechens war nun endgültig vorbei.

18.

„Und du suchst jetzt also ein Zimmer?"

„Ja, leider. Ist gar nicht so einfach. Tōkyō ist nicht gerade günstig."

„Mag sein. Da ich hier geboren wurde, habe ich mich darum nie kümmern müssen."

„Verstehe." Taichi lächelte und versank dann in den Augen seiner neuen Bekanntschaft.

„Der Kerl sucht sich doch nur einen jungen Typen für Sex. Nicht nur abartig, sondern auch unmöglich, wie der junge Kerle ausnutzen will. Du solltest dich von ihm fernhalten."

Taichi fuhr herum, als er die fremde Stimme direkt an seinem Ohr vernahm. Ein Mann mit verzerrtem Gesicht starrte Kei an und Taichi schrak zurück. Woher war der Typ gekommen? Und wieso mischte er sich ein? Kei war nicht so jemand! Wie konnte er das nur behaupten?

„Selbst, wenn er nicht so wäre, ist er immer noch ein Mörder." Eine schrille Frauenstimme auf seiner anderen Seite begann zu lachen und Taichi wandte sich ihr entsetzt zu. Was war hier los?

„Wärst du normal, so wie ich, dann wäre das alles gar nicht passiert. Dann hätten wir heiraten können und du wärst glücklich."

„Nana?" Taichi sah über sich, als er die Stimme wiedererkannte. Über ihm schwebte die Gestalt einer jungen Frau. War das wirklich Nana?

„Aber ich bin doch glücklich", rechtfertigte er sich, bevor der Mann zu seiner Linken in das nicht endende Lachen der Frau einstimmte, das wie ein Hintergrundrauschen weiterlief. Sein weit geöffneter Mund und seine riesigen Augen zuckten dabei, als wäre sein Gesicht ein TV-Bildschirm mit Empfangsstörungen.

Eilig wandte sich Taichi wieder nach vorne, um Kei um Hilfe zu bitten, doch dieser war verschwunden. Er war auch nicht mehr auf dem *Tōkyō Tower*, sondern umhüllt von einer wabernden dunklen Masse, die nur die drei Gestalten und ihn zu erkennen gab. Als Taichi einen Fuß nach vorne setzen wollte, um den erschreckenden Gestalten zu entkommen, konnte er seine Beine nicht bewegen. Sein Blick fiel nach unten, wo er sah, wie die wabernde Maße auch seine Knöchel umspielte. Er wollte schreien und den Gestalten sagen, dass sie aufhören sollten, ihn anzustarren, zu lachen und Lügen zu erzählen, doch kein Ton kam aus seinem Mund.

„Er will hier weg", kreischte die Frau und Taichi hielt sich die Ohren zu, doch er vernahm die Worte des Mannes trotzdem.

„Dabei ist er doch selbst in diese Falle getappt."

„Und hat selbst entschieden, nicht mehr raus zu wollen", rief die Silhouette, die wie Nana aussah voller Hass.

Taichi wollte das nicht hören. Er fühlte und verstand, was sie ihm sagten und doch, wollte er es nicht hören und sehen. Er wollte einfach nur hier raus. Weg und zu Kei. Er hatte sich für Kei entschieden, nicht für diese Welt voller Irrer. Voller Monster.

„Wir sind nicht die Monster", riefen die drei Gestalten im Chor. Dann ganz plötzlich war es still und Taichi spürte nur, wie er fiel ...

Sein Körper zuckte und Taichi schlug schwer atmend die Augen auf. Für einen Moment war er noch immer in der wabernden Masse gefangen, dann jedoch ließ das Rauschen in seinen Ohren langsam nach. Die wirkliche Welt sickerte zurück in seine Augen, aber auch seine Nase und Gehörgänge. Er hörte, wie die Bettdecke raschelte, als Kei sich neben ihm bewegte und sog beim Einatmen seinen Geruch in sich auf. Seine Lider blinzelten noch ein paar Mal, dann erkannten die entsetzten Augen die fremde Zimmerdecke.

„Ein Traum." Taichi spürte, wie sich seine Lippen bewegten, hörte die leisen Worte aber kaum. Langsam richtete er sich auf und griff dabei immer wieder in die Bettdecke, um sich an etwas festhalten zu können. An etwas, das real schien.

Als Taichi sich endlich wieder beruhigt hatte, sah er im Halbdunkeln zu Kei, der auf der Seite lag und friedlich schlief. Er streckte die Hand nach ihm aus, hielt dann jedoch inne, bevor seine Fingerspitzen seine Wange berühren konnten. Stumm zog er seinen Arm zurück und umfasste stattdessen sein Pyjamaoberteil.

„Nein", flüsterte er zu seiner eigenen Bestätigung und rutschte dann an den Bettrand. Gerade, als der Student seine Beine unter der Decke hervorstreckte, spürte er einen Arm, der sich sanft um seine Körpermitte legte.

„Alles okay?" Keis verschlafene Stimme war so angenehm, dass Taichi unweigerlich innehielt. Die Ruhe, die diese Worte ausstrahlten, ließen den Jüngeren beinah sofort einknicken. Dabei hatte er doch alleine damit fertig werden wollen. Er wollte nicht, dass Kei seine Schwäche sah. Seine Angst und seine Zweifel. Denn er hatte ihm doch versprochen bei ihm zu bleiben. Was Taichi auch wirklich wollte! Aber das solch ein Traum kein Einzelfall bleiben würde, war ihm auch klar geworden.

„J ... Ja. Geht ... schon." Der Arm zog Taichi sanft zurück in die Mitte des Bettes. Ohne Widerstand, ohne Einwand.

„Hast du schlecht geträumt?" Der junge Manager hatte sich aufgerichtet und drehte Taichi sanft zu sich, bevor er ihn in seine Arme schloss. Da war es um den jüngeren Mann geschehen. Ohne weitere Erklärung, ohne weitere Zurückhaltung begannen die Tränen zu fließen. Erst still und reichlich, dann sporadisch, aber mit lautem Heulen und Schniefen.

Kei sagte nichts. Er stellte keine weiteren Fragen, während Taichi mit seinen Tränen und dem Wehklagen betrauerte, was ihr Leben so erschwerte. Ohne Vorwürfe. Ohne Reue. Einfach nur ein Ausbruch seiner Gefühle, der ihn darin bestärkte, zu was für einem Menschen er werden würde. Was diese Liebe zu Kei in ihm veränderte. Und was er bereit war dafür zu tun. Denn mit jedem weiteren Tag an der Seite seines Geliebten wurde er zum Komplizen. Zum Mittäter und zum Schuldigen. Eine Tatsache, die er bedauerte, die ihn aber nicht davon abhielt von seinem gewählten Weg abzuweichen. Das hier war sicher nur der Erste von vielen Ausbrüchen. Zumindest, wenn Kei Recht hatte und Taichi sich sein kleines Licht der Reinheit bewahren konnte.

◊◊◊

Natürlich flogen sie in der ersten Klasse zurück. Genauso, wie sie nach Ōsaka in der ersten Klasse mit dem Zug gefahren waren, so hatte Kei auch hier den Service gebucht, den er gewohnt war. Taichi hatte sich daran gewöhnt und sagte mittlerweile auch nichts mehr dazu. Es gehörte nicht nur zu Keis Verwöhnprogramm, sondern zu seinen Gewohnheiten. Wie es wohl war, wenn man schon als kleines Kind so reich war? Irgendwann würde Taichi Kei mal darauf ansprechen. Heute allerdings war er nicht in der Stimmung dafür. Seit er erschöpft aufgewacht war, hatte er versucht an alles und gleichzeitig nichts zu denken, damit sich seine Gedanken nur nicht wieder in seine Träume zurückschlichen.

Ja, er musste sie akzeptieren und sich auf Weitere einstellen, aber das hieß nicht, dass er davon seinen Tag beherrschen lassen musste. Dazu war er gerade viel zu beschäftigt damit seinen Entscheidungen zu folgen. Und die waren unter anderem, dass er ihre Beziehung nicht mehr offen zeigen würde. Natürlich würde stets auffallen, dass er nicht so gebildet, wohlerzogen und vornehm, wie Kei war, aber es musste ja niemand wissen, dass sie ein Paar und nicht einfach nur Freunde waren. Warum? Nun, weil Taichi so verhinderte, dass sie erneut darauf angesprochen wurden. Und wo keine Ankläger waren, war keine Wut, keine Angst und vor allem blieben alle am Leben. Einfaches Prinzip. Wenn nur Kei nicht so anhänglich gewesen wäre. Taichi fiel es im Flugzeug sichtlich schwer, sich nicht auf die Berührungen seines Liebsten einzulassen.

Keis Hand suchte stets nach seiner und wenn das nicht der Fall war, dann fand sie sich nur zu gerne in Taichis Haaren wieder. Normalerweise freute sich der Student über so etwas und genoss die Streicheleinheiten oder kleinen Massagen, aber nicht, wenn er doch versuchte keine Aufmerksamkeit in dieser Hinsicht zu erregen.

Also lehnte Taichi irgendwann in Richtung Fenster, hatte seine Beine angezogen und sie mit einer Decke bedeckt, während er sich einen Film ansah, den er gar nicht richtig wahrnahm. Aber mit Kopfhörern auf den Ohren musste er sich Kei wenigstens nicht erklären. Zumindest zu Beginn des Fluges. Als sie auf halber Strecke jedoch einen Snack serviert bekamen, musste Taichi die Zurückgezogenheit wieder aufgeben und sich ordentlich hinsetzen.

„Willst du mir nicht sagen, wieso du mir wieder ausweichst?", begann Kei beim Essen ihr Gespräch in gedämpften Tonfall und Taichi war sofort klar, dass lügen keine Option war. Abgesehen davon, dass er das auch gar nicht wollte. Das hier konnte nur funktionieren, wenn sie ehrlich zueinander waren.

Taichi seufzte, bevor er den kleinen Nachttischkuchen zurück auf den ausgeklappten Tisch stellte.

„Es muss nicht jeder wissen, dass wir ein Paar sind."

„Wieso nicht?" Kei hob die Augenbrauen und sah seinen Partner an.

„Weil das schon so oft Ärger gegeben hat. Das muss nicht sein."

„Hmm ... Ja, das stimmt schon, aber es interessiert mich nicht, was andere darüber denken. Deswegen werde ich dir nicht fernbleiben."

„Das weiß ich und das musst du auch nicht. Aber ... ich will keinen Ärger mehr." Taichi hielt seinen Blick auf den angebrochenen Kuchen gerichtet. Der Appetit war ihm wieder vergangen. Nein, das durfte er nicht zulassen.

„Verstehe. Du willst wohl eher nicht, dass ich mich anschließend um den Ärger kümmere." Volltreffer. „Tai, sieh mich bitte an." Der Student folgte der Aufforderung und hob den Kopf. Ihre Blicke trafen sich.

„Darüber haben wir doch gestern geredet, oder? Ich wollte es versuchen und du hast das abgelehnt. Wenn es aber darauf hinausläuft, dass ich dich dann nur noch in unseren vier Wänden berühren darf, dann werde ich versuchen, es zu unterdrücken. Denn ich will mich in dieser Hinsicht nicht verstellen müssen." Taichi nickte langsam. Er verstand, was Kei meinte. Allerdings hatte er auch nicht erwartet gehabt, dass das seinem Liebsten so wichtig war. Immerhin hielten sie sich im Hotel ja auch zurück.

Wollte Kei das auch ändern? Das würde seinen Eltern und den anderen Managern nicht gefallen. Außer Jonas vielleicht.

„Ich will dich natürlich zu nichts zwingen. Wenn es dir lieber ist, dass wir unsere Beziehung verstecken, werde ich versuchen mich zurückzuhalten. Wenn es allerdings nur wegen des Ärgers ist, dann ..."

„Nein, schon gut. Also ich meine ... ja, das waren meine Gedanken. Aber du hast recht. Das ist keine Lösung. Es war wohl einfach ..." Taichi schluckte und sah wieder zu seinem Kuchenrest, als er Keis Hand plötzlich auf der seinen spürte. Ohne zu zögern, krochen Taichis Finger seiner anderen Hand über die glatte Hautoberfläche seines Liebsten, so, dass er sie einschloss.

„Ich hatte wieder Angst. Aber du hast recht. Ich werde mich bessern."

„Du weißt, dass wir alles so machen können, wie es für dich funktioniert, Tai. Nur handle nicht einfach, ohne es mir zu erklären. Ich hatte Angst dich erneut zu verlieren." Taichi sah überrascht zu seinem Liebsten, der ein trauriges Lächeln aufgesetzt hatte.

„Du wirst mich nicht verlieren. Nicht, solange ich es verhindern kann", beschwichtigte er Kei und drückte dessen Hand, die noch immer zwischen seinen eigenen lag.

„Danke." Kei beugte sich zu ihm und hauchte ihm einen Kuss auf die Stirn, was Taichi, ohne zurückzuzucken, geschehen ließ. Nun schien Keis Lächeln wieder um einiges strahlender. Damit war die Sache also geklärt und Taichi schwor sich beim nächsten Mal, erst mit Kei über seine Gedanken zu reden, bevor er irgendetwas davon in die Tat umsetzte.

19.

Taichi stöhnte auf und warf den Kopf in den Nacken, während sich seine Finger in die Rückenlehne der Couch gruben. Gleich darauf ließ er den Kopf wieder nach vorne sinken, um seine Stirn an die seines Liebsten zu legen. Er spürte den heißen Atem von Kei über sein Gesicht streifen und sog den feuchten Schweißgeruch des anderen in sich auf. Taichi liebte es, wenn Kei frisch aus dem Fitnesscenter des Hotels kam. Daher hatte er die Chance genutzt und ihn sich geschnappt, kaum, dass er zur Tür hereingekommen war. Nun saßen sie auf der Couch und Taichi war dringend dafür, dass sie ihre Jogginghosen loswurden. Allerdings wollte er sich auch nicht von Keis Schoß lösen, auf dem er rittlings kniete. Daher bewegte er seine Hüften ein weiteres Mal und presste ihre Erregungen aneinander. Kei stöhnte leise und fing Taichis Lippen für einen feuchten Kuss ein. Strähnen seines braunen Haares klebten rund um sein Gesicht und rahmten es ein, als Taichi seine Finger von der Rücklehne löste und damit durch genau jenes verschwitzte Haar fuhr ohne den Kuss zu brechen. Erst als ihnen beiden die Luft ausging, trennten sie sich keuchend.

„Wenn du so weiter machst, komm ich noch in meiner Hose", flüsterte Kei außer Atem. Taichi kicherte und rollte langsam seine Hüften, was seinem Liebsten ein Zischen entlockte.

„Die muss sowieso in die Wäsche. Allerdings ..." Als Kei an seinem Hals zu saugen begann, unterbrach Taichi kurz, bevor er fortfuhr. „... würde ich deine Hitze gerne direkt spüren, also ... ja. Lass sie uns loswerden."

Gesagt, getan. Taichi rutschte auf Keis Oberschenkeln zurück und wollte sich gerade erheben, als es an der Tür klingelte. Überrascht sahen sich die beiden jungen Männer an.

„Erwartest du jemanden?" Taichi war sicher anzumerken, dass er die Störung gerade gar nicht lustig fand.

„Nein. Du?"

„Wen sollte ich schon erwarten?", seufzte der Student, machte jedoch keine Anstalt sich von Kei zu lösen.

„Dann ignorieren wir es." Kei zupfte am Gummibund von Taichis Hose und grinste ihn an. Die Mundwinkel des Jüngeren hoben sich ebenfalls wieder und er rutschte von seinem Liebsten.

„Kei? Schatz? Bist du da?" Die Stimme ließ Taichi erstarren und mitten in der Bewegung innehalten. Seine Finger an der Hose starrte er Kei mit großen Augen an. Dieser hatte seinen Kopf an die Rücklehne der Couch sinken lassen und schlug die Hände vors Gesicht, bevor er Taichi einen entschuldigenden Blick zuwarf. Im selben Augenblick trat eine Frau über die Schwelle des Kaminzimmers. Ihr Haar war genauso braun, wie Keis, reichte ihr aber bis auf die Schultern. Ihre Gesichtszüge, die gerade noch weich gewirkt hatten, versteiften sich genauso, wie sich ihr Körper anspannte. Ihre fein manikürten Nägel gruben sich in eine beige Clutch, die sie vor ihrer Körpermitte hielt.

„Guten Morgen", sagte sie beinah zu freundlich für Taichis Geschmack, als eine weitere Person hinter sie trat. Der Mann war genauso groß, wie sie, was vermutlich an ihren Pumps lag. Er hatte die Arme locker hinter seinem Rücken verschränkt und zeigte im Gesicht keinerlei Regung, während er Taichi musterte. Dieser schluckte eilig, bevor er endlich seine Finger von seiner Jogginghose löste und sich leicht verbeugte.

„Gu... Guten Morgen", stammelte Taichi und sah dann eilig zu Kei, der sich zur Seite gedreht hatte, um die Besucher anzusehen.

„Guten Morgen, Mutter, Vater." Also hatte Taichi richtig vermutet. Wie peinlich! „Was kann ich für euch so früh am Tage ohne eine Verabredung tun?"

„Wir müssen uns unterhalten", erwiderte Keis Mutter und beachtete Taichi nicht weiter, der sowieso nicht wusste, was er nun tun oder lassen sollte.

„Aber vielleicht möchtest du erst duschen. Du siehst verschwitzt aus."

Ach herrje, die dachten doch nicht etwa, dass sie gerade schon ... Taichi wäre vor Scham am Liebsten im Boden versunken, besann sich dann aber.

„Mö... Möchten Sie einen Tee?" Noch bevor er eine Antwort auf seine leise gestammelte Frage erhalten konnte, erhob sich Kei und nahm seine Hand.

„Es wäre toll, wenn du uns etwas kommen lassen könntest, Tai." Ein Kuss auf die Wange und Taichi nickte nur steif, bevor er seine Beine dazu brachte ins Schlafzimmer zu wanken, wo er endlich wieder aufatmen konnte. Eilig lief er zum Telefon und drückte die einprogrammierte Taste, die ihn mit dem Service verband. Während es klingelte, hörte er, wie Kei mit seinen Eltern sprach.

„Ihr entschuldigt mich. Ich werde mich kurz abduschen. Macht es euch doch bequem."

Als alle schließlich am Esstisch saßen und Tee tranken, hatte sich auch Keis stellvertretender Manager und Assistent Tetsuo Kanba zu ihnen gesellt. Als wäre das plötzliche Auftauchen von Keis Eltern nicht schon genug gewesen. Ausgerechnet die Person im Haus, die ihn am allerwenigsten leiden konnte, unterstützte sie mit ihrer Anwesenheit. Der doch ein Stück weit ältere Stellvertreter und Assistent von Kei, war so unglaublich normal, dass es schon fast an Langeweile grenzte. Schwarze kurze Haare, braune Augen und keinerlei Ausstrahlung. Neben Kei wurde er kaum bemerkt. Vermutlich hielt er seine Nase mit seiner silbernen Brille deswegen stets in die Höhe gestreckt, um größer zu wirken.

Taichi hätte am liebsten laut geseufzt, doch er hielt sich zurück und versuchte Haltung zu bewahren. Ganz im Gegensatz zu seinem Geliebten, der es sichtlich genoss, allen zu zeigen, dass sie ein Paar waren. Eigentlich ja schmeichelhaft für Taichi, dass Kei so zu ihm stand, aber da das die Meinung der Tsurugas genauso wenig ändern würde, wie die von Kanba, hatte Taichi längst aufgegeben sich beliebt zu machen oder durchzusetzen. Zumindest, was den Assistenten anging. Immerhin hatte er bisher nur die Meinung von Keis Eltern gehört und war ihnen nie persönlich begegnet. Nun ja, irgendwann war immer das erste Mal und wie erwartet, machte das Ehepaar deutlich, wie wenig sie von Taichi und seiner Beziehung zu ihrem Sohn hielten. Doch statt sich deswegen aufzuregen, hatte der Student seine anfängliche Überraschung und Nervosität abgelegt und fragte sich doch gerade allen Ernstes, ob Keis Eltern von seinen Taten wussten? Wohl eher nicht. So etwas schickte sich in der feinen Gesellschaft Tokyos sicher nicht. Allein der Gedanke ließ Taichi beinah schmunzeln und er senkte den Blick zu seinem kunstvoll verzierten Kuchenteller, der aussah, als wäre der Erdbeerkuchen darauf selbst der Ehrengast.

„Iss ruhig", erklang Keis Stimme neben ihm und Taichi sah ihn an. Er lächelte und hob selbst seine Kuchengabel auf. Dann wandte er sich seinen Eltern zu. „Also, was kann ich für euch tun?"

Misao Tsuruga setzte ihre Teetasse elegant ab, machte jedoch keine Anstalt das süße Gebäck auf ihrem Teller anzurühren.

„Wie ich bereits sagte, müssen wir uns unterhalten." Kei antwortete mit einer einladenden Geste und Taichi beschloss, sich vom strengen Tonfall der Frau nicht irritieren zu lassen, sondern das Kunstwerk vor sich zu genießen. Was wohl auch Keis Vater dachte, denn er begann ebenfalls zu essen. Sein Blick blieb jedoch streng.

„Wie du dir sicher denken kannst, geht es um deine Beziehung." Taichis Hand hielt für einen Augenblick inne, bevor sie die Gabel weiter zum Mund führte. Wie erwartet.

„Ein Thema, das ihr nicht auf sich beruhen lassen könnt, wie ich sehe." Keis Ton war ruhig und freundlich und Taichi fragte sich, ob er innerlich auch so gelassen war.

„Natürlich nicht. Nicht solange du nicht verheiratet bist, Schatz. Dazu kommt, dass wir ausgemacht hatten, dass diese Beziehung hier nicht an die Öffentlichkeit dringt, du aber anscheinend keine Rücksicht mehr nimmst. Die Leute beginnen Fragen zu stellen."

„Um eines klarzustellen, Mutter. *Wir* hatten gar nichts ausgemacht. Ihr habt es gut sein lassen, solange niemand davon weiß. Ich habe nie gesagt, dass ich Taichi geheim halten werde. Ich habe lediglich aus Respekt vor ihm und seinem Wunsch, damit nicht an die Öffentlichkeit zu gehen, gehandelt." Kei lächelte noch immer, doch seine Worte waren bestimmt, ganz im Gegensatz zu der seiner Mutter, bei der stets eine Sanftheit mitschwang, die nicht zu ihrer straffen Körperhaltung passte.

Taichi riskierte einen Blick, als Misao Tsuruga nicht sofort antwortete und sah in ein paar grüne Augen, die ihn musterten, als wäre sie überrascht. Vermutlich hatte sie so eine Einstellung von Taichi nicht erwartet gehabt.

„Und was hat deine Meinung geändert, Schatz? Du weißt, dass wir dir jeden Wunsch erfüllen und du uns unglaublich stolz machst, aber du musst doch einsehen, dass du dir damit selbst schadest."

„Mir selbst oder dem Hotel?" Keis Blick wanderte zu seinem Vater, der seinen Kuchen bereits aufgegessen hatte und nicht den Eindruck machte, als wolle er sich in die Unterhaltung einmischen.

„Wohl beidem", bestätigte seine Mutter und Kei seufzte leise.

„Daher seid ihr also beide gekommen." Der junge Manager legte seine Kuchengabel beiseite und nahm einen Schluck Tee, bevor er weitersprach.

„Sag, Vater, traust du mir nicht zu, dass ich das Hotel am Laufen halten kann, wenn Gäste und Angestellten herausfinden, dass ich einen Mann als Geliebten habe?"

Der Angesprochene sah auf und Taichi musste sich zusammenreißen, um nicht zusammen zu zucken, als er zum ersten Mal den tiefen Bass des Chefs der Hotelkette der *King Park Towers* vernahm.

„Du weißt genau, dass es mir gleichgültig ist, was du in deiner Freizeit tust oder nicht tust. Es ist mir auch nicht wichtig, was die Leute sagen. Medien bauschen solche Geschichten auf und lassen sie genauso schnell wieder fallen. Ich bin mit meiner Rolle in der Familie zufrieden und habe nicht vor irgendwann einmal ein politisches Amt zu bestreiten. Was ich allerdings nicht möchte, ist, dass dein Großvater vorzeitig von uns geht, weil er erfahren hat, dass sein Enkelsohn gerne mit Männern ins Bett steigt."

Das war sein einziger Grund? Taichi war überrascht. Abgesehen davon, dass Kei noch nie über seinen Großvater gesprochen hatte, so hatte er angenommen, dass Hayato Tsuruga eher um sein Ansehen und die Stellung Angst gehabt hätte als um die eigene Familie.

„Verstehst du denn nicht, dass wir dir nur Ärger ersparen wollen und es gut meinen?", mischte sich Keis Mutter erneut ein und Kanba, der zu Taichi rechter Seite am Kopf des Tisches saß, nickte eifrig. So ein Schleimer. Kei seufzte erneut und sein Blick wurde sanft. Das Lächeln war verschwunden.

„Ich weiß, dass ihr nur mein Bestes wollt, aber wenn euch das ernst ist, dann solltet ihr langsam einsehen, dass Taichi das Beste für mich ist. Ich werde ihn weder abschieben, noch ersetzen, noch als heimlichen Seitensprung behalten." Taichi spürte, wie ihm die Hitze in die Wangen kroch. Keis Worte hatten ihn mitten ins Herz getroffen. So etwas so direkt vor seinen Eltern zu sagen, bedeutete Taichi unglaublich viel. Am liebsten hätte er Keis Eltern bestätigt, dass auch er nur für ihren Sohn lebte und sich entschlossen hatte ihn nie zu verlassen. Trotz all seiner Taten und Fehler. Egal, was für ein Grauen das mit sich brachte.

„Ich hatte dir gesagt, dass es keinen Sinn hat." Hayato Tsuruga nahm einen weiteren Schluck Tee und tupfte sich dann mit einer Serviette den Mund ab. Nun war es an Misao Tsuruga zu seufzen.

„Du weißt, dass ich nicht so leicht aufgebe. Immerhin habe ich dich zu dem Mann erzogen, der du heute bist, Kei und das werde ich mir nicht durch eine dahergelaufene Person verderben lassen."

„Mutter, bitte." Kei klang so ruhig, wie eh und je. Beeindruckend. Obwohl Taichi ihre Beleidigung auch gelassen aufnahm. Er wusste schließlich, was sie von ihm hielt und mehr als Höflichkeit würde er solchen Personen wohl nie entgegenbringen, selbst, wenn sie Keis geliebte Eltern waren und dementsprechend einschüchternd.

„Also gut. Für dieses Mal belasse ich es dabei und bitte dich lediglich, aufgrund deines Großvaters Rücksicht zu üben. Aber du weißt, dass wir die Sache irgendwann klären müssen." Sie trank ihren Tee aus und erhob sich, um sofort ihre Clutch wieder an sich zu nehmen. Auch alle anderen erhoben sich.

„Vielen Dank Mutter, aber du sollst auch wissen, dass Taichi keine Sache ist, unsere Beziehung bereits geklärt ist und es dabeibleiben wird." Kei nahm Taichis Hand und zog ihn mit sich zu seinen Eltern, die zur Tür getreten waren.

Seine Mutter legte eine Hand an die Wange ihres Sohnes und seufzte.

„Wenn ich doch nur strenger zu dir sein könnte. Wann habe ich angefangen, dir so viel durchgehen zu lassen?"

„Das hast du schon immer, Mutter." Kei lächelte wieder und sie küsste ihn auf die Stirn, als er sich vor ihr verbeugte.

„Das stimmt vermutlich", flüsterte sie leise und wandte sich dann zur Tür, die Kanba ihr aufhielt. Währenddessen verabschiedete Kei sich auch von seinem Vater. Die ganze Zeit über ließ er Taichis Hand jedoch nicht los und dieser verbeugte sich höflich mit.

Als Kanba allerdings anbot die Eltern nach unten zu begleiten, schritt Kei ein und wandte sich das erste Mal an diesem Tag direkt an ihn.

„Kanba-san, auf ein Wort. Meine Eltern werden sich sicher sowieso noch umsehen wollen und alte Bekannte begrüßen." Sein Assistent nickte daraufhin und schloss die Tür hinter sich. Taichi löste sanft seine Hand, hauchte seinem Liebsten einen Kuss auf die Wange und trat dann wieder zum Esstisch, wo er sich den unberührten Teller von Keis Mutter schnappte und im Kaminzimmer verschwand. Er hatte keine Lust, ein Geschäftsgespräch mit anzuhören. Abgesehen davon war Taichi sich sicher, dass er wusste, um was es ging und Kanba sicher nicht erfreut darüber sein würde, wenn er direkt danebenstand, wenn Kei ihn ausschimpfte.

„Hören Sie, Kanba-san. Ich weiß, dass sie es nur gut meinen und nicht damit aufhören werden, meinen Eltern Bericht zu erstatten. Mein Vater hat Sie mir an die Seite gestellt, weil er viel von Ihnen hält. Das bedeutet aber nicht, dass Sie ihm jede Kleinigkeit weitergeben müssen und schon gar nicht, dass ich sie nicht feuern kann. Es gibt sicher viele begabte Männer, die nur zu gerne ihre Anstellung hätten. Das ist Ihnen doch klar, oder?"

„Natürlich, Tsuruga-san. Es tut mir außerordentlich leid, wenn ich Sie mit meinen Berichten verstimmt haben sollte. Ich werde in Zukunft darauf achten, wie ich meine Worte wähle."

„Gut, dann ist ja alles klar. Sie können jetzt gehen."

„Ich empfehle mich."

Wie Taichi erwartet hatte. Vermutlich hasste ihn der Kerl jetzt noch mehr, aber da saß der Student endlich mal am längeren Hebel. Vor allem, wenn Taichi sich wegen ihm wirklich mal an Kei wenden sollte. Dieser würde sicher sofort reagieren und ... Erschrocken über sich selbst, erstarrte Taichi auf der Couch in seiner Bewegung. Hatte er gerade wirklich daran gedacht, dass er nur den Mund aufmachen musste, damit Kei jemanden für ihn beseitigte? Wie herzlos war er eigentlich? Das alles machte ihn sowieso schon zum Mittäter, aber mit solchen Gedanken, war er nicht besser als jeder andere Mörder. War das durch seine Entscheidungen aus ihm geworden? Ein berechnender Typ, der Morde heraufbeschwor?

„Hey, alles in Ordnung, Tai?" Kei hatte sich neben ihm auf dem Sofa niedergelassen und beugte sich nun zu der Gabel, die Taichi erstarrt in seiner Hand hielt, um das Stück Kuchen daran in seinem Mund verschwinden zu lassen. Er kaute kurz und runzelte dann die Stirn.

„Du siehst blass aus. Nimm dir bitte weder Kanba noch meine Eltern zu Herzen, ja?" Das tat er sicher nicht. Oder doch? Falls ja, dann auf sehr gefährliche Weise. Sollte er Kei seine Gedanken anvertrauen?

Taichi ließ den Kuchenteller sinken und legte auch die Gabel neben der halb aufgegessenen Süßigkeit ab.

„Ich war vorhin echt durch den Wind, als deine Eltern so reingeplatzt sind. Aber nicht, weil ich Angst vor ihnen hatte. Es kam einfach so plötzlich und dann als wir gerade ..." Er atmete tief durch, als er Keis Hand auf seinem Rücken spürte, die sanft über seine Wirbelsäule strich. „Es ist nicht schön, dass sie mich nicht mögen, nur weil wir schwul sind und ich arm bin, aber das kann man nicht ändern." Er sah seinen Geliebten an, dessen Blick alles sagte. Es machte ihn traurig, dass seine Eltern so von Taichi dachten. „Mir tut vor allem leid, dass du darunter leidest. Du liebst sie sehr. Also mach dir bitte nicht zu viele Gedanken. Das alles ändert nichts. Du kannst uns alle lieben und wir tun das auch." Sanft strich Taichis Hand über Keis Oberschenkel, als sich auf dessen Gesicht wieder ein Lächeln breitmachte.

„Danke. Danke, dass du so verständnisvoll bist." Kei beugte sich zu ihm und stahl ihm einen zärtlichen Kuss. „Ich hab dich wirklich nicht verdient."

Langsam schüttelte Taichi den Kopf.

„Du denkst immer noch zu gut von mir. Ich hab auch meine dunklen Gedanken."

Kei ließ sich zurück an die Rückenlehne des Sofas sinken und nahm Taichis Hand in seine eigenen, um mit seinen Fingern zu spielen.

„Die hat jeder Mensch, Tai. Darum geht's auch gar nicht. Für mich ist dein reines Licht wichtig. Die Seite an dir, die diese Liebe für mich hervorbringt. Ich hoffe, dass du sie nie aufgeben wirst. Und wenn du dich mal in dunklen Gedanken verlierst, dann bin ich da, um sie auszuführen, damit du rein bleibst. Du weißt, dass ich alles für dich tun würde?" Taichi nickt langsam. Das war genau das, was er befürchtet hatte, was ihn aber auch irgendwie beruhigte. Kei würde ihm immer glauben und für ihn da sein, egal, wie hässlich alles wurde. Wo fand man solch eine schmerzvolle Hingabe?

„Kei?"

„Ja?" Er sah von Taichis Fingern auf und direkt in dessen Augen.

„Du weißt, dass Kanba-san mich nicht leiden kann, oder?"

„Wieso? Hat er was zu dir gesagt?" Seine sanfte Stimme stand im starken Kontrast zu seinem eisig gewordenen Blick.

„Nein, ich wollte nur ... Also ... Ich bin ihm, denke ich, egal und er mir auch. Ich wollte nur, dass du weißt, dass er mich nicht stört. Zumindest im Moment nicht." Kei drückte Taichis Hand, als seine braunen Augen wieder sanfter wurden.

„Okay. Verstanden." Taichi nickte zur Bestätigung noch einmal und sah dann wieder auf seinen Kuchenteller, der noch immer auf seinen Oberschenkeln stand. Er nahm die Gabel wieder auf und zwang sich, weiter von der Köstlichkeit zu essen, wie er es sich vorgenommen hatte. Vielleicht half es, wenn er einfach offen mit Kei über seine Meinungen zu anderen Personen sprach. Was auch immer helfen in diesem Zusammenhang bedeutete. Ihr Leben verlängern? Sie beschützen? Wollte Taichi das überhaupt? Wenn ihm nur nicht so egal gewesen wäre, was aus manch anderem wurde ...

20.

Erbe der Hotelkette King Park Towers homosexuell?

Taichi las die Überschrift erneut und warf die Zeitung dann wieder auf den rechteckigen Couchtisch, bevor er seine Beine hochnahm und sich auf dem Sofa ausstreckte. Er richtete seine Aufmerksamkeit wieder auf Kei, der im Wohnbereich hin und her lief. Allerdings wirkte er nicht unsicher oder wütend, sondern eher aufgeregt. Beinah so, als würde er sich freuen, dass er diesen Anruf tätigen konnte. Das konnte allerdings auch nur Taichis Einbildung sein.

Als Kei an diesem Montagmorgen die Zeitung durchgeblättert hatte, war ihm der recht kleine Artikel nicht sofort ins Auge gesprungen. Erst nachdem er die Seite überflogen und den Namen der Hotelkette sofort erkannt hatte, war er darauf gestoßen. Taichi hatte nicht sofort verstanden, wieso Kei seufzte, sich vom Frühstückstisch erhob und sein Smartphone aus seiner Jackettasche geholt hatte. Als er jedoch mitbekam, dass sein Geliebter kurz darauf mit seinen Eltern sprach, war er neugierig geworden und hatte sich die Zeitung selbst angesehen.

Der Artikel war eher ein Verdacht, als ein wirklicher Tatsachenbericht, was wohl auch erklärte, wieso er nicht auf der Titelseite prangte und mit mehreren Fotos geschmückt war. Lediglich ein kleines schwarz-weißes Bildchen zeigte sie beide beim Essen. Das musste während des Unifestes gewesen sein. Es wirkte, als wäre es aus einem größeren Foto herausgeschnitten worden und daher wohl eher ein Zufallstreffer als ein Paparazziwerk. Seltsamerweise hatten Taichi weder der Artikel noch das Foto beunruhigt. Nachdem, was alles passiert war und der Student jetzt versuchte sich an sein gewähltes Leben anzupassen, schienen solche Offenbarungen keinen Gedanken wert zu sein.

Natürlich hatte es Kei dadurch nicht leichter und seine Eltern waren sicher außer sich, aber Taichi hatte genug Vertrauen in seinen Liebsten. Kei hatte schon immer gewusst, was zu tun war und das hier war eine Lappalie im Gegensatz zu Mord.

Taichi beobachtete weiterhin, wie Kei telefonierte. Es war das erste Mal, dass er Kei mit dem Wort Mord gleichsetzte. Er hatte die Gedanken daran bisher immer umgangen, aber egal, wie man es drehte und wendete, Kei war ein Mörder. So furchtbar das klang. Ob er genau das wieder tun würde? Jemanden ermorden, weil er diesen Artikel verfasst hatte? Besser gesagt, es *gewagt* hatte ihn zu verfassen?

Da Kei seinen Anruf bei seinen Eltern zuvor beendet und dann mit ihm zu Ende gefrühstückt hatte, war klar, dass er nun mit jemand anderem telefonierte. Jemandem, den Taichi nicht kannte und vermutlich auch nie kennenlernen wollte. Sie hatte nur kurz über den Artikel gesprochen und Kei hatte ihm, wie immer, erklärt, dass er sich darum kümmern würde. Er hatte seine gute Laune kein einziges Mal verloren. Obwohl er sich bestimmt Gedanken wegen seines Großvaters machte. Seine Familie war Kei wichtig, das war Taichi schnell klar gewesen. Er selbst war nicht so ein Familienmensch. Nicht, dass er seine Eltern nicht leiden konnte, aber er brauchte sie auch nicht ständig sehen oder Kontakt halten. Taichi spielte sogar mit dem Gedanken ihre Studienzahlungen nicht mehr anzunehmen. Er konnte entweder arbeiten gehen oder Kei um ein Darlehen bitten. Irgendwie war er lieber von ihm als von seinen Eltern abhängig, obwohl er Kei nicht wegen seines Geldes liebte und es ungern annahm.

Versunken in seine Gedanken über ihre Zukunft bemerkte Taichi erst, als Kei seine Beine hochnahm, dass dieser aufgehört hatte zu telefonieren. Er setzte sich auf das Sofa und legte Taichis Beine auf seine Oberschenkel, bevor er ihn anlächelte.

„Und? Alles klar?", fragte der Student und Kei nickte bekräftigend.

„Ja, alles geklärt. Ich habe rausgefunden, wer der Redakteur des Artikels genau ist, und werde mich um ihn kümmern." Taichi nickte langsam und überlegte eilig, ob er mehr dazu wissen wollte oder nicht.

„Komplett?", fragte er schließlich doch zögerlich und Kei legte den Kopf schief, bevor er anscheinend verstand, was sein Liebster mit diesem einzelnen Wort meinte.

„Ja", gab er dann zurück und strich sanft mit einer Hand über Taichis Oberschenkel.

„Ist das nicht gefährlich?", hakte der Student erneut nach und fragte sich, wann er sich eigentlich dazu entschieden hatte über dieses Thema zu sprechen und ob das so eine gute Idee war?

„Ich habe dieses Mal Unterstützung. Du brauchst dir also keine Sorgen machen." Sanft tätschelte Keis Hand seine Beine unter der dünnen Leinenhose.

Überrascht blinzelte Taichi ihn an.

„Heißt das, du ziehst jemanden mit rein?" Kei überlegte erneut kurz, bevor er ehrlich antwortete.

„So würde ich das nicht nennen. Ich nutze lediglich den Kontakt zu einer Familie mit der meine bereits seit Ewigkeiten befreundet ist. Wir jüngere Generation verstehen uns sehr gut, was auch die Tatsache beinhaltet, dass wir den Älteren nicht von allem erzählen, was wir so tun. Da wäscht dann sozusagen eine Hand die Andere ohne, dass wir uns Ärger einhandeln."

Das Wort Familie zu verwendet war seltsam. Taichi wollte gerade nachhaken, wie die Familie hieß, um zu sehen, was sie so trieb. Da sie eindeutig reich und bekannt sein musste, wenn sie in den gleichen Kreisen, wie die Tsurugas verkehrte. Doch da fiel Taichi ein, wo genau man das gewählte Wort noch verwendete.

„Yakuza?", flüsterte er und war sich nicht sicher, ob er lediglich überrascht oder doch erschrocken war.

„Mein helles Köpfchen", lobte ihn Kei und rutschte seitlich näher, um ihm mit dem Finger auf die Nasenspitze zu tippen, was Taichi erneut blinzeln ließ. Vor allem, da er nun beinah auf Keis Schoß saß.

„Ihr seid mit Yakuza befreundet?", versicherte der Jüngere sich nochmal und Kei gab ihm einen sanften Kuss auf die Lippen.

„Nicht direkt. Wir sind mit der Familie Therashima befreundet. Das ist ganz klar ein Unterschied. Also nach außen. Wenn du es allerdings genau wissen willst, dann ja. Sind wir."

Hieß das, Kei war nicht nur ein Mörder, sondern auch noch korrupt und in der Unterwelt tätig? Das wurde ja immer besser!

„Ich weiß genau, was du denkst und nein, keine Sorge, all unser Geld ist echt und legal verdient worden. Sei froh, dass mein Vater deine Gedanken nicht hören kann. Er wäre zu Recht beleidigt, wenn du ihm unterstellst, dass er das Geld für seine Familie nicht erarbeitet hat." Kei hob seine Hand und wuschelte durch Taichis Haare, was den Jüngeren etwas tiefer rutschen ließ und seinen Po auf Keis Oberschenkel schob. Wie unbequem. Er richtete sich auf und machte sich rücklings auf dem Schoß seines Geliebten breit.

„Wie könnt ihr euch dann gegenseitig helfen?" Jetzt war Taichi wirklich neugierig geworden. Mord hin oder her. Das war schon wieder eine Seite an Kei, die er nicht kannte.

„Hm ... schwer zu erklären. Sagen wir einfach, wir sind hin und wieder Geldgeber oder Unterstützer bei gewissen Projekten und nehmen dafür andere Dinge an. Also keine Drogen, Prostitution oder Ähnliches, falls du gleich wieder das Schlimmste denkst. Eher so etwas, wie Schutz und Sicherheit."

„Klingt seltsam und verrucht", erwiderte Taichi geradeheraus und Kei musste lachen.

„Ja, kann sein. Daher sind auch kaum Leute eingeweiht. Lediglich unsere Familie und natürlich die, die sich ums Geld kümmern."

„Und jetzt ich."

„Und jetzt du."

Sie sahen sich in die Augen und Taichi spürte, wie er trotz all der Neuigkeiten und neuen Erkenntnissen, die jeden anderen abgeschreckt hätten, Kei immer weiter verfiel. Sein Liebster vertraute ihm, wie kein anderer es je getan hatte. Also würde er auch Kei vertrauen. Taichi wollte an die Liebe glauben, die sie verband und die sie beide absicherte, wie ein Netz. Kei, indem er ihm nie etwas antun und Taichi, der nie etwas preisgeben würde. Egal, wie ungesund diese Beziehung auch war, sie gehörte ihnen. Sie war ihr verwobenes Band. Von ihnen geknotet.

„Warum lieb ich dich nur so sehr?" Taichis Stimme war mehr ein Hauchen gegen Keis Lippen, als wirkliche Worte, doch sein Gegenüber verstand sie.

„Wahrscheinlich, weil du spürst, wie sehr ich dich liebe."

In der Zeitung am nächsten Morgen stand an genau derselben Stelle, an der zuvor der verheerende Artikel gewesen war, eine Entschuldigung, die alle Gerüchte dementierte. Allerdings war der Schaden da bereits angerichtet, wenn man es mit den Augen der Polizei betrachtete. Aus Keis Sicht, erfuhr Taichi, war die Sache eher bereits behoben.

21.

Genau aus diesem Grund hatte Taichi das Hotel nicht verlassen wollen. Oder besser gesagt aufgrund solcher Vorahnungen. Immerhin hatte er nicht wirklich wissen können, dass ihn zwei bekannte Gesichter abfangen würden. Dennoch war er von sich selbst überrascht, wie ruhig er blieb, obwohl seine Angst mit jeder Sekunde wuchs. Er war eben nicht so abgeklärt, wie Kei und vor allen Dingen nicht gewohnt der Polizei gegenüberzutreten.

„Guten Tag, Kume-san. Schön Sie zu treffen." Domotos Lächeln war so falsch, dass sogar ein Schulkind davor davongelaufen wäre. Doch Taichi wusste, dass das keine Option war, wenn er nicht verdächtig erscheinen wollte. Allerdings ...

„Sie wissen, dass ich nicht mit Ihnen sprechen muss. Also lassen Sie mich bitte in Ruhe." Die beiden Ermittler machten jedoch keine Anstalt beiseitezutreten und als Taichi ansetzte um sie herumzugehen, sprach Otsuka ihn ebenfalls an.

„Nein, das müssen Sie nicht. Aber Sie können, wenn Sie etwas zu sagen haben. Immerhin sind Sie ein freier Mensch und ihr eigener Herr, oder?" Die Anspielung ließ Taichi innehalten. Er wusste genau, dass Otsuka auf seine Abhängigkeit gegenüber Kei anspielte. Der Kriminalhauptkommissar hatte eine gute Beobachtungsgabe. Doch er wusste nicht, dass Taichi diese Abhängigkeit selbst gewählt hatte. Und schon gar nicht, dass er sie durch seinen Entschluss, an Keis Seite zu bleiben, noch verstärken würde. Dazu kam, dass Taichi sich von seinem Geliebten nie bedrängt oder eingeschlossen fühlte. Kei ließ ihm seine Freiheiten und vor allem vertraute er ihm.

„Ja, ich bin mein eigener Herr und daher sage ich selbst ganz geradeheraus: Ich werde nicht mit Ihnen sprechen."

Otsuka seufzte leise, zog eine Zigarettenschachtel hervor und nahm sich einen der frischen Glimmstängel heraus. Er schien zu resignieren. Domoto jedoch nicht. Während sein Kollege sich eine Kippe anzündete und zur Seite trat, baute sich der Kriminalhauptmeister vor ihm auf. Was Taichi nicht wirklich beeindruckte. Immerhin war er gerade mal an die zwei

Zentimeter größer als er selbst und seine schmale Statur ließ ihn ebenso wenig einschüchternd wirken.

„Hören Sie, Kume-san, wir wollen Ihnen doch nur helfen." Seine Stimme klang freundlicher, als sein strenges Gesicht vermuten ließ. „Aber dafür brauchen wir Ihre Unterstützung. Wir wissen, dass Kei Tsuruga in der Sache mit drinhängt und vermutlich sogar zur Yakuza gehört. Wollen Sie sich Ihre Zukunft wirklich so verbauen? Sie sind Student und nicht auf den Kopf gefallen. Wenn Sie uns helfen, kämen Sie ohne, dass etwas in Ihrer Akte steht, da raus."

Taichi horchte auf. Sie wussten es? Das war ein Schreck, von dem er sich jedoch schnell wieder erholte. Natürlich wussten Sie es. Oder besser, sie ahnten es. Aber so wie das klang, konnten Sie Kei nichts beweisen, solange er den Mund hielt. Solange sie ihn nicht auf ihrer Seite hatten.

Der Student unterdrückte ein Grinsen. Es war wirklich ein tolles Gefühl, mal der Überlegene zu sein. Ob Kei sich öfter so fühlte?

„Und wieso sollte ich überhaupt etwas in meiner Akte stehen haben? Soweit ich weiß, habe ich nichts getan und solange Kei nicht angeklagt wird, wird das auch weiterhin so bleiben."

„Aber so wird es sein. Er wird definitiv angeklagt werden." Domoto klang energischer. Beinah so, als würde er die Anklage durch reine Willenskraft heraufbeschwören wollen.

„Ach ja? Wenn Sie meinen." Taichi wusste, dass er nicht so überheblich sein sollte. Es war gefährlich, sich von den beiden in ein Gespräch verwickeln zu lassen. Aber irgendwie konnte er nicht anders. Es reizte ihn, wie Domoto anfing, seine Beherrschung zu verlieren.

„Kume-san, bitte. Haben Sie denn gar keine Angst um Ihr Leben?" Beinah hätte Taichi aufgelacht, obwohl es nur logisch war, dass die Polizei so dachte.

„Nein, überhaupt nicht. Ich hab mich nie sicherer gefühlt als bei Kei."

Das schien Domoto wirklich zu überraschen, denn er wich etwas zurück und starrte Taichi an, bevor Otsuka ihm eine Hand auf die Schulter legte.

„Lass gut sein, Domoto. Der junge Mann ist verliebt. Da kommst du nicht gegen an." Der Kriminaler zog ein weiteres Mal an seiner Zigarette und erwiderte Taichis Blick, während er mit seinem Kollegen sprach. Als würde er in Wirklichkeit Taichi Vorwürfe machen. Ja, Liebe machte blind, aber der Jüngere hatte sich nicht einfach so für Kei entschieden. Manchmal glaubte er sogar, dass sie darauf gar keinen Einfluss gehabt, sondern das Universum sie einfach füreinander passend befunden hatte. Auch, wenn Taichi kein Fan von solchen Dingen war und eigentlich nicht an derlei festhielt.

„Kann sein", Taichi zuckte mit den Schultern, „aber, wie Sie ja so nett sagten: Ich bin nicht auf den Kopf gefallen. Von daher kann ich meine rosarote Brille jederzeit abnehmen." Otsukas Augen verengten sich und Domotos Körper spannte sich an. Das war wohl unhöflich gewesen.

„Stecken Sie da etwa mit drin?" Domoto war etwas lauter geworden und ein paar Passanten in der Nähe sahen sich um, während Taichi nur die Augenbrauen hob. Gut, dass im Park hinter dem Hotel nicht so viel los war, sonst hätten die beiden Kriminaler sicher schon längst viel zu viel Aufmerksamkeit erregt. Ob Keis Anwalt ihnen das anlasten konnte? Allein schon, weil sie in seiner Abwesenheit mit ihm sprachen?

„In was soll ich mit drinstecken?"

„Du verdammter ...!" Domoto hatte sich Taichis T-Shirt geschnappt und ihn die letzten Zentimeter zu sich gezogen. Seine Augen waren weit aufgerissen und Taichi konnte seinen Atem riechen. Da war er wohl zu vorlaut gewesen.

„Domoto!" Otsuka reagiert, noch bevor sein Kollege Taichi weiter beleidigen konnte oder Schlimmeres. Sein Zigarettenstummel landete auf dem Boden und seine Finger hatten sich um Domotos Unterarm gelegt.

„Lass ihn los", zischte er und der Kriminalhauptmeister löste augenblicklich seinen Griff. Taichi trat zurück und zog sein T-Shirt wieder glatt, während Otsuka auf seinen Mitstreiter einredete. Das Domoto so leicht aus der Haut fahren würde, hätte Taichi nicht gedacht. Und vor allem, dass er selbst dabei so ruhig geblieben war. Irgendwie gab es dem Jüngeren Sicherheit, dass der Kriminaler so reagierte, weil er nicht weiterwusste. Oder warum war er wohl sonst handgreiflich geworden?

„Entschuldigen Sie, Kume-san. Mein Kollege ist zurzeit etwas gestresst." Otsuka hatte Domoto hinter sich geschoben und Taichi nickte nur, bevor er den Kriminalhauptmeister ansah. Wie erwartet war dessen Miene weiterhin angespannt, als er ein „Entschuldigen Sie", hervorpresste.

„Dann geh ich wohl besser, damit Sie sich ausruhen können."

„Danke für Ihr Verständnis." Wieder war es Otsuka, der sich leicht verbeugte und Taichi ging endlich an den beiden vorbei. Kaum, dass er außer Hörweite war, seufzte er erleichtert. Er war wohl am Ende doch etwas Angespannter gewesen als gedacht. Was Kei wohl zu dieser Geschichte sagen würde? Ob er ihm den Vorfall überhaupt schildern sollte? Taichi fuhr sich durchs Haar und verschob die Grübelei auf später. Dabei hatte er doch nur Kain besuchen wollen ...

Eigentlich war es viel zu heiß gewesen, um bis zum Conbini in der Nähe des Campus zu fahren, aber Taichi hatte raus gewollt. Während Kei wieder voll am Arbeiten war und daher viel zu selten für Taichis Geschmack in der Suite auftauchte, hatte dieser beschlossen, einen kleinen Spaziergang zu machen. Und bis Taichi, der Einsiedlerkrebs, so etwas tat, mussten schon viele Tage vergangen sein. Immerhin war der Student kein geselliges Wesen oder jemand, der seine Zeit draußen verbrachte. Aber der Drang, mal von allem wegzukommen, war schließlich größer gewesen und er hatte ja nicht ahnen können, dass die Polizei ihm auflauern würde, kaum, dass er das sichere Hotel verließ.

Der Vorfall bestärkte Taichi allerdings darin jetzt erst recht zu diesem bestimmten Conbini zu fahren. Raus aus dem Viertel und weg von den Augen der Kriminaler. Wobei er sich nicht einmal sicher sein konnte, dass er nicht beschattet wurde. Aber das konnte ihm egal sein. Immerhin hatte er nicht vor etwas anzustellen oder jemanden zu ermorden. Wie locker er doch allmählich mit diesen Worten in Gedanken umging. Mord, Mörder, ermorden.

Doch wieder in einer kleinen Gedankenspirale gefangen, zog Taichi sein Smartphone hervor und scrollte sich durch die neusten Neuigkeiten, während er in der Bahn saß. Die Hitze hatte er ausgeblendet und trotz stickiger Luft ging sein Atem ruhig. Selbst als er auf das neuste Mordopfer seines Geliebten stieß. Wie erwartet war derjenige Redakteur gewesen. Also hatte Kei wirklich nicht nur wegen des Artikels telefoniert, sondern auch um mehr über den Schreiber herauszufinden und ihn aus dem Weg zu räumen. Und dass, obwohl eine Entschuldigung gedruckt worden war. Ob ihn Otsuka und Domoto deswegen angesprochen hatten? Weil es ein neues Opfer gab? Vor allem eines, das eindeutig wieder mit Kei und ihm in Verbindung stand. Das war schon ziemlich auffällig. Ob Kei das trotz seiner Spurenbeseitigung und die Unterstützung der Yakuza bedacht hatte? Nein, die Frage sollte lauten: Wollte Taichi darüber überhaupt Bescheid wissen? Also über die Einzelheiten und in welcher Gefahr sie schwebten? Wohl nicht. Er wollte Kei einfach vertrauen. Vertrauen, dass er alles tat, damit sie zusammenbleiben konnten. Und das würde er auch.

Also scrollte Taichi weiter und hörte erst wieder auf, zu lesen als seine Station angekündigt wurde. Dann stieg er aus, steckte das Handy in seine Shorts und machte sich auf den Weg zum Convenience Store. Dabei konzentrierte er sich auf die Umgebung, um keine weiteren Gedanken zuzulassen.

„Herzlich Willkommen", erklang die übliche Floskel beim Betreten des Ladens, als Taichi sein Ziel erreicht hatte. Die Klimaanlage lief auf Hochtouren und somit war es beinah kalt in dem kleinen Supermarkt. Kain war nicht an der Kasse also begann Taichi erst mal eine Runde durch den Laden zu drehen. Dabei schnappte er sich eine gekühlte Flasche Mugicha und ein Reisbällchen mit Lachsfüllung. Schließlich griff er noch in die Eistruhe und ging dann zur Kasse. Die junge Frau, die ihn bereits beim Eintreten begrüßt hatte, verbeugte sich, nahm seine Sachen an und scannte sie, bevor sie alles in eine kleine Plastiktüte packte und auf den Tresen stellte. Taichi bezahlte und fragte dann nach Kain. Die junge Frau lächelte, entschuldigte sich und lief dann zu einer Tür, die wohl in ein Hinterzimmer führte. Sie öffnete sie und sagte etwas, was Taichi nicht verstehen konnte. Kurz darauf steckte Kain den Kopf zur Tür heraus und deutete ihm an zu warten, also nickte Taichi und verließ den Laden, um sich neben die davorstehenden Mülleimer zu stellen und sein Eis auszupacken.

„Hey, was für ein seltener Anblick." Kain trat aus der automatischen Tür, kaum, dass Taichi das erste Mal an seinem Eis geleckt hatte. Wie immer hatte er etwas zwischen den Lippen. Dieses Mal wohl einen Lutscher.

„Ich musste mal raus", war Taichis einfache Erklärung, die Kain mit einem Nicken bestätigte, als er sich neben ihn an die Glasscheibe lehnte.

„Und da du dich nie mit jemandem verabreden würdest, haste gedacht, du schaust hier vorbei", vollendete Kain seinen Gedanken und grinste breit.

„Jup." Taichi leckte an seinem Eis.

„Na ja, bin ja im Sommer fast nur hier, von daher ist das 'ne nette Abwechslung für mich. Warst du schon im Urlaub oder fährst du nach Hause?"

Taichi wusste, dass Kain noch weiteren Jobs nachging, aber im Sommer die Kühle im Conbini bevorzugte.

„Ich war nur kurz in Ōsaka zum *Tenjin-Festival*." Und nach Hause? Für ihn war das Hotel sein Zuhause geworden. Auch, wenn sich seine Eltern wohl über einen längst fälligen Besuch gefreut hätten. Aber Kei konnte er schlecht mitnehmen. Selbst, wenn sie ihn akzeptieren würden, wäre sein Liebster solch bäuerliche Verhältnisse nicht gewöhnt. Das wäre Taichi peinlich.

„Oha. Mal eben so? Klingt, als hätte dich wer eingeladen?" Kain ließ seinen Lolli im Mund herumrollen. Er wusste genau, dass Taichi nicht viel Geld besaß und bei jemandem wohnte. Ob er ihm von Kei erzählen sollte? Aber was, wenn er wie Liam reagierte? Besser nicht. Vor allem, da keiner wusste, wie Kain bei der Wahl seiner Partner tickte.

„Stimmt. Wurde ich auch", bestätigte er also lediglich.

„Krass! Cool! Wusst ich's doch. Du hast wen Reichen an Land gezogen, gib's zu." Kain hatte sich aufgeregt von der Scheibe gelöst und stand nun vor ihm, den Lutscher in einer Hand.

„So würde ich das nicht sagen", erwiderte Taichi nachdenklich. Solange er keine Namen nannte, konnte er ja ein bisschen verraten. Immerhin war er schon stolz auf Kei. „Ja, Geld ist vorhanden, aber wir haben uns eher gefunden und daher spielt das keine Rolle."

„Also bist du mehr als ein Boytoy, okay." Kain grinste ihn an und hob mehrmals spielerisch seine Augenbrauen, was Taichi zum Lachen brachte.

„Ja, definitiv. Du solltest wissen, dass ich sowas nicht machen würde."

„So gut kenn ich dich nicht. Bleibt nur die Frage: Frau oder Mann?" Kains Gesicht wurde ernst, als er ihn musterte. Nun war es an Taichi die Augenbrauen hochzuziehen.

„Also ich würde sagen ..."

„Tai!" Unterbrochen durch die ihm vertraute Stimme löste sich Taichi augenblicklich von der Glasscheibe des Ladens und starrte Kei verwirrt an. Was machte sein Geliebter hier und das auch noch mitten am Tag?

„Kei?", fragte er, um sicherzugehen, dass er keine Fata Morgana vor sich hatte. Bei dieser Hitze wusste man ja nie.

„Mann", vollendete Kain seinen Satz und unterbrach ihr Aufeinandertreffen. Zwei Augenpaare sahen ihn verwirrt an und nur eines davon verstand kurz darauf, was der Dritte im Bunde gemeint hatte. Gut, wer nicht auf den Kopf gefallen war, der sah Kei sofort an, dass seine Anzugshose, sein Hemd mit Krawatte und passender Weste nicht billig waren, und seine aufrechte Haltung sagte genauso viel aus, wie die verwendete Abkürzung seines Namens.

Schließlich war es Taichi, der die verwirrte Stille durchbrach. Er sah wieder zu Kei.

„Was machst du denn hier?"

„Ich habe dich gesucht. Mir wurde gesagt, dass dich die Polizei abgefangen hat."

„Die Polizei?" Kain hatte seinen Lolli in seine linke Wange geschoben und sah Taichi neugierig an. Okay, kein gutes Thema mit Zuhörern.

„Äh, ja, das hat sie", brachte er schließlich hervor und warf Kei dann einen hilfesuchenden Blick zu. Dieser reagierte sofort.

„Entschuldigen Sie meine Unhöflichkeit. Mein Name ist Tsuruga und ich habe mich wohl etwas missverständlich ausgedrückt. Die Polizei hat Taichi aufgesucht, weil er etwas Wichtiges verloren hatte und sie es wohl wiedergefunden haben. Da er nicht an sein Handy ging, wollte ich sichergehen, dass sie ihn nicht verpasst haben."

„Ahhh, okay." Kain schien die Erklärung sofort zu akzeptieren, auch wenn sie Taichi etwas fadenscheinig erschien. Doch er spielte mit und zog sein Smartphone aus der Hosentasche.

„Ja, tut mir leid. Hatte es auf lautlos. Du hattest angerufen." Auch, wenn das nicht der Wahrheit entsprach. Also der Anruf.

„Solange sie dich erwischt haben, ist ja alles in Ordnung." Kei lächelte sein charmantes Lächeln und Taichi nickte ihm zu.

„Ja, danke. Oh, und ganz vergessen. Das hier ist Kain. Wir kennen uns von der Uni." Auch, wenn er dort kein Student war, aber das war erst einmal egal.

„Verstehe. Freut mich, Sie kennenzulernen, Kain."

„Mich auch, Tsuruga-san. Hätte nicht gedacht, dass ich Sie mal persönlich treffen würde."

„Ich fühle mich geehrt, dass Sie mich kennen, Kain."

„Die Frage sollte wohl eher lauten: Wer kennt den Erben des Tsuruga-Vermögens nicht?" Mit einem Plopp nahm Kain seinen Lolli wieder aus dem Mund.

„Oh, Sie würden staunen."

„Na, da hat das Schicksal aber was Großes für dich *gefunden*", wandte sich Kain schließlich an Taichi und zwinkerte ihm zu. Sofort wurden dessen Wangen heiß und er stopfte sich das restliche Eis in den Mund, bevor es schmolz. So blieben ihm ein paar Sekunden, um nachzudenken und sich abzukühlen.

„Das … also …" Und trotzdem fiel ihm nichts ein.

„Lass gut sein", lachte Kain, „Ich muss wieder an die Arbeit, sonst meckert Sazaki wieder. Lass dich mal wieder blicken, wenn du Zeit hast." Damit verschwand er lachend im Laden und ließ Taichi und Kei zurück.

Auf dem Rückweg im klimatisierten Auto herrschte zunächst Schweigen. Kei hatte wohl kaum jemanden über sein Verschwinden informiert und war einfach abgehauen, um Taichi aufzusuchen. Zumindest fuhr er ohne Chauffeur und trug seinen Anzug ohne Jackett, was einiges aussagte. Dazu kam, dass nun ständig klingelte Smartphone, das der junge Manager mit dem Subaru verbunden hatte, um über seinen Ohrstöpsel frei sprechen zu können. Also galt das Schweigen eigentlich nur zwischen ihnen beziehungsweise für Taichi, der seine Tüte im Fußraum abgestellt hatte und durch die Frontscheibe geradeaus starrte. Er hörte gar nicht, was Kei besprach. Irgendwie war er wütend. Nicht direkt auf Kei, aber auf die Situation. So wenig er die Hitze mochte und das Auto praktisch fand, so war ihm sein Ausflug doch zerstört worden. Und dass, wenn man es genau nahm, nur dank dieser blöden Kommissare.

„Alles in Ordnung?" Keis Hand auf seinem Oberschenkel ließ Taichi zusammenzucken.

„Hm", brummte er schließlich und fuhr sich durchs Haar.

„Tut mir leid, dass ich euch unterbrochen haben." Das Handy blieb wohl vorerst stumm, denn Taichi wartete einige Sekunden mit seiner Antwort, um zu sehen, was passierte.

„Schon okay. Mich nerven nur diese Bullen", grummelte er und legte seine Hand auf Keis. Dann jedoch stockte er. „Aber sag mal, woher wusstest du überhaupt, wo ich bin?" Hatte er Kei je von Kain erzählt?

Die Augen des jungen Managers huschten für einen längeren Augenblick zu seinem Liebsten und Taichi spürte Keis aufkommende Unsicherheit geradezu.

„Was?", fragte er mit hochgezogenen Augenbrauen. Kei seufzte.

„Ich entschuldige mich im Voraus. Und es nicht so, wie du denkst", begann der Ältere und Taichi schnaubte.

„Okay, was denk ich denn?"

„Bestimmt nichts Gutes, wenn ich dir erzähle, wie ich dich gefunden habe."

„Aha. Also war es kein Zufall und du kennst Kain auch nicht." Eine Aussage, keine Frage.

„Nein. Also ja, beides richtig."

„Was? Hast du 'nen Hubschrauber auf mich angesetzt oder nen Bodyguard, der mir folgt?" Trotz des Themas strich Taichi noch immer über Keis Finger, was den Manager beruhigte.

„Nein. Wobei das mit dem Bodyguard wäre ..."

„Keeei", unterbrach ihn Taichi genervt und der andere fuhr fort.

„Ich hab dein Handy geortet." Taichi blinzelte überrascht und Kei sah ihn an, als er an einer Ampel stehen blieb. Einige Sekunden lang geschah gar nichts, dann stieß der Student lange und langsam die Luft aus.

„Wie gesagt, es ist nicht so, wie du denkst", durchbrach der Manager schließlich die Stille, als er wieder losfuhr und seine Hand dafür von Taichis Oberschenkel lösen musste. „Es geht mir nur um deine Sicherheit. Ich habe die App bisher nie genutzt. Wirklich! Ich wollte im Notfall nur sichergehen können, dass ich dich so schnell wie möglich finde. Das soll keine Überwachung sein. Du weißt, dass ich dich nicht einsperren will." Taichi sagte immer noch nichts und Kei fügte eilig hinzu: „Na ja, du weißt, ich hätte dich schon gerne nur für mich, aber ich bin kein Stalker oder herrschsüchtig. Und ich glaube, ich halte jetzt lieber den Mund, bevor ich mich noch tiefer reinrede." Damit begann das Schweigen von neuem und Taichi wusste nicht, ob er laut loslachen oder böse sein sollte.

Ja, er wusste, dass Kei nicht so jemand war. Die Mörder-Seite reichte vollkommen. Da wäre es furchtbar gewesen, wenn sein Geliebter auch noch ein Stalker oder so gewesen wäre. Aber das er ihm nichts von der App erzählt hatte, war nicht richtig gewesen. Auch, wenn er sich nur Sorgen um ihn gemacht hatte.

„Vorschlag", setzte Taichi an und Kei nickte sofort, was den Studenten nun doch schmunzeln ließ. „Du gibst mir das gleiche Recht für dein Handy und wir nutzen die App nur im Notfall. Damit wäre die Sache dann erledigt, okay?"

„Einverstanden." Die Erleichterung in Keis Stimme war deutlich zu hören. Dennoch blieb eine Frage noch offen.

„Okay. Dann will ich aber noch wissen, woher du wusstest, dass mir diese Kriminaler aufgelauert haben." Kei nickte langsam und bog in die unterirdische Tiefgarage des Hotels ein.

„Das war wirklich Zufall. Jonas hat euch gesehen. Er kam wohl gerade von irgendeinem Treffen zurück und hat mich sofort kontaktiert. Er weiß ja, dass wir die Sache dem Anwalt übergeben haben. Da habe ich mir natürlich sofort Sorgen gemacht, was die so ohne Beistand von dir wollen. Ich weiß ja, wie die dich verunsichern mit ihrem Gerede." Taichi nickte langsam, als Kei auf seinem Parkplatz stehen blieb. Keiner von beiden machte Anstalt auszusteigen. Schließlich schnallte sich Kei ab und wandte sich seinem Liebsten zu.

„Du weißt, ich traue es dir zu, mit ihnen zu reden, aber ich weiß eben auch, dass du das nicht gerne tust." Der Jüngere nickt und schnallte sich ebenfalls ab, um sich zu Kei zu drehen.

„Hast du keine Angst, dass ich dich verraten könnte?" Taichis Kiefer war angespannt, als er es kaum wagte, Kei in die Augen zu sehen. Doch dessen Blick wurde sanft, als er antwortete.

„Selbst, wenn du es tätest, wäre ich dir nicht böse." Taichis Augen weiteten sich erstaunt. „Ich glaube an unsere Liebe und ich weiß, dass es nur dein gutes Herz wäre, dass das tun würde. Wie könnte ich dir da böse sein? Außerdem wäre mir alles egal, wenn sie mich erwischen. Denn dann könnte ich nicht mehr mit dir zusammen sein und mein Leben wäre wieder so sinnlos wie zuvor. Da käme mir der Tod gerade recht. Ohne dich will ich nicht leben, Tai."

Keis Worte waren so aufrichtig und ehrlich, dass Taichi Tränen in die Augen stiegen. Er biss sich auf die Lippen, um nicht zu schluchzen, und spürte gleich darauf eine Hand an seiner Wange. Entschlossen schluckte Taichi den Kloß in seinem Hals hinunter, als sich ein paar Tränen lösten.

„Ich werde dich nicht verraten, Kei. Niemals. Ohne dich will ich auch nicht mehr leben", flüsterte er erstickt und der junge Manager schenkt ihm ein sanftes Lächeln, bevor sich ihre Lippen trafen und Taichi die Augen schloss.

Sollte alles herauskommen, würde Taichi zugeben, dass er in die Sache verwickelt gewesen war. Oder besser, dass er Kei dazu angestiftet hatte. Dann würden sie immerhin zusammen sterben. Denn die Todesstrafe war ihnen bei so vielen Opfern sicher.

22.

Taichi warf sein Smartphone auf die Couch neben sich und beschloss, es zu ignorieren. Er legte sich in den weichen Stoff zurück und ließ sich soweit herabsinken, dass sein Kopf auf der Lehne ruhen konnte. Seinen Blick an die Decke gerichtet, hörte er bereits wieder das Brummen, dass eine neue Nachricht ankündigte, und er verdrehte die Augen. Eins hatte er in den letzten Tagen gelernt: Wenn Kain etwas interessierte, dann konnte der sonst so lockere Typ sich richtig festbeißen. Das hatte Taichi dem sonnigen Gemüt gar nicht zugetraut. Andererseits hatte Kain recht: So gut kannten sie sich nicht. Und eigentlich war das auch gut so. Langsam bereute Taichi seinen Ausflug nicht nur wegen der Kriminaler ...

Als er gerade dabei war sich zu überlegen, ob er sich einen kalten Tee holen sollte, hörte er in der Stille der Suite, wie das Türschloss klickte, und sofort sprang Taichi auf und lief zur Tür.

„Hey, was verschafft mir die ... Ehre ..?" Der freudige Gesichtsausdruck, der Taichis Gesicht geziert hatte, verschwand so schnell, wie er gekommen war. Denn die Tür fiel nicht hinter Taichis Liebsten ins Schloss.

„Oh ... ähm ... hallo." Mehr brachte der Student gerade nicht heraus und erntete dafür ein kühles Lächeln. Ob das besser als gar kein Lächeln war?

„Guten Tag, Kume-san. Es ist auch schön, Sie zu sehen", grüßte Misao Tsuruga ihn überaus höflich zurück. Sie sahen sich eine Weile in die Augen, bis Taichi es unter dem strengen Blick schaffte, sich an seine Manieren zu erinnern.

„Äh ... wollen Sie etwas zu trinken? Einen kalten Mugicha vielleicht?" Keis Mutter nickte.

„Ja, danke. Sehr gerne." Und schon lief Taichi zu dem kleinen Kühlschrank, der in der Kommode neben dem Essbereich eingebaut war. Während er zwei Gläser füllte, trat Misao Tsuruga ungeniert weiter ein und sah sich in der offenen Suite um. Als sie Taichis Schreibtisch am Fenster erblickte, schritt sie darauf zu. Der Student folgte ihr eilig und reichte ihr eins der gefüllten Gläser.

„Danke", erwiderte sie und trat an die große Fensterwand, um hinauszusehen. Sie nippte nur an ihrem Glas, bevor sie Taichi erneut ansprach.

„Ich bin heute gekommen, weil ich gerne mit Ihnen allein sprechen wollte." Taichi versteckte sein ängstliches Schlucken in dem er aus seinem Glas trank. Genau das hatte er befürchtet gehabt. Jetzt nur keine Furcht zeigen, sonst hatte er verloren. Also sprang er ins kalte Wasser und gab sich taffer, als er war.

„Wie viel?", fragte er so ruhig, wie möglich. Langsam wandte sich Misao Tsuruga um und hob eine Augenbraue.

„Wie viel?", hakte sie nach.

„Wie viel wollen Sie mir bieten, damit ich Kei verlasse? Das war doch sicher Ihr Gedanke oder nicht?" Taichi trank erneut, bevor er sein Glas auf seinem Schreibtisch abstellte und die Arme vor der Brust verschränkte. Noch immer machte Keis Mutter keine Anstalt zu antworten, also fuhr Taichi fort.

„Eigentlich ist es auch egal. Ich war einfach nur neugierig, wie viel Kei Ihnen wert ist. Denn für mich ist er unbezahlbar. Solange er selbst nicht will, dass ich gehe, bleibe ich, denn ich werde ihn nie mehr verlassen. Da müssen Sie schon weiter auf Kei einreden." Wobei Taichi bezweifelte, dass sie damit viel Erfolg haben würde. Im Gegenteil.

„Ich wäre an Ihrer Stelle allerdings vorsichtig. Noch liebt er Sie. Sie beide. Ich weiß nicht, wie er reagiert, wenn sie weiterhin versuchen, unsere Beziehung zu zerstören."

Sie wirkte ruhig, beinah zu ruhig und irgendwie erwartete Taichi nach dieser frechen Ansage, dass sie ausrasten oder ihn schnurstracks rauswerfen lassen würde, aber nichts dergleichen geschah.

„Interessant. Sie sind wirklich von sich und ihrer Liebe überzeugt." Nun trank sie doch einen größeren Schluck und stellte das Glas ebenfalls ab. Ihre Hand, in der sie, wie auch das letzte Mal, ihre Clutch trug, zitterte leicht und Taichi wusste, dass er im Vorteil war.

„Ich hab keinen Grund an Kei zu zweifeln und meiner Gefühle bin ich mir sicher." Sie umklammerte ihre Handtasche fester, ohne ihr Lächeln zu verlieren. Wie eine echte Frau ihres Standes es wohl anerzogen bekommen hatte: Lächeln und weder Schwäche noch Emotionen zeigen.

„Ich verstehe. Nun, gut, Kume-san."

„Bitte, nennen Sie mich doch Taichi, Tsuruga-san." Immerhin mussten sie weiterhin miteinander auskommen. Ob sie das auch verstand?

„Gut, Taichi-san, dann werde ich, wie Sie bereits meinten, noch einmal mit meinem Sohn sprechen, um die Angelegenheit zu klären. Dann sehen wir weiter." Taichi nickte und folgte ihr, als sie sich wieder zur Tür begab, durch die sie eingetreten war. Wenn sie glaubte, dass sie ihm damit Angst machte, dann war sie schief gewickelt. Dennoch erwiderte Taichi nur:

„Machen Sie das. Dann sehen wir uns sicher wieder." Dieses Mal nickte Misao Tsuruga, bevor sie leicht ihren Kopf beugte und Taichi höflich seinen Oberkörper.

Als die Tür schließlich ein weiteres Mal in Schloss fiel, lehnte Taichi sich dagegen und seufzte. Er wollte nicht daran denken, weil es dann oft noch schlimmer kam, aber er kam nicht umhin, vor sich hin zu flüstern:

„Schlimmer kann es heute gar nicht mehr werden." Und sein Smartphone brummte erneut ...

Am heutigen Tag hatte Taichi allerdings Glück. Es störte ihn niemand mehr und er konnte sich voll auf seine Studien konzentrieren. Er war sogar so vertieft ins Lernen, dass er nicht einmal mitbekam, wie Kei mit etwas zum Abendessen zurückkehrte. Erst als Taichi spürte, dass ihn jemand beobachtete, sah er auf und direkt in das Gesicht seines Geliebten, der halb auf der Rückenlehne des Kaminsofas saß und ihn ansah.

„Wie lange stehst du schon da?", fragte Taichi lächelnd und sah auf die Uhr in seinem Laptop.

„Oh, schon ein Weilchen." Kei rührte sich nicht vom Fleck, schenkte ihm aber ein Lächeln.

„Warum hast du nichts gesagt?" Taichi streckte sich und stand auf.

„Weil ich dich gerne ansehe. Vor allem, wenn du so konzentriert bist und wenn du schläfst." Taichi ging auf seinen Liebsten zu und Kei streckte die Arme nach ihm aus.

„Heißt das, du siehst mir oft beim Schlafen zu?" Kei legte den Kopf schief und schloss seinen Geliebten in die Arme.

„Hin und wieder." Taichi stahl sich einen schnellen Kuss.

„Muss sexy sein, wie ich so vor mich hin sabber." Kei lachte sein leises Lachen, von dem Taichi manchmal nicht genug bekommen konnte.

„Ich habe nichts gegen deine Körperflüssigkeiten", hauchte ihm der Ältere ins Ohr. Taichi schüttelte den Kopf, um Kei einen Klaps auf die Brust zu verpassen, bevor er begann dessen Krawatte zu lösen.

„Wie obszön. Was soll deine Mutter von dir denken?" Kei ließ es zu, dass Taichi seine Krawatte löste und seine Weste aufknöpfte.

„Du denkst also immer noch an das Gespräch?"

„Nein. Hatte ein Neues." Kei runzelte die Stirn und hob sanft Taichis Kinn an, damit er ihn ansehen konnte.

„Wie meinst du das?"

„Deine Mutter hat mich heute besucht." Die Augen seines Geliebten verengten sich und Taichi hob abwehrend die Hand.

„Keine Sorge. Ich habe ihr deutlich gesagt, dass sie uns nicht trennen kann. Also was meine Seite angeht. Hab auch versucht, höflich zu sein. Oh und wundere dich nicht, wenn sie demnächst auch mit dir sprechen will." Kei hob beide Augenbrauen.

„Will sie jetzt unsere Hochzeit planen?" Taichi lachte auf.

„Schön wär's. Glaub aber nicht. Sie ist zwar beherrscht, aber ich glaub, nicht gerade begeistert gegangen."

„Okay. Dann bin ich mal gespannt. Ich werde nämlich genauso wenig nachgeben, wie du, mein Lieber. Also keine Sorge." Ein kurzer, aber sanfter Kuss folgte.

„Ich mach mir keine Sorgen. Also nicht wegen ihr oder uns. Ich vertrau dir, Kei." Taichi kuschelte sich in die Arme seines Geliebten.

„Danke", hauchte Kei in Taichis schwarzes Haar. „Aber nach dem Essen erzählst du mir, was dir dann Sorgen bereitet." Taichi nickte bereitwillig.

Kei legte Taichis Smartphone beiseite und schien nachzudenken, da er nur vor sich hinstarrte. Der Student gab ihm ein paar Minuten, bevor er ihn ansprach.

„Glaubst du, er ahnt was?" Keis Miene blieb ernst, als er begann mit dem Saum von Taichis Muskelshirt zu spielen. Sie hatten es sich nach dem Essen zusammen auf dem Boden vor Taichis Schreibtisch bequem gemacht. Die weiche Decke auf dem Teppichboden war wie eine kleine Ausflugsinsel.

„Du meinst, was die Morde angeht?" Taichi nickte. Er lag halb auf seinem Geliebten und sah auf ihn herunter, während Kei noch immer an die Zimmerdecke sah.

„Die Polizei hat unsere Namen natürlich nicht erwähnt, aber es ist wohl bekannt, dass einige der Mordfälle mit dem Hotel in Verbindung stehen. Und Kain hat dich erkannt. Dazu der Hinweis, dass die Polizei was von mir wollte ..."

„Hmm ... könnte schon sein, dass er sich da was zusammenreimt. Aber ob er mich deswegen für den Mörder hält, ist fraglich." Eine kurze Stille trat ein, bevor Kei seinen Liebsten wieder ansah und lächelte. „Aber du solltest dir deswegen nicht den Kopf zerbrechen." Keis Finger strichen durch Taichis Haar. „Sag Kain einfach, dass er aufhören soll dir Fragen zu stellen oder antworte ihm nicht mehr. Dann wird er schon merken, dass er dich nervt."

„Ich versuch's." Taichi schmiegte sich in die Hand des Älteren und setzte an, noch etwas zu sagen, verstummte dann aber.

„Was willst du wissen?" Kei zog sich ein herumliegendes Sofakissen unter den Kopf, um seinen Liebsten im Auge behalten zu können. Taichi jedoch wandte den Blick auf Keis Brust und zupfte unsicher an dessen frischem T-Shirt.

„Na ja ... ich ... weiß nicht so recht ... ob ich es wissen will ..." Taichi seufzte.

„Hmm ... Dann geht es sicher darum, was mit Kain wird, richtig?" Der Kopf des Jüngeren sank auf Keis Brust herab.

„Ja ..."

„Solange er dich nicht zu sehr nervt oder denkt, etwas herausgefunden zu haben, wird gar nichts passieren, okay?"

„Okay. Danke."

Sie lagen wieder eine Weile stumm beieinander und genossen die gegenseitige Nähe mit kleinen Liebkosungen, bis Kei das nächste Thema ansprach.

„Willst du mir auch erzählen, was die Kriminaler gesagt haben?" Ja richtig, sie hatten noch keine Zeit gefunden, um sich ausführlich über seine Begegnung mit Otsuka und Domoto zu unterhalten. Aber wollte Taichi das überhaupt? Andererseits, verheimlichen musste er es ja auch nicht.

„Da ist nichts weiter passiert. Otsuka hat als Yakuza-Schnüffler darauf angespielt, dass du vermutlich einer bist ..." Kei lachte kurz auf, was Taichi nur eine Sekunde in seinem Bericht innehalten ließ, „... und Domoto wäre fast handgreiflich geworden, weil ich ihm klipp und klar gesagt hab, dass ich nicht mit ihm reden werde. Wobei wir ja irgendwie schon geredet haben. Egal. Auf jeden Fall bin ich dann gegangen. Das war's auch schon."

Als Kei stumm blieb, hob Taichi seinen Kopf und sah ihm ins Gesicht. Wieder starrte der junge Manager an die Decke, doch seine Stirn hatte sich in Falten gelegt und sein Mund war zu einer schmalen Linie geworden.

„Hey ..." Taichi strich mit seinem Daumen über die Lippen seines Geliebten und die Anspannung des anderen verflüchtigte sich etwas, allerdings nicht gänzlich.

„Was genau hat er gemacht?" Man merkte Kei den wütenden Unterton fast nicht an, doch Taichi hörte ihn heraus.

„Wer? Domoto?" Der Ältere nickte und Taichi strich mit seinem Daumen nun über dessen Wange. „Er hat mich nur am T-Shirt gepackt. Dann hat Otsuka ihn zur Vernunft gebracht."

„Dieser verdammte ..." Kei verschluckte die weiteren Worte und Taichi nahm sein Gesicht sanft in beide Hände, damit er ihn endlich ansah.

„Es ist nichts passiert, Kei. Es tat nicht weh und ich hatte trotz allem die Oberhand." Noch immer waren da diese Falten zwischen den Augen des Managers und Taichi küsste sie, bevor sein Liebster beide Arme um ihn legte.

„Wieso sagst du das?"

„Weil es viel zu gefährlich ist, einen Polizisten umzubringen. Vor allem, da er ein Ermittler ist und kein einfacher Omawari-san[11]."

„Glaubst du, ich würde das nicht hinbekommen?" Taichi hob die Augenbrauen, bevor er begriff, worauf sein Geliebter hinauswollte. Er sah ihn ernst an, während er ihm eine Hand auf den Mund legte.

„Oh, nein. So fangen wir gar nicht erst an. Ich weiß genau, dass du es dann als Herausforderung siehst und mir beweisen willst, dass du es kannst. So war das nicht gemeint und das weißt du. Also denk nicht mal dran."

Keis Augen blinzelnden mehrmals, als würde er sagen wollen: *Sprichst du von mir?*, und Taichi musste lachen.

„Da hilft dir auch dein Augenaufschlag nicht. Das Thema ist beendet. Schluss, aus. Wir haben für heute genug geredet und uns Sorgen gemacht."

Kei nickte, was wie eine Zustimmung aussah, und Taichi löste seine Finger langsam von seinem Mund.

„Wie wäre es dann mit etwas körperlicher Betätigung, wenn ich nicht mehr reden darf?"

„Klingt gut." Taichi richtete sich augenblicklich auf, um sich rittlings auf den immer noch auf dem Rücken liegenden Kei zu setzen. Dieser zog sich auf seine eigenen Unterarme hoch und sah genüsslich zu, wie Taichi sein Muskelshirt abstreifte und ihm

---

[11] = freundlicher Ausdruck für Streifenpolizisten, die in Japan regelmäßig um den Block laufen, um zu sehen, ob alles in der Gegend in Ordnung ist.

dann sein T-Shirt über den Kopf zog. Obenherum nackt zu sein, war ein guter Anfang und dass Taichi keine Zeit verlor, erregte Kei. Denn einen Augenblick später, hatte sich sein Geliebter auf die Knie aufgerichtet und zog am Gummibund seiner Jogginghose, was dazu führte, dass Kei sich wieder auf dem Rücken zurücksinken ließ und seinen Hintern anhob. Eilig streifte Taichi ihm das Stück Stoff samt Unterhose ab und tat dann das Gleiche mit seiner Short, unter der er allerdings nichts trug.

Kei grinste seinen Liebsten an, als dieser sich erneut über seinem Schritt niederließ und mit einer Hand von Keis Bauch hinab zu dessen wachsender Erregung strich. Ihre Blicke verloren sich nicht, als Taichi, Keis Schwanz am Ansatz umschlang und auf dessen Spitze Speichel tropfen ließ. Kei stöhnte auf und wurde augenblicklich härter, noch bevor Taichi anfing die warme Feuchtigkeit auf seiner Länge zu verteilen. Immer weiter rann Taichis Speichel aus dessen Mund, bis Keis Erregung davon glänzte, als hätte der Jüngere sie damit poliert. Als Taichi seinen eigenen Schwanz in die gleichmäßige Handbewegung mit einbezog und ihre Erregungen zusammentrafen, da bildeten sich auch die ersten Lusttropfen, die Taichi mit seiner zweiten Hand nur zu gerne mit einbezog und schon bald rieben alle zehn Finger von oben nach unten. Über die Spitze, bis zu den Hoden, die hin und wieder ebenfalls Streicheleinheiten erhielten.

Als Taichi seine verschmierten Hände dann schließlich löste, wimmerte Kei leise. Er hatte das Gefühl und den Anblick wohl genossen. Und obwohl er sicher mehr wollte, fand er es schade, es zu verlieren. Taichi entschädigte ihn allerdings schnell dafür, indem er sich über ihn beugte und Kei ihm für einen tiefen Kuss entgegenkam. Die Finger des Älteren landeten bei dieser Gelegenheit an Taichis Hintern und begannen die weiche Haut dort zu kneten. Was seinen Liebsten in den Kuss stöhnen ließ. Es war sicher anstrengend für Keis Bauchmuskeln seinen Oberkörper oben zu halten, aber das nahm der junge Manager wohl gerne in Kauf, solange er dafür mehr von Taichi spüren konnte.

Als sie den Kuss aus Luftmangel brachen, schob Taichi zwei Finger in Keis Mund, der genüsslich darüber leckte, daran saugte und so viel Speichel, wie möglich, darauf übertrug. Sie schmeckten nach ihnen – die perfekte Mischung.

Schließlich führte Taichi seine Finger ebenfalls zu seinem Hintern und tastete nach seinem Loch, während Kei seine Pobacken auseinanderzog. Das ließ seinen Liebsten aufkeuchen und beinah ungeduldig führte Taichi seinen ersten Finger ein. Während er sich selbst weitete, stahl sich der Ältere immer wieder unkoordinierte Küsse von seinem Liebsten, bis Taichi sich aufrichtete und Kei mit einer Hand auf der Brust wieder zurück auf die Decke drückte. Der junge Manager gehorchte, ließ den Hintern gehen und strich stattdessen mit seinen Händen über Taichis Oberschenkel. Dieser wartete jedoch nicht länger und nahm Keis Erregung, um sich darüber zu positionieren. Dann ließ er sich hinabsinken und mit einer nur kurz stockenden Bewegung glitt Keis Schwanz komplett in ihn hinein. Ein Gefühl, das beide jedes Mal genossen. Allerdings nicht allzu lange, denn Taichi stützt sich schließlich auf Keis Oberschenkeln ab und begann sich auf und ab zu bewegen.

Kei stöhnte genüsslich auf und ließ seinen Liebsten nicht aus den Augen, während dieser ihn geschickt, wie immer, ritt. Keuchen und das Klatschen von feuchter Haut gegeneinander erfüllte den Raum und Keis Augen ließen keine Sekunde von Taichis Anblick ab. Dieser hatte seine Lider geschlossen und stöhnte immer wieder auf, wenn Keis Schwanzspitze seine Prostata traf.

Als die Hand des Älteren schließlich langsam zu Taichis Erregung glitt, öffnete der Jüngere seine Augen jedoch wieder. Sich noch immer im Rhythmus bewegend, sah er seinen Liebsten an und keuchte hervor:

„Nicht ... Ich will ... nur ... von deinem Schwanz ... kommen ...“ Kei stöhnte laut auf und nickte dann, musste sich allerdings auch zusammenreißen nicht sofort zu kommen. Vermutlich schloss er deswegen nun doch seine Augen und stellte seine Beine auf. Taichis Hände verlagerten sich nach vorne seitlich von

Keis Bauch, als der junge Manager sich dem Heben und Senken seines Liebsten anpasste und dementsprechend seine Hüfte hob, um ihm entgegenzukommen.

„Oh jaa ...!" Hätte Taichi genug Luft gehabt, es wäre wohl ein Schrei geworden, doch so klang es eher wie ein verunglücktes Keuchen.

Lange hielten die beiden das nicht durch und als Taichi hervor stöhnte, dass er gleich kommen würde, da schien Kei beinah erleichtert. Er war wohl ebenso nahe dran gewesen, denn kaum, dass Taichi über seinen Liebsten abspritze, da hörten auch die Bewegungen Keis auf und der Jüngere spürte, wie die heiße Flüssigkeit seines Geliebten ihn füllte. Zitternd blieben die beiden noch einige Sekunden verschmolzen, bis sie ihr Höhepunkt und ihre Kraft verließen. Keis Beine rutschten zurück auf die Decke, während Taichis Stirn auf die Brust seines Liebsten sank.

23.

„Taichi-san, Sie sollten sich wirklich gut überlegen, in welcher Situation Sie sich mittlerweile befinden. Wenn schon Tsuruga-sama hier des Öfteren auftaucht. Es ist beinah so, als wollten Sie dem Chef schaden! Ich meine, die Polizei verdächtig ihn doch eindeutig auch nur wegen Ihnen."

Taichi wusste gar nicht, wo ihm der Kopf stand. Wann hatte er Kanba erlaubt, seinen Vornamen zu benutzen? Und was glaubte der Kerl eigentlich, wer er war, sich einfach hier rein zu drängen und ihn in ihrer eigenen Suite anzumachen?! Und überhaupt war es nicht seine Schuld, dass die Polizei hier ein und aus ging! Doch der dämliche stellvertretende Manager ließ Taichi nicht zu Wort kommen. Brauchte der keine Luft? Wo es doch gerade so angenehm ruhig gewesen war, die letzten Tage. Aber irgendwie hatte Taichi es im Gefühl gehabt, als er nach dem Mittagessen wieder zurück in die einunddreißigste Etage gefahren war. Tetsuo Kanba musste ihn abgepasst haben. Wie hätte er sonst so schnell hier sein können, kaum, dass Taichi ihre Räume betreten hatte. Hätte er die Klingel nur ignoriert. Aber wer hatte auch ahnen können, dass Kanba so dreist war und sich einfach Einlass verschaffen würde? Das hatte selbst Taichi, der den Kerl ebenso wenig leiden konnte, wie er ihn, ihm nicht zugetraut.

„Hören Sie mir eigentlich zu, Taichi-san? Ich kann Ihnen helfen, eine neue Unterkunft zu finden. Ich bin sicher, der Chef kommt gerne dafür auf, selbst, wenn Sie ihm sagen, dass Sie sich trennen wollen."

Okay, jetzt war es aber wirklich genug!

„Stop!" Taichi schrie das Wort beinahe, so wütend war er. Doch die Lautstärke hatte wohl genügt, denn Kanba wich überrascht einen Schritt zurück und drückte sein Tablet, ohne das er wohl nirgends hinging, an seine Brust.

„Erstens werde ich mich niemals von Kei trennen, was ich schon Tsuruga-san erklärt habe. Zweitens habe ich Sie nicht hereingebeten. Drittens ist meine Geduld hiermit am Ende. Viertens kann mich die Polizei langsam mal und fünftens für Sie immer noch Kume-san."

Nach Taichis deutlichen Worten blieb es einige Sekunden lang still. Während der Jüngere dem Blick des Stellvertreters standhielt, wippte dieser nervös mit dem Fuß, bis er sich wieder gefangen hatte und räusperte.

„Verzeihen Sie, Kume-san", er betonte Taichis Namen, indem er ihn langzog, „aber darum geht es gerade nicht. Sie hätten mir nie zugehört, wenn ich nicht so energisch gewesen wäre. Und Sie müssen sich einfach bewusst werden, wie falsch das alles ist und wie Sie das Leben meines Chefs zerstören." Er schob seine Brille zurecht und Taichis Augen wurden groß. Das dachte der Typ? Dass er schädlich für Kei war? Wie konnte er es wagen ...?!

In Taichis Kopf drehte sich erneut alles. Ja, natürlich, hatte auch der Student viel darüber nachgedacht. Wie er Kei beeinflusste und dass dieser deswegen mordete. Aber er glaubte seinem Liebsten auch, wenn dieser sagte, dass er ohne ihn nicht leben wollte und dass er ihn brauchte. Denn Taichi ging es genauso. Sonst hätte er doch nie zugestimmt bei ihm zu bleiben. Nicht nach alldem! Und Tetsuo Kanba kam einfach so daher und behauptete, dass er Keis Leben zerstören würde?!

„Raus ..." Erneut musste sich Taichi zusammenreißen, um nicht zu schreien. Vielleicht sollte er es einfach, denn der stellvertretende Manager gab nicht so einfach auf.

„Wir sind noch nicht zu einer Einigung gekommen, Kume-san." Er tippte auf seinem Tablet herum und drehte es dann so, dass Taichi auf den Bildschirm blicken konnte, was dieser allerdings nicht vorhatte zu tun.

„Sehen Sie sich mein Angebot doch erst einmal an. Ich bin sicher Tsuruga-sama wird auch damit einverstanden sein und Sie nach allen Kräften unterstützen. Ich habe sogar einen Vertrag aufgesetzt, damit beide Seiten keine Probleme bekommen und niemand dem anderen etwas schuldig bleibt."

„Sie mieses ..." Taichi starrte auf den Boden. Die Fäuste an seinen Seiten geballt, versuchte er einen Ausdruck zu finden, der beschrieb, wie er sich gerade fühlte oder besser, wie verabscheuungswürdig dieses Angebot und sein Antragsteller waren.

„Was ist hier los?" Keiner von beiden hatte Kei hereinkommen hören, aber seine klare ernste Stimme durchdrang jeden Raum mit Leichtigkeit und machte ihn so präsent, als wäre er das wichtigste in der Suite. Für Taichi war er das zumindest und das nicht nur jetzt. Doch bevor der Student etwas sagen konnte, hatte sich Kanba bereits umgewandt und lächelte seinen Chef freundlich an.

„Nichts weiter, Tsuruga-san. Ich habe Kume-san nur ein paar Fragen zu Ihrem Ablauf in den nächsten Wochen beantwortet." Keis Augenbrauen hoben sich, als er die Arme vor dem Körper verschränkte.

„Ist das so?" Sein Blick fiel auf Taichi, der Kanbas Andeutungen sowie sein überfreundliches Lächeln ignorierte. Glaubte der Kerl wirklich, er hatte Angst vor ihm? Dass Kei seinen stellvertretenden Manager über ihn stellen würde? Lächerlich.

„Nein." Eine knappe und einfache Antwort. Plötzlich wollte Taichi nicht mehr schreien. Er wollte Kanba einfach nur langsam zermürben. Erwürgen wäre auch gut gewesen, aber noch war Taichi nicht so weit selbst einen Mord zu begehen.

„Was habt ihr dann besprochen?" Kei lehnte sich an die Wand neben der Tür und ließ seinen Blick zu Kanba schweifen, der sofort versuchte, sich zu erklären.

„Kume-san will mich sicher nur veräppeln, nicht wahr?" Er geriet ins Schwitzen. Sehr gut. „Es war nichts von Bedeutung, Tsuruga-san. Aber wollen wir die Gelegenheit nicht nutzen, und uns über einige Ihrer bevorstehenden Termine auszutauschen? Es stehen ein paar große Feiern an, die im Hotel abgehalten werden sollen."

„Darüber bin ich bereits dank Sasaki-san im Bilde, Kanba-san", schmetterte Kei seinen Versuch ab, vom Thema abzulenken. Und bevor er weitersprechen konnte, grätschte Taichi in die Unterhaltung hinein.

„Ich will einfach nur, dass er geht." Sofort nickte Kei und deutete mit einer Handbewegung zur Tür. Kanba zögerte kurz, und schien sich versichern zu wollen, dass Kei wirklich ihn meinte, bevor sein Chef nickte und der stellvertretende Manager sich verbeugte.

„Sehr wohl, Tsuruga-san. Wie Sie wünschen. Dann empfehle ich mich für heute. Bis morgen." Und damit verschwand der Kerl endlich aus der Suite. Taichi atmete erleichtert auf und wandte sich dann um, um ins Kaminzimmer zu wechseln. Dort angekommen, stützte er sich auf seinem Schreibtisch ab. Er wusste nicht, ob er lieber heulen, lachen oder doch endlich schreien sollte. Dieser Kerl hatte ihm eben den letzten Nerv genommen, den er noch geglaubt hatte zu besitzen.

„Hey, alles ist gut. Er ist weg." Keis starke Arme, die sich von hinten um ihn legten, waren so unglaublich wohltuend. Sie gaben Taichi sofort den Halt, den er im Gespräch mit Kanba gesucht hatte. Er ließ sich an Keis Brust zurücksinken und legte seinen Kopf an dessen Schulter, was ihm einen Kuss auf die Schläfe einbrachte.

„Willst du darüber reden?"

„Ich weiß nicht." Wollte Taichi das? Hatte das einen Sinn? Kei stellte ihn zwar eindeutig über Kanba, aber deswegen würde er ihn nicht gleich entlassen, oder?

„Hat er sich selbst reingelassen?"

„Jein. Ich hab ihm die Tür aufgemacht und er ist reingeprescht. So schnell konnte ich gar nicht schauen."

„Und was wollte er von dir?" Taichi zögerte. Nicht, dass er Angst hatte, Kei Kanbas wirkliche Absichten mitzuteilen, aber er war es so leid. So leid, dass alle sie trennen und hintergehen wollten.

„Das Gleiche, wie deine Mutter", flüsterte er schließlich und schloss die Augen, während sich seine Hände an Keis Armen festhielten. Er spürte, wie sein Liebster sich anspannte.

„Er wollte, dass du mich verlässt?" Keis Stimme klang schneidend.

„Ich hab dir doch gesagt, dass er mich nicht leiden kann." Die Umarmung wurde etwas zu fest und Taichi wimmerte leise. Sofort ließ Kei wieder locker und küsste seine Schläfe erneut.

„Entschuldige. Ich hatte nicht geglaubt, dass es so schlimm ist."

„Nichts Neues." Taichi drehte seinen Kopf und hauchte Kei einen Kuss auf das Kinn, um ihm zu zeigen, dass er seine Entschuldigung annahm. „Vor ein paar Monaten hätte ich beiden vermutlich noch geglaubt, dass ich nicht gut für dich bin, und hätte ernsthaft darüber nachgedacht dich zu verlassen. Aber mittlerweile ..."

„Danke." Das Wort klang so traurig und doch so erleichtert, dass Taichis Herz schmerzte. Es war gut, dass sie so ehrlich sein konnten. Dass sie nun alles voneinander wussten. So konnte sie niemand auseinanderbringen. Niemals.

„Ich danke dir. Du weißt gar nicht, wie sehr ich dich brauche."

„Doch, denn ich brauche dich genauso." Endlich lächelte Kei wieder, was auch Taichi dazu brachte, seine Mundwinkel leicht zu heben.

„Lass uns heute nicht mehr über ihn reden, ja?"

„Gut, aber nur, wenn du mir ein andermal erzählst, was er alles gesagt hat."

„Versprochen."

„Danke."

„Dafür nicht. Du regst dich sicher genauso auf, wie ich."

„Vermutlich. Aber das ist okay. Ich will so etwas wissen, ja? Egal, von wem es kommt."

„Okay."

„Dann lass uns noch ein bisschen kuscheln, bevor ich wieder arbeiten muss. Das hatte ich sowieso vor. Aber ich lass dich erst wieder allein, wenn ich weiß, dass du okay bist."

„Schon gut. Ich weiß ja, dass du wiederkommst. Also bin ich okay."

Sanft löste Kei seine Arme und drehte Taichi zu sich herum, bevor er ihn anlächelte und ihn dann in einen sanften Kuss verwickelte.

◊◊◊

Die sehnlichst erwartete Zweisamkeit am Abend verlief allerdings nicht, wie geplant, ruhig und erholsam, sondern verwandelte sich in ein zähes Warten und Bangen. Gerade als Kei in ihre Suite zurückgekehrt war, hatte er einen Anruf seiner Mutter erhalten, den er zunächst ignorieren wollte, ihn dann aber glücklicherweise doch angenommen hatte. Dieses Mal ging es nicht, wie erwartet, um Taichi, sondern um seinen Großvater. Er war zusammengebrochen und ins Krankenhaus gebracht worden. Natürlich ließ sich Kei alles genau erzählen, während er sich eilig umzog, um zu seiner Familie in der Klinik zu stoßen. Dafür hatte er den Lautsprecher angestellt und Taichi bekam mit, dass die Lage nicht sehr gut aussah. Der Mann hatte im letzten Jahr stark abgebaut und der Zusammenbruch war vermutlich ein leichter Schlaganfall gewesen.

War es grausam von Taichi zu denken, dass dieser Mann, der vor Hayato Tsuruga der Chef des Familienunternehmens gewesen war, es gar nicht weiter schaffen musste? Immerhin war er einer derjenigen, der Keis Familie davon abhielt, ihre Beziehung anzunehmen. Ob Kei auch so dachte? Mochte er seinen Großvater? Sie hatten nie über ihn gesprochen. Vielleicht sollten sie das jetzt. Oder zumindest, wenn Kei zurück war.

„Soll ich mitkommen? Ich kann im Auto warten", bot Taichi an, als er sah, wie Kei sich durchs Haar fuhr. Die Sache stresste ihn. Verständlicherweise.

„Was?" Der junge Manager wandte sich seinen Schuhen zu. „Ähm... nein. Schon gut. Ich schaffe das schon." Deswegen versuchte er auch gerade den linken Fuß in den rechten Schuh zu quetschen.

„Kei. Du musst da nicht alleine durch. Ich bin für dich da." Taichi hatte sich vom Bett erhoben und war vor Kei getreten, um ihm sanft den falschen Schuh zu entwinden, und ihm den Richtigen hinzuhalten. Endlich sah der Ältere auf.

„Ich weiß. Danke." Er atmete tief durch und hielt einen Augenblick inne, bevor er entschlossen nickte. „Ich würde mich freuen, wenn du mitkommst."

„Gut." Taichi streifte eilig eine frische lange Leinenhose und ein Polo-T-Shirt über, bevor er in seine Turnschuhe schlüpfte.

Gemeinsam fuhren sie mit dem Aufzug in die Tiefgarage, wo einer der Chauffeure bereits auf sie wartete. Taichi war erleichtert. Er hätte Kei in diesem Zustand nur ungern fahren sehen.

Die Reise durch die Stadt dauerte ungefähr eine halbe Stunde, in der Kei nur auf sein Smartphone starrte. Irgendwann hatte Taichi von dieser angespannten Haltung jedoch genug und nahm es seinem Liebsten sanft aus der Hand. Ein Blick genügte und Kei lächelte traurig, bevor er es zuließ. Schließlich nahm Taichi seine Hand und strich beruhigend darüber. Das Smartphone behielt er bei sich, während Kei seinen Kopf in den Nacken an die Kopfstütze legte und die Augen schloss. Nach und nach wurde sein Atem ruhiger und das Handy blieb stumm. Vermutlich ein gutes Zeichen.

Als sie am Krankenhaus ankamen, gab Taichi das Smartphone zurück und drückte noch einmal Keis Hand. Der junge Manager beugte sich zu ihm und küsste ihn kurz, bevor er aus dem Auto verschwand. Taichi achtete nicht auf den Chauffeur, der ebenfalls ausgestiegen war, um wohl frische Luft zu schnappen. Er schnallte sich ab und machte es sich auf dem Rücksitz bequem. Das würde sicher dauern. Gut, dass auch Taichi sein Smartphone eingesteckt hatte. Obwohl er sich nicht sicher war, ob er mal wieder die neusten Nachrichten lesen wollte.

„Tai? Hey, aufwachen. Wir sind da", drang Keis sanfte Stimme allmählich in Taichis Bewusstsein vor. Wo waren sie? Waren sie unterwegs gewesen? Taichi rieb sich die Augen und blinzelte Kei an, als ihm in den Sinn kam, was passiert war. Er richtet sich kerzengerade auf und beugte sich zu seinem Liebsten.

„Du bist schon zurück? Wie war es? Wie geht es ihm? Wie geht es dir?" Keis Antwort war zunächst ein sanftes Lächeln.

„Das erzähle ich dir oben. Wir sind wieder zurück am Hotel." Er strich Taichi über die Haare und stieg dann auf seiner Seite des Autos aus. Schon wieder am Hotel? Eilig folgte der Student seinem Geliebten aus dem Wagen und tatsächlich waren sie schon wieder in der Tiefgarage.

„Das tut mir leid. Wieso hast du mich nicht geweckt?" Taichi hatte ja gar nicht schlafen wollen! Verdammt!

„Weil das auch nichts geändert hätte, Dummerchen." Sie gingen zum Aufzug, der keine Minute brauchte, um sie aufzunehmen. „Es war gut, dass du einfach da warst. Der Gedanke daran hat mir im Krankenhaus Kraft gegeben und auch auf der Rückfahrt." Taichi schnappte sich Keis linken Arm und lehnte sich dagegen, während sie der leisen Melodie des Aufzugs lauschten. Bis Taichi es nicht mehr aushielt.

„Und wie geht es dir und ihm?" Kei seufzte, bevor er Auskunft gab.

„Mir geht es ganz gut. Ich komme damit klar. Mein Großvater hingegen ... na ja ... er hat wohl nicht mehr lange. Aber ... das ist okay für ihn und ich denke für mich auch." Taichi sah zu Kei auf, der unbewusst mit seinem Daumen über den Handrücken seines Liebsten strich. Kei schien wirklich damit klar zu kommen. Zumindest sah er besser aus als vor dem Abstecher ins Krankenhaus.

„Weißt du, ich mochte ihn schon sehr, aber es ist nicht so, als hätte er es mir leicht gemacht. Mein Vater hat keine Geschwister und es war klar, dass er das Unternehmen erbt. Bei mir ist es genauso. Wir beide wurden seit unserer Kindheit darauf vorbereitet und das nicht nur durch die besten Schulen. Interne Unternehmensangelegenheiten, Bekanntschaften und vieles mehr, wurden über die Jahre weitergegeben. Das war nicht immer schön und es gab eine Zeit, da habe ich das Ganze gehasst." Taichi hörte aufmerksam zu, ließ seinen Liebsten aber auch nicht los, als sie vom Aufzug in die Suite wechselten. Dort angekommen, setzten sie sich auf ihr Bett, während Kei weiter erzählte. Von Dingen, die er bisher nicht erwähnt hatte.

„Es gab also auch eine Zeit, in der ich meinen Großvater nicht mochte. Er war noch rüstig und hatte nach der Übergabe an meinen Vater Zeit, sich um mich zu kümmern. Was er mit sehr viel Hingabe tat und dafür bin ich ihm auch dankbar, aber na ja ... Wie du ja schon mitbekommen hast, hat er meine sexuelle Orientierung nie erfahren und weiß auch nichts von dir." Vermutlich würde er nun auch nie von Taichi erfahren.

Der junge Student hatte sich an die Rückenlehne des Doppelbettes gelehnt und seinen Liebsten mit dem Kopf in seinen Schoß dirigiert. Nun strich er ihm über das Haar und lauschte, ohne ihn zu unterbrechen. Wenn Kei seine Meinung wollte, würde er es sagen.

„Es ist schade, dass er bald gehen muss, aber so ist das eben. Immerhin konnte ich mich verabschieden. Und mein Vater wird sicher bis zum Ende an seiner Seite bleiben." Eine kurze friedliche Stille trat ein, als wäre bereits jemand verschieden.

„Meinst du, es ist seltsam, dass ich nicht weinen muss?" Keis Finger zupften an Taichis Hose, um dann mit ernster Miene die Falten mit der Hand glatt streichen zu wollen.

„Ich glaube, du akzeptierst den Tod. Zumindest in diesem Fall. Das ist nichts Verwerfliches. Und wie du dich fühlen wirst, wenn er gestorben ist, ist wieder etwas anderes. Aber selbst, wenn nicht, dann heißt das nicht, dass das seltsam ist. Jeder geht anders mit dem Tod um." Ob Kei keine Empathie besaß? Immerhin hatte er ohne große Gefühle Menschen getötet und dass ein Familienmitglied im Sterben lag, schien ihn auch nicht großartig zu stören. Meinte er das mit *seltsam*?

„Danke."

„Lass uns schlafen gehen und den merkwürdigen Tag hinter uns lassen, ja?" Taichi streckte sich, kaum, dass Kei sich aufrichtete.

„Ja, du hast recht. Wobei das Thema Kanba noch nicht abgehakt ist. Besser gesagt, doch ist es. Für mich. Der Kerl bleibt auf keinen Fall." Was für ein Themenwechsel. Oder auch wieder nicht? Wieso ging es bei ihnen immer um den Abschluss von etwas? Sei es der Tod oder die Kündigung.

„Ist das alles, was du machen willst?" Taichi traute sich kaum, zu fragen, oder besser es sich vorzustellen, aber wegsehen konnte er auch nicht mehr einfach.

„Eigentlich nicht." Ihre Blicke trafen sich und Kei suchte etwas in seinem Blick, das Taichi selbst nicht sehen konnte.

„Wegen mir?"

„Natürlich. Und wegen dir ist es auch noch nicht sicher. Immerhin willst du es nicht, richtig?"

„Nein, will ich nicht. Aber ich will auch nicht ..." Was? Das Kei litt? Ja, das war es wohl, was ihn am meisten beschäftigte. Sei es wegen Kanba oder dem Großvater.

„Können wir das nicht morgen besprechen?", bat Taichi schließlich und Kei stimmte zu.

Viel wurde in dieser Nacht nicht mehr gesprochen, aber die Stille war keineswegs abweisend. Nein, sie war beruhigend, wie eine Übereinkunft.

24.

Tetsuo Kanba war gekündigt worden. Gleich am nächsten Morgen hatte Kei ihn zu sich in sein Büro bestellt und ihm ohne weitere Erklärungen, ein Empfehlungsschreiben, eine Abfindung und die fristlose Kündigung überreicht. Zumindest hatte Kei es Taichi so erzählt. Der Manager war wohl so geschockt gewesen, dass er selbst nicht viel gesagt hatte, doch er konnte sich sicher denken, wie das alles zustande gekommen war.

Die Suche nach einem neuen Stellvertreter und Assistenten war bereits eine Stunde später in vollem Gange gewesen und die Bewerbungen waren nur so hereingeflattert. Kein Wunder. In einem Hotel der Tsurugas arbeiten zu dürfen, war nicht nur gut bezahlt, sondern auch eine Ehre und das eigene Ansehen inklusive das der Familie stieg. Taichi fragte sich, ob das immer noch so sein würde, wenn der einzige Sohn der Familie sich doch irgendwann mal outete.

Kaori Sasaki half Kei als seine Sekretärin und Terminverwalterin natürlich tatkräftig dabei und zu Taichis Fragen kamen weitere hinzu. Immerhin sah ein Blinder, dass Sasaki auf ihren Chef stand, aber auch genau wusste, wem sein Herz gehörte. Da war es doch nur eine Frage der Zeit, wann sie genauso wie Kanba auf ihn losgehen würde. Kei selbst war natürlich ahnungslos. Oder zumindest tat er so, was wohl die einfachste Methode war, um die Frau in Schach und bei der Arbeit zu halten. Gute Arbeit verrichteten nämlich, soweit Taichi wusste, alle, die in Keis Hotel einen höheren Rang innehatten. Wer also würde Kanba folgen? Ein Mann? Eine Frau? Nett? Neugierig? Fokussiert?

Normalerweise wäre Taichi das egal gewesen. Immerhin wusste er jetzt, wie stark Kei hinter ihm stand. Aber er kam nicht umhin, sich Gedanken zu machen. Vor allem, wenn sein Liebster mit ihm über Kandidaten sprach. Er wollte wohl sichergehen, dass er keinen zweiten Kanba erwischte, doch wie sollte man so etwas vorher wissen? Man konnte schlecht fragen: Sind Sie heimlich schwul? Kommen Sie mit Homosexuellen zurecht? Oder wie stehen Sie zur gleichgeschlechtlichen Ehe? Solche Fragen würden schnell die Runde machen. Wenn auch hauptsächlich in den Klatschblättern. Dennoch. Kei sollte das nicht noch einmal durchmachen müssen.

So verging der Samstag recht gehetzt und Taichi hoffte inständig auf den Sonntag, der jedoch mit noch Schlimmerem aufwartete. Keis Großvater starb. Der junge Manager selbst ging das Ganze recht ruhig und besonnen an, beinah so, als hätte er mit der Sache bereits Freitagnacht abgeschlossen gehabt. Legitim, wie Taichi fand und doch spürte er, dass Kei unruhiger als sonst war. Ob das wirklich nur am Tode seines Großvaters lag?

Erst einen weiteren Tag später, am darauffolgenden Montag, war sich Taichi sicher, dass mehr hinter Keis Unruhe steckte. Diese war mittlerweile nicht mehr nur deutlich zu spüren, sondern auch klar an seiner Laune erkennbar. Und das bereits am frühen Morgen.

„Hast du meine beige Krawatte gesehen?" Hektisch zog Kei seine Krawattenschublade heraus und sah zum dritten Mal über die Reihen, während Taichi nur in Unterhose und Schlafshirt neben ihn trat.

„Ist die nicht in der Reinigung?", erinnerte sich der Student dunkel.

„Ach, scheiße, ja. Mist." Taichis Augenbrauen hoben sich überrascht. Kei fluchte selten und schon gar nicht in seiner Gegenwart. Er hatte einfach nie Grund dazu.

„Ist es so schlimm, wenn du eine andere nimmst? Du hast doch genug."

„Die Beige ist aber mit dem Familienwappen versehen!", erwiderte Kei so laut, dass Taichi einen Schritt zurücktrat und abwehrend die Arme hob. Dennoch versuchte er es weiter, als sein Liebster die Krawattenschublade heftiger als gewöhnlich anstieß, um sie dazu zu bringen, sich langsam selbst einzufahren. Gut, dass sie das tat, sonst wäre es laut geworden.

„Du hast doch noch zwei andere mit dem Wappen."

„Die sind aber dunkler! Dann muss ich wieder einen anderen Anzug nehmen!" Wow. Das hatte Kei noch nie gestört. Er besaß so viele schicke Klamotten, dass es ihm normal egal war, was er davon anzog, solange es zusammenpasste.

Trotz seiner Widerworte schob Kei bereits die Anzüge über die Kleiderstange und murmelte mit gerunzelter Stirn irgendetwas vor sich hin. Die Anspannung war nicht nur spürbar, sondern auch deutlich zu sehen, als Kei sich sein frisch angezogenes Hemd wieder vom Oberkörper riss und auf den Boden warf. Das war der Punkt, an dem Taichi beschloss einzugreifen.

„Kei?" Der Student nahm seinen Liebsten sanft am Arm und zog leicht daran, doch der Größere rührte sich nicht vom Fleck. Stattdessen funkelte er ihn an.

„Was?" Ihre Blicke trafen sich und mit einem Mal verschwand der wütende Gesichtsausdruck. Zumindest ein Stück weit.

„Tut mir leid. Ich wollte dich nicht anschnauzen."

„Das weiß ich doch." Nun ließ sich Kei doch von Taichi zum Bett dirigieren. Dort deutete der Student seinem Liebsten an sich zu setzen, während er vor ihm in die Knie ging und seine Hände auf dessen Oberschenkeln ablegte.

„Jetzt sagst du mir erst mal, was los ist, und dann suchen wir dir einen Anzug raus." Kei wollte sofort protestieren, was Taichi jedoch voraussah und sofort die Hand hob.

„Ich weiß, du hast es eilig, weil du neben deiner Arbeit auch noch ein paar Dinge für die Beerdigung koordinieren musst, aber das hier muss sein, oder neben mir wird das ganze Hotel darunter leiden."

Kei schloss die Augen und atmete durch, was einen weiteren Teil seiner Anspannung löste. Zumindest glaubte Taichi das zu spüren.

„Also, was bedrückt dich?"

Es vergingen ein paar Sekunden, in denen Kei seine Augen wieder öffnete, Taichis Blick jedoch mied. Das war wirklich nicht normal.

„Ich ... will nicht darüber reden", gab der junge Manager schließlich zu und begann mit Taichis Fingern der linken Hand zu spielen.

„Warum nicht?", fragte der Jüngere sanft.

„Weil ... ich dich nicht damit belasten will. Du hast deswegen schon genug durchgemacht. Da musst du nicht auch noch mein durchgeknalltes Hirn kennen."

„Eigentlich dachte ich, dass ich das bereits tue." Taichis rechter Mundwinkel hob sich zu einem schiefen Lächeln und Kei schnaubte.

„Ja, zum Teil. Und das hat dir auch nur Sorgen und Angst bereitet."

Also ging es um das Töten. Da war sich Taichi jetzt sicher. Kurz überlegte er, was in den letzten Tagen vorgefallen war, das ihn und jemand Fremdes betroffen hatte, bevor er zu nur einem Schluss kam.

„Es geht um Kanba, stimmt's?" Kei sah ihm endlich wieder in die Augen, zögerte aber, bevor er dann doch nickte. „Er lässt dir also keine Ruhe?" Wieder nickte Kei und nun war es an Taichi tief durchzuatmen, um dem Druck, der sich sofort in seinem Inneren aufbaute, entgegenzuwirken.

„Warum machst du dann nicht, was du tun willst?" Kei atmete hörbar ein und sah ihn mit großen Augen an. Taichi war klar, was er seinem Liebsten mit diesen Worten für einen Freifahrtsschein gab, doch was sollte er tun? Ihm war klar, dass Kei alles riskierte, wenn er jemanden töten ging und dass es falsch war, egal, wie gemein derjenige zu ihm gewesen war, aber ... Nein. Kein Aber. Taichi hatte sich für Kei entschieden und das hieß auch, dass er nicht wollte, dass er sich schlecht fühlte. Und wenn es nur einen Weg gab, um die Sache besser zu machen, dann sollte es so sein.

„Wirklich?" Keis Stimme war ein Flüstern und seine Antwort kam deutlicher und stärker hervor, als er sich vermutlich fühlte.

„Ja." Taichi erhob sich. „Wir können auch darüber sprechen, wenn du das brauchst. Aber schau, dass du wieder ins Gleichgewicht kommst, sonst muss ich noch mit zur Beerdigung und ich glaube, das wäre vielen Leuten nicht recht." Auch Kei stand auf und schloss seinen Liebsten fest in die Arme.

„Danke. Ich verspreche es." Vermutlich erleichterte allein der Gedanke daran sein Gemüt. Oder würde Kei es noch vor der Beerdigung *erledigen*?

Taichi erwiderte die Umarmung und schloss die Augen. Über so etwas sollte er nicht nachdenken. Er würde es sicher bald erfahren.

◊◊◊

Zwei Tage später war es so weit. Die Totenwache hatte begonnen und Kei kam nur zum Umziehen und Schlafen zurück ins Hotel. Wobei er meist nicht mehr als fünf Stunden schlief, als die Wache in die Trauerfeier und schließlich in die Beisetzung überging. Danach schien alles auf einmal leichter. Keis Laune, der Alltag und das Leben. Zumindest solange Taichi verdrängen konnte. Der Student hatte sich während der tagelangen Beisetzung selbst ungewollt immer wieder mit dem Thema Tod auseinandergesetzt. Als er dann am darauffolgenden Montag in den Nachrichten nichts von einem neuen Mordfall oder Toten las, war er einerseits erleichtert, andererseits aber auch nervös. Er hatte noch keine Zeit gefunden mit Kei zu sprechen und so war ihm lediglich geblieben seine Gefühlsregungen zu deuten, wenn er ihn zwischendurch oder im Halbschlaf traf.

Sein Geliebter wirkte gut gelaunt und ausgeglichen und Taichi war sich fast sicher, dass Kanba nicht mehr lebte, doch ohne Bestätigung war das nicht zu hundert Prozent sicher. Vielleicht gab Kei diese Stimmung nur vor, um ihn nicht weiter mit hineinzuziehen und zu verunsichern? Andererseits spürte Taichi es meist, wenn sein Liebster angespannt war und das schien gerade nicht der Fall zu sein. Er war lediglich noch immer vielbeschäftigt. Oder noch beschäftigter als sonst schon, denn auch, wenn einige Festlichkeiten aufgrund der Trauerzeit abgesagt oder verschoben worden waren, so galt es sich um das Erbe zu kümmern. Keis Großvater hatte zwar das meiste schon an seinen Vater übergeben, aber eben nicht alles und es galt natürlich die Ehre des Verstorbenen hochzuhalten.

Taichi war also größtenteils wieder allein mit seinen Gedanken, die er eigentlich gar nicht weiter verfolgen wollte. Er lenkte sich mit lernen und sogar manchmal Fernsehen ab. Letzteres wurde allerdings schnell wieder eingestellt, als der Student versehentlich an einen Film geriet, in dem ein Mann für seine Liebste einen Mord beging. Taichi schaffte es zwar nicht, die laufende Geschichte abzuwürgen, aber danach schaltete er den Fernseher auch nicht wieder ein. Der Film ließ ihm allerdings einige Tage - oder besser Nächte – keine Ruhe. Der Mörder war erwischt und hingerichtet worden und Taichi kam nicht umhin Kei in dieser Rolle zu sehen. Das schürte nicht nur seine Nervosität, sondern auch seine Angst. Dazu macht es ihm aber auch klar, dass er ohne Kei nicht mehr leben wollte. Es einfach nicht konnte. Doch das wiederum hieß, dass er mit diesen Gedanken und Gefühlen klarkommen musste, wenn er nicht durchdrehen, Fehler machen und alles vermasseln wollte. Abgesehen davon hatte er nicht vor in ständiger Angst und mit dieser Unsicherheit zu leben. Die einfachste Lösung wäre wohl gewesen mit Kei darüber zu sprechen, doch Taichi hatte Angst davor, dass sein Liebster dann Schuldgefühle bekam oder ihm in dieser Richtung nichts mehr anvertraute. Das wollte der Jüngere nun auch wieder nicht. Gerade jetzt, wo sie scheinbar alles miteinander teilten und voneinander wussten.

Es blieb Taichi also nur die Gedanken zu ertragen und sich abzulenken, bis ihm eine Methode einfiel, wie er mit all dem klar kam – oder sich sein Gewissen an die Dinge gewöhnt hatte. Falls das möglich war. Aber immerhin hatte der Student schon so vieles akzeptiert, was ein Mensch wohl nicht hinnehmen sollte.

◊◊◊

Am darauffolgenden Samstag fand Kei endlich mal wieder mehr als ein paar Minuten Zeit für Taichi, was sich zuerst in längerem Sex widerspiegelte. Taichi genoss hierbei nicht nur die

Aufmerksamkeit und Ablenkung durch und mit seinem Geliebten, sondern auch die Leere im Kopf, während sich sein Herz füllte.

Nach einer gemütlichen Dusche und weiteren Fummeleien machten es sich die beiden auf der Couch gemütlich und aßen ein paar süße Köstlichkeiten, die sie sich hatten bringen lassen. Kei hatte sein Smartphone beiseitegelegt und sich ganz seinem Liebsten gewidmet, den er nun mehr fütterte als selbst zu essen.

„Es ist schön, dich endlich mal wieder für mich zu haben." Taichi biss von dem Erdbeer-Sahne-Windbeutel ab, den Kei ihm hinhielt.

„Ja, es gab in letzter Zeit wieder mal viel zu tun. Tut mir leid. Dabei wollte ich viel mehr für dich da sein." Kei fuhr mit seiner Zunge über die Lippen und Mundwinkel seines Geliebten, die etwas Sahne abbekommen hatten. Taichi nutzte die Gelegenheit und stahl sich einen schnellen Kuss.

„Ich weiß doch, dass du für mich da bist. Und, dass du arbeiten musst." Dennoch kuschelte er sich wieder an seinen Liebsten.

„Warum sagst du mir dann nicht, was dich bedrückt?" Taichi horchte auf. Kei war zu aufmerksam oder kannte ihn einfach zu gut.

„Weil ich nicht darüber reden will", gab er leise zu.

„Weil es nichts Gutes ist oder weil du mich schonen willst?"

„Beides."

„Hm ..." Während Kei nachzudenken schien, versuchte Taichi sich voll auf dessen Nähe zu konzentrieren, um nicht doch mit irgendetwas herauszuplatzen. Kei war im Gegensatz zu ihm meist so geduldig und genügsam – wenn es nicht ums Töten ging. Dagegen kam sich Taichi irgendwie gierig vor. Nicht, wenn es um weltliche Dinge ging, sondern um seinen Liebsten.

„Ich kann dich nicht dazu zwingen, mit mir zu reden, und das will ich auch gar nicht. Aber du brauchst mich wirklich nicht schonen. Vor allem nicht, wenn es dir dadurch schlecht geht."

Taichi hatte sich Keis Hand geschnappt und strich sanft über seinen nackten Arm, während er überlegte, was er dazu sagen sollte. Er entschied sich erst einmal für einen Themenwechsel.

„Wieso denken die Leute nochmal immer, dass du nur mit mir spielst und ich dich nur ausnutze?"

Sein Liebster hob ihre verschränkten Hände und küsste seinen Handrücken, bevor er seine zweite Hand dazunahm und Taichis Finger in seine beiden Hände legte. Er streckte sie behutsam und strich über seinen Ringfinger.

„Weil sie nicht erkennen, wie sehr ich dich vergöttere und dass wir uns lieben", flüsterte er schließlich dicht bei Taichis Ohr und den jüngeren durchfuhr ein wohliger Schauer.

„Ja. Sie sehen nur unseren Stand", hauchte er zurück. „Aber es nervt." Seine Stimme wurde strenger und damit kräftiger. „Warum mischen sich alle ein?" Taichi beantwortete sich seine Frage selbst. „Ich weiß, aufgrund ihres Ansehens und Standes. Ich will ja auch nicht, dass du schlecht dastehst."

„Ich weiß. Mich nervt diese Engstirnigkeit auch. Daher habe ich auch beschlossen, etwas dagegen zu unternehmen." Kei ließ Taichis Hand gehen und langte zum Tisch, um sich eine Praline zu klauen, die er allerdings vor Taichis Mund hielt. Der Student schloss seine Lippen darum und zog die Schokolade mit der Zunge in seinen Mund. Er ließ den fruchtigen Inhalt im Inneren zergehen, bevor er schluckte und fragte.

„Und was genau hast du geplant?"

„Ich will mich nach der Trauerzeit outen."

Taichi hielt inne und blinzelte. Er war sich nicht sicher, ob er das richtig verstanden hatte, auch wenn Kei durchaus deutlich und immer noch dicht an seinem Ohr gesprochen hatte. Er richtete sich auf und sah seinen Geliebten an.

„Du willst was?" Kei grinste ihn an.

„Dich den Leuten vorstellen."

Hätte Taichi nicht gewusst, dass Kei mit so etwas nicht scherzte, er hätte es für einen Witz gehalten. So rutschte sein Herz allerdings in seine Boxershorts.

„Woah! Warte. Halt." Abwehrend fuchtelte der Student mit seinen Händen in der Luft herum. „Das kannst du nicht machen! Ich meine, doch kannst du, aber das willst du nicht. Auf keinen Fall!"

Keis Grinsen schrumpfte zu einem sexy Lächeln zusammen. Das war ein gemeiner Schachzug.

„Ich kann und ich werde. Jetzt, wo mein Großvater ruht, ist das ein wichtiger Schritt." Er fing Taichis noch immer hochgehobene Hände mit seinen ein und senkte sie langsam. So beeinträchtigt, schüttelte der Jüngere vehement den Kopf.

„Kei, du weißt genau, dass das dir und dem Hotel schaden wird. Außerdem will ich gar nicht darüber nachdenken, was passiert, wenn wir nur einen Fuß vor die Tür setzen."

„Ja, es wird eine Zeit dauern, bis die Paparazzi ein anderes Thema finden, über das sie herziehen können, aber das schaffen wir."

„Nein, Kei. Tu das nicht. Bitte." Taichi löste seine Hände, um damit das Gesicht seines Liebsten einzufangen. „Sie werden mich auf der Uni anders behandeln und erwarten, dass ich dich zu piekfeinen Veranstaltungen begleite. Du weißt, das wäre der Horror für mich."

Kaum hatte Taichi seine Gedanken ausgesprochen, als er innehielt und sich bewusst wurde, wie egoistisch seine Worte eigentlich waren. Er ließ seine Hände sinken und setzte sich auf die Couch zurück.

„Tut mir leid. Das Ganze ist dir wichtig und ich denke nur an mich." Er biss sich auf die Unterlippe. Er hatte sich doch vorgenommen, alles für Kei zu tun, und kaum stand er vor einer Herausforderung, fiel er ihm in den Rücken.

„Nein. Schon gut. Du musst dich nicht entschuldigen. Ich weiß, wie schwer das für dich ist, und habe trotzdem nur daran gedacht, dass ich will, dass die Leute sehen, wie toll du bist. Wie toll mein Partner ist. Mir tut es leid." Kei runzelte die Stirn, als hätte er seinen Plan zwar abgeschlossen, aber noch nicht ganz aufgegeben.

Es herrschte ein kurzes Schweigen, indem jeder der beiden überlegte, was er für den anderen tun konnte. Und wie immer war Kei schneller mit seinen Überlegungen.

„Wie wäre es mit einem Kompromiss?" Taichi horchte auf und nickte eilig.

„Was immer du willst." Die Falten auf Keis Stirn verschwanden und sein Gesicht wurde wieder von einem Lächeln erhellt.

„Ich werde mich outen, aber nicht verraten, ob oder wen ich als Partner habe. Wäre das für dich in Ordnung?"

Taichis Augen wurden bei diesem Vorschlag groß. Das war perfekt! Natürlich würde es weiterhin Heimlichkeiten geben und die Angestellten im Hotel würden Bescheid wissen, aber das war auch nicht anders als jetzt schon. Solange er mit Kei in der Öffentlichkeit nicht erkannt wurde, würde alles beim Alten bleiben. Lediglich die Tatsache, dass der Erbe der Hotelkette schwul war, kam ans Licht. Die Medien würden sich sicher darum reißen und vermutlich auch darauf anspielen, was der verstorbene Reporter geschrieben hatte, doch da es dieses Mal mit einer Pressekonferenz und in der Hand der Tsuruga-Gruppe herauskam, konnte Kei das sicher alles lenken. Und das Wichtigste daran: Keis Wunsch wurde erfüllt.

25.

Natürlich war es nicht so einfach, sich zu outen. Nicht, wenn man noch Eltern hatte, die sich um ihren Sohn, ihr Ansehen und ihre Hotelkette sorgten. Und auch, wenn Taichi von den meisten Gesprächen der Familie nichts mitbekam, so erzählte ihm Kei regelmäßig davon. Nicht nur, weil es ihn beschäftigte, sondern auch, weil er mit ihnen genauso nach einem Kompromiss suchte, wie mit seinem Liebsten. Normalerweise ließ Kei sich recht wenig vorschreiben. Immerhin hatte er auch Taichi aufgenommen, bei sich behalten und ihn gegen seine Eltern verteidigt, aber dieses Thema schien zu groß zu sein, um es alleine bewältigen zu können. Also wurde weiter diskutiert. Somit hörte der Student seinem Partner zu, gab ihm Halt und munterte ihn hin und wieder auf, wenn er nicht gerade zur Uni ging. Das neue Semester hatte begonnen und brachte seine ganz eigenen Probleme mit sich.

Eigentlich hatte Taichi ja beschlossen sich, von seinen Freunden beziehungsweise Bekannten, fern zu halten, doch die meisten gaben nicht so schnell auf. Während Tora nur die Augen verdrehte und trotzdem in seiner Nähe blieb, versuchte Liam ihn immer wieder in ein Gespräch zu verwickeln. Als sie schließlich bei einem Raumwechsel nur noch zu zweit unterwegs waren und Taichi das Geschwafel des Kanadiers nicht einmal mehr kommentierte, zog dieser ihn plötzlich beiseite.

„Okay. Jetzt reicht es. Sag mir, warum du mich so links liegen lässt? Ich dachte, wir hätten beschlossen, uns nicht mehr wegen deines Liebsten zu streiten. Aber deswegen können wir doch noch Freunde sein."

Taichi sah zu dem Größeren auf. Wenn Liam nur wüsste, dass er ihn längst abgeschrieben hatte. Vielleicht sollte er es ihm einfach sagen.

„Weißt du was, Liam? Lass mich einfach in Ruhe, okay?" Taichi wandte sich um und ging davon. Der Kanadier blieb perplex und endlich stumm zurück. Die Worte seines Kameraden hatten ihn anscheinend aus heiterem Himmel getroffen. Es würde nicht leicht werden, wenn sie wieder Gruppenarbeiten erledigen mussten, aber Taichi würde das schon hinbekommen. Irgendwer blieb immer übrig und musste untergebracht werden. Und so lief er immerhin auch Kain nicht mehr über den Weg, wenn er bei den Treffen außerhalb des Campus nicht mehr dabei war. Das war nicht nur für ihn selbst besser, sondern auch für die anderen drei. Immerhin war er mit einem Mörder zusammen und Kei war schnell eifersüchtig. Dazu kam, dass Taichi sich selbst in keinster Weise mehr unschuldig fühlte. Kei tat das alles hauptsächlich für ihn und Taichi selbst hatte ihm für Kanba einen Freifahrtsschein ausgestellt. Somit war er doch nicht nur ein Mitwisser, sondern auch Mittäter.

Als Taichi das in diesem Augenblick das erste Mal richtig bewusst wurde, begann sein Herz zu rasen und er spürte, wie Hitze in ihm aufstieg. Er lief los. Nur raus hier. Rücksichtslos rannte er durch den Flur und ins Freie, wo er erst stehen blieb, als die Übelkeit überhandnahm. Ihm wurde schwindlig und als er sich an einer Sitzbank abstützte, gaben seine Beine nach. Er sank auf die Knie und versuchte zu Atem zu kommen.

Die Meeresluft war seine Rettung. Sie hatte ihn schon immer beruhigt. Als Taichi sich ihrer hier draußen bewusst wurde, versuchte er seinen Atem zu regulieren, indem er sich auf den salzigen Geruch konzentrierte. Die Sonne brannte auch heute, aber Taichi kam sie gerade, wie eine helfende Hand vor, die ihm seine kalten Glieder wärmte. Wie konnte man an so einem Sommertag frieren?

Nach einer kleinen Ewigkeit, die vermutlich gerade mal ein paar Minuten lang gewesen war, richtete sich Taichi auf und setzte sich mit wackligen Beinen auf die Bank, an der er sich abgestützt hatte. Er lehnte sich mit seinem Rucksack an die Rückenlehne und legte den Kopf in den Nacken. Mit geschlossenen Augen gab er sich der Sonne und der leichten Brise der See hin und versuchte, an nichts außer diese äußerlichen Einflüssen zu denken.

Als ihm kurz darauf doch wieder heiß wurde, nahm er seinen Rucksack ab, holte seine Wasserflasche heraus und trank sie beinah leer. Danach erhob er sich vorsichtig und warf seinen Rucksack wieder über eine Schulter, während er nach einem

Schattenplatz Ausschau hielt. Langsam trottete er über den Campus und versuchte, näher an das Meer heranzukommen. Dabei begannen sich seine Gedanken wieder zu melden. Allerdings nicht mehr so lebhaft und direkt, dass sein Körper nicht damit klar kam.

Als er sich schließlich wieder niederließ, war er verschwitzt und schmeckte das Salz des Meeres und sein eigenes. Doch das war ihm egal. Am liebsten wäre Taichi einfach nach Hause in ihre Suite gefahren und hätte sich in Keis Armen ausgeheult. Aber das konnte er nicht tun. Oder besser, das wollte er nicht tun. Im Endeffekt würde Taichi sich nur noch schlechter fühlen, wenn es seinem Liebsten auch nicht gut ging. Aber vielleicht war gerade das der Gedanke. Kei. Er war kein Gedanke, sondern ein Gefühl und jemand für den Taichi sich entschieden hatte alles zu tun. Also musste er selbst klarkommen. Und wenn er für Kanbas Ableben verantwortlich war, dann musste Taichi das akzeptieren.

Eigentlich hatte er ja gedacht, dass er das längst getan hätte. Aber wohl nur oberflächlich, während er in Keis Nähe gewesen und nur an ihn gedacht hatte.

Der Student schluckte trocken und holte dann erneut seine Wasserflasche hervor, um sie zu leeren. Einfach an Kei denken. An seine Liebe, seinen Geruch und seine Ruhe.

Taichi seufzte und erhob sich dann, um seinen Rucksack wieder richtig zu schultern. Für heute würde er die Uni hinter sich lassen. Kei würde sowieso noch arbeiten und er konnte auch zu Hause in klimatisierter Umgebung lernen. Immerhin war er jetzt ruhiger. Es sollte ihm also niemand etwas anmerken.

So machte sich Taichi also quer über den Campus auf den Weg zurück zur Bahn. Dort ankommen sollte er allerdings erst später. Als der Student um eines der Gebäude bog, sah er, wie aus dem gegenüberliegenden Haus drei Personen traten. Gut, dass Taichis Körper dieses Mal auf ihn hörte, und sofort reagiert, anstatt zu erstarren. So konnte er sich gerade noch um die Ecke flüchten. Bei den drei Personen handelte es sich nämlich um Liam, Otsuka und Domoto. Hatten die beiden Polizisten den Kanadier aus dem Kurs geholt, um ihn wegen Taichi zu befragen?

Erneut schlug das Herz des jungen Mannes bis zu seinem Hals. Vielleicht hätte er doch netter zu Liam sein sollen. Wer wusste schon, was er ihnen erzählen würde. Andererseits wusste Liam nichts, was sie mit den Morden in Verbindung bringen würde. Er könnte höchstens ihre Liebesbeziehung bestätigen. Dennoch könnte es sie beide in ein schlechteres Licht rücken. Immerhin mochte Liam Kei nicht.

Während die drei etwas abseits von dem doch recht leeren Campushof stehengeblieben waren, überlegte Taichi fieberhaft, was er nun tun sollte. Schließlich entschloss er sich dazu, das Risiko einzugehen. Er lief um das Gebäude, hinter das er sich geflüchtet hatte herum und versuchte, möglichst gelassen hinter das Nächste zu gelangen, ohne, dass die drei ihn sahen. Es gelang. Immerhin rief niemand nach ihm. Leider war er immer noch zu weit entfernt, um etwas zu verstehen. Also rannte er auch um dieses Gebäude herum, um sich an der gegenüberliegenden Seite an die Mauer zu lehnen. Erneut versuchte er, nicht gehetzt oder verdächtig auszusehen. Gar nicht so einfach, wenn das Herz raste, man schwitzte und schwer atmete. Gut, dass gerade Unterricht herrschte und kaum jemand auf dem Campus unterwegs war. Dennoch war auch der jetzige Platz zum Belauschen eher ungeeignet. Er konnte nun zwar die Stimmen der drei hören, doch nicht, was sie sagten. Da blieb nur noch die Bank an einem der Bäume, aber das war ein wirklich riskanter Platz. Nicht nur das hinkommen, ohne gesehen zu werden, war schwierig, sondern auch dort zu sitzen. Er könnte leicht entdeckt werden, wenn die Polizisten den Campus in diese Richtung verlassen würden.

Taichi hatte keine Zeit, um länger zu zögern. Er atmete noch einmal tief durch und ging dann mit gesenktem Kopf auf die Bank zu. Sein Herz schlug so laut, dass er nichts anderes hören konnte. Beinah mechanisch ließ er sich auf der Sitzgelegenheit mit dem Rücken zu der kleinen Gruppe nieder und packte ein Lehrbuch und etwas zum Schreiben aus. So sah er nicht nur unauffälliger aus, sondern hatte auch eine Ausrede, falls sie ihn doch fanden. Eilig kritzelte er etwas passend zur Buchseite auf seinen Block und versuchte dann, durch gleichmäßiges Atmen sich weiter zu beruhigen, um endlich etwas von der Unterhaltung verstehen zu können.

„...hat er nie was dazu gesagt. Wieso auch?" Das war Liam.

„Nun ja, es war ja auch bei Ihnen Gesprächsthema, wie Sie bereits meinten." Domotos drängende Stimme ließ Taichi sogar jetzt die Augen verdrehen. Der Typ war wirklich nervig ohne Ende.

„Das heißt nicht, dass Taichi was dazu zu sagen hatte. Er ist nicht der Gesprächigste." Liam mochte ihn wohl auch nicht, so patzig, wie seine Antwort klang. Oder er wollte einfach nicht über ihn reden.

„Also hat er viele Geheimnisse?"

„Wieso sollte er?"

„Na, wenn er wenig über sich und seine Beziehung zu Tsuruga-san spricht?"

Taichi wäre am Liebsten aufgesprungen und hätte Domoto erklärt, dass er sich seine Vermutungen sonst wohin stecken konnte.

„Ihnen ist schon klar, dass sich outen nicht so einfach ist, oder? Vor allem, wenn man mit dem Erben einer Hotelkette zusammen ist. Natürlich erzählt man da das ein oder andere nicht."

Taichis Herz sank in seine Magengegend. Liam verteidigte ihn trotz allem noch. Das hatte er eigentlich gar nicht verdient.

„Lassen Sie es gut sein, Domoto", mischte sich Otsuka ein. „Sie müssen verstehen Liam-san, dass es uns hierbei nicht um die homosexuellen Geheimnisse von Taichi Kume und Kei Tsuruga geht."

„Das ist mir schon klar." Liam unterbrach ihn, denn Otsuka hatte nicht so geklungen, als wäre er schon fertig gewesen. „Aber Sie müssen auch verstehen, dass ich Ihnen nichts weiter dazu sagen kann. Taichi ist ein aufrechter junger Mann, dem seine Studien und Tsuruga-san sehr wichtig sind. Ich treffe ihn nie außerhalb der Unizeiten und weiß dementsprechend auch nichts über seine sonstigen Tätigkeiten."

„Er hat sich also nie hier mit anderen unterhalten oder mal geschwänzt?" Otsuka war nicht so leicht aus der Ruhe zu bringen, wie immer.

„Was meinen Sie mit anderen? Leute, die nicht zum Campus gehören? Nein. Warum sollte er? Und nein, er hat noch nie gefehlt. Wie gesagt: Er ist ein vorbildlicher Student."

Jemand rutschte mit seinen Schuhen über den rasenfreien Bereich vor der Bank, auf der Liam saß, während eine kurze Pause eintrat, bevor Otsuka erneut zu fragen begann.

„Wie ist es mit dem Vorfall auf dem Fest, den Sie uns vorhin beschrieben haben?"

Liam seufzte laut und auch seine Stimme nahm an Volumen zu, als er antwortete.

„Das habe ich Ihnen doch schon gesagt. Ich habe nichts weiter gesehen! Keine Ahnung, wie Tsuruga-san ihn losgeworden ist. Taichi war auf jeden Fall bei uns, bis er seine Pause angetreten hat und mit ihm weggegangen ist. Ich bin doch nicht sein Babysitter und überwache ihn. Vor allem nicht, wenn Tsuruga-san dabei ist."

„Würden Sie das denn für uns tun?" Domoto meldete sich eifrig zu Wort.

„Was?", fragte Liam genervt zurück.

„Ihn im Auge behalten."

„Taichi?" Domoto musste lediglich genickt haben, denn es war nichts zu hören, bevor Liam wieder sprach.

„Sie meinen, ich soll ihn ausspionieren? Für Sie?"

„Nicht direkt. Sie sollen nur ein Auge auf ihn haben und sich bei uns melden, wenn er mal fehlt oder es ihm nicht so gut geht. So wie heute, wenn er verschwindet." Domoto klang als würde er grinsen. Widerlich.

„Das ist ausspionieren", wandte Liam ein.

„Sie müssen sich nicht sofort entscheiden. Sagen Sie uns einfach Bescheid, falls Sie bereit dazu sind, Liam." Otsuka bedrängte wenigstens niemanden. „Und wenn ihr Freund wirklich unschuldig ist, dann ist doch nichts dabei. Im Gegenteil, sie schützen ihn damit sogar. Immerhin sind einige der Morde hier in der Gegend geschehen und wir wissen noch nicht, ob sie zusammenhängen und was das Motiv ist."

Liam blieb stumm und nach einer kleinen Pause fuhr Otsuka fort.

„Und wie ich bereits erwähnt habe, ist da auch noch die Frage nach dem Einfluss der Yakuza. Sollten Sie also in dieser Richtung etwas beobachten, wäre es hilfreich, wenn Sie sich bei uns melden."

Ach ja, Otsuka war ja eigentlich auf Yakuza-Aktivitäten spezialisiert. Womit er gar nicht so falschlag. Taichi musste Kei diesbezüglich wirklich noch einmal ansprechen. Nicht, dass er darin verwickelt werden wollte, aber einfach, um keine Fehler zu begehen. Wobei es da vermutlich besser war wirklich nichts darüber zu wissen, als das, was Kei ihm bezüglich Familienangelegenheiten anvertraut hatte. Was er nicht wusste, konnte er nicht im falschen Moment ausplaudern. Aber ein bisschen neugierig war Taichi ja schon.

„Dann freuen wir uns, von Ihnen zu hören."

Liam hatte nicht mehr viel zu alldem gesagt. Vermutlich hatten die beiden ihm ihre Visitenkarten gegeben. Glücklicherweise gingen die Kriminaler in eine andere Richtung davon, als in die, in der Taichi saß und der Student konnte endlich wieder frei atmen. Allerdings nicht lange, denn eine bekannte Stimme ließ ihn erschrocken zusammenzucken.

„Ganz schön riskant, dich hier hinzusetzen. Ich dachte, du wärst längst weg."

Taichi sah auf und direkt in Liams Gesicht, das Verwirrung widerspiegelte.

„Seit wann weißt du, dass ich hier sitze?"

„Seit du dich gesetzt hast. Ich hatte ja freie Sicht." Liam ließ sich neben ihm nieder und spielte mit den zwei Visitenkarten in seiner Hand, während Taichi Buch und Block einpackte. Jetzt musste er nicht mehr so tun, als würde er lernen.

„Bist du hier, weil du Angst hattest, dass ich was Falsches sage?"

„Kannst du denn was Falsches sagen?", konterte Taichi und fühlte sich sofort schlecht. Immerhin hatte Liam – soweit er das mitbekommen hatte – nichts Negatives über ihn verlauten lassen. Im Gegenteil: Er war nicht begeistert davon gewesen, dass er ihn ausspionieren sollte.

„Ich weiß nicht. Ich weiß ja nichts. Du erzählst ja nicht wirklich was. Und, dass Kei kein guter Einfluss für dich ist, ist ja nur meine Ansicht." Das wäre etwas gewesen, dass er den Kriminalern hätte erzählen können. Hatte er aber nicht. „Das heißt aber nicht, dass ihr zusammen morden geht." Wenn Liam wüsste.

„Danke." Taichi klammerte sich an seinen wieder geschlossenen Rucksack und blickte, genau, wie sein einstiger Kumpel, auf den Boden vor sich.

„Allerdings weiß ich, dass es dir in letzter Zeit nicht gut geht. Ich glaube zwar nicht, dass das mit ..."

„Liam?" Taichi wollte es nicht hören, also unterbrach er ihn.

„Ja?" Der Kanadier sah auf.

„Halte dich von mir fern." Taichis Stimme war leise, aber bestimmt. „Das ist das Beste für uns alle."

„Aber ..." Der Ansatz dieses Widerworts hing einige Sekunden zwischen ihnen in der Luft, bevor Liam es schaffte, seinen Satz zu beenden. „Wenn du denkst, dass ich dich ausspionieren werde, dann liegst du falsch. Ich will, dass wir weiterhin Freunde bleiben. Du glaubst mir nicht?" Taichi sah zu, wie der andere die beiden Visitenkarten in kleinste Schnipsel zerriss und sein einziger Gedanke war: Die landen bestimmt im Meer.

„Ich werde auch nichts mehr über Kei sagen, falls es das ist, was dich stört", beteuerte der Kanadier. Wieso wollte er so verzweifelt sein Freund bleiben? Was sah Liam in ihm? Er war mittlerweile genauso ein Mörder, wie Kei und noch nie besonders herzlich gewesen. Warum also?

„Was soll das, Liam?" Taichi erhob sich noch immer mit seinem Rucksack im Arm.

„Was soll was? Dass ich mit dir befreundet bleiben will? Ich mag dich einfach. Als Freund. Und ich will das nicht wegen eines Missverständnisses wegwerfen."

Eines Missverständnisses? Nein. Das war kein Missverständnis. Das waren Tatsachen. Es war nur natürlich, dass Liam Kei nicht leiden konnte. Zu Recht, wenn man es aus jeder anderen Sicht als die von Taichi oder Keis Familie sah. Er war ein Mörder. Und jeder, der mit ihm zu tun hatte, schwebte in Gefahr, wenn er nicht zu Keis Liebsten zählte.

Egal, ob Taichi Liam mochte oder nicht, wenn sie befreundet blieben, war er in Gefahr. Körperlich, seelisch und was seinen Ruf anging. Das wollte Taichi nicht. Er wollte nicht weiterhin Leute verlieren, die er kannte. Daher konzentrierte er sich so stark auf seinen Geliebten. Kei war der Einzige, den Taichi brauchte. Deswegen war es besser so.

„Liam, bitte. Lass es einfach gut sein." Taichi hob eine Hand, als der Kanadier aufsprang, um erneut zu widersprechen. „In Zukunft bleibt jeder für sich. Ende der Diskussion. Akzeptier das einfach." Und bevor Liam erneut etwas sagen konnte, lief Taichi einfach davon. Weg von seinem letzten Freund. Weg von allem, was nicht Kei war. Er musste, genau wie Liam, akzeptieren, dass das, wofür er sich entschieden hatte, auch Leid und Schuld mit sich brachte und nicht nur die Liebe, die er für Kei empfand.

Wie schön waren doch die Semesterferien gewesen, in denen Taichi nur mit Kei zusammen hatte sein können. Umso klarer wurde ihm jetzt, wie sehr er in einer Blase gelebt und akzeptiert hatte. Dort war es leichter gewesen, allem abzuschwören und die dunkle Seite seines Liebsten zu reflektieren. Hier draußen war das jedoch eine ganz andere Sache. Hier, wo andere Menschen atmeten, ihm bekannt waren und in Gefahr vor Kei und ihm selbst schwebten. Aber es war zu spät, um einen Rückzieher zu machen. Ob Taichis Körper und Seele damit klar kamen oder nicht. Er würde das durchziehen. Sein Entschluss stand trotz allem. Eine Einsicht, die seinen Körper beruhigte. Vermutlich, weil sein Herz längst akzeptiert hatte. Alles. Alles, worum sich sein Kopf noch sorgte.

26.

„Was soll das heißen, du hast morgen einen Termin mit der Polizei?" Taichi saß nur mit Schlafshorts bekleidet auf dem Bett und starrte seinen Liebsten entgeistert an.

„Na ja, das, was ich gesagt habe. Sie haben erneut um ein Gespräch mit mir gebeten und ich habe mich dazu bereiterklärt. Mit Nakai-san natürlich." Kei kam gerade aus dem Bad und trug nichts außer seiner frisch gereinigten Haut.

„Warum?" Taichi klang für seinen eigenen Geschmack viel zu verzweifelt, als er seine Finger in der Bettdecke vergrub. „Lass doch deinen Anwalt allein mit ihnen reden."

Kei erwiderte den Blick seines Geliebten für einen Augenblick und fuhr sich dann durch das noch feuchte Haar, bevor er zu ihm aufs Bett kletterte.

„Ich verstehe, dass du Angst hast, aber ich habe alles unter Kontrolle. Versprochen." Taichi presste die Lippen zusammen, als Kei ihm sanft mit dem Daumen über die Wange strich. Er wollte ihm ja vertrauen und tat das auch, aber ...

„Bitte sei vorsichtig", presste er schließlich hervor und schloss die Augen. Er beugte sich nach vorne und ließ seine Stirn auf Keis Schulter ruhen.

„Das bin ich immer." Kei strich ihm über das Haar hinab bis zu seinem Rücken. Sie schwiegen eine ganze Zeit lang, während Taichis Gedanken darum kreisten, ob man solche Dinge überhaupt unter Kontrolle haben konnte. Schließlich meinte er:

„Wie kannst du dir bei so etwas so sicher sein? Hast du gar keine Angst?" Kei nahm ihn in den Arm und zog ihn seitlich mit sich, bis sie zusammen auf dem Bett lagen. Taichi kuschelte sich an seinen Geliebten.

„Manchmal habe ich schon Angst. Aber eigentlich nur um dich oder dass wir getrennt werden. Ich bin mir meiner Fähigkeiten bewusst. Das heißt, ich weiß, was ich tue und wie ich Probleme regle und aus der Welt schaffe. Das habe ich bereits sehr früh gelernt."

Hieß das, dass Kei schon vor ihm Menschen getötet hatte?

„Ich weiß, was du denkst und nein", mischte sich sein Liebster in seine Gedanken ein und Taichi fragte sich, ob er sie doch laut geäußert hatte. „Ich habe, bevor ich dich kannte noch nie getötet. Aber es gibt immer Dinge zu regeln, wenn man in so ein großes Erbe hineingeboren wurde. Du weißt doch, Ansehen ist alles." Taichi nickte langsam und begann Keis Schlüsselbein nachzufahren. Deswegen hatte er ja auch nicht verstanden, wieso Kei sich outen wollte.

„Dass ich noch einmal mit der Polizei spreche, ist reine Taktik, die ich bereits mit Nakai-san besprochen habe. Die Kriminaler denken zwar sicher, dass sie im Vorteil sind, aber dem ist nicht so. Ich kann in einem Gespräch herausfinden, wie viel sie wissen und dementsprechend handeln. Sie hingegen werden keinen Schritt weiterkommen."

Taichi atmete tief durch und sog dabei den Geruch seines Geliebten ein, der mit seiner Waschlotion verbunden wie eine frische Meeresbrise roch. Er schloss die Augen und seine Unruhe legte sich ein Stück weit.

„Warum hast du mir nicht früher gesagt, dass du Angst hast, Tai?" Die Augen des Gefragten öffneten sich langsam wieder.

„Weil ich nicht will, dass du dir Sorgen machst. Und ich will dir auch keine Last sein. Ich will damit umgehen können. Aber ... das ist ... so schwer."

Ein Kuss landete auf seinem Haar und Taichi spürte, dass er den Tränen nahe war. Nicht, weil Kei es herausgefunden hatte, sondern, weil er sich selbst so schwach und nutzlos fühlte. Wieso kam er damit nicht klar, wenn er Kei doch akzeptierte, wie er war?

„Deswegen solltest du auch nie davon erfahren", flüsterte der Ältere und die Tränen kullerten aus den Augen des Jüngeren.

„Tut mir leid", flüsterte er heißer zurück.

„So war das nicht gemeint. Du musst dich für nichts entschuldigen. Ich wollte nur dich und dein reines Herz schützen. Das habe ich gründlich vermasselt."

„Nein." Taichi schüttelte den Kopf und schniefte. „Ich will alles über dich wissen. Es ist gut, dass wir keine Geheimnisse mehr haben. Ich muss mich nur zusammenreißen."

Keis Finger strichen erneut beruhigend durch sein Haar und schließlich über seinen Rücken.

„Würde es dir helfen, wenn wir einen Notfallplan haben?" Die feuchten Wimpern blinzelten ein paar Mal überrascht, bevor Taichi etwas zurückrutschte, um seinen Liebsten ansehen zu können.

„Was meinst du mit Notfallplan?"

„Na ja, einen Plan, falls sie mich erwischen. Dann weißt du, was du tun kannst, und musst keine Angst mehr davor haben."

„Du meinst, wenn sie *uns* erwischen."

„Also gut. Wenn sie einen von uns erwischen."

Taichi dachte kurz über die Idee nach und nickte schließlich.

„Ja, das könnte helfen." Es wäre quasi eine Vorbereitung, mit der er sich absichern könnte. Eine, die er sich langsam einprägen, verinnerlichen und akzeptieren würde. Das könnte zumindest die Panik des Erwischtwerdens in den Hintergrund drängen. Einen Versuch war es auf jeden Fall wert.

Taichi nickte erneut und sah Kei dann in die Augen.

„Wie würde der Plan denn aussehen?"

Nun war es an dem jungen Hotelmanager kurz nachzudenken, bevor er Taichi eine Reihe von Dingen vorschlug, die sie je nach Situation ausführen könnten. Schließlich einigten sich die beiden auf knapp fünf Punkte, die es abzuklären galt, bevor sie den Plan jeweils in die Tat umsetzen würden. Allein dieses Gespräch beruhigte Taichi bereits. Auch, wenn das Thema wirklich kein schöner Anlass war und der Plan kein schönes Ende für sie beide bereithielt. Aber zu wissen, was er im Notfall tun musste, war irgendwie eine Erleichterung. Da blieb nur noch eins.

„Ich möchte dir auch so mehr helfen, Kei. Lass mich dich unterstützen." Die während des Redens umherwandernden Hände auf seinem Oberkörper hielten abrupt inne und ihre Blicke trafen sich ein weiteres Mal.

„Nein, Tai. Das kommt nicht in Frage."

„Aber warum denn nicht? Immerhin ist es meine Schuld, dass ...“

„Ich sagte nein, Tai.“ Kei klang bestimmt. „Du sollst dich nicht mit diesen unreinen Dingen befassen. Und nichts davon ist deine Schuld. Bitte denk sowas nicht.“ Die Finger von Keis linker Hand gruben sich in Taichis Oberarm und er zuckte zusammen. Sofort lösten sich die Finger seines Liebsten.

„Tut mir leid. Ich wollte dir nicht wehtun. Ich will nur nicht ...“ Kei brach seufzend ab. Er wirkte verzweifelt, als er Taichi wieder an sich drückte.

„Ich weiß doch.“ Taichis Hände taten sich schwer in der Umarmung zu Keis Gesicht zu gelangen, aber sie schafften es schließlich und hielten es sanft fest. „Ich weiß, wie du über mich denkst, auch, wenn ich dir da nicht zustimme. Doch du musst auch mich verstehen. Ich will nicht, dass es dir schlecht geht oder du etwas vor mir verheimlichen musst.“ Taichi küsste sanft die zusammengepressten Lippen seines Geliebten.

„Solange es dir gut geht, geht es mir auch gut“, murmelte Kei an seinem Mund und entlockte Taichi ein Lächeln. „Das ist ganz einfach.“

„Wir machen es uns wohl beide schwerer, als wir müssten, was?“ Der Jüngere lachte leise, während Keis Lippen sich an seinem Hals zu schaffen machten.

„Scheint so.“

„Aber das war auch der Grund, wieso ich nichts gesagt habe. Ich will nicht, dass du dir so viele Gedanken machst und dich einschränkst.“ Wow, jetzt sah er Mord schon als Einschränkung. Das war neu. Und solange er nicht an die Opfer dachte, auch irgendwie nicht mehr so beängstigend.

„Okay. Zum Notfallplan machen wir noch Folgendes aus: Du sagst mir alles, was dich bedrückt und ich ändere trotzdem nichts, es sei denn, ich möchte es.“

„Klingt gut.“ Taichi konnte wieder lächeln und die Tränen waren nun gänzlich vergessen, als Kei seine Hände kurz darauf tiefer wandern ließ.

Kei hatte seine Liebsten nicht erlaubt bei der Befragung, bzw. dem Gespräch, wie er es nannte, dabei zu sein. Er hatte ihm ausführlich erklärt, dass es ihm nicht darum ging, dass Taichi etwas Falsches sagen könnte, sondern, dass er den Kriminalern nicht sein Blatt zeigen wolle. Das klang für Taichi zwar nach einem Spiel, aber er widersprach nicht. Bisher hatte Kei immer gewusst, was das Beste war. Außerdem hatte er ihm angeboten mitzuhören. Der junge Manager würde einen Ohrstöpsel tragen, den er lediglich auf Empfang einstellen würde. Ein Angebot, das Taichi sehr versöhnlich stimmte.

Als die Zeit für den Besuch gekommen war, war der Student mittlerweile sogar froh, dass er nicht mit im Besprechungsraum saß. Er war wieder unglaublich nervös. Und trotzdem die kleine Gruppe ihn nicht hören konnte, wagte er es nicht sich zu bewegen oder einen Laut von sich zu geben. Wie erstarrt saß er auf der Couch und lauschte, wie der Anwalt Domoto und Uehara in das Zimmer bat und sich alle begrüßten. Otsuka schien dieses Mal also nicht mitgekommen zu sein. Aber war es gut, dass ausgerechnet Uehara wieder mit dabei war? Immerhin war er der Ranghöchste in diesem Fall. Zumindest soweit Taichi wusste. Ob er wieder seinen grauen Anzug mit der gelben Krawatte trug?

Taichi schüttelte die Gedanken an die Kleidung des Mannes rasch ab, als Nakai-san zum Thema kam.

„Also meine Herren, wie können wir Ihnen dieses Mal helfen?"

„Zunächst hätten wir ein paar Fragen." Domoto klang geschäftig und Taichi schluckte unweigerlich. Doch noch bevor der Kriminalhauptmeister diese ausführen konnte, schaltete sich sein Vorgesetzter ein.

„Eines möchte ich hier aber vorher klarstellen: Das hier ist kein Verhör. Die Fragen dienen nur zur Information unsererseits. Des Weiteren haben wir danach ein weiteres Anliegen."

Es wurde kurz still in Taichis Ohr und der junge Student dachte schon, er hätte den Kontakt verloren, als Kei erneut sprach.

„In Ordnung. Dann stellen Sie bitte Ihre Fragen. Ich werde sie gerne persönlich beantworten."

„Tsuruga-san ..." Nakai wollte widersprechen, doch er verstummte sogleich wieder. Ob Kei seine Hand gehoben hatte? Taichi konnte es sich zumindest lebhaft vorstellen. Jeder hielt inne, wenn er das tat.

„Da es sich nicht um ein offizielles Verhör handelt, sehe ich keinerlei Probleme." Taichi vernahm ein Rascheln. Es klang, als hätte sich jemand gesetzt. Nakai-san vielleicht?

„Danke." Das war Domoto. Also führte er zunächst einmal das Gespräch. „Wie Sie sich vielleicht denken können, geht es um Kanba-san." Taichi schluckte unweigerlich und presste die Lippen zusammen. Natürlich ging es um ihn. Hatten sie bereits entdeckt, dass er tot war? Wusste Kei davon? So viele Fragen und der einzige, der welche stellen durfte, war dieser blöde Kriminaler.

„Was genau wollen Sie über ihn wissen?" Kei klang beinah amüsiert. War das gut? Das fiel Domoto sicher auch auf. Immerhin hörten sie ihn nicht nur, sondern sahen ihn auch.

„Kurz nachdem Sie ihm gekündigt haben, soll er die Stadt verlassen haben. Können Sie uns etwas dazu sagen?"

„Nein. Nachdem er das Hotel verlassen hatte, habe ich ihn weder gesehen, noch mit ihm gesprochen. Ich hatte keinen Bedarf und keinen Grund mehr dafür. Es interessiert mich nicht, was Leute machen, die entlassen wurden."

„Darf ich fragen, wieso Sie ihn so plötzlich entlassen haben? Immerhin war er seit Jahren Ihre rechte Hand."

„Um ehrlich zu sein, nein, Sie dürfen nicht fragen. Aber ich sage Ihnen gerne etwas dazu. Während manche Verbindungen ein Leben lang bestehen, lösen sich andere irgendwann. So ist das nun mal."

Domoto räusperte sich, bevor er fortfuhr. Oder zumindest ging Taichi davon aus, dass er es war.

„Also wissen Sie nicht, wo er sich gerade aufhält?"

„Nein. Wie gesagt, es interessiert mich nicht." Erneut entstand eine kurze Pause, in der Unterlagen raschelten. Dann sprach Kei erneut.

„Ich möchte auch gerne eine Frage stellen. Wieso fragen Sie mich nach Kanba-san? Was hat er mit Ihren Ermittlungen zu tun?"

Die Antwort kam nicht sofort. Vielleicht musste Domoto erst überlegen oder fragte seinen Vorgesetzten stumm um Erlaubnis? Taichi konnte nur raten. Auf jeden Fall gab Domoto schließlich eine Antwort ab.

„Kanba-san ist zurzeit nicht auffindbar. Wir haben versucht, ihn zu kontaktieren, aber niemand weiß, wo er ist."

„Verstehe. Dann kann ich Ihre Fragen nachvollziehen. Oder sollte ich Verdächtigungen sagen?" Jetzt lächelte Kei eindeutig. Das hörte man und Taichi bekam eine Gänsehaut. Die Stimme seines Liebsten konnte wirklich sexy-herausfordernd sein.

„Natürlich nicht. Wie bereits erwähnt, handelt es sich nicht um ein Verhör." Uehara klang ebenfalls, als würde er lächeln. Allerdings eher gezwungen.

„Dann machen wir doch weiter", lud Kei die Ermittler ein und Taichi verkniff sich selbst ein Grinsen. Langsam fand er diese Sitzung spannend und war gar nicht mehr so nervös. Vielleicht weil Kei, wie immer, alles im Griff zu haben schien?

„Es geht noch einmal um die Familie Terashima. Wir haben bereits mit dem Oberhaupt gesprochen, würden aber gerne noch einmal Ihre Meinung dazu hören."

„Da muss ich Sie leider enttäuschen. Unsere Familien sind schon sehr lange befreundet und Sie verstehen sicher, dass ich den Terashimas nicht in den Rücken fallen will. Schon allein, weil der Kontakt hauptsächlich zwischen meinem Vater und dem Oberhaupt besteht."

„Ja, natürlich. So war das auch nicht gemeint. Wir wollen lediglich wissen, ob Sie mit zwei verdächtigen Personen der Familie Kontakt hatten."

Oha. Das klang nicht so gut. Taichi wusste nicht viel über den Terashima-Clan, aber es war bekannt, dass sie den Yakuza angehörten. Würden sie Kei in Schwierigkeiten bringen?

„Es gibt also Verdächtige der Familie bezüglich der in der Presse aufgetauchten Morde? Dürfen Sie mir das überhaupt erzählen?"

Erneut antwortete dieses Mal Uehara auf Keis Fragen.

„Dazu möchte ich nun gerne etwas vorgreifen. Wir wollten Sie um eine Kooperation bitten."

„Sie wollen mit mir zusammenarbeiten?"

„Ja. Daher auch die Fragen meines Kollegen. Sie haben ein weitreichendes Netzwerk und sind leider mit den meisten vermissten oder ermordeten Personen in Kontakt gekommen. Daher wollten wir Sie um Unterstützung bitten." Der letzte Satz schien Uehara schwergefallen zu sein. Er klang ziemlich gepresst. Taichi runzelte die Stirn. War das eine neue Taktik, um Kei nahe zu sein?

Sein Liebster schien jedenfalls darüber nachzudenken, denn er antwortete nicht. Stattdessen fuhr Uehara fort.

„Um die Frage von vorher wieder aufzugreifen: Kennen Sie diese beiden Personen? Sie sind bei Familie Terashima angestellt."

Taichi hätte zu gerne gewusst, was sein Liebster gerade dachte. Dennoch war er immer noch froh, nicht im selben Raum wie die Kriminaler zu sein.

Als Kei endlich wieder sprach, verspürte der Jüngere Erleichterung. Seine Stimme klang ruhig und fest. Was hatte er auch von Kei erwartet gehabt?

„Ja, natürlich kenne ich sie. Allerdings rein vom Sehen her. Wirklich bekannt bin ich mit ihnen nicht. Und was Ihren Vorschlag angeht, würde ich mich gerne mit meinem Anwalt beraten. Sie verstehen sicher, dass ich da kein Risiko eingehen will."

„Danke. Natürlich. Nehmen Sie sich Zeit. Sie wissen ja, wie Sie uns kontaktieren können."

„Sicher. Gibt es sonst noch etwas, das Sie besprechen möchten?"

„Das wäre erst notwendig, falls Sie der Zusammenarbeit zustimmen."

„Alles klar. Dann sind wir hier wohl erst einmal fertig."

„Ja. Vielen Dank für Ihre Mitarbeit."

„Jederzeit gerne, Uehara-san. Domoto-san."

Alle verabschiedeten sich höflich. Papier und Kleidung raschelte und Taichi blendete die Geräusche aus dem Kopfhörer aus. Er grinste mittlerweile über beide Ohren. Für ihn war dieses Gespräch ein eindeutiger Sieg für ihre Seite. Das Böse hatte eine Schlacht gewonnen. Seltsamerweise fand es der junge Student gar nicht mehr so schlimm auf der dunklen Seite. Zumindest für den Moment. Aufgeregt sprang er von der Couch und tigerte im Zimmer umher. Kei hatte ihm versprochen sofort nach dem Gespräch hochzukommen. Er konnte es kaum erwarten! Hoffentlich sah sein Liebster die Sache genauso, wie er.

Als schließlich das Klacken des Schlosses erklang, war Taichi in wenigen Schritten bei seinem Geliebten und fiel ihm um den Hals. Die Tür fiel hinter ihm zu und er lachte, als er sich mit dem Jüngeren in seinen Armen einmal um sich selbst drehte.

„Womit habe ich das denn verdient?" Keis Augen leuchteten vergnügt, als sich Taichi, nur soweit von ihm löste, dass sie sich ansehen konnten.

„Du bist ein Genie!", kicherte der Kleinere.

„Oh, vielen Dank. Schön, dass du das auch so siehst." Kei strich ihm ein paar verirrte Haarsträhnen aus dem Gesicht. „Also bist du zufrieden mit dem Gespräch?"

„Na, klar. Das lief doch echt gut, oder nicht? Auch, wenn ich den beiden nicht traue. Von wegen sie wollen dich als Unterstützung. Ich glaube ja, sie wollen uns im Auge behalten. Aber was meinst du? Ich fand es toll, wie Domoto immer wieder aufgeben musste."

Kei hörte ihm die ganze Zeit schmunzelnd zu, bis Taichi von selbst begriff, dass sein Liebster durch seinen Redeschwall gar nicht die Möglichkeit hatte, ihm seine Fragen zu beantworten.

„Oh, tut mir leid. Ich bin nur so aufgeregt. Das war alles so spannend. Puh..." Taichi stahl sich einen Kuss von Keis grinsenden Lippen und zog ihn dann sanft mit zur Couch vor den kalten Kamin.

„So aufgekratzt kenn ich dich ja gar nicht. Und ich dachte, du sitzt hier verstört und hast noch immer Angst." Kei ließ sich nieder und trank einen Schluck aus Taichis Wasserglas.

„Na ja, am Anfang hatte ich das ja auch. Aber irgendwie ..." Seine Stirn legte sich in Falten, als er über seinen Gemütszustand nachdachte. „Ich weiß auch nicht, wann ich so euphorisch wurde. Es war einfach, als hätten sie keine Chance gegen dich und das hat mir dieses Hochgefühl gegeben." Jetzt, wo Taichi es aussprach, war er sich seiner Emotionen gewiss.

Kei nickte, als würde er verstehen, was sein Liebster meinte und lehnte sich dann zurück.

„Um dir aber deine Fragen zu beantworten: Natürlich traue auch ich ihnen nicht. Genau deswegen habe ich um Zeit gebeten. Nakai-san muss schließlich auch nicht alles erfahren. Aber ich denke, ich werde die Gelegenheit nutzen, um selbst weiter von uns abzulenken."

Taichis Herz machte einen Sprung, bevor es heftiger zu schlagen begann. Das klang riskant und doch auch wieder aufregend. Doch er durfte sich nicht der Illusion hingeben, dass das hier ein Spiel war. Spannung war gut, aber nicht, wenn sie sie ins Verderben stürzte.

„Lass mich raten, du bist zwiegespalten?" Kei zog Taichi dichter an sich heran und legte einen Arm um ihn. Der Jüngere nickte nur eilig. „Ich habe dir schon mal gesagt, dass du dir nicht so viele Gedanken machen sollst. Darum wollte ich dir das Ganze ja auch gar nicht erzählen. Aber egal, ob du Angst hast oder dich freust, sag mir, wie du dich fühlst, ja? Ich will nicht, dass du allein damit fertig werden musst."

„Ja, ich weiß. Es ist nur so verwirrend. Ich hab noch nie so viel über Gut und Böse nachgedacht."

„Gut und Böse ist auch eine etwas sehr schwarz-weiße Ansicht." Kei spielte mit seiner freien Hand mit Taichis Fingern und beide sahen auf ihre sich begegnenden Hände. „Abgesehen davon solltest du vielleicht auch eher an dich und mich denken.

Also nicht an die Einteilung oder Ansichten anderer. Versuche, deine eigene Einstellung zu finden. Und die muss nicht nur in Richtung Schwarz oder Weiß gehen. Sie kann auch in einem Graubereich oder einem Strahlen liegen. So, wie bei mir." Er küsste Taichis Haar und der Jüngere nickte erneut. Das klang irgendwie beruhigend, auch, wenn es eine Herausforderung darstellte. Sich seine eigene Weltanschauung zu überlegen, klang wie eine Matheaufgabe, für die es keine richtige Lösung gab. Vor allem, wenn keiner seiner Sicht zustimmen würde. Was durchaus möglich war.

„Aber, wie gesagt: Manövriere dich nicht selbst so in eine Ecke, indem du dir ständig Gedanken machst. Das tue ich schon zu genügen und mir macht es Spaß zu planen und vorauszudenken. Du sollst dein Leben mit mir genießen."

Kei hob Taichis Kinn mit ihren beiden Händen an und küsste ihn auf die Nasenspitze.

„Darf ich dir noch eine Frage stellen, bevor du gehst?" Er musste immerhin zurück an die Arbeit.

„Klar. Was gibt's?"

„Ist es in Ordnung, wenn ich mir sage, dass ich an Kanba-sans Tod schuld bin?" Er war eindeutig schon tot, auch, wenn er offiziell bisher nur als verschwunden galt.

Keis Miene wurde ernst.

„Ich höre das eigentlich nicht gerne, da ich dir nie die Schuld dafür geben würde. Aber du hast sicher einen Grund dafür, oder?"

„Na ja, wenn ich es leugne, komme ich damit nicht so gut klar. Ich würde also gerne ausprobieren, ob ich mich besser damit auseinandersetzen kann, wenn ich mich dafür verantwortlich fühle."

„Hmm ... Ich glaub, ich verstehe, was du meinst."

Taichi löste seine Hand und strich mit seinen Fingern über Keis Wange.

„Aber du magst es nicht, stimmt's?"

„Natürlich nicht. Aber, wenn du dich damit besser fühlst, dann werde ich damit klar kommen. Sollte es dir aber irgendwann Probleme bereiten, dann wird das klargestellt."

„Okay." Erfreut über diese einstweilige Lösung, kletterte Taichi rücklings auf Keis Schoß und nahm sein Gesicht in beide Hände. „Danke. Ich werde dich immer vermissen", flüsterte er, bevor Taichi seine Lippen in Beschlag nahm und dieses Mal einen tieferen Kuss forderte.

27.

In der darauffolgenden Woche war es schließlich beschlossene Sache. Kei würde mit den Ermittlern zusammenarbeiten. Für Taichi war das jetzt in Ordnung, auch, wenn es ihm manchmal etwas riskant schien. Aber er vertraute seinem Liebsten und seit ihrem letzten Gespräch über Kanba begann der Student sich besser zu fühlen. Er distanzierte sich jeden Tag ein Stückchen weiter von den betroffenen Personen und beschäftigte sich nicht weiter mit dem Thema. Dazu gab ihm ihr Notfallplan eine Sicherheit, die in diese ausgleichende Ruhe mit hinein spielte. Das mochten Außenstehende für kaltherzig halten, doch was wussten die schon? Nichts. Denn ihr Geheimnis war bei ihnen beiden sicher. Also warum sich Gedanken darüber machen, was andere von einem dachten? Wie sein Liebster gesagt hatte, versuchte Taichi sich seine eigene Sicht der Dinge aufzubauen. Und das schloss eben niemanden außer sie beide ein.

Wobei das bei Kei schon etwas anders war. Immerhin musste er sich regelmäßig in der Öffentlichkeit beweisen und dazu das Vertrauen seiner Angestellten halten. Daher war Taichi eigentlich auch immer noch gegen sein geplantes Outing.

„Sag mal, willst du dich nicht langsam wieder mit Liam versöhnen?", riss Tora Taichi aus seinen Gedanken über das Wochenende.

„Da gibt es nichts zu versöhnen. Und wenn dir das nicht passt, dann musst du auch nicht mehr mit mir reden, wenn du nicht willst."

Tora seufzte, bevor sie abwehrend die Hände hob.

„Schon okay. Ich meinte ja nur. Ich hab nicht vor zwischen den Stühlen zu sitzen. Ich rede mit euch beiden, ob ihr es tut oder nicht. Find's nur schade."

Taichi nickte auf ihre Worte hin nur knapp. Es war ihm ehrlich gesagt mittlerweile egal. Er brauchte keine Freunde. Durch die Uni kam er auch so und sie konnten alle weiterleben und kamen nicht auf die Idee ihn zu verdächtigen. Das hieß, dass er auch Kain auf Abstand halten musste. Immerhin nervte ihn dieser nicht mehr mit Nachrichten, seit Taichi aufgehört hatte, darauf zu reagieren. Ob er schon von der Sache mit Liam wusste? Vermutlich. Wenn nicht durch Liam selbst, dann sicher durch Tora.

An diesem Montag kehrte Taichi später als sonst ins Hotel zurück. Er hatte sich noch um eine Forschung gekümmert, deren Auswertung sich länger gezogen hatte als erwartet. Dennoch hatte er es nicht eilig. Denn auch, wenn Montage für Kei wie alle anderen Tage waren – ein Hotel hatte immerhin rund um die Uhr geöffnet – so würde er sicher trotzdem noch nicht in der Suite sein. Dass er allerdings knapp eine halbe Stunde später schon aufschlug, als Taichi sich gerade nach dem Duschen etwas Frisches anzog, hatte er nicht erwartet.

„Hey, ich hoffe, du hast noch nichts gegessen?" Kei küsste ihn kurz und knapp auf die Lippen und wirbelte dann ins Bad. Also rief Taichi ihm seine Antwort hinterher.

„Nein. Ich wollte gerade gehen. Sag bloß, du hast Zeit mit mir zu essen?"

Der Jüngere schlüpfte in ein graues Poloshirt und verstaute es in seiner beigen Leinenhose.

„Nicht nur das." Kei kehrte frisch gekämmt und duftend zu ihm zurück. Er nahm ihn bei der Hand und zog ihn mit sich. „Der Rest des Abends gehört uns."

Taichi folgte seinem Liebsten, ohne sich zu wehren, und blinzelte bei dessen Worten nur überrascht.

„Wie kommt's? Ist heute irgendein besonderer Tag?" Er überlegte, doch es fiel ihm nichts sein.

„Noch nicht. Aber vielleicht wird es einer." Sie verschwanden im Aufzug und Taichi hob die Augenbrauen.

„Was hast du vor?"

„Wäre doch langweilig, wenn ich es dir sagen würde, oder?" Der Jüngere sah auf die Aufzugsanzeige. Sie fuhren nach oben. Also in den *Star Garden*?

„Hm, ich hoffe, das hat nichts mit deinem Outing zu tun?" Taichi war skeptisch. Bei Kei und seinen Überraschungen wusste man nie.

„Hey, glaubst du wirklich, so etwas würde ich dir antun, ohne mit dir darüber gesprochen zu haben?" Taichi schüttelte den Kopf. Da hatte sein Liebster auch wieder recht.

Als der Aufzug das übliche Bing von sich gab, wollte der Jüngere seine Hand aus Keis lösen, doch dieser hielt sie fest, als er ihn erneut mit sich zog. War etwa niemand hier? Wie konnte das um diese Uhrzeit sein? Gut, das Hotel gehörte Kei, er konnte so etwas locker organisieren, aber wozu? Allein essen konnten sich auch in ihrer Suite.

„Jetzt schau nicht so ernst. Ich hab mir so viel Mühe gegeben." Keis stolzes Grinsen blies Taichis grüblerische Gedanken mit einem Schlag weg. Er hatte recht. Seit wann war er so skeptisch, wenn es um Keis Überraschungen ging? Er atmete tief durch und entspannte sich.

Als sie den *Star Garden* betraten, war dieser tatsächlich menschenleer und dunkel. Bis auf eine Taichi nur allzu vertraute Couchecke mit Tisch, auf der zwei Kerzenleuchter zwar elektrisches, aber doch warmes Licht, verbreiteten. Dazu waren zwei Gedecke vorbereitet worden, deren Teller unter Aluminiumhauben verschwunden waren. Wohl, um das Essen warm zu halten. Der Wein in den Gläsern leuchtete, als wäre er gerade erst eingeschenkt worden. Typisch, Kei. Das Timing passte perfekt. Und sein Liebster strahlte, als gäbe es nichts Schöneres als diese Überraschung und Taichi selbst. Für den Studenten sah es zumindest so aus. Vermutlich, weil es ihm genauso ging. Obwohl diese Überraschung so simpel und nicht außergewöhnlich schien, erfreute sie Taichis Herz gerade so sehr.

Er ließ sich von Kei bis zum Tisch begleiten, wo er sich allerdings ein Kissen nahm, um vor dem niedrigen Möbelstück auf dem Boden Platz zu nehmen, während Kei sich auf der Couch neben ihm niederließ.

„Wenn du noch etwas anderes zu trinken oder essen willst, sag es nur. Ich bin heute dein persönlicher Diener." Kei war noch einmal aufgestanden und verbeugte sich, wie ein echter Kellner, was Taichi zum Lachen brachte.

„Na, da muss ich mir ja fast was wünschen, um dich in Aktion zu sehen."

„Ich höre?" Kei hob die Augenbrauen und der Jüngere schüttelte eilig den Kopf.

„Nein, jetzt noch nicht. Ich will dich erst bei mir haben und was essen." Er zog seinen Liebsten leicht am Hosenbein, damit er sich wieder setzte. „Danke. Das ist wirklich süß von dir", ergänzte er flüsternd, als Kei sich dieses Mal auf dem Teppich neben ihm niederließ.

Der Hotelchef nahm seine Hand und küsste die Finger von Taichis linker Hand.

„Für dich jederzeit." Ein Hauch, der voller Zuneigung direkt in das Herz des Studenten traf. Wie viele Sekunden oder Minuten danach vergingen, in denen sie sich nur in die Augen schauten und die Nähe des anderen genossen, wusste hinterher keiner mehr. Aber das Essen war zumindest noch warm, als sie es aufdeckten. Das Arrangement auf den Tellern selbst, brachte Taichi ein weiteres Mal zum Lachen. Egal, ob Fleisch, Gemüse oder sonstige Beilagen, alles war in Häppchen vorbereitet worden.

„So brauche ich deine Hand nicht loslassen", erklärte Kei mit einem verschmitzten Lächeln, während er ihre Finger verschränkte. Taichi schmunzelte, als er die Gabel ergriff und zu essen begann.

Und so spürte er, während ihrer Mahlzeit und ihren Gesprächen immer wieder, wie Kei mit seinen Fingern spielte, über sie strich oder einfach nur drückte, wenn ihm danach war. Ein wunderbar warmes Gefühl machte sich in ihm breit. Er hätte ewig hier sitzen können, solange es mit Kei war.

„Ich gehe davon aus, dass der Abend ein Erfolg ist." Der junge Manager stellte sein Weinglas ab und blinzelte Taichi zu. Dieser nickte, bevor er den Kopf schief legte.

„Ja, natürlich. Davon kannst du immer ausgehen, wenn du bei mir bist." Der Student legte seine Gabel beiseite und wischte sich mit der Serviette über den Mund.

„Und, wenn du nicht mal deinen geliebten *Tōkyō Tower* eines Blickes würdigst, sondern nur mich siehst."

Taichi blinzelte überrascht, bevor er aus dem Panoramafenster auf den Tower sah, der die komplette Umgebung erhellte. So gerne er ihn normal betrachtete, so egal war er ihm doch heute. Kei war eindeutig wichtiger.

„Ja, also, dann fühl dich mal geehrt", sagte er lachend, als er sich wieder seinem Liebsten zuwandte. Kei schnaubte und grinste dann.

„Ich hätte nichts sagen sollen. Aber heute darfst du alles, solange ich noch einmal deine ganze Aufmerksamkeit erhalte."

Neugierig wandte sich Taichi seinem Liebsten komplett zu, indem er seine Sitzposition änderte.

„Natürlich. Und nicht nur heute." Dieses Mal drückte er selbst ihre noch immer verschlungenen Hände.

„Danke." Kei hob seine freie linke Hand, die er zur Faust geballt hatte. „Ich weiß, es ist nichts Offizielles und vermutlich wird es sehr lange dauern, bis es das wird. Aber selbst, wenn es niemals offiziell wird, so sei versichert, dass ich hiermit ein Versprechen abgebe. Eines, dass ich unter allen Umständen halten werde."

Taichi nickte hastig, als Kei tief durchatmete. Er sah abwechselnd zwischen der Faust und dem Gesicht seines Liebsten hin und her.

„Auch, wenn du es bereits weißt, werde ich es noch einmal sagen. Tai, du bist mein Licht, mein Seelenverwandter und mein ein und alles und hiermit ..." Er öffnete die Faust und Taichi stockte der Atem, als er auf der Handfläche einen Ring liegen sah. „Hiermit möchte ich dir noch einmal meine bedingungslose Liebe schwören. Würdest du sie annehmen?"

Taichi wollte nicken, Kei beteuern, dass er das immer tun würde. Ihm danken und den Ring am liebsten in sein Herz schließen, um ihn nie mehr hergeben zu müssen oder ihn möglicherweise zu verlieren. Doch er brachte kein Wort heraus. Nach außen hin wie versteinert, sprudelte sein Inneres, vor lauter Glück und Gefühlen.

Als er seine Stimme wiedererlangte, waren vermutlich nur Sekunden vergangen, doch ihm war es wie eine Ewigkeit vorgekommen, in der er gegen seine Stimmbänder gekämpft hatte, damit diese auch richtig zum Ausdruck brachte, was er fühlte.

„Immer. Ich werde sie nehmen und nie mehr hergeben. Genauso, wie diesen Ring."

Keis Strahlen war noch nie so wundervoll gewesen, wie in diesem Moment, als er ihre Finger sanft löste, um Taichi den Ring anzustecken. Es war, als würde seine Liebe direkt aus ihm herausfließen und alles umhüllen. Wie froh Taichi doch war, dass sie alleine waren und diese Liebe nur ihm gehörte.

Als sie ihre Finger wieder verschränkten, beugte sich Taichi nach vorne und küsste seinen Liebsten, der ihn mit seinem freien Arm in seinen Schoß zog, um die Intimität zu vertiefen. Es war eine sanfte Begegnung, die zwei Liebende verband und mehr ausdrückte als weitere Worte.

Erst nachdem sich ihre Lippen wieder gelöst hatten und sich Taichi an den Größeren kuschelte, wurde die Stille langsam wieder durchbrochen.

„Du weißt, dass ich das Gleiche für dich empfinde, ja?" Taichi hob ihre immer noch verschränkten Hände hoch und betrachtete den Ring an seinem Finger.

„Ja, das weiß ich. Auch dafür danke ich dir. Ich könnte nicht glücklicher sein." Kei küsste sein Haar und drückte ihn mit seinem Arm um Taichis Hüfte dichter an sich. „Und dafür brauche ich keinen Ring. Nur falls du denkst, du müsstest mir jetzt auch einen schenken."

„Kannst du meine Gedanken lesen?" Taichi kicherte leise. „Aber das könnte ich mir vermutlich sowieso nicht leisten."

„Hmm ... könnte sein. Aber, wie gesagt, das brauchst du auch nicht."

„Du hättest aber auch keinen kaufen brauchen. Ich weiß, was du empfindest. Du zeigst es mir jeden Tag."

„Ich weiß. Aber ich wollte es so gerne. Vielleicht auch, dass andere sehen, dass da jemand ist."

Keis leises Lachen ließ seinen Körper vibrieren und Taichi schloss für einen Moment die Augen, um diese Laute zu genießen, bevor er wieder sprach.

„Also hattest du Hintergedanken", stellte er seinen Liebsten zur Rede.

„Nur einen Kleinen", gab dieser zu.

„Das ist in Ordnung. Ich weiß, dass du es ehrlich meinst. Und selbst für diesen kleinen Hintergedanken liebe ich dich."

„Womit habe ich dich nur verdient?" Taichi horchte auf, als er das Zittern in Keis Stimme vernahm. Es klang beinah, als wäre er den Tränen nahe.

„Das kann ich dir nicht sagen, da ich mich selbst nicht für so wertvoll halte. Aber ich bin unglaublich dankbar, dass ich bei dir sein darf und wir uns haben. Egal, wer oder was uns zusammengeführt hat. Egal, was in Zukunft auch passiert. Danke."

„Danke ...", erklang Keis Stimme, wie ein Echo von Taichis.

28.

„Also gut, du darfst dich outen! Aber nur unter gewissen Bedingungen." Taichi verschränkte die Arme vor der Brust und hielt dem Blick seines Geliebten ohne Probleme stand. Dieser hob eine Augenbraue und verschränkte ebenfalls die Arme. Sie diskutierten mittlerweile seit einer halben Stunde und endlich lenkte Taichi ein Stück weit ein. War nur die Frage, wie groß das Stück war?

„Welche Bedingungen?"

„Erstens: keine Namen."

„Okay, gut. Keine Namen."

„Zweitens: Kein Wort dazu, ob du Single oder in einer Beziehung bist."

„Moment. Das geht nicht. Ich will nicht, dass jeder denkt, ich wäre noch zu haben."

„Also gut, dann keine konkrete Aussage dazu."

„Ist Schmunzeln okay?"

„Ja, das ist genehmigt."

„Räuspern auch?"

„Laute sind okay." Kei begann ebenso zu grinsen, wie Taichi.

„Gibt es noch ein drittes?"

„Es gibt sogar noch mehr."

„Mehr als drei Bedingungen?"

„Jep. Also. Drittens: keine weiteren Interviews dazu."

„Es wird aber Fragen in davon unabhängigen Gesprächen geben."

„Okay, dann gibt es dazu kein Kommentar."

„Verstanden." Kei trat von der Couchlehne weg und einen Schritt näher an Taichi heran.

„Viertens: Die Hotelangestellten müssen daran gehindert werden, was auszuplaudern."

„Eine Verschwiegenheitsklausel zu dem Thema wurde bereits in den Verträgen ergänzt beziehungsweise integriert." Ein weiterer Schritt Richtung Taichi.

„Fünftens: Ich hoffe, du hast das mit deinen Eltern geklärt?"

„Alles geregelt. Sie haben aufgegeben. Oder eingelenkt. Je nachdem, wie du es sehen willst. Und keine Sorge, sie werden dich deswegen nicht behelligen."

„Sie können gerne mir die Schuld geben, wenn sie sich damit besser fühlen. Ich will nur nicht, dass du dich mit ihnen streitest."

„Seit wann so familiär orientiert?"

„Und sechstens ...", überging Taichi seine Frage, „Überleg dir das nochmal, bitte." Keis nächster Schritt brachte ihn lachend direkt vor seinen nun verzweifelt dreinblickenden Liebsten.

„Hmm ... Okay. Hab nochmal überlegt. Es bleibt dabei."

„Idiot." Taichi boxte ihm gegen die Brust, bevor er ihm seine Arme um den Hals legte und sich streckte, um mit seinen Lippen Keis Mund zu erreichen. „Du hast wirklich Glück, dass ich alles für dich tun würde."

„Ja, das habe ich wirklich", flüsterte der junge Manager gegen seine Lippen zurück, bevor sich seine Zunge vorwagte und ihre Münder verschmolzen.

Seit Kei ihm gestern diesen Ring geschenkt hatte, schwebte Taichi sprichwörtlich auf der süßesten Wolke, die es in seinem Universum gab. Es war alles so perfekt. Einmalig, wie es für sie beide passte und am liebsten hätte er Kei jede Sekunde in seiner Nähe gehabt. In seinem Kopf gab es kaum noch etwas außer ihm. So, als hätte er sich gerade erst frisch in ihn verliebt. Ein Gefühl, das auch schmerzen konnte, dessen war sich Taichi bewusst. Er hatte schließlich nicht alles vergessen und war auf weitere Taten vorbereitet. Dennoch hatte er das Gefühl, dass es leichter geworden war. Dass dieses Versprechen so viele Gedanken und Unsicherheiten beseitigt hatte. Als wäre es der letzte Schritt gewesen, um zu bestätigen, dass er Kei alles verzeihen würde. Nein, dass es kein Verzeihen brauchte, da er tat, was er für richtig hielt und Taichi das akzeptierte.

„So leid es mir tut, aber ich muss jetzt wirklich los." Kei löste sich nur widerstrebend von ihm und hätte Taichi ihm nicht geholfen, sich von ihm zu lösen, würden sie sich wohl noch länger in den Armen liegen. Doch es ging nicht anders. Kei musste an die Arbeit und Taichi in die Uni.

„Ich werde dich vermissen." Taichi fuhr sich durchs Haar, um nicht erneut nach seinem Liebsten zu greifen, bevor er sich seinen am Schreibtisch lehnenden Rucksack schnappte und über die Schulter warf.

„Ich dich noch viel mehr." Keis Lächeln war so liebevoll, dass der Student beinah zerflossen wäre. Wo sich doch der Herbst näherte und das Zirpen der Zikaden längst verstummt war. Die Hitze in ihnen beiden jedoch blieb.

◊ ◊ ◊

Die schönen Gefühle verweilten. Doch die Leichtigkeit wurde erneut auf die Probe gestellt, als Taichi zwei Tage später ein Gespräch mitbekam, das Kei am Telefon führte. Er hatte eigentlich nicht lauschen wollen. Wobei er sich sicher war, dass sein Liebster kein Problem damit gehabt hätte. Immerhin wussten sie alles voneinander, doch aus irgendeinem Grund schaffte es Taichi nicht, in das Zimmer zu treten und sich zu zeigen.

„Ja. Nein. Ich würde damit meinen offenen Gefallen einfordern." Kei klang entspannt und schien auf die Antwort am anderen Ende der Leitung zu horchen.

„Gut. Wäre wirklich fabelhaft, wenn Sie sie entbehren könnten. Zumindest für eine Zeit." Wieder eine Pause.

„Sehr schön. Nein, keine Sorge ... Es kommt keiner an den Galgen außer der geplanten Person ... Uhm ... So gut sollten Sie mich mittlerweile kennen." Kei lachte und Taichi atmete tief durch. Seltsamerweise nicht, weil er sich unwohl fühlte, sondern, weil er sich freute, dass sein Liebster keinerlei Sorge oder Angst zeigte. Zumindest nicht in seiner Stimme. Um sich auch für den Rest zu vergewissern, zwang Taichi seine Beine dazu sich zu bewegen, und trat ins Zimmer. Kei verabschiedete sich gerade und winkte ihn zu sich. Er sah auch entspannt und erfreut aus. Ob das Vorfreude war? Oder löste sein Erscheinen das aus? Eigentlich war es egal. Solange Kei nur glücklich war.

„Wie war die Uni heute?"

Taichi zuckte mit den Schultern.

„Ganz okay." Immerhin hatte ihn heute keiner seiner Bekannten blöd angequatscht oder genervt. Das war ja schon mal etwas.

„In letzter Zeit klingst du nicht sonderlich begeistert. Gefällt es dir dort nicht mehr?" Taichi ließ sich am Ende der Couch nieder und bettete den Kopf seines Liebsten in seinen Schoß.

„Doch. Ich studiere immer noch gerne und je mehr Zeit vergeht, umso interessanter sind die Themen. Aber na ja ..." Er zögerte, während er mit beiden Daumen über Keis Wangen strich und in seine aufmerksamen braunen Augen blickte. Sein Partner ließ ihm die Zeit, um über seine Worte nachzudenken.

„Die Leute nerven etwas. Ich wäre gerne allein mit den Professoren." Taichi musste bei der Vorstellung selbst lachen.

„Hm, das ist nicht einfach zu arrangieren, aber es ist nicht unmöglich." Keis Stirnrunzeln verriet bereits, dass er einen Plan ausarbeitet, den Taichi eilig versuchte zu verwischen, indem er sich herab beugte und seine Stirn küsste.

„Lass das. Das war nur ein Gedanke und kein Wunsch."

„Sicher?" Kei lächelte ihn an und der Student nickte.

„Ja."

„Okay. Denn du weißt: Wünsche erfülle ich dir jederzeit. Du musst es nur sagen."

„Ich weiß." Taichi spürte, wie seine Brust sich mit wohliger Wärme füllte. Ja, er wusste nur zu gut, was Kei alles für ihn tat und tun würde. Das war so ein schönes Gefühl, das ihn manchmal zu überwältigen drohte. Wenn er doch nur auch mehr für ihn tun könnte.

„Du könntest dir auch wünschen, dass die größten Störenfriede verschwinden", warf Kei in Taichis Gedanken ein und ein Grinsen stahl sich auf die Gesichter beider.

„Schon klar. Die Option hatte ich schon in Betracht gezogen."

„Ach ja?" Kei überrascht blinzeln zu sehen, kam sehr selten vor. Normal brachte ihn nichts und niemand so leicht aus dem Konzept. Als könnte der junge Manager in die Zukunft sehen.

„Mit dir als meinem Liebsten, sicher." Nun wurde Keis Gesichtsausdruck nachdenklich.

„Würdest du es dir für dich oder für mich wünschen?"

„Für uns beide."

Taichi bekräftigte seine Aussage, indem er sich streckte, Kei einen weiteren Kuss auf die Stirn hauchte und seine Hände in den Ausschnitt von dessen Shirt gleiten ließ. Dort strich er sanft über die weiche Haut, die er so liebte, wie alles an Kei.

„Das ist gut", kam schließlich die verspätete Antwort von Kei, der die Berührungen sichtlich genoss. Er hatte selbst seine Hände gehoben und glitt damit Taichis Oberarme entlang.

„Dann ist es in Ordnung, wenn ich dich am Montag allein lasse?" Taichis Finger hielten inne. Er hatte mit so einer Frage gerechnet, doch das machte sie nicht weniger bedeutend. Durch ihr vorangegangenes Gespräch holte sich Kei mit diesen Worten Taichis Einverständnis. Das er natürlich bekommen würde. Nur, irgendwie ... Ja, es war leichter geworden. Doch genau dieses nicht mehr vorhandene schlechte Gewissen wühlte ihn jetzt irgendwie immer auf. Gab es nichts, das ihn endlich komplett zur Ruhe brachte?

„Ich muss nicht gehen." Kei hatte sein Zögern natürlich bemerkt.

„Darum geht es nicht", warf der Student hastig ein, bevor er weiter über seine Gedanken sprach. Dieses Mal wartete sein Liebster still ab, während er noch immer über seine Arme strich.

„Ich ... hm ... weiß nicht, wie ich es sagen soll. Klar, gehst du. Sonst ist deine Laune wieder unerträglich." Taichi versuchte zu lächeln, aber ihm war eigentlich nicht danach und Kei sah das.

„Aber?", hakte er sanft nach.

„Kein direktes Aber. Ich glaube, ich bin einfach nervös, wenn ich weiß, was du tust. Das heißt nicht, dass ich es nicht wissen will. Im Gegenteil. Und ich weiß auch, dass du alles im Griff hast. Außerdem gibt es ja noch unseren Notfallplan, aber ... Ach, ich weiß nicht. Vielleicht ist es einfach eine Gewohnheitssache?" Was ziemlich übel klang. An so etwas sollte man sich nicht gewöhnen, oder?

„Klingt, als wärst du gerne dabei." Taichi setzte sich wieder auf und dachte über Keis Worte nach. Nein. Eigentlich nicht. Er wollte so etwas nicht sehen. Das Einzige, was daran spannend wäre, wäre Kei. Zu sehen, wie er auftrat und agierte.

„Du würdest mich doch eh nicht mitnehmen." Taichis Mundwinkel hob sich, als er wieder auf seinen Liebsten herabsah.

„Stimmt. Ich hätte viel zu viel Angst, dass du mich danach verlässt."

„Nach alldem sicher nicht."

„Sag das nicht. Aber du hast recht. Eigentlich geht es eher um dein reines Licht." Taichi seufzte bei dieser Aussage. Doch bevor er etwas sagen konnte, hob Kei seine Hand. „Ich weiß, du siehst das nicht so, aber das ist ja auch meine Einstellung." Der Jüngere nickte zustimmend. Darüber mussten sie wirklich nicht mehr reden.

„Ich weiß. Und ich will auch gar nicht mitkommen. Aber das wird mir die Nervosität nicht nehmen."

„Sollen wir für dich eine Ablenkung finden?"

„Inwiefern? Da hätte ich nur Angst uns zu verraten." Taichi lachte verlegen und Kei setzte sich auf und drehte sich zu ihm herum.

„Du könntest mit Jonas zu Abend essen und vorher noch was mit ihm unternehmen."

Taichis Brauen hoben sich, als er seinem Liebsten wieder direkt in die Augen sah. Er und Jonas? Allein? Keis Lächeln war eindeutig aufgesetzt.

„Und jetzt bitte ein ernst gemeinter Vorschlag."

„Das ist mein Ernst", behauptete Kei und Taichi verdrehte die Augen.

„Schon klar. Was soll das? Du würdest mich nie freiwillig mit einem anderen gutaussehenden Mann außer dir, allein was unternehmen lassen." Taichi lehnte sich mit seinen Ellbogen auf die Seitenlehne der Couch zurück.

Keis Lächeln wich einem Schmollmund, den der Student am liebsten sofort geküsst hätte. Vor allem nachdem sein Liebster seinem Blick auswich.

„Ich versuche nur, dir zu zeigen, dass ich dir vertraue und na ja ... dir auch zugestehe Freunde und so zu haben."

Taichi musste sich das Lachen verkneifen. So kannte er Kei gar nicht. So süß und verlegen. Dazu dieses Schmollen. Wie konnte man ihn so nicht lieben? Eine dunkle Seite hatte schließlich jeder. Doch Taichi konnte nicht anders als seinen Liebsten etwas aufzuziehen.

„Okay. Dann geh ich mit Jonas ins Kino und danach in ein Restaurant. Passt das?"

„Ins Kino?" Ihre Blicke trafen sich erneut und bei Keis aufgerissenen Augen und dem halboffenen Mund schaffte es Taichi nicht mehr, an sich zu halten, und kippte lachend nach vorne. Keis Frage hatte genauso geklungen, wie der Jüngere es erwartet hatte. Seine Vorstellung von einem dunklen Kinosaal war ihm zu intim und das kombiniert mit einem Essen danach, klang wie ein Date. Was das anging, kannten sie sich einfach zu gut.

„Verarsch mich nicht." Kei tippte ihm mit der Handkante auf den Kopf und Taichi versuchte, sich wieder zu beruhigen.

„Hach ... das musste einfach sein." Der Student wischte sich die Tränen aus den Augen und sah grinsend zu seinem Liebsten auf. „Keine Sorge. Ich werde ganz normal in die Uni gehen und vielleicht bleib ich einfach länger und lerne vor Ort."

„Okay." Taichis Grinsen verschwand nicht sofort. Hatte Kei nach seinen Worten etwa aufgeatmet? Er war wirklich süß. Als würde er je etwas mit wem anders anfangen. Die meisten ihrer Bekannten waren nicht mal seiner Aufmerksamkeit wert. Zumindest nicht mehr. Wer sie beide nicht so akzeptierte, wie sie waren, der sollte wegbleiben. Und Freunde hatte Taichi nie wirklich gehabt. Mal von Liam abgesehen. Doch irgendwie war sich der Student nicht mal mehr sicher, ob sie wirklich Freunde gewesen waren. Aber egal, er brauchte niemanden sonst. Und damit war das Thema auch erst einmal beendet.

29.

Der besagte Montag kam schneller als erwartet. Nicht, dass es für Taichi einen Unterschied gemacht hätte. Er hatte sich ganz auf Kei konzentriert, so wie immer. Daher ging er den Tag an, wie jeden anderen auch. Er sagte sich selbst, dass er sich verhalten würde, wie immer. Nicht, um seine Angst niederzuringen, sondern um nichts anzustellen, was Kei verraten könnte. Sein Liebster hatte ihn extra in keine Details eingeweiht. So konnte er nichts preisgeben und auch nichts vermasseln. Trotz Taichis Neugier war das irgendwie entspannend. Er war auf dem Weg zur Uni weder nervös noch ängstlich. Kei würde das schließlich hinbekommen.

Erst, als Taichi seinem Liebsten am Mittag schrieb und auch Stunden später keine Antwort bekam, wurde der Student etwas unruhig. Das war noch nie vorgekommen. Natürlich konnte Kei nicht immer sofort antworten, aber er tat es. Ihn zu ignorieren, war nicht seine Art. Ob doch etwas schiefgelaufen war? Schließlich konnte auch Kei nicht alles vorhersehen, oder?

Taichi versuchte durchzuatmen und sich auf sein Studium zu konzentrieren. Er würde nicht vor heute Abend ins Hotel zurückkehren, egal, was sein Gefühl ihm riet. Also schob er die Gedanken beiseite und schickte lediglich ein Fragezeichen an seinen Liebsten.

Es war später geworden, als Taichi geplant hatte. Er war so in sein Projekt vertieft gewesen, dass er doch wirklich alles um sich herum vergessen hatte. Dennoch fragte sich der Student, ob Kei schon zurück war, als er im Aufzug nach oben fuhr. Immerhin wusste er nicht einmal, wohin oder wie weit er gefahren war. Seine Frage wurde jedoch in dem Augenblick beantwortet, als er die Tür zu ihrer Suite öffnete.

„Da bist du ja endlich!" Mit diesen Worten wurde er auch schon am Handgelenk durch die Öffnung gezogen. Taichi war so überrascht, dass er seinen Rucksack fallen ließ und nicht einmal Zeit hatte, seine Schuhe abzustreifen.

„Ich dachte schon, du hast mich verlassen." Trotz der harschen Worte war Keis Stimme voller Begierde, was Taichi auch sogleich noch deutlicher zu spüren bekam. Der Kuss, der folgte, war so heiß, dass der Student danach erst einmal aufkeuchte.

„Was ...?", war das Einzige, dass er herausbekam, während er nach Luft rang. Keis Augen funkelten vor Lust und Taichi verstand.

„Willst du nicht?" Eine hastige Frage, die nicht zur Debatte stand. Zumindest nicht für Taichi und ganz sicher nicht für seinen Liebhaber. Also antwortete Taichi, indem er seine Arme um Keis Nacken legte und seine Zunge in seinen Mund stieß, um sie erneut in einem Kuss zu verbinden. Diese Aktion beendet jegliches Zögern und während Taichi aus seinen Schuhen schlüpfte, bemühte sich Kei, sein Hemd aufzuknöpfen. Bei der Hälfte hatte er genug, unterbrach ihren immer wieder aufflammenden Kuss und zog es Taichi über den Kopf. Dieser nutzte die Pause, um gleich darauf seine Hose zu öffnen, kaum, dass seine Arme wieder frei waren.

Erst jetzt fiel ihm auf, dass Kei nichts außer einem Handtuch um die Hüften trug, was gerade mehr als praktisch war. Ein Grinsen schlich sich auf sein Gesicht, als er aus seiner Hose schlüpfte, die Socken ignorierte, um sich stattdessen wieder in Keis Arme zu werfen. Dort wurde er mit einer kräftigen Umarmung umfangen. Ein erneutes Zungenspiel flammte auf, während sich Keis Hände erst über Taichis Rücken und dann seine Wirbelsäule entlang nach unten zu seinem Po stahlen. Hätten ihre Küsse nicht bereits die Hitze in Taichis unterer Region geweckt, so hätte es diese Aktion auf jeden Fall. Allein der Gedanke daran, was kommen würde, ließ ihn wohlig erschaudern.

Kei begann seine Pobacken zu kneten und Taichi stöhnte in ihren Kuss hinein, nur um sich noch dichter an den Unterleib seines Liebsten zu drücken und dessen Härte zu genießen. Für ihn konnte dieser Schwanz nicht schnell genug in ihm verschwinden. Und als hätte Kei seine Gedanken vernommen, begann sich auch schon ein Finger an seinem Loch zu schaffen zu machen.

Erneut brach Taichi ihren Kuss. Allerdings nur, um seiner Ungeduld Ausdruck zu verleihen. Natürlich verstand Kei sein Murren sofort und der einzelne Finger bekam augenblicklich Gesellschaft, während ein leises Lachen an Taichis Ohr drang. Beides eine Sache, die ihn glücklich machte. Und das zeigte er Kei auch, indem er seinen Gefühlen freien Lauf ließ und ihn mit regelmäßigem Stöhnen belohnte, wenn seine geschickten Finger ihm Freude bereiteten.

Erst als ihm jene Finger nicht mehr ausreichten, ergriff auch Taichi die Initiative und löste sich, soweit er konnte von Kei. Nur um sich mit seinen eigenen Händen, um seinen Preis zu kümmern. Gut, dass bereits die ersten Tropfen daraus hervortraten, so konnte Taichi diese verwenden, um über Keis Eichel zu streichen. Ein Stöhnen seines Geliebten war seine Belohnung, bevor er auch schon zum Bett herumgewirbelt wurde. Wie gut, dass er normal immer zu diesem Hintereingang hereinkam.

Als Taichi auf das Bett krabbelte, sah er über seine Schulter. Kei schüttelte den Kopf und der Student drehte sich sofort um, um sich auf dem Rücken niederzulassen. Einige Sekunden später war Kei auch schon zwischen seinen Beinen. In der Hand eine Tube Gleitgel.

„Ich will dich heute sehen." Leise Worte, die Taichi unkommentiert lies, als er sich etwas aufrichtet, um Kei die Tube aus der Hand zu nehmen. Eilig öffnete er sie und drückte sich Gel in die Hand. Kei rutschte ihm auf seinen Knien entgegen und während er sich über die Lippen leckte, glitten gleichzeitig Taichis Hände über den prallen Schwanz seines Liebsten.

Kei legte seinen Kopf in den Nacken und erschauderte sichtlich, während Taichi seine Finger langsam und bedächtig über jede Stelle gleiten ließ. Allerdings nicht lange. Sie waren beide schon viel zu heiß, um noch länger herumzuspielen. Also rieb Taichi ein paar seiner Finger an seinem Loch, um dieses ebenfalls zu befeuchten, und wischte den Rest auf der Decke neben sich ab.

Sofort beugte sich Kei nach vorne und positionierte seinen Schwanz, um auch gleich in Taichi einzudringen. Was für ein wundervolles Gefühl das doch jedes Mal war. Taichi würde davon nie genug bekommen. Nicht, solange es Kei war.

Vollends in seinem Liebsten versunken, stützte sich Kei an beiden Seiten seines Kopfes auf dem Bett ab. Ihren Blickkontakt hatten sie dabei nie verloren.

„Ich vermisse dich so, Tai", flüsterte der Ältere und Taichi strich ihm sanft ein paar verirrte Strähnen aus dem Gesicht.

„Ich vermisse dich viel mehr", war seine Antwort, was Kei ein Lächeln entlockte, das sich zu einem Grinsen entwickelte.

„Dann lass uns ganz schnell wieder zusammenfinden."

Taichi nickte eifrig und Kei begann sich aus ihm zurückzuziehen, nur um dann wieder in ihn zu stoßen. Er begann zurückhaltend, steigerte sich an diesem Abend aber sehr schnell in einen harten und schnellen Rhythmus. Und Taichi nahm an, was Kei ihm gab. So voller Lust und Freude, dass es wohl gut war, dass sie keine Nachbarn hatten. Und dabei versuchten sie die ganze Zeit Augenkontakt zu halten. Was zunehmend schwieriger wurde, als sie sich ihrem Höhepunkt näherten.

Taichi wollte aber nicht, dass es endete. Doch er beruhigte sich selbst mit dem Gedanken, dass sie das hier jederzeit wieder tun konnten. So oft und lange sie wollten. Ja, so würde es sein. Nichts würde sie trennen. Nichts und niemand. Und mit dem Ausruf von Keis Namen, kam Taichi hart und lange, während er auch aus seinem Liebsten all seine Begierde herauspresste.

Einen Augenblick verharrten beide schwer atmend, bevor sich Keis Körper vorsichtig auf Taichi herabsenkte und liegen blieb. Taichi legte seine Arme um seinen Liebsten und sie blieben noch eine Weile verbunden.

Der Jüngere hätte so durchaus einschlafen können, doch Gesundheit und Komfort gingen vor. Das wusste auch Kei, der sich kurz darauf wieder aufrichtete und mit einigem an Sperma aus ihm zurückzog.

Zusammen verschwanden sie Hand in Hand im Badezimmer, wo kurz darauf auch schon die Dusche lief. Und wie es Kei liebte, wuschen sie sich gegenseitig, bevor sie zurück ins Schlafzimmer wanderten. Ein kurzer Anruf für etwas zu essen und ein paar Minuten später kuschelten sich die beiden in ihr gemütliches Bett, von dem sie die schmutzige Überdecke entfernt hatten, um sich die gebrachten Speisen schmecken zu lassen.

Sie aßen schweigend. Es waren keine Worte nötig. Sie waren glücklich und zufrieden, was die Stille für beide angenehm machte. Erst als das Essen weggestellt war und sie gemeinsam wieder im Bett lagen, brachte Taichi die Verständigung wieder auf die sprachliche Ebene. Angekuschelt an seinen Liebsten musste er die Stimme nicht erheben.

„Willst du mir von deinem Tag erzählen?"

„Das würde ich gerne, aber es ist besser, wenn du vorerst nichts weißt." Keis Finger strichen sanft durch Taichis Haar und der Jüngere schloss die Augen. Sein Liebster schien, wie immer, alles geplant zu haben, also würde der Student nicht weiter nachbohren. Er küsste das unter seinem Schlafshirt hervorlugende Schlüsselbein seines Geliebten und schloss dann die Augen.

„Aber du kannst mir von deinem Tag erzählen. Vor allem, warum du so spät dran warst." Das Lächeln in Keis Stimme war hörbar.

„Okay." Und Taichi begann zu erzählen.

30.

Zwei Tage später verstand Taichi, warum Kei ihm nichts verraten hatte. Was er nicht wusste, konnte er nicht ausplaudern. Außerdem musste er so nicht lügen und verstrickte sich auch in nichts. Dennoch war der junge Student etwas nervös, als die Kriminaler unangekündigt auftauchten. Deswegen führte Kei sie wohl auch nicht in einen Besprechungsraum, sondern in eine Nische auf einem der Flure, in dem sich eine Sitzecke befand. Taichi bat er etwas weiter entfernt Platz zu nehmen. Es war Zufall gewesen, dass sie an diesem Nachmittag zusammengewesen waren, wofür der Student wirklich dankbar war.

Ja, sein Liebster hatte ihn vorgewarnt. Obwohl Taichi selbst klar gewesen war, dass solch ein Mord nicht unbeachtet bleiben würde. Und immerhin arbeitete Kei mit den Ermittlern zusammen. Dennoch war da wohl einfach die Hoffnung gewesen. Die Hoffnung auf ein friedliches Weiterleben in ihrer eigenen Blase.

Die anfängliche Nervosität verschwand jedoch sofort als Taichi Keis Blick auffing. Sein Liebster strahlte so eine Ruhe aus, dass Taichis innere Unruhe augenblicklich verstummte.

Er hatte nicht hören können, was besprochen wurde, noch wusste er, woher Jonas plötzlich gekommen war, doch als Kei sich erhob, stand auch Taichi auf und genauso ruhig, wie Uehara und Otsuka seinen Liebsten abführten, so unerschütterlich stand Taichi einfach nur da. Er vertraute seinem Geliebten. Egal, was passieren würde. Und so sicher, wie er sich war, dass Kei zu ihm zurückkehren würde, so sehr vertraute er auf ihren Notfallplan.

„Hast du schon Nakai-san Bescheid gegeben?" Jonas hatte wie verrückt auf ihn eingeredet, nachdem die Polizei mit Kei verschwunden war, und verstummte nun verblüfft, als Taichi ihm diese eine wichtige Sache nahelegte.

„M... Mach ich sofort." Mit gezücktem Smartphone behielt er Taichi weiterhin im Auge, der noch immer den Gang entlang starrte, auf dem sein Liebster verschwunden war.

„Bist du denn gar nicht sauer? Oder geschockt?" Jonas schien außer sich zu sein.

„Nein. Wieso sollte ich?" Taichi wandte sich schließlich um und ging zum Aufzug. Jonas folgte ihm sofort.

„Na, hör mal. Er wurde wegen Verdacht auf Mord abgeführt", argumentierte der junge Mann leise. Immerhin war er sich seiner Umgebung bewusst. Andererseits würden die Leute in der Lobby so wieso alles Mitbekommen und früher oder später auch die Presse. Okay, das war nun ein Minuspunkt für die Sache.

„Hältst du ihn für schuldig?" Dass Jonas ihm in den Aufzug folgte, gefiel Taichi gar nicht, aber er sagte nichts dazu.

„Nein, natürlich nicht." Jonas angespannte Körperhaltung sagte allerdings etwas ganz anderes aus. Aber auch darauf ging der Student nicht ein.

„Dann brauchen wir uns doch keine Sorgen machen. Die Polizei macht nur ihre Arbeit." Diese Worte ließen Jonas endlich verstummen. Ob geschockt oder weil er verstanden hatte, war ihm dieses Mal nicht anzusehen, aber Taichi war ihm dankbar dafür. Allerdings nicht dafür, dass er ihm in ihre Suite folgte, um das Thema wieder aufzunehmen.

„Wo war er, als der Mord geschah?"

„Unterwegs. Ich weiß über seine genauen Termine meist nichts. Nur, dass er außer Haus war."

„Nicht gut ...", murmelte Jonas und hob sein Smartphone ans Ohr. So bekam Taichi unfreiwillig mit, wie der junge Mann erst den Anwalt der Familie und dann Keis Eltern anrief. Er seufzte leise und begab sich dann an seinen Tisch, um sich abzulenken. Es war Zufall gewesen, dass er heute erst später zur Uni gewollt hatte und er war nun froh, dass er nicht gefahren war. Denn jetzt war daran natürlich nicht zu denken. Aber etwas lernen, schadete nie und eine Hausarbeit stand auch noch an. Perfekt zur Ablenkung, während er auf Keis Rückkehr wartete. Wenn da nicht Jonas gewesen wäre.

So nett Taichi Keis besten Freund fand, so unnötig war gerade dessen Nervosität und Anwesenheit.

„Hat er dir was von dem Tag erzählt?" Taichi hielt sich gerade noch so zurück, um nicht die Augen zu verdrehen. Vielleicht sollte er etwas unruhiger wirken, um von Jonas nicht weiter genervt zu werden.

„Nein. Nur, dass sein Termin wohl glatt lief." Sonst wäre er jetzt nicht verhaftet worden.

„Das klingt eher verdächtig." Jonas tigerte im Zimmer auf und ab. Eine weitere Sache, die Taichi nervte.

„Du verdächtigst ihn also doch?"

„Nein!" Jonas war augenblicklich stehen geblieben und starrte Taichi an.

„Dann beruhig dich. Immerhin haben die ihn ja schon länger immer wieder im Verdacht. Da wird es dieses Mal genauso enden." Denn Kei wusste, was er tat.

„Wie kannst du so gelassen bleiben?" Jonas fuhr sich durchs Haar, blieb aber immerhin stehen. Wenn auch direkt vor Taichis Tisch.

„Ich vertraue Kei. Er hat immer alles im Griff." Ihre Blicke trafen sich. Es war Jonas, der zuerst wegsah und dieses Mal seufzte.

„Du hast ja recht. Aber, dass sie ihn abgeführt haben und niemand was weiß ..."

„Das werden sie bald bereuen." Taichi klappte seinen Laptop auf und öffnete ein neues Dokument.

„Kann sein ..." Jonas trat an eines der bodenlangen Fenster und verfiel ins Schweigen, während er immer wieder auf sein Handy blickte. Endlich Ruhe. Ein Luxus, der nicht lange erhalten blieb. Fünfzehn Minuten später klopfte es und Jonas eilte zur Tür. Er kehrte mit Misao Tsuruga zurück. Warum kamen heute alle hierher? Konnten die sich nicht woanders austauschen? Taichi erhob sich höflich und grüßte, obwohl er Keis Mutter am Liebsten ignoriert hätte.

„Mein Mann ist direkt zum Revier gefahren. Danke, dass du uns gleich benachrichtigt hast, Jonas." Nach einem kurzen Gruß schien Keis Mutter es allerdings so zu handhaben, wie es sich der

Student gedacht hatte. Ob sie wusste, dass Taichi sie nie angerufen hätten, selbst, wenn er ihre Nummer gehabt hätte?

„Es ist eine Unverschämtheit, dass sie ihn ohne Beweise einfach mitgenommen haben!" Sie wirkte genauso aufgeregt, wie Jonas, den sie vermutlich – wenn sie sich schon mit einem zukünftigen Schwiegersohn anfreunden musste – bevorzugt hätte.

„Ja, wir sollten uns sofort um die Presse kümmern", warf Jonas ein, während er Misao Tsuruga zur Couch vor dem Kamin führte. Taichi blickte auf das dunkle Loch, dass sie eigentlich wieder mal in Betrieb nehmen könnten.

„Darum hat sich mein Mann bereits gekümmert, keine Sorge. Auf dem Weg hat er ein paar Telefonate diesbezüglich geführt."

„Wie von Tsuruga-sama zu erwarten", lobte Jonas ihn und ging in das angrenzende Zimmer, um Tee aufzusetzen. Beinah so, als wäre er hier zuhause. Was war das hier heute? Wieso mussten die das alles hier besprechen? Es gab doch genug andere Räume!

Taichi überlegte für einen Augenblick einfach seine Kopfhörer zur Hilfe zu nehmen oder ins Schlafzimmer auszuwandern, entschied sich dann aber dagegen. Es würde vermutlich wirklich etwas verdächtigt wirken, wenn er sich zu sehr abkapselte und dazu noch unhöflich war. Also klappte er seinen Laptop zu und starrte aus dem Fenster, während er der Unterhaltung seiner zwei Gäste lauschte, die sich fast schon wie die Hausherren benahmen. Warum sich also einmischen oder den Diener mimen?

Es vergingen vier Stunden, die Taichi noch nie so verschwendet vorgekommen waren. Während seine zukünftige Schwiegermutter und Jonas unaufhörlich diskutiert hatten und nur in der letzten Stunde allmählich immer ruhiger wurden, hatte Taichi sich sein Smartphone geschnappt und die Neuigkeiten überflogen. Seltsamerweise war noch nichts über einen Mord an einem Polizisten bekannt geworden. Vermutlich hatten die Ermittler das absichtlich zurückgehalten. Also hatte Taichi irgendwann ein Handyspiel gestartet, um sich zu beschäftigen.

Mit hochgezogenen Knien kauerte er auf seinem Stuhl und war langsam kurz davor einzunicken, als die Tür im Essbereich klickte und schließlich geöffnet wurde. Zwei Männerstimmen waren zu hören und Taichi war sofort wach und auf den Beinen.

Er zögerte kurz, als sich auch die anderen beiden erhoben, doch kaum, dass Kei die kleine Stufe erklomm und seine Arme nach ihm ausstreckte, flog er regelrecht zu ihm und in dessen Umarmung.

„Ich hab dich vermisst", flüsterten sie fast gleichzeitig, was Taichi lächeln ließ. Ohne seinen Geliebten loszulassen, löste er sich etwas und sah zu ihm auf. Ein Kuss landete auf seiner Stirn, bevor die anderen in ihre kleine Welt eindrangen.

„Kei!" Jonas stand erneut plötzlich neben ihnen und klopfte seinem Freund auf die Schulter. „Erschreck uns doch nicht so."

„Danke für Ihren schnellen Einsatz, Nakai-san." Misao Tsuruga nickte dem Anwalt, der hinter Kei eingetreten war, zu.

„Aber das war doch selbstverständlich. Es tut mir eher leid, dass wir die Sache nicht schneller erledigen konnten."

„Ihr hättet doch nicht alle hier auf mich warten müssen." Kei behielt sein übliches Lächeln bei, auch wenn Taichi an seinem Tonfall erkannte, dass er leicht genervt war. Was ihn allerdings beruhigte, war der Arm, der weiterhin um seine Taille lag. Endlich fühlte sich Taichi nicht mehr wie ein Störenfried in ihren eigenen vier Wänden.

„Aber das ist doch selbstverständlich." Keis Mutter trat einen Schritt näher, schien es sich dann aber anders zu überlegen und blieb stehen. Ohne ihre kleine Handtasche hatte sie nichts, an dem sie sich festhalten konnte, also verschränkte sie die Arme vor der Brust. „Immerhin wollen wir auch erfahren, was vorgefallen ist. Ich nehme an, dein Vater ist geblieben, um Weiteres zu klären?"

Kei setzte sich in Bewegung und zog Taichi mit sich, als er zum Kamin schritt und sich mit ihm auf dem Teppich davor niederließ. Nebenbei antwortete er seiner Mutter.

„Nein, ich habe ihm erklärt, dass ich alles unter Kontrolle habe. Also hat er sich rausgehalten. Lediglich die Presse überlasse ich ihm und daher ist er noch unterwegs. Er hat uns nur hier abgesetzt." Auch Misao Tsuruga und Jonas nahmen wieder Platz, daher fügte Kei noch hinzu: „Nakai-san, Sie können für heute gerne gehen. Vielen Dank nochmal für Ihre Hilfe."

„Natürlich, Tsuruga-sama. Sollten Sie mich diesbezüglich noch brauchen, sagen Sie mir einfach Bescheid. Ich bin jederzeit bereit. Wenn Sie mich also entschuldigen würden. Tsuruga-sama, Suzuki-sama, Kume-san." Er nickte allen anderen drei zu und verließ dann die Suite. Wenigstens einer, der ging.

„Also, was wollt ihr wissen, damit ihr endlich geht?", fragte Kei scherzhaft und wohl nur Taichi merkte, wie ernst es sein Liebster meinte.

„Na, alles. Warum genau haben sie dich verhaftet und wie bist du da wieder rausgekommen?" Jonas stützte seine Ellbogen auf den Knien ab und fixierte seinen besten Freund. Also begann dieser zu erzählen. Taichi hielt er dabei weiterhin in seinem Arm.

Die offizielle Version war also, dass die Polizei den Leichnam von Nobu Domoto gefunden hatte. Der Todeszeitpunkt traf genau den Tag, an dem Kei außer Haus gewesen war und da er sowieso schon verdächtig wurde, war es nur logisch, dass die Kriminaler hier vorbeigekommen waren. Da Kei kein wasserdichtes Alibi aufweisen konnte, da er sein Smartphone hier im Hotel vergessen hatte und der geschäftliche Termin nicht den ganzen Tag in Anspruch genommen hatte, war er erneut ein Verdächtiger. Dazu kam, dass die Spuren zu der Yakuzafamilie führte, mit der Kei an diesem Tag ebenfalls ein Treffen gehabt hatte. Darum war also auch Otsuka-san anwesend gewesen. Und auch das vergessene Smartphone erklärte Taichi endlich, warum Kei nicht auf seine Nachrichten geantwortet hatte. Ob das Absicht gewesen war?

Im Endeffekt hatten die Ermittler wohl gedacht, sie hätten Kei endlich überführt, was Empörung bei seiner Mutter auslöste, als diese davon erfuhr. Die genauen Einzelheiten sprach er allerdings nicht an. Auch nicht, wie und mit was Nakai-san ihn rausgehauen hatte. Aber das war anscheinend auch egal, denn bald entwickelte sich das Gespräch in die Richtung von

Unschuldsbeteuerungen und Vorwürfen und kam schließlich zu dem Schluss, dass die Polizei Kei viel zu schnell abgeführt hatte. Wie unverschämt!

Taichi interessierte das alles nicht wirklich. Er hatte seinen Kopf auf die Schulter seines Liebsten gelegt und hörte geduldig zu, während er mehr auf Keis Stimme lauschte als den Inhalt. Wenn er Taichi später die Wahrheit erzählen wollte, dann würde er aufmerksam zuhören und wenn nicht, dann war das auch in Ordnung. Kei war zu ihm zurückgekehrt, das war alles, was zählte. Wichtig war lediglich, ob er bei ihm bleiben würde.

„So, jetzt wisst ihr erst mal alles. Vater kann euch sicher nachher noch seine Seite erzählen und einiges ergänzen. Er meinte, er hält mich auf dem Laufenden, was die Presse angeht. Aber jetzt möchte ich euch bitten zu gehen." Stets mit einem Lächeln und doch mit einer Strenge in der Stimme, die seinem Anliegen Nachdruck verlieh, unterbrach Kei schließlich die Unterhaltung zwischen Jonas und seiner Mutter.

„Na schön. Ich werde die Tage wieder vorbeischauen. Die Sache wird sich ja hoffentlich schnell erledigt haben, wenn wir die Presse unter Kontrolle halten und im Hotel eine Erklärung abgeben." Während sich Misao Tsuruga erhob, stand auch Jonas auf.

„Und vergiss nicht, mich anzurufen, wenn mal wieder was ist. Das ist unerhört, dass du da so klammheimlich mitgegangen bist." Jonas schüttelte den Kopf als Kei lachte und die beiden verschwanden endlich aus der Suite.

„Okay, wie lange musstest du sie ertragen?" Kei legte sich zurück auf den weichen Teppich und platzierte Taichis Kopf auf seiner Brust.

„Äh ... die ganze Zeit?"

„Ach herrje. Das tut mir leid. Aber ich hatte auch nicht damit gerechnet, dass sie mich gleich mitnehmen."

„Ist schon okay. Hauptsache du bist wieder da und es geht dir gut."

Keis Finger strichen sanft durch Taichis Haare und die Welt schien einfach in Ordnung zu sein. Wenn auch nur für diesen

Augenblick. Taichi beschloss, ihn zu genießen. Daher war er Kei dankbar, dass er eine gefühlte kleine Ewigkeit die Minuten ebenfalls einfach nur verstreichen ließ, bis er wieder sprach.

„Ich hab dich vermisst. Willst du die ganze Wahrheit hören?"

„Nur, wenn du sie erzählen willst."

„Hmm ..." Kei wusste wohl selbst nicht so genau, ob er nach all den Fragen und Erzählungen noch weiter Plaudern wollte. Schließlich antwortete er: „Dann vielleicht später mal. Es sei denn, du hast Fragen?"

Wie gut sein Liebster ihn doch kannte.

„Nur eine." Und dafür richtete sich Taichi auf, ohne jedoch seine Hand von Keis Brust zu nehmen, als er auf ihn herabsah. Gespannt erwiderte der Ältere seinen Blick.

„Wirst du bleiben, oder bist du nur vorübergehend hier?" Keis Arm hob sich, als er ihm ein Lächeln schenkte. Sanft strichen seine Fingerknöchel über Taichis Wange.

„Ich bleibe. Sie haben nichts gegen mich in der Hand. Außerdem stehen die neuen Verdächtigen mittlerweile bestimmt fest." Weil Kei die Polizei vermutlich auf sie gestoßen hatte. Ach ja, richtig, da war doch dieser Anruf mit dem Gefallen gewesen. Das ergab Sinn, war aber nichts, womit Taichi sich beschäftigen wollte.

„Dann bin ich beruhigt." Und dieses Mal meinte es der junge Student auch so. Er würde sich keine weiteren Gedanken darüber machen. Ob es nun um die ermordete Person oder die Tat selbst ging. Taichi wollte es einfach in seinen Alltag als Vorfall einfließen lassen und die Sache abschließen. Keine Schuldgefühle oder Ähnliches mehr. Egal, wie hart und böse das für ihn selbst klang. Sonst würde er nie damit zurechtkommen und das wollte er. Für Kei und ihre Liebe.

„Hast du an den Notfallplan gedacht?" Kei ließ seine Hand an Taichis Arm hinabgleiten und umschloss damit die Seine. Der Jüngere nickte.

„Hat es geholfen?"

„Ich denk schon. Natürlich will ich ihn nicht ausführen, aber der Gedanke daran war angenehmer, als einfach nur zu verzweifeln. Wobei ich mir eigentlich sicher war, dass du zumindest noch einmal zurückkommst."

„Gut. Ich wusste, dass du es verstanden hast." Taichi biss sich bei Keis Lob auf die Lippe. Er freute sich unheimlich, dass sein Liebster Stolz auf ihn war.

„Ich muss nur noch das Statement hier im Hotel abgegeben, dann ist die Sache sicher vorbei. Zumindest erst einmal. Keine Ahnung, wie lange mir diese Ermittler noch im Nacken sitzen werden. Aber das sollte uns nicht kümmern." Taichi nickte und beugte sich hinab, um Kei einen Kuss auf die Lippen zu geben.

„Sollen wir es uns bequem machen und Abendessen bestellen?", fragte er weiterhin über seinen Liebsten gebeugt.

„Ein sehr guter Vorschlag." Kei hob kurz den Kopf, um sich ebenfalls einen Kuss zu stehlen.

„Und weißt du, was perfekt als Ablenkung beim Statement wäre? Ihnen zu sagen, dass ich schwul bin." Taichi seufzte und verdrehte die Augen.

„War ja klar, dass du die Situation ausnutzt."

„Streich das *aus*. So schlagen wir zwei Fliegen mit einer Klappe."

„Wenn du meinst", gab der Jüngere resignierend nach.

31.

Kei behielt, wie immer, recht. Er blieb bei Taichi und so wie die Presseberichte und sein Statement ausfielen, wirkte alles nur wie ein böser Traum. Einer, aus dem sie beide schnell wieder aufgewacht waren. Wobei Taichi böse Träume nicht mehr fürchtete. Ob er nun im Schlaf oder in der Realität einen hatte, er wusste, Kei war für ihn da. Und das würde auch so bleiben. Aus diesem Grund machte sich der junge Student auch keine Gedanken mehr darum, ob es weitere Morde geben würde. Wie hatte Freud einst gesagt? *Wer sich ändern will, muss sich zwingen, aus seiner Komfortzone auszubrechen.* Und das hatte Taichi getan, womit er viel ruhiger und fester im Leben stand. Zumindest fühlte es sich für ihn so an. Daher war er auch so überrascht, als er an diesem Samstag nicht allein in ihrem gemütlichen Bett aufwachte.

Taichi hatte geplant, erst etwas später in die Uni zu fahren und daher erwartet gehabt, dass Kei längst zur Arbeit aufgebrochen war. Doch jetzt, wo er genauer darüber nachdachte, konnte er sich an keinen Abschiedskuss erinnern. Und ohne den verließ ihn sein Liebster normal nie.

„Hast du dir heute frei genommen?" Taichis Stimme war noch rau von der nächtlichen Ruhe, als er den Blick seines Geliebten erwiderte. Sie lagen beide auf der Seite und unter der warmen Decke, unter der sich eine Hand langsam zu ihm stahl, um die seine zu suchen.

„Ja", kam die leise Antwort und Tai erkannte sofort, dass hier etwas nicht stimmte.

„Geht es dir nicht gut? Wirst du krank?" Besorgt umschlossen Taichis Finger die Hand seines Liebsten, während er näher zu ihm rutschte und seine Stirn an die seine legte. Kei war etwas wärmer als sonst, was vermutlich daran lag, dass sie hier so eingekuschelt lagen. Also hatte er wohl nicht einmal erhöhte Temperatur.

„Keine Sorge. Körperlich geht es mir gut." Oha, die Wortwahl sagte alles.

„Dann raus mit deinen Gedanken, damit es dir auch seelisch wieder gut geht", forderte Taichi augenblicklich und kuschelte sich unter der Decke an seinen Liebsten.

Ein leises raues Lachen erklang, als Kei seine Arme um ihn legte.

„Ich weiß nicht, ob ich dir das wirklich erzählen will." Eine kryptische Antwort.

„Will oder soll?", hakte Taichi zunächst nach.

„Beides?"

„Dann kannst du das *Soll* schon mal streichen. Darüber sind wir längst hinaus und das weißt du." Trotz seiner direkten Worte versuchte Taichi ruhig und sanft zu klingen.

„Wann bist du nur so stark geworden?" Kei drückte Taichis Kopf vorsichtig gegen seine Schulter und vergrub sein Gesicht in seinen zerzausten Haaren. Der Jüngere atmete den Duft seines Geliebten ein, der hier im Bett durch die Wärme so angenehm intensiv war. Dann befreite er sich ein Stück weit aus Keis Umarmung, um erneut sprechen zu können.

„Das wann, kann ich dir auch nicht sagen. Aber das Warum ist einfach. Für dich. Da nehme ich sogar eine dunkle Seite in Kauf." Augenblicklich spannte sich Keis Körper an und Taichi sah auf, um ihm sanft über die Wange zu streicheln.

„Du hast keine dunkle Seite, Tai. Du weißt, das würde ich nicht zulassen. Du bist doch mein Licht." Der Jüngere lächelte liebevoll.

„Licht wirft Schatten, was heißt die beiden gehören zusammen. Ah! Und sag jetzt nicht, wir sind Licht und Schatten." Kei hatte angesetzt, ihn zu unterbrechen, und schmunzelte, als Taichi ihn sofort davon abbrachte.

„Aber so ist es eben immer noch für mich", warf der Ältere ein, nachdem Taichi geendet hatte. „Das, was du als Dunkelheit bezeichnest, ist für mich deine reine Liebe. Denn du hinterfragst mich nicht."

So hatte Taichi die Sache noch nicht gesehen. Doch Keis Gedankengang brachte ihm weitere Klarheit. Egal, ob es nun Licht oder Dunkelheit war, es ging um ihre Liebe. Taichi wollte keine gerechte Welt, in der alle glücklich und zufrieden lebten. Er wollte einfach nur für immer an Keis Seite sein. Wie schon die ganze Zeit. Also blieb das Andere unweigerlich auf der Strecke, selbst, wenn Taichi diesen Frieden angestrebt hätte. Warum also darüber nachdenken? So konnte Kei leben, wie er wollte und wie es ihm gefiel. Wie es ihm gut ging. Und das war das Wichtigste für Taichi.

„Und was daran quält dich?" Immerhin gab es etwas, das seinen Liebsten beunruhigte.

„Daran nichts. Es ist okay, dass du manches anders siehst. So ist das nun mal. Das ändert ja nichts an unserer Liebe und unserem Leben. Nur war es mir wichtig, dass du rein und mein Licht bleibst. Und ich weiß nicht, ob ich das zerstört habe."

„Weil ich jetzt alles weiß oder weil ich gelernt habe, damit umzugehen?"

„Beides? Wobei das wohl unvermeidlich war. Und ich auch froh bin, dass ich nun nie wieder was vor dir verheimlichen muss. Ach, ich weiß auch nicht."

Nun war es an Taichi seinen Liebsten in den Arm zu nehmen.

„Du grübelst zu viel. So unsicher kenne ich dich ja gar nicht." Er lachte leise. „Aber hey, das ist okay. Wie du gerade gesagt hast, kannst du mir alles erzählen. Also sag einfach, wenn dich was beschäftigt. Wobei ich auch kein Problem damit habe, wenn du dir dafür mal frei nimmst." Das brachte auch seinen Liebsten zum Lächeln. Sehr gut.

„Das Grübeln ist auf jeden Fall eine gute Ausrede, um länger im Bett zu bleiben." Keis Lippen legten sich sanft auf Taichis Hals.

„Dafür gibt es sicher bessere." Welche, die seinen Liebsten nicht so runterzogen. „Also geht es dir jetzt schon etwas besser?" Hatte Taichi ihm wirklich helfen können? Er wünschte es sich so sehr. Aber da es um Keis Ansichten ging, konnte der Jüngere nicht wirklich wissen, ob die Unterhaltung seinem Liebsten geholfen hatte.

Kei hielt inne und schien kurz über seine Frage nachzudenken. Dann landete erneut ein Kuss auf seinem Hals.

„Ja. Ich denke, es geht mir sogar viel besser. Danke. Du hast mir, wie immer, den Weg gewiesen, mein Nummer-Eins-Licht."

Worte, die Taichi ganz euphorisch machten. So etwas schaffte nur Kei.

„Heißt das, wir können jetzt lieblichen Guten-Morgen-Sex haben?" Kei lachte auf und drehte sich schwungvoll herum, so dass er sich über Taichi abstützen musste.

„Aber klar doch. Wobei ich noch nicht weiß, wie lieblich."

„Unlieblich ist auch okay. Das weißt du doch." Taichi grinste, als Kei sich zu ihm herab beugte und ihn spielerisch in den Hals biss.

Seitdem sie über wirklich alles reden konnten, würden sie klar kommen. Dessen wurde sich Taichi an diesem Morgen bewusst. Natürlich wusste niemand, was die Zukunft bringen würde. Aber solange ihre Liebe bestand, war die Welt für Taichi in Ordnung. Egal, wie grausam, düster oder verächtlich das für Außenstehende wirkte. Schließlich lebte doch jeder irgendwie in seiner eigenen kleinen Blase, in der alle anderen egal waren. Zumindest hin und wieder.

32.

Kei hatte sich nie als Mörder gesehen. Er war eher so eine Art Problemlöser. Und wenn dazu gehörte, dass dabei jemand umkam, dann war das eben so. Nicht, dass er gefühllos lebendige Wesen aus dem Weg räumte, nein. Sie taten ihm schon irgendwie leid. Aber Tai war ihm wichtiger und Keis Gefühle für ihn überschatteten alles andere. Das war bereits so, seit er Taichi das erste Mal gesehen hatte. Und der junge Manager war sich sicher, dass sich das auch nie ändern würde. Woher dieses Wissen kam, wusste er nicht, aber es war da. Tief in seinem Inneren, wo auch seine dunkle Seite lebte, die sein Licht beschützte. Das Licht, das Tai mit sich in sein Leben gebracht hatte.

Keis Smartphone auf seinem Nachttisch blinkte und vorsichtig löste sich der Manager von seinem Liebsten, um sich aus dem Bett zu stehlen. Leise nahm er sein Handy auf und lief ins angrenzende Zimmer, um den Anruf anzunehmen. Es war seine Sekretärin Sasaki. Kei hoffte inständig für sie, dass es wirklich ein Notfall war. Das Hotel würde ja wohl kaum abbrennen, wenn er mal außerplanmäßig einen Tag frei nahm. Es war eindeutig Zeit für einen neuen stellvertretenden Manager. Sasaki wuchsen Dinge in seiner Abwesenheit oft über den Kopf. Gut, ihr Job war ja eigentlich auch ein anderer.

„Ja?", beantwortete Kei so höflich, wie gerade möglich, das Telefon. Sofort redete die Sekretärin auf ihn ein. Es ging um einen Termin, den sie nicht hatte verschieben können. Kein Weltuntergang. Für Kei. Für Sasaki wohl schon.

„Schon gut. Ich kümmere mich selbst darum." Immerhin war das nur ein weiterer Anruf. „Ja ... Schon in Ordnung. Danke."

„Musst du doch arbeiten?" Kei hatte gerade aufgelegt, als er Taichi in der Tür zum Schlafzimmer stehen sah. Er rieb sich die Augen und gähnte. Ein unglaublich süßer Anblick. Vor allem mit den verwuschelten Haaren und nur mit Schlafshirt bekleidet.

„Nein. Nur nochmal telefonieren." Kei trat zu seinem Liebsten und schlang einen Arm um dessen schmale Hüfte. „Daher leg dich ruhig wieder ins Bett."

„Aber ich hab Hunger", protestierte Tai leise und lächelte.

„Kein Grund, aufzustehen", konterte Kei sofort und zog seinen Liebsten wieder mit ins Schlafzimmer. Das Smartphone landete wieder auf dem Nachttisch und sie beide im Bett.

„Oh, Frühstück im Bett?" Taichi schien sich darüber zu freuen, was Kei wiederum gute Laune bereitete.

„Ja. Solange und ausführlich, wie du willst." Kei gab seinem Geliebten einen Kuss auf das Kinn und trat dann zum Haustelefon, um die Bestellung aufzugeben. Taichi krabbelte derweil wieder unter die Bettdecke.

Als das Frühstück schließlich gebracht wurde, erledigte Kei noch seinen Anruf, bevor sie weiterhin gemeinsam im Bett ihre Zeit genossen. Sie waren beide nicht wirklich Film-Fans, aber an diesem Tag beschlossen sie sich einen anzusehen. Immer, wenn in so einer fiktiven Welt ein Mord geschah oder jemand starb, fragte sich Kei insgeheim, ob Tai ihn in der Rolle des Mörders sah. Und jedes Mal wollte er ihn darauf ansprechen, schaffte es aber nie. Vermutlich, weil sein Liebster nie eine Miene verzog und wenn er ihn kurz darauf auf etwas anderes ansprach, sich diese Gedanken verflüchtigten.

Seit Taichi seine dunkle Seite kannte, hatte sich Kei das erste Mal mit wirklichen Ängsten herumschlagen müssen. Davor hatte er sich nie vor etwas oder jemandem gefürchtet. Doch die Möglichkeit, dass Tai ihn verlassen könnte, hatte Kei einen riesigen Schrecken eingejagt. Er hätte alles getan, um das zu verhindern. Sogar seine dunkle Seite unterdrückt. Auch, wenn er das vermutlich nur eine gewisse Zeit geschafft hätte. Denn nichts konnte man ewig unterdrücken. Irgendwann platzte es heraus, lief über oder befreite sich ohne Zutun. Das war auch Kei klar gewesen. Umso mehr hatte er Angst gehabt. Nie hätte er gedacht, dass Tai diese Seite an ihm akzeptieren würde. Dennoch blieb ein Fünkchen Sorge erhalten. Etwas, mit dem Kei wohl lernen musste zu leben. Eine neue Erfahrung für ihn als geschickter Problemlöser. Nicht, dass es ihn gestört hätte, wie viel Macht Taichi in diesem Sinne über ihn besaß. Denn, wie Kei gelernt hatte, bedeutete Macht, die Angst eines anderen in den

Händen zu halten. Doch schön war das Gefühl nicht. Wobei, wenn man es als *Taichis Macht* ansah, war es irgendwie wieder spannend. Vor allem, da Kei sowieso keine Chance hatte, sich dagegen zu wehren. Seine Liebe für den Jüngeren war einfach zu tief.

„Was willst du heute sonst noch machen?" Kei drückt seinen Liebsten sanft, der sich beim Schauen an ihn gekuschelt hatte.

„Hmm ... was mit dir ist klar." Taichi schien weiter nachzudenken, also ließ Kei ihm die Zeit. „Können wir auch rausgehen?"

„Klar. Wohin möchtest du denn?"

„Einfach nur spazieren gehen." Kei blickte aus dem Fenster. Es regnete. Perfekt, um sich unter einen Schirm zu kuscheln. Vor allem, da bei Regen kaum jemand unter seinem Regenschutz hervorsah. Immerhin war die Andeutung auf seine Homosexualität in der Pressekonferenz nicht ohne Aufruhr geblieben. So konnten sie sich hinter Mützen, Kappen und anderen Klamotten verstecken.

„Okay. Machen wir." Tai sah strahlend zu ihm auf und Kei stahl sich einen Kuss von dessen lächelndem Mund. Wie konnte man so glücklich sein?

Trotz eines ärgerlichen Vorfalls bei ihrem Regenspaziergang hatte Kei weiterhin gute Laune und steckte seinen Liebsten damit eindeutig erneut an, als sie nach einer heißen Dusche wieder im Bett landeten. Für Kei war klar, er hatte ein neues Problem zu regeln. Er wusste, dass Tai ihm da nicht reinreden oder davon abhalten würde. Seine Akzeptanz diesbezüglich schien jeden Tag zu wachsen. Also ging der junge Manager bereits im Kopf durch, wen er auf sein Problem ansetzen konnte, um herauszufinden, ob der Herr regelmäßig dort vorbeikam. Danach folgte die Frage, welches Gift sich anbot. Das des Kugelfisches war meist Keis erste Wahl, da er der Polizei vorgaukelte, die *Probleme* hätten es über Essen zu sich genommen, wenn er es ihnen eigentlich über die Haut verabreichte. Somit verschob sich der Todeszeitpunkt. Aber eine Adrenalin-Injektion oder Nicotin waren in diesem Fall vielleicht praktischer. Mal sehen. Das konnte er immer noch entscheiden, wenn er den Mann aufgespürt hatte. Für heute wollte er sich erst einmal wieder nur seinem Tai widmen. Einen ganzen Tag hatte er dafür viel zu selten. Wobei er seine Arbeit auch liebte. Sie ging ihm ebenso leicht von der Hand, wie *Probleme* zu lösen.

Nachwort der Autorin

Auf diese Geschichte kam ich durch eine meiner eigenen Kurzgeschichte, die ich für einen Wettbewerb geschrieben hatte. Ich wusste sofort, wie ich sie umgestalten wollte. Ob es mir aber immer gelungen ist das auszudrücken, was ich vermitteln wollte, wage ich zu bezweifeln. Aber wer schafft das schon immer?

Das Thema ist nicht leicht, da die Liebe, wie auch die Psyche der Menschen sehr kompliziert sind. Schon allein, weil sich beides gegenseitig beeinflussen kann.

Ich bin gespannt, was ihr, liebe Lesende, zu dieser Geschichte sagt. Ob sie euch gefällt oder berührt hat. Ob sie spannend war oder zu vorhersehbar usw. Egal, was ihr dazu denkt: Ich würde mich über eine kleine Rezension oder eine E-Mail bzw. eine PN auf meinen Social-Media-Kanälen freuen.

Die Geschichte von Taichi und Kei ist hiermit übrigens abgeschlossen. Es wird keine Fortsetzung zu den beiden geben.

Für alle Lesende, die meine beiden Debütromane kennen: Na, habt ihr den zuständigen Ermittler für Yakuza-Delikte erkannt? Und kam euch das Hotel vielleicht auch bekannt vor? Beziehungsweise ein bestimmtes Restaurant darin?
Ich hoffe doch. Denn ja, diese Geschichte spielt im selben Universum wie Shuns und Takeos.

Danke fürs Lesen.
Eure Yui

Danksagung

1. Natürlich wieder an meine Eltern, da sie mich stets hierbei unterstützen und mein Vater so lieb Probe liest.

2. An meine Mini-Stammlesergemeinschaft, die leider viel zu lange auf ein neues Buch von mir warten musste. Tut mir leid! Aber danke für eure Treue!

3. Meine Freunde. Jeder Einzelne sollte selbst wissen, wie er mich unterstützt. ;)

4. An mein letztes Mac-Book. Ruhe in Frieden. Wir haben zusammen echt einige Geschichten geschrieben. Danke dafür!

5. An all die Leute, die bisher meinen Workshops beigewohnt haben. Ihr ermutigt mich immer wieder, selbst dran zu bleiben. Allein durch eure Anwesenheit.

DANKE! – Eure Yui

Die Autorin

Yui wurde bereits geboren, bevor die Flut an (*BL*) Manga und Anime in Deutschland einschlug. Sie begann ihre Leidenschaft bereits - unwissend – mit „Biene Maya", „Die Königin der 1000 Jahre" und „Sailor Moon" (auf ZDF!). Kurz darauf stillte sie ihre Sucht über Comic-Läden, mit Brieffreunden und mega-seltenen und teuren Importen aus Frankreich und Japan. Als sie schließlich auf „Zetsuai" traf, erwachte langsam und behutsam das *Fujoshi* in ihr.

Heute schreibt Yui ihre eigenen *BoysLove*-Romane und kann ohne *BL* nicht mehr leben. Wer sie kennt, weiß, dass sie ein echtes *Fujoshi* ist und *slasht*, was das Zeug hält.

Wer mehr über die Autorin, ihre (*BL*) Machenschaften und Bücher erfahren will, der schaut am besten auf ihrer Autoren-Homepage vorbei oder folgt ihr auf Instagram. Dort ist sie nämlich am häufigsten anzutreffen.

Instagram / X (Twitter): @yui_spallek
TikTok / Facebook: @yuispallek
Homepage: Etsy-Shop:

Und wer sich gerne mit (weiteren) deutschen *Fujoshi* austauschen möchte, der sollte sich dem ersten deutschen Discord-Server für *Boys-Love* anschließen:
Boys Love Germany!

Weitere Werke der Autorin

Mit Leib und Leben
(Debütroman)
Yui Spallek

Nur noch bei der Autorin erhältlich!
(Auf Cons/Messen + Etsy-Shop!)

Shun ist sauer. Da hat ihm sein Vater doch tatsächlich einen Leibwächter an die Seite gestellt. Wo er doch nur in dessen Yakuza-Familie aufgenommen werden möchte. Aber anstatt ihm das zu genehmigen, hält ihn sein Vater aus allen Geschäften des Fukugawa-Clans heraus. Als Oberhaupt kein Problem für ihn, seinen leiblichen Sohn zu bevormunden. Dabei will Shun doch nur dazugehören. Aber mit einem Schatten, wie Suwa in seiner Nähe scheint sein Ziel in noch weitere Ferne zu rücken. Da bleibt nur eines: Sich mit dem Leibwächter anfreunden und ihn auf die eigene Seite zu ziehen. Doch Shuns Temperament macht ihm die Sache nicht leicht und da ist ja auch noch sein Universitätsleben. Aber der junge Mann gibt nicht auf. Er will unbedingt selbst herausfinden, wer den Anschlag auf seinen Vater verübt hat und ein Yakuza werden. Gut, dass Suwa ihm nach und nach doch eine Hilfe wird und schließlich sogar mehr.

Mit Leib und Leiden
- Der Kampf mit Leib und Leben geht weiter -
Yui Spallek

(In 2 Bänden abgeschlossen)

Shun hat es geschafft. Er ist endlich ein vollwertiges Mitglied der Yakuza-Familie seines Vaters. Sein Leibwächter hat ihm geschworen, an seiner Seite zu bleiben und das nicht nur im Sinn eines Beschützers. Warum verdammt nochmal, läuft dann trotzdem schief, was nur schieflaufen kann? Erst wird Shun von Takeo getrennt, dann fortgeschickt und schließlich soll sein Geliebter auch noch heiraten! Natürlich nicht Shun selbst, sondern eine Frau. Immerhin darf niemand von ihrer Beziehung wissen. Einer Beziehung, bei der sich keiner von beiden sicher ist, ob es für den anderen mehr als nur körperliche Befriedigung ist.
Als schließlich der Krieg gegen die Sodai-kai beginnt, läuft es nicht besser. Takeo wird verletzt und ein neuer Beschützer muss her, was das Vertrauen der beiden auf eine harte Probe stellt. Die zunächst einfachen Kämpfe werden blutiger und die Verluste sind hoch. Kann Shun mit all dem umgehen oder werden ihm seine Gefühle alles zu Nichte machen? Immerhin kann ein Versprechen auch gebrochen werden.

Ich bin ein Fujoshi
Ein Ratgeber/Fachbuch für BL-Fans
Yui Spallek

Der Begriff „Boys Love" ist mittlerweile auch außerhalb Japans kein Unbekannter mehr. Die Bezeichnung „Fujoshi" hingegen, scheint nicht immer so weit verbreitet zu sein, wie man erwartet. So geht es auch vielen anderen Begrifflichkeiten, Inhalten und Ansichten über das Fandom, in dem es um fiktive „Jungen-Liebe" aus Japan bzw. Asien geht.
Wer als Fan mehr über sein Hobby wissen oder einfach sehen will, dass er nicht allein ist, der sollte dieses Buch lesen. Und wer gar keine Ahnung von der Materie hat, erst recht. Vielleicht versteht die Welt dann ein klein wenig besser, was Fujoshi an Boys Love so lieben. Aber Vorsicht! Es besteht die Gefahr, selbst zum Fan zu werden.